Rebeca M. Williams

Schwarze Magnolien

W0378376

Buch

Nach dem plötzlichen Tod des reichen Bauunternehmers Zachary Bannister gibt es Streit um die Übernahme des alt eingesessenen Unternehmens und die Verteilung des Erbes. Es stellt sich heraus, dass Zachary Bannister kurz vor seinem Tod, ohne dass die Familie davon wusste, sein Testament geändert hat: Seine älteste Tochter Cathleen, die bisher außer Landes war, soll die Firmenleitung übernehmen. Doch sie stößt auf Widerstand. Alle aus der Familie sind dagegen – Zacharys Witwe Opal, sein Sohn Reuben und seine jüngere Tochter May Belle sowie auch deren Mann Maxim und schließlich noch Cathleens Onkel Randolph. Bei der Polizei geht eine anonyme Meldung ein, dass Zacks Tod in Wahrheit ein Mord war. Auf Cathleen fällt automatisch der Verdacht, weil sie sämtliche Firmenanteile geerbt und kein Alibi hat. Und der Ermittler ist Brent LaVerne, den Cathleen bereits von ihrer High-School-Zeit kennt …

Autorin

Rebeca M. Williams ist das Pseudonym einer erfolgreichen Romanautorin, die neben ihrer schriftstellerischen Tätigkeit viele Jahre lang als Juristin gearbeitet hat. Mit ihrem Thriller *Schwarze Magnolien* erschließt sie eine neue Erzählwelt voller gefährlicher Machenschaften, menschlicher Abgründe und sinnlicher Erotik. Rebeca M. Williams lebt in der Nähe von Frankfurt.

Besuchen Sie uns auch auf www.facebook.com/blanvalet und www.twitter.com/BlanvaletVerlag.

Rebeca M. Williams

Schwarze Magnolien

Thriller

blanvalet

Der Verlag weist ausdrücklich darauf hin, dass im Text enthaltene externe Links vom Verlag nur bis zum Zeitpunkt der Buchveröffentlichung eingesehen werden konnten. Auf spätere Veränderungen hat der Verlag keinerlei Einfluss. Eine Haftung des Verlags ist daher ausgeschlossen.

Die Namen aller Firmen, Lokale und handelnden Personen sind frei erfunden, etwaige Übereinstimmungen und Ähnlichkeiten wären daher rein zufällig.

MIX
Papier aus verantwortungsvollen Quellen
FSC® C014496

Verlagsgruppe Random House FSC® N001967

1. Auflage
Copyright © 2016 by Rebeca M. Williams
Copyright © 2016 by Blanvalet in der Verlagsgruppe Random House GmbH, Neumarkter Str. 28, 81673 München
Dieses Werk wurde vermittelt durch die Michael Meller Literary Agency GmbH, München.
Redaktion: Rainer Schöttle
Umschlaggestaltung und -motiv: © Johannes Wiebel | punchdesign, unter Verwendung von Motiven von Shutterstock.com
ED · Herstellung: kw
Satz: KompetenzCenter, Mönchengladbach
Druck und Bindung: GGP Media GmbH, Pößneck
Printed in Germany
ISBN 978-3-7341-0068-0

www.blanvalet.de

Prolog

Die Klimaanlage lief auf Hochtouren, aber gegen die schwüle Hitze in dem Schlafzimmer kam sie nicht richtig an. Zack Bannister stand vor dem Lüftungsgitter und ließ sich den kühlenden Luftzug um die nackten Beine wehen. Die Haare an seinen Schenkeln richteten sich auf, und seine Hoden zogen sich leicht zusammen, doch für ein richtiges Frösteln reichte es nicht, dafür war es viel zu stickig hier drin. Er ging zur Kommode und stürzte den Rest von dem Whiskey hinunter, den Mindy ihm vorhin eingeschenkt hatte. Es war schon das zweite Glas, aber seine Stimmung wurde davon nicht besser.

»Komm endlich wieder ins Bett«, sagte sie hinter ihm.

Er gab keine Antwort, sondern starrte nur auf den laufenden Fernseher in der Ecke, ohne wirklich was von dem Programm zu sehen. Warum zum Teufel war er überhaupt noch hier? Der Geruch von Sex und verschwitzten Laken sättigte die Luft und erschwerte das Atmen. Vor einer Stunde, als er hergekommen war, hatte ihn die Vorstellung von dem, was er mit ihr tun wollte, noch angemacht, aber jetzt war er müde und angewidert und wollte nur noch gehen. Er hatte keine Ahnung, wieso er immer wieder herkam und es mit Mindy trieb. Der Himmel wusste, was er anfangs in ihr gesehen hatte. Natürlich war sie hübsch und jung und heiß, und sie hatte ihn mit diesem speziellen Blick angesehen, mit dem manche jüngere Frauen ältere Männer bedachten. Nicht berechnend, sondern mit hingebungsvoller Bewunderung. Er hatte ihr eine Portion Austern und ein paar Gläser Champagner spendiert, und sie hatte dabei weder auf seine Rolex geschielt noch auf den Luxuswagen, der vor der Bar parkte, sondern mit ihm geredet, als würde sie sich wirklich für ihn interessieren. Nicht für Zachary Bannister, den bekannten Tycoon, sondern für Zack, den ganz normalen Mann, der sie an der Bar angesprochen hatte, weil er sich einfach nur mit einer schönen Frau unterhalten und einen Abend in netter weiblicher Gesellschaft verbringen wollte.

Natürlich war es von Anfang an auf eine Bettgeschichte hinausgelaufen, darauf lief es ja immer hinaus, aber wenn er die Wahrheit über sie gewusst hätte, wäre er höchstwahrscheinlich nicht mit ihr in der Kiste gelandet. Es war nicht seine Art, es mit Huren zu treiben, egal wie teuer sie waren. Mittlerweile fragte er sich mit einem Anflug von Ungläubigkeit, wie er je so dämlich hatte sein können, sie für ein erfrischend normales und nettes Mädchen aus der City zu halten. Vielleicht, weil sie ihn nicht gleich an jenem Abend, sondern erst nach dem dritten Date mit zu sich nach Hause genommen hatte? Oder weil sie so entsetzt ausgesehen hatte, als er ihr eröffnet hatte, dass er ein verheirateter Mann war und deshalb nur eine heimliche Beziehung mit ihr haben konnte? Inzwischen wusste er, dass dieses Entsetzen nur Show gewesen war.

Vor ein paar Tagen hatte er die Wahrheit über sie herausgefunden. Einer seiner Geschäftspartner hatte ihn gefragt, ob sie wirklich so gut sei wie ihr Ruf, und auf diese Weise hatte Zack erfahren, dass sie keine Sekretärin, sondern eine teure Professionelle war, die für Geld so ziemlich alles tat. Als er sie deswegen zur Rede gestellt hatte, war sie in Tränen ausgebrochen und hatte behauptet, sie hätte mit diesem Leben Schluss gemacht, und zwar seinetwegen, denn mit ihm sei es anders – schließlich habe sie kein Geld von ihm verlangt, was ja wohl der Beweis dafür sein müsse, dass es echte Liebe sei.

Das war ein Punkt, den er nicht widerlegen konnte – natürlich nicht ihre absurde Behauptung, es handle sich um Liebe, wohl aber die Tatsache, dass sie kein Geld von ihm wollte. Das war ihm mittlerweile ein echtes Rätsel. Warum ging ein teures Escort-Girl ohne Bezahlung mit ihm ins Bett? An seinen Künsten als Liebhaber lag es ganz sicher nicht, und er war nicht so dumm, sich darüber was vorzumachen. Er war noch ganz gut in Form und hielt sich fit, aber mit achtundfünfzig war er nicht mehr der unermüdliche Hengst wie mit zwanzig. Und Mindy täuschte ihre Begeisterung beim Sex größtenteils nur vor. Jedenfalls hatte er in der letzten Zeit zunehmend diesen Eindruck gewonnen und entsprechend die Lust an der Affäre verloren.

Sie musterte ihn mit einem Blick unter verhangenen Lidern hervor. »Komm wieder ins Bett, ja?« Ihre Stimme hatte einen verführerischen Ton angenommen.

Er drehte sich zu ihr um und betrachtete sie. Sie rekelte sich einladend auf den zerwühlten Laken.

»Ich will dich, Zack.« Sie fuhr sich mit der Zunge über die Lippen und strich sich das Haar zurück. »Ich *brauche* dich.« Ihre Hand glitt zwischen ihre geöffneten Schenkel. Sie streichelte sich dort, mit rhythmischer, hypnotischer Langsamkeit. »Besorg es mir.« Mit einer katzenartigen Bewegung rollte sie sich herum auf alle viere, die Hände aufgestützt und die Beine gespreizt. Über die Schulter warf sie ihm einen lockenden Blick zu. »Jetzt komm schon. Du willst es doch. Ich sehe es. Und wie ich es sehe! Worauf wartest du noch?«

Er war gegen seinen Willen hart geworden, gerade so, als hätte er es nicht schon zweimal an diesem Abend mit ihr getrieben, bis zur Erschöpfung und in allen erdenklichen Positionen. Ein Hauch von albernem Stolz erwachte in ihm, als er an sich hinabsah. Anscheinend war doch noch einiges von dem früheren Zack da.

Dennoch mischte sich eine Spur von Selbstekel in die wachsende Lust. Er sollte das nicht tun. Es führte zu nichts. Die Befriedigung, die er daraus zog, dauerte nie länger als bis zum Ende dieser schnellen, brünstigen Akte. Er würde wieder mit einem schalen Gefühl von Versagen und Unzulänglichkeit nach Hause fahren und den Blicken seiner Frau ausweichen, so wie er es immer tat, wenn er von Mindy kam. Nicht dass er Opal gegenüber ein schlechtes Gewissen gehabt hätte – das hätte gerade noch gefehlt. Wenn er ihr aus dem Weg ging, dann nur, weil er den höhnischen Ausdruck in ihren Augen nicht ertrug. Die Ehe mit ihr war nur noch ein Witz, sie ging ihrer eigenen Wege, und es interessierte ihn inzwischen einen Scheißdreck, mit wem sie schlief. Wenn er nur daran dachte, wurde ihm schlecht.

Bei Licht betrachtet, hatte es mit ihr so ähnlich begonnen wie mit Mindy, nur dass Opal tatsächlich ein nettes und normales Mädchen aus der City gewesen war. Oder genauer: Sie hatte es ihm besser und länger verkaufen können, und niemand hatte ihr das Gegenteil unterstellen können. Jung, schön und tüchtig – die perfekte Sekretärin. *Seine* Sekretärin und ein paar Monate später dann auch seine Frau. Was für ein Narr er doch gewesen war!

Und jetzt benahm er sich auch nicht besser. Nein, sogar schlimmer, denn bei Opal hatte er sich damals immerhin eingebildet, sie würden einander lieben. Er jedenfalls *hatte* sie geliebt, zumindest die erste Zeit, bis sich herausgestellt hatte, dass sie häufiger mit anderen schlief als mit ihm.

Voller Selbstironie sann Zack darüber nach, dass er offenbar mit zunehmendem Alter einen Hang zu schamlosen, nuttigen Frauen entwickelte, die sich gerade so lange verstellten, bis sie ihn in der Tasche hatten. Wobei sich natürlich wieder die Frage aufdrängte, was Mindy eigentlich davon hatte. Opal hatte er seinen Ring und seinen Namen und seine Kreditkarten gegeben, aber

Mindy hatte bisher nichts von ihm gekriegt außer seinem Schwanz.

Und der war im Augenblick schon wieder ganz heiß auf sie. Sein Zögern verflüchtigte sich schneller, als er denken konnte. Als er sich hinter sie aufs Bett kniete, um in sie einzudringen, war ihm alles egal. Seine Frau, seine Familie, die Firma, der ganze Rest. Sogar Cat, obwohl er sich mehr als alles auf der Welt wünschte, dass zwischen ihnen alles wieder in Ordnung kam. Sie hatte nach all den Jahren endlich wieder mit ihm geredet. Ja, mehr noch: Sie hatte versprochen, ihm zu helfen. Er war wild entschlossen, sich dafür erkenntlich zu zeigen, und hatte schon einiges in die Wege geleitet. Morgen würden sie alles besprechen.

Aber im Moment gab es nur noch ihn und die Schlampe, die vor ihm auf dem Bett kniete. Rote Wirbel bildeten sich vor seinen Augen, er verspürte ein ungewohntes Schwindelgefühl. Sein Herz pumpte heftig in seiner Brust, es schien seine Rippen sprengen zu wollen. Er hörte das Rauschen seines eigenen Pulses so laut, dass es sogar den Fernseher und Mindys gespielte Lustschreie übertönte. Doch das war alles nichts gegen die Gier, die ihn bis in die Fingerspitzen hinein ausfüllte. Er konnte nicht aufhören, und wenn dies hier das Letzte sein würde, was er tat.

Die roten Wirbel wurden schwarz, und auf einmal setzte sein Herz einen Schlag lang aus. Danach noch einen. Er konnte es spüren. Bei Gott, es kam ihm gleich, er war nur noch einen Atemzug davon entfernt.

Seine Brust dehnte sich unter seinem hämmernden Herzschlag, als er mit einem ächzenden Aufschrei zum Höhepunkt kam. Aber etwas daran stimmte nicht, es war ganz anders als sonst. Mit seinem Samen schien alle Kraft aus seinem Körper zu strömen. Er glitt aus Mindy heraus, bevor er richtig fertig war. Sein Oberkörper fiel auf ihren schweißnassen Rücken, dann rutschte er von ihr herab. Er sackte aufs Bett und blieb auf der Seite liegen. Keuchend rang er nach Luft, doch eine gewaltige Faust schien ihm die Kehle zuzudrücken. Seine Hand tastete sich mühsam zu seinem Hals. Da war nichts, kein fassbares Hindernis. Aber atmen konnte er trotzdem nicht. Und sehen auch nicht, geschweige denn reden.

»Zack?«, hörte er Mindy ängstlich fragen. »Zack, kannst du mich hören?« Sie gab ein unterdrücktes Schluchzen von sich. »Oh, verdammt, sieh nur, er kriegt keine Luft! Du hast gesagt, es würde ihm nicht wehtun!«

»Er hat keine Schmerzen«, sagte eine Stimme irgendwo schräg hinter Zack. »Er ist bloß ein bisschen außer Puste, weil er gerade gekommen ist, das ist ganz normal.«

»Von wegen normal! Er japst wie ein Fisch, den jemand aus dem Wasser gezogen hat!«

»Das hört gleich auf. Sobald ich ihm die Spritze gegeben habe.«

»Ich will nicht, dass du es machst, wenn ich dabei bin.«

»Du musst hierbleiben. Wir haben ausgemacht, dass du die Cops rufst, sobald er hinüber ist.«

»Ich kann nicht dabei zusehen!«

»Dann geh so lange ins Bad.«

Mindy wälzte sich vom Bett, gleich darauf knallte eine Tür zu.

»Tut mir ehrlich leid«, sagte die Stimme, jetzt ganz dicht neben Zacks Ohr. »Aber es muss sein. Wenigstens hattest du noch deinen Spaß. Einen tollen Abgang – was willst du mehr?«

Etwas Kühles berührte sein Bein, unten in seiner Kniekehle. Dann durchstach eine Nadel seine Haut und drang in die Vene. Er spürte das schwache Brennen der Injektion.

»Lass es einfach zu«, empfahl ihm die Stimme. »Du hast es beinahe geschafft. Nur noch ein paar Sekunden. Es ist gleich vorbei, versprochen.«

Und das war es dann auch. Zack hörte auf, dagegen anzukämpfen. Die Welt um ihn herum löste sich auf und verschwand.

Teil 1

1

Der Lafayette Cemetery quoll über vor Menschen, jedenfalls kam es Brent so vor. Er stand zusammen mit Milo an einer Stelle, von der aus man die Leute gut beobachten konnte, ohne gleich selbst von allen gesehen zu werden. Halb verborgen von einer mächtigen Eiche am Rande einer langen Reihe von Grabmonumenten, ließ er seine Blicke über die Beerdigungsgesellschaft schweifen. Mehrere Dutzend Leute hatten sich versammelt, um dem Verstorbenen die letzte Ehre zu erweisen. Ein ganzes Heer schwarz gekleideter Trauergäste, die sich vor der Familiengruft der Bannisters zusammendrängten. Nicht ganz freiwillig standen die Leute so eng beieinander, aber sie mussten gerade einem zweiten Leichenzug Platz machen, der zu einer anderen Grabstätte unterwegs war und von einer Brass Band begleitet wurde – einem Jazzorchester, das traditionelle Trauerlieder spielte, bis der Tote beigesetzt war. Anschließend wurden flottere Weisen angestimmt, um zu symbolisieren, dass das Leben weiterging.

Brent blendete den Lärm der Musik aus und betrachtete die Schar der Hinterbliebenen an Zack Bannisters

Grab, nachdem die Jazzband vorübergezogen war. Er hatte schon die ganze Zeit nach einem bestimmten Gesicht Ausschau gehalten – bisher vergeblich.

»Das ist ja wirklich wie im Kino«, sagte Milo neben ihm. Es klang entnervt.

»Was denn?«

»Die Dixieband.«

»Das ist halt so in New Orleans. Du hast doch bestimmt schon davon gehört.«

»Hab ich. Ich dachte nur nicht, dass diese Bands wirklich mit Trommeln und Trompeten über den Friedhof ziehen. Es kommt mir irgendwie … pietätlos vor.«

»Ist es nicht. Jedenfalls nicht in Louisiana. Die Begräbniskultur ist hier im Süden ein bisschen anders als in Washington.«

»Okay. Du wirst es wissen, schließlich stammst du ja von hier.«

Brent hielt es nicht für nötig, auf diese überflüssige Feststellung zu antworten. Doch für Milo war das Thema damit noch nicht erledigt.

»Wieso hat Bannister keine Jazzcombo bei seinem Leichenzug?«

»Es wird nicht auf allen Beisetzungen gespielt. Nur bei den Leuten, die der Tradition des Jazz verbunden sind. Bei Musikern beispielsweise oder Mitgliedern im Karnevalsverein.«

»Saß Bannister nicht auch im Vorstand von so einem Verein?«

»Stimmt«, räumte Brent ein.

»Er hätte also auch eine Band auf seiner Beerdigung haben können«, stellte Milo fest, pedantisch wie immer.

»Ja, hätte er. Aber vielleicht wollte es die Familie nicht.«

Die Familie. Soweit Brent es von hier aus erkennen konnte, war sie vollzählig versammelt. Bis auf die eine Person, die er bisher nicht gesehen hatte. Er wusste immer noch nicht, ob sie zur Beerdigung gekommen war. Falls ja, musste sie irgendwo mitten zwischen den engsten Angehörigen stehen, nicht beim Rest der Verwandtschaft. Anderenfalls wäre sie ihm sofort aufgefallen.

Ganz vorn in der Reihe der Hinterbliebenen stand Randolph, Zack Bannisters Bruder. Er hatte den Kopf gesenkt und die Hände vor dem mit Orden und Medaillen behängten Jackett gefaltet. Ein Ex-Marine vom Scheitel bis zur Sohle, mit stoppelkurzem Haarschnitt, messerscharfen Bügelfalten und untadelig gerader Haltung. Während seiner Laufbahn war er als Offizier der Defense Intelligence Agency in diversen militärischen Navy-Operationen zum Einsatz gekommen, manche davon so geheim, dass die betreffenden Stellen in seiner Akte geschwärzt waren. Randolph Bannister war zwei Jahre jünger als sein Bruder Zack und galt als designierter Nachfolger in der Firmenleitung von Bannister Enterprises. Eine neue Entwicklung, auf die Brent in der nächsten Zeit noch sein Augenmerk lenken musste.

Neben Randolph Bannister stand seine Schwägerin Opal, Zacks schöne junge Witwe. Brünettes, sorgsam frisiertes Haar unter einem zarten Trauerschleier aus Tüll, dazu ein figurbetontes schwarzes Kostüm, das wahrscheinlich ein Vermögen gekostet hatte.

Dicht hinter Opal stand eine andere junge Frau, ein Taschentuch vorm verheulten Gesicht – May Belle, Zacks jüngere Tochter. Sie war eine schmale, blonde Elfe von fünfundzwanzig. Den Unterlagen zufolge war sie seit fünf Jahren verheiratet, mit einem Banker und Juristen namens Maxim Avery. Brent war ihm bisher noch nicht persönlich begegnet, aber den Fotos nach musste es der geschniegelte Typ an ihrer Seite sein, der mit seinem schmalen Oberlippenbart und den mit reichlich Gel zurückgekämmten Haaren eine frappierende Ähnlichkeit mit Rhett Butler aus *Vom Winde verweht* aufwies. Er saß als Finanzverwalter und Rechtsberater bei Bannister Enterprises fest im Sattel.

Ebenfalls in der ersten Reihe stand Reuben, Zacks missratener Sohn. Er hatte den Kopf zwischen die Schultern gezogen, aber sein schlaksiger, hoch aufgeschossener Körper überragte die Umstehenden trotzdem ein gutes Stück, sodass er nicht zu übersehen war. Reuben Bannisters Sündenregister war fast so lang wie er selber, aber bis auf ein einziges Mal in seiner Jugend hatte er es immer wieder geschafft, sich um den Knast zu drücken. Mithilfe der besten Anwälte, die New Orleans zu bieten hatte, allesamt bezahlt von seinem Vater, dessen Sarg soeben von einem Trupp weiß behandschuhter Träger in die Familiengruft befördert wurde.

In dem von betenden Marmorengeln umrahmten Mausoleum hatten schon mehrere Generationen der Bannisters ihre letzte Ruhestätte gefunden. Zack Bannisters Großeltern waren hier beigesetzt worden, ebenso seine Eltern und schließlich vor einem Dutzend Jahren seine erste Frau, eine zarte Südstaaten-Lady, die Brent damals hin und wieder aus der Ferne bewundert hatte. Näher als zehn Schritte war er nie an sie herangekommen. Die Bannisters hatten in einer anderen Liga gespielt, mindestens drei Klassen über ihm.

»Weißt du, was ich mich die ganze Zeit frage?«, meldete sich Milo neben ihm. »Ob diese Leute da wohl wirklich um ihn trauern oder ob sie nur so tun. Während sie in Wahrheit tierisch sauer auf ihn sind.«

Brent wusste, was Milo meinte. Die pikanten Umstände von Zack Bannisters Tod waren der Familie mitgeteilt worden. Streng vertraulich und im engsten Kreis, aber sie hatten es erfahren, das hatte sich nicht umgehen lassen. Nicht gerade die beste Voraussetzung für aufrichtige Trauer und liebevolle Erinnerungen.

Brent zuckte mit den Schultern, doch Milo schien das Thema genauer ergründen zu wollen.

»Okay, irgendwie möchte wahrscheinlich jeder Mann gern so abtreten wie Zachary Bannister. Aber das Andenken kriegt eindeutig Flecken durch so was. Ich meine, wenn der eigene Vater abkratzt, während er es gerade einer Nutte besorgt – das muss doch für die Kinder und den Rest der Familie traumatisch sein, oder nicht? Seine

Frau ist bestimmt dermaßen sauer auf ihn, dass sie froh ist, ihn los zu sein. Und sein Bruder sieht auch nicht besonders bedrückt aus. Vielleicht baut ihn die Aussicht auf, dass er jetzt die Firma übernehmen kann.« Milo legte nachdenklich den Kopf auf die Seite. »Was er wohl sagen würde, wenn er wüsste, dass das FBI hinter dem werten Verblichenen her war?«

»Das werden wir bald wissen.« Brent scannte noch einmal flüchtig die Menge, dann trat er einen Schritt von dem Baum zurück. Der Geistliche hatte seine Zeremonie beendet, die Sargträger zogen würdevollen Schrittes ab. Die Trauergesellschaft begann bereits, sich unter allgemeinem Händeschütteln zu zerstreuen.

»Sieh mal. Da kommt noch eine Frau. Wow!« Milo pfiff leise durch die Zähne. »Mann, sieh dir diese Titten an. Und die Beine!« Er verlagerte sein Gewicht und beugte sich vor. »Sie spricht mit den Bannisters.«

Brent hatte sie auch gesehen. Ihr Anblick traf ihn wie ein Keulenschlag. Er hielt unwillkürlich die Luft an und bemühte sich um eine ausdruckslose Miene, obwohl Milo ihn gar nicht ansah, sondern genau wie er selbst voll und ganz darauf konzentriert war, die verspätet eingetroffene Frau anzustarren. Sie war tatsächlich eine spektakuläre Erscheinung, die schon von Weitem auffiel: Ihr langes rotes Haar leuchtete in der Sonne wie kupferfarbene Flammen.

»Anscheinend kennen die sich, was meinst du?« Milo hielt inne. »Sieht aus, als würden sie sich streiten.«

»Scheint so.«

»Wer sie wohl ist? Vielleicht noch eine von Zack Bannisters Nutten?«

Brent widerstand dem Impuls, Milo eine reinzuhauen, und gab sich unbeteiligt. Er sagte kein Wort, während es in ihm brodelte. Dass es ihn so umhauen würde, sie wiederzusehen, traf ihn völlig unerwartet. Er hätte geschworen, seit Jahren über Cathleen Bannister hinweg zu sein. Wenn er sich überhaupt je vorgestellt hatte, ihr noch einmal zu begegnen, dann mit einem Maximum an Gelassenheit und Gleichgültigkeit.

Anscheinend hatte er sich geirrt.

»Wir gehen mal rüber«, sagte er. »Ich möchte wissen, was sie hier will.«

»Was zum Teufel willst du hier?«, erboste sich May Belle. »Glaubst du, dass du jetzt was erben kannst? Dad ist noch nicht richtig unter der Erde, und auf einmal stehst du da und hältst die Hand auf, wie? Hättest du nicht einfach wegbleiben können? Wir brauchen dich hier nicht!«

Cat reagierte nicht auf das Gekeife ihrer Schwester, sondern starrte die Frau an, die Onkel Randolph ihr gerade mit unbewegter Miene als ihre Stiefmutter Opal vorgestellt hatte. Sie hatte gehört, dass Dad vorletztes Jahr wieder geheiratet hatte, irgendwer hatte es ihr gemailt. In der Mail hatte auch gestanden, dass es sich um eine *sehr viel jüngere Frau* handelte. Cat hatte angenommen, dass besagte Frau vielleicht um die vierzig war. Das war immer noch *sehr viel jünger*, jedenfalls im Vergleich zu Dad. Aber diese Opal war definitiv kaum älter als sie selbst, daran gab es keinen Zweifel, nachdem sie den dünnen Tüllschleier zurückgeschlagen hatte. Und in ihren Augen stand ein Ausdruck, der alles andere als mütterlich wirkte, geschweige denn liebevoll. Sie erwiderte Cats Blick mit steinerner Abneigung.

Dad, dachte Cat schockiert. Was hast du getan?

Sie riss sich zusammen und nickte der Frau, die jetzt ihre Stiefmutter war, mit erzwungener Höflichkeit zu. »Guten Tag, Ma'am. Mein aufrichtiges Beileid.«

Opal lächelte mit perlweißen Zähnen. »Danke. Bitte nenn mich Opal, denn wir sind ja jetzt eine Familie. Ich möchte dir ebenfalls mein Beileid aussprechen. Es muss ein schwerer Verlust für dich sein. Dein Vater hat dir immer sehr nahegestanden. Sicher hast du ihn über alles geliebt.«

Von Reuben kam ein belustigtes Schnauben. Cat bemühte sich, nicht darauf zu achten.

Keiner aus ihrer Familie hatte sich auch nur im Geringsten geändert, das sah sie auf den ersten Blick. Reuben benahm sich immer noch wie ein arrogantes Arschloch, und May Belle war dieselbe Zicke wie eh und je, nur dass sie jetzt mit einem Typen namens Maxim verheiratet war, der aussah wie ein Double von Clark Gable. Cathleen fand ihn auf Anhieb unsympathisch – nicht wegen seines Äußeren, obwohl das für sich betrachtet schon grenzwertig war, sondern wegen der unverhohlenen Art, mit der er ihr auf den Busen starrte.

Sie hatte für die Beisetzung eines dieser schwarzen Reisekleider übergestreift, die sich im Koffer zu einem platzsparenden, knitterfreien Ball zusammenrollen ließen, kaum größer als eine Faust. Es war dünn und luftig und den mörderischen Temperaturen angemessen, aber trotzdem hatte sie schon nach fünf Minuten angefangen zu schwitzen. Das Kleid klebte an ihrem Körper wie eine zweite Haut, nichts blieb der Fantasie überlassen, zumal sie keinen BH trug. Ihre Brüste drückten sich durch den dünnen Stoff, und sie ahnte, dass auch ihre Hinterbacken sich in aller Deutlichkeit unter dem seidigen Gewebe abzeichneten, das sie ständig zwischen ihren Pobacken hervorziehen musste, weil es in der Hitze die unpraktische Eigenschaft entwickelte, sich dort festzuklemmen.

Außerdem hätte sie besser ihr Haar hochstecken sollen, statt es offen zu tragen. Die schwüle Luft plusterte ihre Locken auf und verwandelte sie in eine feuchte, wilde Masse, die ungezähmt über ihre Schultern und ihren Rücken floss. Ganz zu schweigen von ihrem ruinierten Make-up. Den Lippenstift hatte sie eben im Taxi noch rasch abgewischt, aber gegen die Schweißtropfen, die ihr in die Augen liefen und ihre Mascara verschmierten, konnte sie nicht viel ausrichten. Alles in allem sah sie im Moment vermutlich wie ein Flittchen aus, ein Eindruck, der durch die hochhackigen Manolos an ihren Füßen wohl eher noch verstärkt als abgeschwächt wurde. Die flackernden Augen dieses Clark-Gable-Verschnitts waren wie ein Geilheits-Barometer, das ihr deutlich zeigte, wie sie im Moment auf Männer wirkte. Zu seiner Ehrenrettung musste Cat sich allerdings eingestehen, dass er nicht der Erste und vor allem nicht der Einzige war, der sie seit ihrem Eintreffen auf dem Friedhof so anglotzte. Sie spürte die Blicke von allen Seiten, als würde sie von gierigen Fingern betastet. Kaum ein Mann im näheren Umkreis, dessen Blicke nicht an ihr klebten, abgesehen von Onkel Randolph und Reuben. Für die beiden sah sie nur so aus, wie sie sich selbst fühlte – verschwitzt, erschöpft, unpassend angezogen.

»Hattest du nur diesen durchsichtigen Fummel zum Anziehen?«, fragte Reuben abfällig, als hätte er ihre Gedanken gelesen. »Du läufst hier auf wie die Zweitbesetzung eines drittklassigen Erotikclips.«

Sie wollte ihm wütend über den Mund fahren, doch Randolph glättete die Wogen. Er maß Reuben mit einem missbilligenden Blick, bevor er sich an Cat wandte. »Du musst müde sein nach dem langen Flug. Wir sollten zusehen, dass wir nach Hause kommen, damit du dich ausruhen kannst.«

Dankbar für seine teilnahmsvolle Unterstützung lächelte sie ihn an. »Ich bin wirklich erledigt. Und das Kleid sah im Koffer besser aus als jetzt. Ich hab's mir extra noch rasch vor der Abreise besorgt. Normalerweise trage ich nie Schwarz.« Ein wenig kläglich sah sie an sich hinab. »Im Verkaufsprospekt stand nicht, dass man darin nicht schwitzen darf.«

»Zerbrich dir darüber nicht den Kopf. Du siehst sehr gut aus.«

Der Rest der Familie war erkennbar anderer Ansicht. Opal musterte sie mit deutlichem Missfallen, und May Belles Blicke signalisierten unverhohlene Ablehnung. In Reubens Miene war der höhnische Spott nicht zu übersehen, und Maxim zog sie nach wie vor mit den Augen aus.

Und noch jemand sah sie an, sie spürte es mit allen Sinnen. Es lief auf einer unbewussten Ebene ab, sie wusste selbst nicht genau, was sie dazu veranlasste, sich mit einem Ruck umzudrehen. Ihr Herzschlag schien sich zu verlangsamen, um dann umso heftiger wieder einzusetzen.

Brent. Er war es wirklich. Sie starrte ihn an. Ihre Lippen bewegten sich in dem Versuch, irgendwas zu sagen, doch sie brachte nichts heraus.

»Hi, Cat«, sagte Brent. »Du hast dich nicht verändert.«

Er sich auch nicht, jedenfalls nicht sehr. Die Zeit hatte seinen Körper eine Spur drahtiger werden lassen. Ansonsten hatte er noch dieselbe massive Quarterback-Statur wie damals. In den Augenwinkeln nisteten kleine Fältchen, die früher nicht da gewesen waren, und sein Haar war vielleicht eine Idee dunkler. Damals hatte es die Farbe hellen Weizens gehabt, ausgebleicht von unzähligen Footballspielen unter der heißen Sonne Louisianas; jetzt hatte es eher den Farbton von altem Gold. Doch seine Augen waren immer noch so blau wie Indigo, sie stachen in dem sonnenverbrannten Gesicht hervor und zogen den Blick des Betrachters magisch an. Auf Cat hatten sie dieselbe Wirkung wie früher – in ihrem Magen fing es an zu flattern, und ihre Kehle zog sich zusammen. Der einzige Unterschied zu früher bestand darin, dass sie schneller ihre Fassung zurückgewann. Sie war keine sechzehn mehr. Nur ein paar Schrecksekunden, und sie hatte sich gefangen.

»Brent«, sagte sie. »Ich wusste nicht, dass du wieder in New Orleans lebst.«

»Ich lebe nicht hier.«

»Wir kommen aus Washington«, meldete sich der Mann zu Wort, der neben ihm stand, ein schlanker, unauffälliger Typ in Brents Alter.

»Willst du uns nicht bekannt machen, Cathleen?«, fragte Opal. In ihrer Stimme lag ein leicht vibrierendes Timbre. Cat hörte es problemlos heraus, denn es entsprach genau den Reaktionen, die Brent immer schon bei Frauen hervorgerufen hatte. Als er an der Highschool der heiß umschwärmte Footballheld gewesen war, hatten die meisten Mädchen in seiner Gegenwart genauso geredet wie gerade Opal. Besonders tief konnte die Trauer um Dad bei ihr nicht gehen.

»Das ist Brent LaVerne. Wir sind früher auf dieselbe Highschool gegangen. Er war zwei Jahre über mir und Quarterback im Footballteam.«

»Er war nicht einfach nur Quarterback«, korrigierte Reuben. »Er war der Gott des Football an der Lafayette High. Vor ihm und nach ihm gab es da nie einen Besseren.«

»Und Cat war sicher Cheerleaderin«, fügte Maxim launig hinzu.

»Das war sie tatsächlich«, meinte Randolph.

»Brent, was hat dich vom Big Easy ins langweilige Washington verschlagen?«, erkundigte sich Reuben. In seiner Stimme schwang ein ironischer Unterton mit. »Wieso bist du kein Superstar geworden? Du warst fast eine Legende. Es war doch schon an der Schule ausgemacht, dass du zu den Saints gehst und eines Tages in der *Hall of Fame* endest.«

»Tja, manchmal kommt einem das Leben dazwischen.«

Eine unangenehme Pause entstand, die Cat entschlossen beendete.

»Brent, das ist meine Stiefmutter Opal. Mein Onkel Randolph. Meinen Bruder Reuben kennst du sicher noch, er war ja auch auf der Lafayette High. Und das sind meine Schwester May Belle und ihr Mann Maxim Avery.«

Brent nickte allen höflich zu und drückte sein Beileid aus, dann stellte er Milo vor. »Mein Partner Milo Stone.«

»Partner?« Reuben zog die Brauen hoch.

Um Brents Mundwinkel zuckte es kaum wahrnehmbar. »Man könnte auch *Kollege* sagen. Wir arbeiten zusammen.«

»Und wo?«

»Beim FBI«, sagte Milo. »Drogendezernat.«

Reuben verengte die Augen und sagte nichts mehr.

»Und was treibt Sie nach New Orleans, Mister LaVerne? Private oder geschäftliche Angelegenheiten?«, erkundigte sich Maxim.

»Wir sollten Mister LaVerne und Mister Stone nicht mit lästigen Fragen aufhalten«, mischte May Belle sich ein. »Sicher haben sie genug zu tun. Lass uns gehen, Maxim. Ich fühle mich nicht gut und will nach Hause.«

Maxim blickte Verständnis heischend in die Runde. »Wenn ihr nichts dagegen habt, gehen wir schon mal vor. Ihr könnt ja mit Randolph zurückfahren.«

»Ich komme mit euch«, erklärte Reuben, die Hände tief in die Taschen seines eleganten Jacketts geschoben. Er hatte schon immer ein Faible für teure Designerklamotten gehabt, schon damals, als er noch zur Schule gegangen war, und sein Taschengeld hatte bei Weitem nicht dafür gereicht. Cat erinnerte sich noch an die Auseinandersetzungen, die es deswegen gegeben hatte. Einmal hatte Reuben behauptet, er hätte als Autowäscher gejobbt und damit Geld verdient, aber dann war herausgekommen, dass er zusammen mit einem dubiosen Typen namens Otis draußen in den Swamps Hahnenkämpfe veranstaltete. Möglicherweise waren diese illegalen Wetten nicht die letzten Gesetzesübertretungen gewesen, mit denen er seine Klamotten und andere Dinge finanzierte. Seit vorhin das Wort *Drogendezernat* gefallen war, schien sein Bedürfnis nach dem Austausch alter Erinnerungen jäh erloschen zu sein. Ohne ein Wort des Abschieds folgte er May Belle und Maxim in Richtung Ausgang.

Brent blickte ihm mit undeutbarer Miene nach. »Wir müssen dann auch weiter«, erklärte er. »Ich wollte nur rasch Hallo sagen.« Er nickte Randolph und Opal zum Abschied zu, dann fasste er Cat ins Auge. »Man sieht sich. Komm, Milo.«

»Aber … okay. Bye, die Herrschaften.« Milo Stone tippte an eine unsichtbare Hutkrempe, dann marschierte er gemeinsam mit Brent davon.

Randolph wirkte irritiert. »Das war gerade etwas seltsam, oder?«

Cat war absolut seiner Meinung, konnte aber nichts erwidern, weil sie zu sehr damit beschäftigt war, diese unverhoffte Begegnung geistig zu verdauen.

»Wieso war es seltsam?«, wollte Opal wissen. »Er hat nur Cathleen guten Tag gesagt. Wenn ich irgendwo eine alte Bekannte sähe, würde ich auch hingehen und sie begrüßen. Wahrscheinlich war er auf der Bestattung da drüben.« Sie deutete auf die Grabstätte in einiger Entfernung, wo gerade die Jazzkapelle wieder angefangen hatte zu spielen und die Trauergäste auf ihrem Weg zum Ausgang begleitete. »Wenn er aus der Gegend stammt, wird er noch Freunde und Verwandtschaft hier haben. Vermutlich ist einer von denen gestorben.«

Das war natürlich durchaus möglich, überlegte Cat. Doch aus unerfindlichen Gründen glaubte sie nicht daran, dass er deswegen nach New Orleans gekommen war.

Man sieht sich, hatte er gesagt.

Plötzlich wusste sie ohne jeden Zweifel, dass sie ihn wirklich wiedersehen würde, und zwar schon sehr bald.

»Heiße Braut, diese Cat Bannister«, stellte Milo auf dem Weg zum Wagen fest. »Ob wir sie in die Ermittlungen einbeziehen müssen?«

»Ja«, sagte Brent. »Ich glaube nicht, dass sie bloß gekommen ist, um zur Beisetzung ihres Dads zu gehen. Irgendwas stimmt daran nicht.«

»Wie kommst du darauf?«

»Keine Ahnung. Ist nur so ein Bauchgefühl. Wir sollten versuchen, mehr über sie rauszukriegen.«

»Okay.«

Für Milo schien die Sache mit dem Bauchgefühl völlig in Ordnung zu sein. Jedenfalls hinterfragte er es nicht weiter. Das mochte daran liegen, dass Brent mit seinen beruflichen Einschätzungen und Strategien selten falschlag. Genau genommen bisher noch nie, zumindest nicht während der Zeit ihrer Zusammenarbeit, also immerhin schon seit fast vier Jahren. Sie hatten gleichzeitig die Ausbildung in Quantico abgeschlossen und sich später in derselben Abteilung wiedergefunden. Meist waren sie einer Meinung, es gab so gut wie nie Streit. Milo war ein scharfsichtiger Ermittler, und sie hatten eine überdurchschnittliche Aufklärungsquote.

Sie hatten den alten Friedhof mit seinen Grüften und stilisierten Tempeln hinter sich gelassen und tauchten in den noblen, beschaulichen Garden District ein. Ganz in der Nähe wohnten die Bannisters, in einer dieser Stadtvillen aus dem vorletzten Jahrhundert, von denen es hier viele gab – aufwendig sanierte Prachtbauten, malerisch verborgen hinter kunstvollen schmiedeeisernen Zäunen und blühenden Sträuchern.

Einmal war Brent in den Garden District gekommen

und hatte ihr Haus gesucht. Er kannte die Adresse in der Magnolia Lane, deshalb hatte es nicht lange gedauert, bis er das Anwesen gefunden hatte. Es hatte alle übrigen Häuser dieser Gegend in den Schatten gestellt. Alles daran stank nur so nach Geld, und Brent hatte sich bei dem Anblick so erbärmlich klein und nutzlos gefühlt wie nie zuvor in seinem Leben. Als er damals vor diesem von schneeweißen Säulen gestützten Palast von Haus gestanden hatte, war ihm klar geworden, wie dumm er gewesen war. Nein, das war der falsche Ausdruck – verrückt passte eher. Verrückt genug, sich einzubilden, es könnte was aus Cat und ihm werden. Das Haus hatte ihm auf schmerzliche Weise begreiflich gemacht, was er vorher nicht verstanden hatte: Er war nichts für sie. Sie passten nicht zusammen. Er war ein Redneck aus den Sümpfen, sie die Prinzessin aus dem Garden District.

Dabei hatten die Beweise dafür schon vorher unübersehbar auf der Hand gelegen, dazu hätte er eigentlich gar nicht erst das Haus besichtigen, sondern einfach nur bei Cat selbst genauer hinschauen müssen. Die Art, wie sie ging, wie sie redete, wie sie sich benahm – sie verkörperte ihre Rolle im Leben mit einem so souveränen Selbstverständnis, wie man es nur selten fand. Dafür war kein einziges Statussymbol nötig – es war ganz einfach ihre Persönlichkeit, die sie zu etwas Besonderem machte und den Leuten zeigte, aus welchem Stall sie kam.

Rein äußerlich unterschied sie nichts von den anderen Mädchen in der Schule. Sie trug keinen teuren Schmuck, hatte keine eigene Kreditkarte, besaß kaum Markenklamotten. Zachary Bannister war einer der erfolgreichsten Unternehmer Louisianas, aber er schickte Cat und Reuben auf eine staatliche Schule statt auf eines dieser elitären Privatinstitute, wo ein einziges Semester so viel kostete, wie Brents Mom in ihrem ganzen Leben nicht verdient hatte. Nur May Belle war später auf eine katholische Mädchenschule gegangen, aber weniger aus Standesdünkel heraus, sondern weil ihre Eltern unbedingt verhindern wollten, dass ihr womöglich beim Besuch der staatlichen Schule dasselbe passierte wie ihrer großen Schwester.

»He, was ist los mit dir?«, rief Milo. »Wo willst du denn hin?«

Brent merkte, dass er im Begriff war, an der Stelle vorbeizulaufen, wo sie geparkt hatten.

»Sorry. Ich war in Gedanken.«

»Ziemlich tief, was?«

Brent schloss kommentarlos den Wagen auf und setzte sich hinters Steuer.

»Woran hast du gedacht?«

»Daran, dass ich heute noch zu den Bayous rausfahren will.« Das war nur halb gelogen. Er wollte tatsächlich heute noch rausfahren.

»Was willst du da?«

»Meinen Grandpa besuchen.«

»Ach, der lebt noch?«

»Sonst würde ich ihn nicht besuchen.«

Milo betrachtete ihn von der Seite. »Du kennst sie näher, oder?«, fragte er unvermittelt.

»Wen?«, fragte Brent zurück, obwohl er genau wusste, wen Milo meinte.

»Diese Cathleen. Ihr wart nicht einfach bloß zusammen auf der Schule. Ich habe gemerkt, wie sie dich angeschaut hat. Hattet ihr mal was laufen?«

Brent kalkulierte blitzschnell alle Optionen durch und kam sofort zu dem Schluss, dass es dämlich wäre, es rundweg abzustreiten. Milo war clever, und er hatte einen Blick fürs Wesentliche. Also würde er das kriegen, was der Wahrheit am nächsten kam, ohne alles zu verkomplizieren.

»Bloß eine harmlose kleine Knutscherei auf dem Schulball«, meinte er gelassen, während er den Wagen startete und sich in den fließenden Verkehr einfädelte. Er fuhr über die St. Charles Avenue in Richtung Lee Circle. Sie hatten ein Hotelzimmer im Central Business District. »Sie war sechzehn, ich achtzehn, und wir hatten beide was getrunken. Es kam danach nicht wieder vor. Ein paar Tage später hab ich schon gar nicht mehr dran gedacht. Ich hatte jede Woche was mit einem anderen Mädchen, wenn du verstehst, was ich meine.«

»Hm, ja, wahrscheinlich standen sie Schlange, denn du warst ja ein echt heißer Quarterback«, konstatierte Milo sarkastisch, doch Brent hörte auch eine Spur Neid heraus. Milo war nicht gerade der athletische Typ. Während der Ausbildung hatte er beim Sport immer die größten Probleme gehabt.

»Bist du sicher, dass es ihretwegen für dich bei den Ermittlungen keinen Interessenkonflikt gibt?«, erkundigte sich Milo.

»Hundertprozentig sicher«, erklärte Brent, und während er das sagte, ahnte er bereits, dass das die erste von vielen Lügen war, die noch folgen sollten.

2

Cat rührte Zucker in ihre Tasse und nahm sich einen Beignet. Nach der Rückkehr vom Friedhof hatte sie die anderen gebeten, im Salon mit ihr Kaffee zu trinken. Für das, was sie ihnen zu sagen hatte, wollte sie einen möglichst vertrauten Rahmen. Sie baute darauf, dass es ihnen dadurch besser gelingen würde, mit der Situation umzugehen.

Natürlich war sie mit ihrer Einladung auf Widerstand gestoßen. Opal wollte das Treffen auf den Abend verlegen, weil sie mit ihrer Freundin verabredet war. Reuben hatte überhaupt keine Lust, und May Belle wollte schlafen. Nur Randolph hatte sofort und ohne nachzufragen zugestimmt.

Cat hätte die Bombe gleich platzen lassen können, doch sie hatte ihre Bitte lediglich um die Erklärung ergänzt, dass sie ihnen allen in Dads Namen etwas Wichtiges zu sagen habe und dafür die komplette Familie an einem Tisch wolle.

May Belle hatte umgehend wissen wollen, was los war, und auch Reuben hatte verlangt, sie solle zum Teufel noch mal sofort damit herausrücken, doch sie hatte auf die Zusammenkunft bestanden. Sie hatte sogar das alte Porzellan und die Silberkanne für den Zichorienkaffee herausgeholt, um die richtige Atmosphäre zu schaffen. Annie hatte auf ihre Bitte hin frische Beignets gebacken und sie fingerdick mit Puderzucker bestreut. Cat fand es seltsam tröstlich, dass sie immer noch als Haushälterin für die Bannisters arbeitete – eine der wenigen vertrauten Konstanten von früher, die die Jahre ihrer Abwesenheit überdauert hatten. Vom Rest der Umgebung konnte man das nicht sagen. Viele Räume im Haus waren kaum wiederzuerkennen. Nur der Salon war unverändert geblieben. Aber auch er sollte bald umgestaltet werden, wie Cat von Annie erfahren hatte.

»Die antiken Möbel gefallen Miss Opal nicht besonders. Sie mag den alten Plantagenstil nicht, sie will was Modernes.«

Cats früheres Zimmer war in die neu eingerichtete Suite integriert worden, die nun von May Belle und Maxim bewohnt wurde. Randolph, der vor fünf Jahren nach seinem Abschied vom Militär wieder ins Haus gezogen war, hatte sich ebenfalls zwei Zimmer im ersten Stock eingerichtet. Reuben hatte noch sein altes Zimmer im Haus, allerdings lebte er überwiegend in einem Apartment im Warehouse District und kam nur noch sporadisch in die Magnolia Lane.

All das erfuhr Cat von Annie, während sie gemeinsam ein Zimmer im Dachgeschoss für die Zeit ihres Aufenthalts herrichteten. Annie hatte sie gefragt, ob sie denn nun endgültig heimgekommen sei, worauf Cat geantwortet hatte, dass sie das jetzt noch nicht sagen könne und zuerst mit den anderen über sehr wichtige Dinge reden müsse.

Cat hatte sich ans Kopfende gesetzt, auf Moms Stuhl. Randolph saß rechts von ihr, dort, wo Dad immer gesessen hatte. Ihre Geschwister hatten ihre früheren Plätze eingenommen, die Macht alter Gewohnheit. Für Maxim und Opal, die neuen Familienmitglieder, waren die freien Stühle am anderen Ende der Tafel geblieben. Opal hatte sich umgezogen und trug jetzt ein schwarzes Designerkleid, das ebenso neu aussah wie das Kostüm, das sie zur Beisetzung angehabt hatte. Anscheinend hatte sie sich passend zum Anlass gleich eine komplette Trauergarderobe zugelegt.

Auch Cat hatte die Kleidung gewechselt, doch sie hatte sich was Legeres rausgesucht – eine helle Cargohose und ein Top mit Spaghettiträgern. Sie mochte keine schwarze Kleidung, und ihr Bedürfnis, aus Gründen der Pietät Zeug anzuziehen, das ihr nicht behagte, tendierte gegen null.

Auch der Rest der Familie trug wieder normale Alltagskleidung. Dass ausgerechnet Opal in Schwarz gekommen war, obwohl sie nicht mal ansatzweise den Eindruck machte, ihren Mann zu betrauern, stellte Cat vor ein Rätsel. Sie konnte es sich nur damit erklären, dass Opal damit ihre Rolle festigen wollte – als Witwe und als erste Anspruchsberechtigte bei der Verteilung des Erbes. Nun, dann würde sie wohl gleich aus allen Wolken fallen.

»Jetzt sag schon, was du zu sagen hast«, maulte May Belle. »Ich bin müde und habe Kopfschmerzen.«

»Ja, spann uns nicht länger auf die Folter, Schwesterherz«, sagte Reuben. Er spielte mit einem Beignet und zupfte es auseinander, bevor er sich die fettigen Stückchen in den Mund steckte.

Opal zog es vor, vornehm schweigend Cats Erklärung abzuwarten, aber ihre gesamte Körperhaltung strahlte Unwillen aus.

Cat holte Luft. Es war an der Zeit, die Katze aus dem Sack zu lassen. Sie hatte sich gut darauf vorbereitet, dennoch war es schwieriger als erwartet. Sie hatte nicht mit so viel geballter Feindseligkeit gerechnet. Einzig Randolph blickte sie mit aufmunternder Freundlichkeit an.

»Die Sache ist die«, begann sie zögernd. »Ich bin nicht einfach nur hier, weil Dad gestorben ist und ich zu seiner Beisetzung kommen wollte. Seine Anwälte haben mich von seinem Tod informiert und mir gleichzeitig eine Nachricht übermittelt, die er für mich hinterlassen hatte.«

»Dad hat dir eine Nachricht hinterlassen?«, vergewisserte sich May Belle konsterniert. »Warum das denn? Er wollte dich nie wiedersehen, nachdem du abgehauen warst! Er hat es selbst gesagt!«

»Na, er *hat* mich ja auch nie wiedergesehen, oder?«, versetzte Cat mit trügerischer Sanftheit. »Trotzdem hat er für den Fall seines Todes eine Regelung getroffen, die meine Person in das Zentrum der gesamten Nachlassabwicklung stellt.«

»Er hat … Was soll das heißen?«, wollte Reuben wissen. »Was für eine verfickte Regelung soll das sein?«

»Es wird noch eine förmliche Testamentseröffnung stattfinden, aber ich kenne den Inhalt von Dads letztwilliger Verfügung bereits und kann ihn euch daher mitteilen.«

»Ich kenne Dads Testament ebenfalls«, sagte Reuben. »Ich war dabei, als er es voriges Jahr aufgesetzt hat! Er hat verfügt, dass Randolph treuhänderisch für uns alle die Firmenanteile übernimmt und dass das gesamte Fondsvermögen zu gleichen Teilen auf Opal, May Belle und mich aufgeteilt werden soll.«

»So hat er es bestimmt«, bestätigte Opal. »Ich war auch dabei.« In ihren Augen flackerte es. Anscheinend ahnte sie bereits, dass ihre Stieftochter schlechte Nachrichten für sie hatte.

»Dad hat ein neues Testament gemacht«, erklärte Cat. »Er hat mich als Haupterbin eingesetzt.«

Nach dieser Verlautbarung herrschte am Tisch schockiertes Schweigen. Reuben und May Belle sahen einander entsetzt an. Maxim starrte auf einen Punkt an der Zimmerdecke, und Opals Miene war vor ungläubigem Schreck versteinert.

»Das kann nicht sein«, sagte Reuben schließlich fassungslos. »Es war doch alles geregelt!«

»Er hat es neu geregelt und dabei eine andere Verteilung festgelegt.«

»Welche?«, wollte Reuben wissen.

»Für dich und May Belle hat er Vermächtnisse von jeweils fünfzigtausend Dollar ausgesetzt, die sukzessive über einen Zeitraum von zehn Jahren auszuzahlen sind.«

»Was?«, schrie Reuben. »Das kann nicht sein! Das ist ja nur ein verdammtes Taschengeld!«

Cat fuhr unbeirrt fort. »Opal wurde komplett aus der letztwilligen Verfügung gestrichen, sie bekommt nichts. Onkel Randolph erhält dieses Haus hier. Es gilt dafür die Auflage, dass es nur bewohnt, aber nicht veräußert werden darf. Das Fondsvermögen und alle übrigen freien Werte fließen in die Firma.« Sie hielt inne, um sich für die wirkliche Hiobsbotschaft zu sammeln. »Und ich soll Bannister Enterprises übernehmen, mitsamt allen Gesellschaftsanteilen.«

»Aber das ist ja so gut wie alles!«, rief Reuben entgeistert. »Das Unternehmen umfasst praktisch das gesamte Vermögen!« Er war blass geworden, sein Adamsapfel geriet in Bewegung, als er krampfhaft schluckte. »Dad kann unmöglich gewollt haben, dass du es kriegst!«

»Das kann nicht rechtens sein«, sagte May Belle im Brustton der Überzeugung.

»Die Anwälte sagen, es sei absolut wasserdicht«, erwiderte Cat. »Es bleibt euch natürlich unbenommen, dagegen anzugehen, falls ihr das für richtig haltet.«

»Und *ob* wir es für richtig halten!« May Belle schlug auf den Tisch und stieß dabei ihre Tasse um. Der Zichorienkaffee ergoss sich über das blütenweiße Damasttischtuch.

Nur Opal hatte sich bisher nicht geäußert. Sie warf Cat

einen lauernden Blick zu, dann wandte sie sich an Randolph. »Was sagst du dazu?«

Randolph lehnte sich zurück. »Ich würde sagen, wenn Zack ein neues Testament gemacht hat, wird er seine Gründe gehabt haben.«

»Das ist doch absurd«, meinte Reuben. »Warum hätte Dad das tun sollen?«

»Das kann ich dir leider auch nicht sagen«, erwiderte Cat. »Sicher ist nur, er *hat* es getan.«

»Warum sollte er ausgerechnet dir die Firma überlassen?«, rief May Belle. »Du kannst damit doch gar nichts anfangen!«

»Irrtum«, sagte Reuben. »Sie kann sie verkaufen und steinreich dabei werden.«

»Dad wollte, dass ich das Unternehmen leite, das war sein ausdrücklicher Wunsch.«

Reuben lachte. »Damit ist alles klar. Das neue Testament ist ungültig, denn er war nicht richtig bei Verstand. Wäre er noch klar im Kopf gewesen, hätte er nie gewollt, dass du die Firma übernimmst. Du kannst kein Unternehmen leiten und erst recht keins wie Bannister Enterprises. Das ist nicht einfach irgendein Laden, sondern ein Konzern – einer der größten des Landes.«

»Nun, du kannst es nicht wissen, aber ich habe in London beruflich viel erreicht. Ich bin Projektmanagerin in der Finanzabteilung der englischen Niederlassung von Trispell.«

»Wow«, sagte Maxim.

»Was heißt hier *Wow?*«, fuhr May Belle ihren Mann an. »Was soll dieses Trispell für eine Firma sein?«

»Eine der größten Baufirmen Europas«, sagte Randolph. Er nickte anerkennend. »Alle Achtung, Cat. Da hast du ja wirklich eine steile Karriere hingelegt!«

»Onkel Randolph!«, rief May Belle. »Willst du sie bei dieser Sache etwa unterstützen? Begreifst du nicht, was sie vorhat? Sie will dir die Firmenleitung wegnehmen! Es war doch immer ausgemachte Sache, dass *du* Bannister Enterprises weiterführst!«

Randolph schüttelte den Kopf. »Ausgemacht in dem Sinne, dass es schwarz auf weiß feststand, war es nie. Zack wollte es gern und hat oft darüber gesprochen. Das war ja auch der Grund dafür, dass ich vor fünf Jahren wieder nach New Orleans gezogen und mit in die Firma eingestiegen bin.« An Cat gewandt, fügte er erläuternd hinzu: »Es war Zacks Wunsch, dass ich ihm einen Teil der Arbeit abnehme, also habe ich mich unter seiner Anleitung wieder reingebissen. So wie früher.«

Cat nickte, denn sie war darüber im Bilde. Dad und Onkel Randolph hatten schon vor vielen Jahren zusammen in der Firma gearbeitet. Randolph hatte als einer der verantwortlichen Geschäftsführer einige Großbaustellen betreut, Firmenprojekte von Bannister Enterprises. Irgendwann während des ersten Golfkrieges war er wieder zurück zum Marine Corps gegangen und dort bis zum Captain aufgestiegen, ehe er seinen Abschied genommen hatte – hochdekoriert und ehrenvoll, aber immer noch viel zu jung, um zum alten Eisen zu zählen. Er war erst Mitte fünfzig und kerngesund.

»Stand in dem Testament irgendwas darüber, warum Onkel Randolph ihm auf einmal nicht mehr gut genug war?«, fragte Maxim.

»Nein«, sagte Cat. »Dad hat sich nicht sehr ausführlich über die Gründe seiner Entscheidungen ausgelassen. In der Präambel steht nur, er habe meinen weiteren Lebensweg aus der Ferne verfolgt und er habe bei mir was gutzumachen. Und dass es sein innigster Wunsch sei, dass ich Bannister Enterprises übernehme. Der ganze Rest besteht aus juristischen Klauseln, die alles genau regeln. Ihr bekommt alle zur offiziellen Verkündung des Testaments eine Abschrift, dann könnt ihr es euch selbst ansehen.« Sie wandte sich an Randolph. »Tut mir sehr leid, falls das für dich unerwartet kommt.«

Doch Randolph schien die ganze Sache sehr gelassen aufzunehmen. »Bevor hier irgendwelche Missverständnisse aufkommen – ich habe mich nie um die Firmenleitung oder überhaupt um irgendeinen Job in der Firma gerissen. Nach meinem Abschied vom Corps bin ich nur wieder ins Unternehmen gekommen, weil Zack es so wollte und weil ihm die Arbeit über den Kopf wuchs. Cat, was mich angeht, musst du dir keine Gedanken machen, dass du mich verdrängen könntest oder so was in der Art. Ich hab das wirklich nur für deinen Dad gemacht. Ums Geld ging es mir dabei nie. Das Corps zahlt mir eine sehr ordentliche Pension, und wenn meine Arbeit nicht mehr gefragt ist, kann ich genauso gut auch Golf spielen oder segeln gehen.«

May Belle sprang auf. »Ich höre mir diesen Mist nicht länger an!« Mit zornig verzogenem Gesicht rannte sie aus dem Salon und knallte die Tür hinter sich zu.

»Oje. Ich glaube, ich sehe mal nach ihr.« Maxim erhob sich mit einem entschuldigenden Lächeln und folgte seiner Frau.

»Über diesen ganzen Unsinn ist das letzte Wort noch nicht gesprochen«, verkündete Reuben. Er stand ebenfalls auf. An der Tür drehte er sich noch einmal um. »Du tätest gut daran, über einen Verkauf der Firma nachzudenken, Cat. Ich bin davon überzeugt, dass du keinen Spaß an deiner neuen Aufgabe bei Bannister Enterprises hättest.« Ein unversöhnlicher Ausdruck stand in seinem Gesicht, als er den Raum verließ.

Randolph betrachtete Cat bedauernd. »Tut mir leid, dass du auf so viel Ablehnung stößt, Cat. Das hast du nicht verdient.« Tröstend nahm er ihre Hand und drückte sie kurz. »Wie sieht es aus – soll ich uns einen schönen großen Mint Julep machen?« Als Erklärung für Opal fügte er hinzu: »Das war der Lieblingsdrink von Cats Mom.«

»Ich hasse Mint Julep«, sagte Opal kühl.

Randolph überging die Bemerkung einfach. »Cat?«

»Danke, aber nein.« Cat hatte das Bedürfnis, sich zu verkriechen. Sie entschuldigte sich höflich bei den beiden und ging hoch auf ihr Zimmer. Von ihrer Seite aus war für den Augenblick alles Wesentliche gesagt.

3

Brent stellte den Wagen ab und machte sich auf den Weg. Schon nach wenigen Schritten lockerte er fluchend seinen Schlips und zog das Jackett aus. Die Hitze war auch am späten Nachmittag noch mörderisch, und in den Sümpfen schien sie sich zu einer so stickigen Schwüle zusammenzuballen, dass man das Gefühl hatte, durch Wasser atmen zu müssen. Zur Behausung seines Großvaters kam man nur per Boot oder über einen Trampelpfad, der von einer unbefestigten Straße abzweigte und zwischen Sumpfzypressen und wucherndem Gestrüpp zum Ufer des Bayou hinunterführte. Die nächste menschliche Ansiedlung war knapp zwei Meilen entfernt und gehörte zu einem verschlafenen Nest ein Stück westlich von New Iberia.

Brent war vor vier Jahren das letzte Mal hier gewesen. Seitdem hatte er seinen Großvater nicht mehr gesehen, und er hätte auch diesmal gern darauf verzichtet. Doch aus unerklärlichen Gründen fühlte er sich verpflichtet, während seines Aufenthalts in New Orleans wenigstens einmal bei dem Alten vorbeizuschauen. Da er nicht der

Typ war, der unangenehme Vorhaben länger als irgend nötig aufschob, hatte er beschlossen, es gleich zu erledigen, dann hatte er es hinter sich.

Sein Grandpa hauste seit Urzeiten in einer Bruchbude von Hütte, und für Brent, der ihn nur alle Jubeljahre besuchte, war es schwer vorstellbar, dass er selbst hier die ersten drei Jahre seines Lebens verbracht hatte. Den Schilderungen seiner Mutter zufolge war es einstmals sogar sauber und gemütlich in der Hütte gewesen, jedenfalls zu der Zeit, als seine Grandma noch gelebt hatte. Aber die war schon lange tot. Sie war gestorben, als Brents Mutter zwölf Jahre alt gewesen war. Danach hatte der Alte angefangen zu trinken und ein paar Jahre später seine Arbeit verloren – vorher hatte er ab und zu Touristen mit dem Propellerboot durch die Bayous gefahren. Der Typ, dem das Boot gehörte, hatte ihn gefeuert, nachdem Brents Grandpa bei einer dieser Fahrten im Suff das Boot auf Grund gesetzt und dabei eine Gruppe Touristen über Bord befördert hatte. Den Leuten war nicht viel passiert, aber das Boot war Schrott gewesen, und die Versicherung hatte nicht gezahlt, weil Brents Grandpa sturzbetrunken gewesen war.

Ungefähr um die Zeit war Brents Mom schwanger geworden, von einem Jungen aus der Schule. Beide waren sie erst fünfzehn gewesen. Der Junge war von seinem Vater, einem stadtbekannten Raufbold, halb totgeschlagen worden und hatte sich hinterher einen Scheißdreck um Brents Mom und das Baby gekümmert. Irgendwann hatte er sich mit einem geklauten Wagen um einen Baum gewickelt und war dabei draufgegangen.

Die Redneck-Sippschaft, der Brent väterlicherseits entstammte, war inzwischen in alle Winde zerstreut. Brent kannte keinen Einzigen von ihnen und war froh darüber. Seine Mom war seine einzige Familie gewesen. Immerhin hatte sie genug Courage besessen, mit achtzehn aus dem Cajun Country in die Stadt zu ziehen. Sie und Brent hatten in einem winzigen Apartment in der Canal Street gehaust, und er hatte als kleiner Junge die Nachmittage und Abende bei ihren Freundinnen oder Nachbarinnen verbracht, während sie gekellnert und für fremde Leute geputzt hatte. Irgendwann hatten sie in eine bessere Wohnung ziehen können, nachdem seine Mom sich zur Geschäftsführerin einer Kneipe hochgearbeitet hatte. Dort hatte sie immer noch hinterm Tresen gestanden, als sein Abschlussjahr an der Highschool anfing, doch zu der Zeit hatte der Krebs schon begonnen, sie inwendig aufzufressen.

»Du bist auf einem guten Weg«, hatte sie gesagt, kurz bevor sie starb. »Mach das Beste draus.«

Und das hatte er bei Gott versucht. Er hatte sich das letzte halbe Jahr an der Schule allein durchgeschlagen. Er hatte sich mit einem Kumpel ein Zweizimmerapartment über einem Lokal geteilt und jeden Job angenommen, den er kriegen konnte. Die Talent-Scouts hatten ihn schon fest im Visier gehabt und ihn zu Probespielen eingeladen. Doch dann hatte ihm das Leben ein Bein gestellt. Aus der Traum von der NFL-Karriere.

Vor ihm verbreiterte sich der Weg zu einer Lichtung, auf der eine Wolke von Moskitos tanzte. Brent ging ungerührt mitten hindurch. Aus irgendwelchen Gründen mochten die Biester ihn nicht besonders. Vielleicht hatten sie schon genug von ihm gehabt, als er noch klein gewesen war. Wahrscheinlich hatte er das von dem Alten geerbt, den stachen sie auch nicht.

Von der Lichtung aus sah er den Bayou, einen träge dahinfließenden, von Mangroven gesäumten Wasserlauf. Die Hütte stand auf Stelzen direkt am Ufer. Brents Grandpa hatte sie schon vor seiner Geburt gebaut, das Meiste davon selbst gezimmert, im Schweiße seines Angesichts, wie er häufig betont hatte. Falls er seit dem Unfall mit dem Touristenboot noch irgendeiner sinnvollen Arbeit nachgegangen war, musste es Brent entgangen sein. Sein Großvater beschäftigte sich hauptsächlich mit Nichtstun und Saufen. Manchmal hockte er sich auf den morschen Steg, der von seiner Veranda aus ins Wasser führte, und versuchte irgendwas Essbares zu angeln, oder er legte Fallen aus, um Eichhörnchen oder Opossums zu fangen. Ab und zu gelang es ihm sogar, mit seiner Schrotflinte einen Alligator zu schießen. Das Fleisch verkaufte er unter der Hand, genau wie die Haut. Das Geld setzte er überwiegend in Schnaps um.

Brent fand ihn auf der Veranda, wo er in einem Schaukelstuhl hockte und mit offenem Mund schlief. Bis auf seine schmutzigen Shorts war er nackt. Seine magere, von Altersflecken übersäte Brust hob und senkte sich im

Rhythmus seines Schnarchens. Zu seinen Füßen döste ein zottiger schwarzer Hund, der blinzelnd ein Auge öffnete, als Brent die Veranda betrat.

Ein rascher Blick in die Runde zeigte ihm, dass alles noch schlimmer verwahrlost war als beim letzten Mal. Überall lag irgendwelches Gerümpel herum – verrostetes Angelzubehör, verfaulte Bretter, dreckige Planen. Inmitten des Durcheinanders sah Brent auch jede Menge leere Schnapsflaschen und Konservendosen, sogar Teller mit vergammelten Essensresten.

Immerhin um den Hund schien der Alte sich regelmäßig zu kümmern, denn den hatte er schon besessen, als Brent vor zwölf Jahren aus New Orleans weggezogen war. Allein die Tatsache, dass der Köter noch lebte, war der Beweis dafür, dass er regelmäßig gefüttert wurde. Mittlerweile war er aber offensichtlich zu alt, um noch viel mitzukriegen. Als Brent das letzte Mal hier gewesen war, hatte er noch genug Energie aufgebracht, um anzuschlagen.

»Grandpa?« Brent beugte sich über den Schaukelstuhl. Der Alte stank durchdringend nach Fusel. »Grandpa! Ich bin's. Brent.«

Bis auf ein sabberndes Schmatzen kam keinerlei Reaktion, und wie es aussah, konnte Brent auch in der nächsten Zeit nicht damit rechnen.

Er gab seine Weckversuche auf. Stattdessen inspizierte er das Innere der Hütte, wo sich ebenfalls in allen Ecken der Unrat häufte. Es stank nach Fäkalien, Schimmel und

Fusel. Seufzend zog er das Hemd aus und hängte es zusammen mit seinem Jackett über das Geländer der Veranda, an einer Stelle, die halbwegs sauber aussah. Dann machte er sich an die Arbeit.

Drei Stunden später schlief der Alte immer noch wie ein Stein, und vermutlich würde er, wenn er aufwachte, überhaupt nicht bemerken, dass sich irgendwas um ihn herum verändert hatte. Trotzdem fühlte Brent sich ein wenig besser.

Zumindest den gröbsten Dreck hatte er beseitigt. Ein halbes Dutzend voller Müllsäcke lag jetzt aufgestapelt neben der Hütte. Er würde dafür sorgen müssen, dass sie per Boot abgeholt wurden, ebenso wie die verrosteten Fässer und einiger anderer nutzloser Kram, in dem sich nur Ungeziefer einnisten konnte.

Er hatte den Gaskocher gereinigt, den Kühlschrank ausgewaschen und dreimal die vorsintflutliche Waschmaschine laufen lassen, um den Berg an Schmutzwäsche zu reduzieren, der sich – vermutlich seit Monaten – daneben auftürmte. Außerdem hatte er den Siphon in der Spüle repariert, weil das Wasser nicht mehr richtig ablief, und zu guter Letzt hatte er noch das stinkende Bett mit frischen Laken bezogen und die Hütte ausgekehrt. Eine gründlichere Reinigung dieses Drecklochs war dringend nötig, aber das würde Tage dauern. Darum konnte er sich unmöglich selbst kümmern.

Milo und er hatten einen engen Zeitplan. Bannister Enterprises war ihr wichtigster Fall, und nachdem ihr

Hauptverdächtiger so plötzlich den Löffel abgegeben hatte, war bei den weiteren Untersuchungen Eile geboten, ehe etwaige Komplizen eine Vertuschungsaktion starten konnten.

Brent zog sein Hemd wieder an. »Grandpa, ich geh dann jetzt wieder«, sagte er zu dem immer noch vor sich hin schnarchenden Alten.

Sein Großvater schrak zusammen, der herabhängende Kopf fuhr hoch.

»Was …?«, murmelte er. »Wer zum Henker …?«

»Ich bin's, Brent.«

»Was willst du hier?«, kam es nuschelnd zurück

»Nichts. Ich hab ein bisschen aufgeräumt.«

»Hab dich nicht drum gebeten.« Der alte Mann starrte ihn aus blutunterlaufenen Augen an. »Verschwinde von meinem Grund und Boden.«

»Ich wollte eh wieder los. Vielleicht schaue ich in den nächsten Tagen noch mal vorbei.«

»Hau ab«, lallte der Alte. »Lass mich in Ruhe.«

Schweigend trat Brent den Rückzug an. Der Hund erhob sich und trottete Brent hinterher. Vor den Stufen der Veranda blieb er stehen und schaute dem Besucher leise winselnd nach.

Auf dem Weg zum Wagen versuchte Brent, die letzten Stunden aus seinem Gedächtnis zu tilgen. Er hatte einen Job, und der war verdammt noch mal wichtig. Wichtiger als ein hoffnungsloser, versoffener alter Mann draußen am Bayou.

In seiner Abteilung war ein ganzer Stab von Experten schon seit Monaten damit beschäftigt, alle Hintergründe und Verstrickungen des Falles zu durchleuchten, dessen Auswirkungen sich wie die Arme eines Kraken in alle Richtungen erstreckten. Jetzt war es so weit, der Einsatz stand kurz bevor. Alles würde in einer konzertierten Aktion ablaufen, wie bei einer guten Choreografie. Niemandem würde Zeit bleiben, Beweise verschwinden zu lassen. Er selbst würde den Einsatz im Privatanwesen der Bannisters in der Magnolia Lane leiten, weil er sehen wollte, wie sie reagierten, wenn das FBI im Haus ausschwärmte. Das war etwas, das schon lange feststand und das er sich um keinen Preis nehmen lassen wollte. Theoretisch konnten sie alle mit drin hängen.

Randolph Bannister galt als Nachfolger seines Bruders Zachary. Das örtliche Field Office des FBI hatte ihn eingehend überprüft. Reine Weste, saubere Laufbahn. Ein Abschluss in Wirtschaft an der Tulane, dann ein paar Jahre im Familienunternehmen, gemeinsam mit seinem Bruder und seinem Dad, der damals noch lebte und die Firma richtig groß gemacht hatte. Dann ein Bruch in der Biografie – ein Wechsel zum Marine Corps, wo er es weit gebracht hatte, bis er nach einem ehrenvollen Abschied erneut in das Unternehmen einstieg.

Auch May Belles Ehemann Maxim Avery bekleidete dort einen Posten – er arbeitete als Jurist in der Firmenverwaltung –, und der Nichtsnutz Reuben stand ebenfalls auf der Lohnliste. Ob Zack die beiden nur aus Mitleid eingestellt hatte oder ob sie dort tatsächlich was zu melden hatten, musste noch untersucht werden. So wie auch die Frage ergründet werden musste, wer sonst noch mit drinsteckte. Egal wer – das FBI würde sie alle drankriegen. Cat eingeschlossen.

4

Cat hockte im Schneidersitz auf dem Boden und blätterte in den alten Fotoalben der Familie. Früher hatten sie im Bücherschrank ihrer Mom gestanden. Irgendwann waren sie in das selten benutzte Mansardenzimmer gewandert, in dem sie sich einquartiert hatte, ein karg möbliertes Kämmerchen, in dem nicht viel mehr stand als ein schmales Bett, ein schlichter Schrank, ein kleiner Tisch und ein Stuhl. In einer Ecke stapelten sich ein paar Kartons mit diversen Erinnerungsstücken – Alben, vergilbte Grußkarten, Bilderbücher und ähnlicher Kram.

Sie hatte einen Kloß im Hals, während sie die Fotos betrachtete, die ihr vorkamen wie die Zeugnisse einer längst versunkenen Epoche. Diese Zeit, in der ihre Eltern, ihre Geschwister und sie selbst noch eine glückliche Familie gewesen waren. Reuben als blondes Kleinkind, wie er lachend und mit weit ausgebreiteten Armen seine ersten Gehversuche unternahm. May Belle im Alter von drei Jahren, als niedliche Prinzessin in rosa Tüll. Cat erinnerte sich noch genau, wie sehr ihre kleine Schwester sich an jenem Tag auf den Umzug zum Mardi Gras gefreut hatte – so sehr, dass sie sich vor lauter Aufregung übergeben und ihr schönes Kostüm besudelt hatte. Mom hatte kein Wort darüber verloren, sondern das Kleidchen rasch gewaschen und es trocken geföhnt, sodass May Belle es sofort wieder anziehen konnte.

Ihr Dad, ein großer, glänzend gelaunter junger Mann, mit dem übermütig lachenden Reuben auf den Schultern. Ein anderes Foto zeigte ihn mit ihr selbst, am Tag ihrer Einschulung. Er stand auf dem Bild hinter ihr und hatte ihr beide Hände auf die Schultern gelegt, während sie niedergeschlagen vor sich hin starrte. Cat wusste noch, was ihr damals die Laune verhagelt hatte – die Kinder in ihrer Klasse hatten sie wegen ihrer roten Haare gehänselt. Eine Erfahrung, die sie an diesem Tag zum ersten Mal gemacht hatte und die sich im Laufe der Jahre häufiger wiederholte. Einmal hatte sie sogar von ihrer Mutter verlangt, sich die Haare blond färben zu dürfen, weil sie es hasste, anders als der Rest der Familie auszusehen. Daraufhin hatte Mom alte Fotos von ihren Großeltern herausgekramt und sie Cat gezeigt, die meisten in Schwarzweiß, aber es war auch ein Bild dabei gewesen, auf dem zu sehen war, dass ihre Grandma, die eine wunderschöne Frau gewesen war, rotes Haar gehabt hatte.

Mom hatte sanft ihre Hand auf das Foto gelegt. »Du siehst genauso aus wie sie. Deine Haarfarbe ist ein Geschenk Gottes. Er gibt es Menschen, die er besonders liebt, denn damit sorgt er dafür, dass sie in der Menge leuchten.«

»Aber ich will nicht in der Menge leuchten!«

»Du musst lernen, dass es ein Teil deines Lebens ist.«

Es klopfte an der Tür. Sie klappte das Fotoalbum zu und legte es zur Seite.

»Ja?«

Ihr Onkel Randolph schaute ins Zimmer. »Störe ich?«

»Nein, komm nur rein.« Sie erhob sich vom Boden und klopfte sich den Staub von der Kehrseite.

Er betrat den Raum und sah sich um. »Ach herrje. War kein anderes Zimmer mehr frei?«

»Ich bin ganz zufrieden. Die Matratze ist in Ordnung, und am Ende des Gangs gibt es sogar ein ordentliches kleines Duschbad.«

Er runzelte die Stirn. »Aber auf Dauer ist das nichts für dich.«

»Ich weiß ja noch gar nicht, ob ich auf Dauer hierbleibe.«

»Bist du denn nicht entschlossen, das Erbe deines Dads anzunehmen?«

Sie hob die Schultern. »Bis jetzt hatte ich noch nicht genug Zeit, mich wirklich damit auseinanderzusetzen. Die Leitung eines Konzerns wie Bannister Enterprises bedeutet eine immense Verantwortung. Bevor ich mich nicht eingehend mit allen Strukturen und Organisationsebenen der Firma vertraut gemacht habe, kann ich mich unmöglich festlegen.«

»Das trifft sich gut, denn das ist genau der Grund, warum ich hier bin. Ich wollte dir in jeder nur erdenklichen

Hinsicht meine Hilfe anbieten. Den kompletten Einblick habe ich leider auch nicht. Zack hat viel selbst gemacht. Bei mehreren Hundert Angestellten ist es außerdem nicht leicht, alle Vorgänge im Auge zu haben. Aber im Zweifel kann ich dir zumindest jemanden nennen, der Bescheid weiß. Dann kannst du dir in aller Ruhe die Bücher vornehmen und schauen, ob dieser Job was für dich ist.«

»Danke für deine Hilfe, Onkel Randolph. Das ist wirklich sehr nett. Ich bin froh, wenn ich jemanden in der Familie habe, auf den ich zählen kann.«

»Das klingt ziemlich resigniert.«

»Ich glaube, dazu habe ich allen Grund.«

»Cat, deine Geschwister sind dir nicht gerade freundlich begegnet, aber ich bin davon überzeugt, dass sich das bald legen wird. Sie müssen sich nur erst an den Gedanken gewöhnen, dass du wieder da bist.«

»Sie geben mir die Schuld an Moms Tod, und daran wird sich garantiert so schnell nichts ändern.«

Er betrachtete sie mitfühlend. »Ich weiß nicht genau, was damals vor dem Selbstmord deiner Mutter vorgefallen ist, denn außer ein paar dunklen Andeutungen habe ich dazu nichts gehört. Aber ganz bestimmt trägst du nicht die geringste Schuld daran. Und wenn du deinen Geschwistern genug Zeit gibst, das zu begreifen, wird sich alles normalisieren.«

»Sie hatten alle Zeit der Welt. Ich war zwölf Jahre weg.«

Er nahm ihren Widerspruch schweigend auf, und sie fühlte erneut die alte Bitterkeit erwachen.

»Ich weiß, was du jetzt denkst«, brach es aus ihr heraus. »Du glaubst, dass es ein Fehler von mir war, einfach wegzulaufen. Dass ich nie die Hand ausgestreckt habe, um es wieder in Ordnung zu bringen. Aber so war es nicht. So war es ganz und gar nicht!«

»Wie war es denn?«, fragte er sanft. »Dein Vater wollte nie darüber sprechen, aber ich habe ihm angemerkt, dass er da noch was mit sich herumschleppte. Viele Leute haben sich damals gefragt, wieso du so überstürzt Tarquin St. John geheiratet hast und mit ihm nach London gezogen bist. Und warum er nach zwei Jahren zurückkehrte und du dort bliebst.«

Als sie die Antwort schuldig blieb, fuhr er behutsam fort: »Ich will auf keinen Fall alte Wunden aufreißen. Was geschehen ist, ist geschehen, es lässt sich im Nachhinein nicht mehr ändern. Vielleicht ist es am besten, die Geschichten von früher ruhen zu lassen. Wichtig ist es jetzt, in die Zukunft zu blicken. Was immer du planst oder entscheidest – auf mich kannst du zählen.«

Sie rang mit sich, aber sie brachte es nicht fertig, ihm von damals zu erzählen und die ganze hässliche Wahrheit vor ihm auszubreiten. Es war lange her, und sie hatte vieles verdrängt, aber manches ließ sich nicht vergessen. Vor allem nicht ihre Verzweiflung, als Brent auf einmal weg gewesen war. Und auch nicht der Tag, an dem Dad mit ihr raus in die Swamps gefahren war, weil er ihr diesen besoffenen alten Mann in seiner dreckigen Hütte zeigen wollte, damit sie endlich kapierte, aus welchem Rattenloch Brent stammte. Sie erinnerte sich noch schmerzlich genau, wie Dad ihr hinterher im Auto einen Stapel gestochen scharfer Fotos gegeben hatte. Auf einem davon hatte Brent diese Schlampe gevögelt, im Stehen und von hinten, und sich auf einem der anderen Bilder einen blasen lassen. Es hatte noch mehr Fotos von dieser Nummer gegeben, eine ganze Serie. In allen plastischen Einzelheiten.

Aber das war nicht der schlimmste Augenblick jenes Tages gewesen. Der kam, als Dad ihr danach eröffnet hatte, dass er Brent fünfzigtausend Dollar gegeben hatte – dafür, dass er aus der Stadt verschwand und niemals zurückkam.

Und wie sollte sie je vergessen, dass Mom sich in der Woche darauf umgebracht hatte und wie Dad, nachdem er Mom mit aufgeschlitzten Pulsadern gefunden hatte, im Beisein von Reuben und May Belle jene Worte gesagt hatte, die ein für alle Mal klarstellten, wer dafür verantwortlich war.

»Da siehst du, was du angerichtet hast, du Flittchen – du bist schuld an ihrem Tod!«

Später hatte Dad diese Anklage, die er ihr in seinem Entsetzen über Moms Tod entgegengeschleudert hatte, ganz offensichtlich bereut, denn er hatte ihr in den ersten Jahren hin und wieder nach London geschrieben. Aber sie hatte alle Briefe ungelesen vernichtet. Ein paarmal hatte er auch versucht, sie anzurufen, doch sie hatte jedes Mal aufgelegt. Der Bruch hatte sich nicht mehr kitten lassen, erst recht nicht, nachdem sie zwei Jahre später herausgefunden hatte, warum Brent damals wirklich verschwunden war.

Randolph riss sie aus ihren düsteren Gedanken. »Da wir gerade über Tarquin St. John reden – wie stehst du zu ihm?«

Sie hob die Schultern. »Ich war zwei Jahre lang mit ihm verheiratet.«

»Das weiß ich. Ich meinte, wie du *heute* zu ihm stehst.«

»Gar nicht, denn ich habe ihn seit der Scheidung nicht mehr gesehen. Die Ehe mit ihm war ein Fehler. Ich war siebzehn und hatte einen Haufen Probleme. Dad fand damals, es sei die beste Lösung für mich, Tarquin zu heiraten. Ich habe zugestimmt, denn ich wollte einfach bloß weg, so weit wie möglich. Tarquin hatte zu jener Zeit geschäftlich in London zu tun. Ich war froh, dass ich das Land verlassen und mit ihm gehen konnte.«

»Nun ja, einige Leute haben damals schon vermutet, dass es so eine Art … Zweckbündnis war. Es wurde viel über eine mögliche Fusion seiner Firma mit Bannister Enterprises geredet.«

»Ja, ich schätze, das war Tarquins Hauptgrund dafür, dass er mich heiraten wollte. Es hat ihn sehr frustriert, als aus der Fusion nichts wurde.« Ironisch setzte sie hinzu: »Wir haben beide nicht die idealen Voraussetzungen für eine glückliche Ehe mitgebracht.« Näher wollte Cat sich nicht dazu äußern. Sie hatte keine Lust, die zahlreichen Gründe aufzuzählen, die ihre Ehe mit Tarquin St. John unerträglich gemacht hatten.

»War eure Trennung einvernehmlich?«

»Gute Freunde waren wir nicht gerade, es gab eine Menge Streit. Trotzdem sind wir nicht als Feinde auseinandergegangen, falls du das gemeint hast. Er hat mir sogar das Studium in Oxford finanziert.«

»Dich dabei zu unterstützen wird ihm kein Loch in den Geldbeutel gerissen haben.«

»Nein, ganz sicher nicht«, bestätigte Cat. »Er hatte schon damals Geld wie Heu, und außerdem hatte mir das Gericht bei der Scheidung Unterhalt zugesprochen. Aber er hätte mir Steine in den Weg legen können, wenn er das gewollt hätte.«

»Stimmt es, dass du ihm das Geld später zurückgezahlt hast?«

Sie war überrascht. »Woher weißt du das?«

»Er hat es mir erzählt.«

Befremdet sah sie ihren Onkel an. »Du hast mit Tarquin über mich gesprochen?«

»Nur indirekt.« Er räusperte sich. »Es gibt einen Grund, wieso ich die Sprache auf ihn gebracht habe. Du solltest wissen, dass er Zack schon letztes Jahr ein sehr interessantes Übernahmeangebot für Bannister Enterprises gemacht hat. Zack wollte es sich durch den Kopf gehen lassen. In der letzten Zeit hat er häufiger davon gesprochen. Immer wenn die Frage nach einem geeigneten Nachfolger aufkam, hat er überlegt, ob es nicht vielleicht die beste Lösung sei, die Firma an Tarquin zu verkaufen.«

»Aber Tarquin war immer der schärfste Konkurrent von Bannister Enterprises!«

»Das ist er nach wie vor, und genau das war ja auch Zacks Überlegung. Wenn schon jemand die Firma übernimmt – warum dann nicht der Beste? Tarquin ist ein mit allen Wassern gewaschener Unternehmer, er ist clever, gerissen und tüchtig. Im Wettbewerb um gute Aufträge ist er gnadenlos. Er hat Bannister Enterprises schon einige hochwertige Projekte weggeschnappt, um die Zack sehr gekämpft hatte. Aber das wirst du sicher bald selbst feststellen, wenn du dir die Firmenunterlagen vornimmst. Auf jeden Fall wollte ich dich vorab darüber informieren, dass Tarquin St. John nun erst recht an einer Übernahme interessiert ist. Er hat mich heute angerufen und lässt dir sein Beileid ausrichten. Im Moment ist er noch geschäftlich in New York, deswegen konnte er nicht zu Zacks Beisetzung kommen, aber morgen ist er wieder da und möchte so bald wie möglich mit dir reden.«

Sie nickte. »Danke, dass du mir Bescheid gesagt hast.« Sie hielt inne, dann fragte sie geradeheraus: »Bist du auch dafür, dass die Firma verkauft wird?«

»Ich halte sein Angebot für ausgezeichnet. Aber momentan würde ich einen Verkauf für überstürzt halten. Gerade jetzt geht ein Riesenprojekt in die Ausschreibung, das größte seit Jahren. Wenn Bannister Enterprises sich das schnappen könnte, wäre die Firma auf einen Schlag viele Millionen mehr wert. Es wäre idiotisch, diese Chance zu vertun, egal wie viel St. John als Kaufpreis bietet. Auch wenn deine Geschwister dich noch so sehr drängen – und ich bin überzeugt davon, dass sie das tun werden –, solltest du sorgfältig alles prüfen, bevor du dir eine Meinung darüber bildest.«

»Genau das habe ich vor.« Sie lächelte ihn an, erleichtert darüber, dass er mit ihr an einem Strang zog. Wenigstens einer in der Familie, mit dessen Unterstützung sie rechnen konnte.

Er erwiderte ihr Lächeln. »Dann sind wir uns einig. Falls du für die Unterredung mit St. John Verstärkung brauchst – sag mir jederzeit Bescheid, dann hast du mich an deiner Seite.«

»Ich komme gern darauf zurück, wenn es so weit ist«, versprach sie. Zögernd fügte sie hinzu: »Du hältst es für keine besonders gute Idee, dass ich die Leitung der Firma übernehmen will, oder?«

Er seufzte. »Wenn ich ehrlich sein soll – nein. Mir wäre es offen gesagt lieber, du tätest es nicht. Nicht, dass ich es dir nicht zutrauen würde! Aber ich fürchte, dass du es aus den falschen Erwägungen heraus tun könntest.«

»Und welche wären das deiner Meinung nach? Verletzte Gefühle? Der Wunsch, Dad nachträglich noch zu beweisen, dass ich eine gute Tochter bin und dass er mich zu Unrecht verstoßen hat?«

Er sah bestürzt aus. »Oh Gott, Cat, ich wollte nicht ...«

Sie hob die Hand und unterbrach ihn. »Schon gut. Ich hätte dich ja nicht fragen müssen, doch ich wollte es wissen. Wirklich, ich verstehe es voll und ganz, dass dir dazu solche Dinge durch den Kopf gehen.«

»Du wirst deinen Weg finden, Cat. Wie auch immer – vertrau dir selbst und entscheide so, dass du dich gut dabei fühlst. Am besten versuchst du, deinen Dad bei all deinen Erwägungen außen vor zu lassen und nur das zu tun, was du selber willst. Für dich, nicht für ihn oder für andere.«

Mit dieser Empfehlung ließ er sie schließlich allein.

Nachdem Randolph gegangen war, nahm Cat wieder das Fotoalbum zur Hand, aber sie stellte rasch fest, dass die sentimentale Aufwallung von vorhin verflogen war. Sie packte das Album zurück in die Kiste und versuchte dann, mit ihrem Tablet ins Internet zu gehen, um Börsenkurse, Mails und News zu checken, so wie sie es jeden Abend vor dem Zubettgehen tat. Doch der Empfang war miserabel, und sie hatte nicht daran gedacht, Onkel Randolph nach dem WiFi-Passwort zu fragen. Außerdem merkte sie, wie aufgewühlt sie von den Ereignissen des Tages war. Sie würde garantiert nicht schlafen können, wenn sie sich jetzt hinlegte.

Ruhelos tigerte sie eine Weile im Zimmer umher, und zu ihrem Verdruss merkte sie, dass sie immer öfter an Brent dachte, obwohl sie sich in Bezug auf seine Person zu einer wahren Expertin im Verdrängen und Vergessen entwickelt hatte, nachdem er damals abgehauen war. Sie hatte sich schlichtweg verboten, an ihn zu denken.

In der ersten Zeit nach seinem Verschwinden hatte sie sich immer dann, wenn sein Gesicht ungefragt vor ihrem geistigen Auge auftauchte, mit irgendetwas Spektakulärem abgelenkt. Sie war mit hundert Meilen über den Freeway gerast. Sie hatte bei Nacht und strömendem Regen auf dem Geländer der Pontchartrain Bridge balanciert, und es war ihr völlig gleichgültig gewesen, ob sie ausrutschte und abstürzte.

Kurzum – sie hatte mit ihrem gesamten Verhalten die ultimative Katastrophe heraufbeschworen. Und die hatte sie dann auch gekriegt, sogar doppelt. Zuerst Moms Selbstmord und dann die Fehlgeburt. Tarquin hatte sich nicht viel daraus gemacht, dass sie von einem anderen Mann schwanger gewesen war. Er war so versessen darauf gewesen, durch die Ehe mit ihr bei Bannister Enterprises einen Fuß in die Tür zu kriegen, dass er großmütig darüber hinweggesehen hatte.

Schließlich hielt sie es in der Enge des Zimmers nicht mehr aus. Sie zog ihr Sleepshirt aus und streifte sich ein Sommerkleid über, dann schnappte sie sich ihre Handtasche und ihre Sandaletten und verließ das Haus barfuß über die Hintertreppe durch den früheren Dienstboteneingang. Es war fast halb elf, aber die schwüle Hitze des Tages war noch nicht verflogen. Draußen auf der Straße zog sie ihre Sandaletten an und spazierte ohne besonderes Ziel drauflos. An der nächsten Streetcar-Haltestelle stieg sie kurzentschlossen in die grüne Bahn der St.-Charles-Linie, die gerade dort hielt. Wie früher warf sie die abgezählten Münzen in den dafür bereitstehenden Kasten und sah während der Fahrt durch den Garden District gedankenverloren aus dem Fenster. Über den Lee Circle ging es am Lafayette Square vorbei in Richtung French Quarter. Viele Gebäude waren neu, manche der alten komplett verschwunden. Katrina hatte auch in diesem Teil der Stadt Spuren hinterlassen – kein anderer Hurrikan hatte New Orleans je so schlimm verwüstet. Ganze Straßenzüge waren unter der verheerenden Flutwelle verschwunden und später als Trümmerfelder wieder aufgetaucht. Zehntausende Einwohner hatten im Superdome Schutz gesucht, bis sie wegen der steigenden Flut dann doch evakuiert werden mussten. Cat hatte die Bilder der Zerstörung im Fernsehen und im Internet gesehen und ihr Herz davor verschlossen – ihre bewährte Strategie, mit Verlusten umzugehen.

Doch bei allen Veränderungen wirkte die Umgebung auf sie immer noch sehr vertraut. Es hatte eine Zeit gegeben, als sie diese Strecke ziemlich oft gefahren war, voller fiebriger Erwartung und herzklopfender Vorfreude.

Verdammt, Brent, dachte sie. Wieso musst du unbedingt ausgerechnet jetzt in der Stadt sein?

An der Canal Street stieg sie aus und tauchte in die bunte Atmosphäre der von altmodischen Laternen, bemalten Fassaden und Palmen gesäumten Durchgangsstraße ein. Sie bog in die Bourbon Street ein und ließ sich vom nächtlichen Trubel der berühmten Partymeile aufsaugen. Die Kneipen, Restaurants und Clubs unter den

Kolonnaden der Vordächer waren gut besucht, überall wimmelte es nur so von Menschen. Neonschilder erhellten mit farbenfrohem Geflacker die Dunkelheit und ließen selbst die schäbigsten Absteigen noch einladend wirken. Aus einem der Lokale wehte ein verführerischer Duft nach Jambalaya ins Freie, und Cat lief schlagartig das Wasser im Mund zusammen. Sie merkte plötzlich, wie ausgehungert sie war, und sie überlegte, wann sie das letzte Mal gegessen hatte. Ein Stück Beignet am Nachmittag. Davor den ganzen Tag lang nichts, keinen einzigen Happen. Sie hatte nicht mal gefrühstückt, weil sie wegen der bevorstehenden Beisetzung so aufgeregt gewesen war, und das Mittagessen hatte sie ebenfalls ausfallen lassen, weil die Begegnung mit Brent ihr auf den Magen geschlagen war. Und hinterher hatte ihr die Unterredung mit ihrer Familie auch noch den letzten Appetit verdorben.

Aus einer spontanen Regung heraus betrat sie das Lokal. Wie üblich zog sie etliche Blicke auf sich, doch sie hielt der Aufmerksamkeit gelassen stand. Ihr rotes Haar hatte sie frühzeitig gezwungen, es auszuhalten, wenn sie angestarrt wurde. Inzwischen war ihre Haarfarbe natürlich nicht mehr der einzige Grund für solche Blicke, denn gerade die Männer glotzten gern ganz woanders hin, aber mit den Jahren war auch in dieser Hinsicht genau das eingetreten, was Mom ihr einst prophezeit hatte: Sie hatte gelernt, dass es ein Teil ihres Lebens war.

Gleich darauf blieb sie mitten in dem Lokal stehen. Ein wenig erschrocken sah sie sich nach allen Seiten um, als sie unvermittelt erkannte, wo sie hier gelandet war. Die Einrichtung des Restaurants sah ganz anders aus als früher, aber der große Spiegel hinterm Tresen trug unübersehbar dieselbe Aufschrift wie damals: *Chez Jeanne*.

Der Anblick ließ einen Sturm von Erinnerungen über sie hereinbrechen. Früher hatte hier von einem Hinterzimmer eine schmale Stiege in den ersten Stock geführt. Da oben hatte Brent in seinem letzten Highschool-Jahr gewohnt, zusammen mit einem Jazzpianisten, mit dem er sich das Apartment teilte.

Das Lokal war rappelvoll, alle Tische waren besetzt. Obwohl es so spät war, wurde überall noch gegessen. Und es gab eine Bar, an der alkoholische Getränke ausgeschenkt wurden. Cat zauderte einen Moment, hin und her gerissen von dem Bedürfnis, rasch wieder zu verschwinden, und dem mindestens genauso drängenden Wunsch, sich drüben an die Bar zu setzen und darauf zu warten, dass ein Tisch frei wurde. Schließlich siegte ihr Hunger. Es war entschieden. Sie wollte Jambalaya, und sie wollte es hier. Dass der Laden so voll war, bewies eindeutig die Qualität der Küche, und tatsächlich sah das, was sie ringsum auf den Tellern erspähte, unfassbar köstlich aus, von dem Duft ganz zu schweigen. Ihr Magen begann vernehmlich zu knurren, während sie sich bei der Bedienung zum Essen anmeldete und dann auf einen freien Barhocker zuhielt.

Der junge Barkeeper ließ sie nicht lange warten. »Ein Aperitif, Miss? Was darf es sein?«

»Bitte einen Sazerac.«

Er strahlte sie an. »Gute Wahl. Wussten Sie, dass das Repräsentantenhaus ein Gesetz verabschiedet hat, durch das der Sazerac als offizieller Cocktail der Stadt New Orleans deklariert wurde?«

»Nein«, sagte sie lächelnd. »Ich war lange nicht hier. Aber ich mochte ihn früher schon.«

Der Barkeeper mixte den Drink mit professioneller Kunstfertigkeit und sorgte dafür, dass sie jeden Handgriff sah. Das Eis klirrte, als er es mit dem Whiskey, etwas Zucker und ein paar Spritzern Peychaud's verrührte, bevor er alles in den Tumbler goss und ihr servierte.

»Bitte sehr, Miss.«

»Danke.« Sie nippte an dem Whiskeycocktail und betrachtete müßig die verspiegelte, mit zahlreichen Spirituosen bestückte Wand hinter der Bar. Im nächsten Augenblick fiel ihr um ein Haar das Glas aus der Hand, als sie im Spiegel sah, wer den Barhocker neben ihr erklomm. Ihr Herz fing an zu hämmern, und sie hatte das dringende Bedürfnis, sich irgendwo festzuhalten.

»Brent«, brachte sie mühsam heraus. Sie zwang sich zu einem Gesichtsausdruck, von dem sie hoffte, dass er mildes Erstaunen offenbarte – bis zu dem Moment, als sie einen flüchtigen Blick in den Spiegel warf und sah, dass sie einfach nur restlos schockiert wirkte.

»Na so was. Cat! Was für eine Überraschung!« Er selbst hatte sein undurchdringlichstes Pokerface aufgesetzt und gab ihr damit erst recht das Gefühl, im Nachteil zu sein. Natürlich hatte er sie vorhin schon beim Betreten des

Lokals gesehen und deshalb genug Zeit gehabt, sich für die Begegnung zu sammeln, bevor er sich zu ihr gesellte.

Sie spürte seine Nähe mit allen Sinnen. Es war sehr eng an der Bar, die Hocker standen dicht beieinander. Sein Knie berührte ihren Oberschenkel. Ob es absichtlich oder aus Versehen geschah – die Wirkung war auf jeden Fall verheerend. Der leichte Druck seines Beins an ihrem jagte Stromstöße durch ihren Körper, und ihre Pulsfrequenz beschleunigte sich auf eine Weise, die ihr den Atem nahm. Hastig nahm sie noch einen Schluck von ihrem Cocktail. Der Whiskey brannte ihr in der Kehle und machte es nur noch schlimmer. Als sie tief Luft holte, stieg ihr Brents Geruch in die Nase, und auf einmal war sie wieder sechzehn und wollte nur noch die Augen schließen, verunsichert, zitternd und hilflos, weil er ihr so nah war. Diese unglaublichen Augen, das blonde Haar, das über der Stirn einen eigensinnigen Wirbel bildete, der immer noch da war. Der sinnliche Schwung seiner Unterlippe. Die kräftigen Hände, mit denen er …

Nein. Das war lange her. Die Zeiten, in denen sie in seiner Gegenwart nur beim Anblick seiner Hände und seines Mundes ein nasses Höschen bekommen hatte, waren ein für alle Mal vorbei.

»Was für ein Zufall, dass du auch hier bist«, sagte sie leichthin.

»Ich bin nicht zufällig hier«, erwiderte er ein wenig lakonisch. »Und du auch nicht. Wir sind beide wegen derselben alten Erinnerungen hier, Cat.«

Sie wollte widersprechen und erklären, dass sie gar keine Absicht gehabt hatte herzukommen, aber sie ahnte, wie dämlich das klingen würde, also ließ sie es lieber und trank ihren Sazerac.

Brent winkte dem Barkeeper. »Mir bitte auch einen.« Er wandte sich an Cat und betrachtete sie. »Seit wann bist du wieder in der Stadt?«

Sie zögerte einen winzigen Moment. »Seit heute früh.«

»Und wann geht es wieder zurück nach London?«

Es klang nach einer unverfänglichen Konversation, aber sie spürte, dass es keine war.

»Das weiß ich noch nicht. Wer hat dir gesagt, dass ich in London lebe?«

»Na, da bist du doch damals mit deinem Ehemann hingezogen, oder nicht? Ich hab vergessen, wer es mir erzählt hat. Jeder kann es gewesen sein, die ganze Stadt hat's ja gewusst.« Ein kaltes Glitzern war in seine Augen getreten. »Nur ich war nicht im Bilde. Aber ich war ja damals auch eine Weile weg vom Fenster. Weißt du, wieso?«

Sie umklammerte mit beiden Händen ihr Glas, als könnte es ihr den Halt geben, den sie so dringend nötig hatte. »Ich … ja. Jemand hat mir erzählt, dass du schwer verletzt warst und lange im Krankenhaus lagst.«

Er musterte sie abwägend. »Du hast es also gewusst.«

»Ich habe erst Jahre später davon erfahren!«, beteuerte sie. »Als ich nach London gezogen bin, hatte ich keine Ahnung!«

»Was dachtest du denn zuerst, wieso ich auf einmal

weg war?«, erkundigte er sich. Es klang beiläufig, aber in Wahrheit war die Frage scharf wie ein Skalpell, das in tief verborgene Schichten schnitt.

Sie entschied sich dafür, ihm reinen Wein einzuschenken. Dad war tot. Es gab kein Andenken, das sie bewahren und hochhalten musste. Und Brent verdiente die Wahrheit, wenn er schon hier neben ihr saß und es wissen wollte.

»Dad hat mir erzählt, dass er dir Geld gegeben hat, damit du verschwindest«, sagte sie ruhig.

»Und du hast ihm das geglaubt?« Der Barkeeper servierte ihm den bestellten Drink, und Brent nahm ihn entgegen, ohne Cat aus den Augen zu lassen.

»Ja, ich glaubte ihm. Ich war noch keine siebzehn. Ich war verzweifelt. Ich war schwanger.«

»Und ich hatte dir mehr als einmal gesagt, dass ich das Baby wollte und dass wir heiraten würden!« Er sprach leise, aber seine Stimme tönte so laut in ihren Ohren, dass sie sich wünschte, sie könnte einfach ihre Hände darauf pressen, um nichts mehr zu hören.

»Ich dachte, du hättest es dir anders überlegt. Und dann hat das auch keine Rolle mehr gespielt, denn in der Woche, als meine Mom starb, hatte ich eine Fehlgeburt. Aber ich wollte schon vorher nichts mehr mit dir zu tun haben.« Sie holte Luft. »Dad hatte mir Fotos gezeigt.«

»Was für Fotos?«

»Die von dir und dieser Schlampe Tallulah Harris. Wie ihr es miteinander getrieben habt.«

Sein Gesicht wurde weiß. Er starrte sie schweigend an. Schließlich kippte er seinen Drink runter. »Du hast wohl nicht in Betracht gezogen, diese Bilder anzuzweifeln, oder?«

»Nein, denn ich konnte deutlich sehen, dass sie echt waren. Trotzdem habe ich mir Gewissheit verschafft, wenn es das ist, was dich stört – ich habe genau die Person gefragt, die es wissen musste. Tallulah Harris hat sofort zugegeben, dass sie was mit dir laufen hatte. Sie hat sich richtig gefreut, als sie mir das reinwürgen konnte. Sie hat mir sogar erzählt, dass du sie vor deinem Verschwinden gefragt hast, ob sie mit dir nach New York ziehen möchte, und dass sie das abgelehnt hat, weil sie sich ihr Leben nicht mit einem Arschloch wie dir ruinieren wollte.« Herausfordernd sah sie ihn an. »Und jetzt erzähl mir bloß nicht, dass du nichts mit ihr hattest!«

Seine Kiefer mahlten, er gab keine Antwort.

»Also hat es gestimmt«, sagte sie mit eisiger Herablassung. »Du hast sie gevögelt. Dann kannst du mir ja wohl kaum zum Vorwurf machen, dass ich Dad geglaubt habe. Woher sollte ich denn wissen, dass du in Wahrheit im Krankenhaus lagst und dass er das ausgenutzt hat, um mir vorzumachen, du hättest mich für Geld verlassen?«

»Ich habe niemals – ich wiederhole: niemals! – diese Unterhaltung mit Tallulah Harris geführt. Ich wollte weder nach New York ziehen, noch habe ich sie je gebeten, mit dorthin zu kommen.«

»Na gut, dann hat sie mich eben in diesem Punkt angelogen. Sie wollte mir wahrscheinlich eins auswischen, denn sie konnte mich nicht ausstehen, und das beruhte auf Gegenseitigkeit. Aber die Fotos waren keine Lüge. Sie waren so verdammt echt, dass es mir heute noch hochkommt, wenn ich daran denke.«

»Tja, aus all dem sollte ich wohl eine wichtige Lehre ziehen – manche Frauen darf man nicht unterschätzen.« Brent winkte dem Barkeeper. »Noch zwei, bitte.«

»Nicht für mich.« Cat wollte nur noch verschwinden. In einer Ecke wurde gerade ein Tisch frei, aber der Hunger war ihr vergangen. »Es ist spät. Ich muss los.« Sie legte Geld für ihren Drink auf den Tresen und wollte vom Barhocker rutschen, doch Brent hielt sie am Arm fest.

»Warte, Cat. Bitte.«

Die Berührung seiner Hand schien ihre Haut zu versengen. Offenbar empfand er etwas Ähnliches, denn er ließ sie hastig los.

»War's das jetzt?«, fuhr sie ihn an.

»Nein. Ich will noch einen mit dir trinken. Und dir erklären, was du bei diesen verfluchten Fotos übersehen hast.«

Sie versteifte sich, blieb aber auf dem Barhocker sitzen, und als der Barkeeper zwei frische Cocktails brachte, nahm sie einen davon und trank einen großen Schluck.

»Ich höre«, sagte sie reserviert.

»Okay«, begann Brent. »Woher hatte dein Dad die Fotos?«

»Keine Ahnung«, erklärte sie kurz angebunden. »Wir haben nicht darüber gesprochen.«

»Was *dachtest* du denn, woher er sie hatte?«

»Von einem Privatdetektiv«, versetzte sie steif. »Ich war viel unterwegs und kam oft spät nach Hause. Die Zeit mit dir war ein richtiger Ausnahmezustand, das solltest du selbst noch am besten wissen. Dad hat sich Sorgen um mich gemacht. Es lag also nahe, dass er irgendwann beschloss, mich überwachen zu lassen, um zu sehen, was ich tat. Auf diese Weise kam er dann dahinter, dass wir beide uns trafen.«

»Worauf er dann heimlich beschloss, Dinge über mich herauszufinden, die mich schlecht dastehen ließen«, setzte er ihre Darstellung fort.

»So ungefähr.«

»Also gut. Fassen wir mal zusammen.« Brents Sarkasmus war nicht zu überhören. »Demnach hat Zachary Bannister in Erfahrung gebracht, dass du mit einem Redneck ins Bett gehst. Anschließend hat er stillschweigend zugesehen, wie wir beide uns fast jeden Tag hier in der Bourbon Street trafen und uns um den Verstand vögelten. Aber statt mir die Eier abzuschneiden, hat er mich lieber beschatten lassen, bis er endlich was richtig Schweinisches gegen mich in der Hand hatte. Worauf er mir dann noch einen Haufen Geld in die Hand drückte, damit ich verschwinde und seine kostbare Tochter in Ruhe lasse. Wie viel war es angeblich noch gleich, was er mir gegeben hat?«

»Fünfzigtausend«, antwortete sie mechanisch.

»Wow. Dein Dad wollte wohl wirklich auf Nummer sicher gehen. Sexfotos. Fünfzigtausend Dollar. Was noch? Hatte er noch mehr Argumente dafür, wie wenig ich tauge?«

Die Fahrt in die Sümpfe, die armselige Hütte von Brents Grandpa, aber darüber wollte sie jetzt nicht sprechen. Sie hatte längst begriffen, worauf Brent hinauswollte.

»Dad hatte die Fotos in Wahrheit von Tallulah, oder?« Ihre Stimme klang ganz fremd und klein. »*Sie* hat sie ihm gegeben, weil sie eifersüchtig auf mich war und alles kaputtmachen wollte. Deshalb hat sie auch behauptet, dass du mit ihr wegziehen wolltest. Sie hat absichtlich Dads Lüge benutzt und ausgebaut. Das heißt, sie muss gewusst haben, was er mir erzählt hatte. Also waren sie wegen dieser Sache in Kontakt.«

»Zwei Lügner mit ähnlichen Interessen«, stimmte Brent zu. »Ein großartiges Team.«

Cat verspürte einen Anflug von Übelkeit. Sie setzte ihr Glas an und trank es in einem Zug leer. »Hast du gewusst, dass es diese Bilder von euch gab?«

»Nein. Ich habe heute zum ersten Mal davon gehört. Wenigstens ist mir jetzt einiges klarer. Allmählich ergibt sich ein vollständiges Bild, wie das alles damals ablief. Ich schätze, sie hatte irgendwo eine Kamera versteckt. Wahrscheinlich hielt sie es für einen Riesenspaß, heimlich diese Aufnahmen zu machen. Und später kam sie auf die Idee, dass sie das gut benutzen konnte, um mir was heimzuzahlen. Das ist ganz ihre Art. Sie hat die Leute gern unter Kontrolle.«

»Was hätte sie dir denn heimzahlen können?«

»Dass ich keine Lust mehr hatte, sie zu treffen.«

»Wann …? Ich meine, hattet ihr noch …?«

Er beantwortete ihre Frage, bevor sie sich noch länger damit abmühen musste, sie herauszubringen. »Nein, Cat. Das war Monate vor dir, und es war nicht mal ansatzweise eine Beziehung. Ich hatte sie ein paarmal getroffen, aber nur um … Na ja. Um das zu machen, was du vermutlich auf diesen Fotos gesehen hast. Wie auch immer, es war längst vorbei, bevor das mit uns beiden losging.«

Sie lachte auf, kurz und bitter. »Das sollte mich vermutlich freuen.«

»Nein, es sollte nur die Dinge in ein anderes Licht rücken. Für die Wahrheit ist es nie zu spät.«

»Ja, ganz toll«, erwiderte sie zynisch. »Zum Glück weiß ich jetzt endlich, dass mein Vater mich noch viel schlimmer reingelegt hat, als ich dachte.« Sie starrte in den Spiegel hinter der Bar, ohne wirklich was zu sehen. Im Hintergrund lief Musik, ein von typischem Cajun-Gefiedel begleiteter Song, in dem es um ein trauriges Mädchen ging, das seine Liebe verloren hatte.

Die Bedienung kam zu ihr und fragte höflich, ob sie nun zum Essen an den Tisch gehen wolle. Sie verneinte, doch Brent erklärte ruhig, dass sie noch eine Minute brauche und gleich komme.

»Bringen Sie uns zwei Portionen Jambalaya«, bat er.

Zu Cat sagte er: »Du bist bleich wie der Tod. Du musst was essen, sonst kippst du noch um.«

Cat wollte sich weigern, denn allein bei dem Gedanken ans Essen wurde ihr schlecht, doch ihr fehlte die Kraft zum Widerspruch. Sie ließ es zu, dass er sie am Arm zu dem freien Tisch führte und ihr den Stuhl zurechtrückte, während sie sich setzte. Er schenkte ihr Wasser ein und befahl ihr, es zu trinken. Sie tat es, weil ihr schwindlig war und weil sie wusste, dass sie sich dadurch besser fühlen würde. Die beiden Drinks auf nüchternen Magen waren zu viel gewesen. Sie musste wirklich sofort was essen, sonst würde sie schlappmachen – das hatte Brent völlig richtig durchschaut, auch wenn es sie extrem störte, dass er einfach so die Regie übernommen hatte. Höchste Zeit, dass sie die Lage wieder unter Kontrolle brachte.

»Hör zu, Brent, ich möchte eins klarstellen.« Das klang schon viel besser. Selbstsicher, souverän und ruhig. »Wir können gern zusammen essen. Aber ich möchte nicht mehr über früher reden. Das mit uns beiden ist sehr lange her. Es ging ziemlich tragisch zu Ende, aber ich hasse es, in alten Wunden herumzustochern. Das Thema ist für mich abgehakt. Vielleicht hat es dir und mir geholfen, ein paar offene Fragen noch mal gemeinsam aufzurollen, aber damit sollten wir es jetzt auch bewenden lassen.«

»Das trifft sich gut. Ich wollte dir gerade dasselbe vorschlagen.«

Sie sah ihn argwöhnisch an, aber er schien es völlig ernst zu meinen. Mit einem Mal trug er einen fast geschäftsmäßigen Ausdruck zur Schau. »Lass uns über das Hier und Jetzt reden. Zum Beispiel darüber, was du so in London machst. Und wie lange du in New Orleans bleibst.«

Er sprach es aus wie alle Einheimischen – *Nawlins.* Seine Stimme klang wie damals, vielleicht ein bisschen rauer. Das weiche Timbre, die lang gezogenen Vokale, die Art, wie er manche Silben verschluckte.

»In London arbeite ich in der Finanzabteilung einer großen Firma für Hoch- und Tiefbau. Und zur zweiten Frage: Ich weiß noch nicht genau, wie lange ich hierbleibe.«

»Wovon hängt das denn ab?«

»Hauptsächlich von der Regelung diverser Erbschaftsangelegenheiten«, meinte sie ausweichend.

»Verstehe. Mit Bannister Enterprises ist der Nachlass sicher sehr umfangreich. Ist eigentlich die Frage der Firmennachfolge schon geregelt?«

Unvermittelt war Cat auf der Hut. Seine Frage klang unverfänglich, war es aber nicht. Es hatte eine Zeit gegeben, in der sie und Brent einander so nahe gewesen waren, dass sie fast miteinander verwachsen waren. Jedenfalls hatte es sich damals so für sie angefühlt. Es war eine Verbindung gewesen, die weit über das Körperliche hinausging. Sie hatte ihn sehr gut gekannt, jede Nuance seiner Körperhaltung, jede Regung seines Mienenspiels, jede Modulation seiner Stimme. Seine Frage zur Firmennachfolge war gezielte Informationsbeschaffung.

»Nein, es ist noch nichts geregelt«, gab sie zurück. Was aktuell nichts weiter als die Wahrheit war.

»Wenn du für eine große Baufirma arbeitest, würde es sich doch beinahe anbieten, dass du bei Bannister Enterprises einsteigst«, meinte er im selben Plauderton wie eben.

Es bestand kein Zweifel – er versuchte, sie auszuhorchen. Aber warum?

Die Bedienung brachte zwei dampfende Teller, und Cat nahm das zum Anlass, Brents letzte Bemerkung kurzerhand zu ignorieren. Sie bedankte sich höflich bei der Servierkraft und wünschte Brent einen guten Appetit, dann griff sie zum Besteck und machte sich über ihr Essen her. Ihr Hunger war beim Anblick des Jambalaya binnen Sekundenbruchteilen mit solcher Macht zurückgekehrt, dass sie Mühe hatte, nicht zu schlingen. Das Wasser schoss ihr in die Augen, und das lag nur zum Teil daran, dass reichlich Tabasco im Essen war. Es war so köstlich, dass sie ein Stöhnen unterdrücken musste, als der unvergleichliche Geschmack auf ihrer Zunge explodierte. Die Kombination aus Reis, gebratenem Hühnerfleisch, scharfer Räucherwurst und Shrimps vereinte sich mit der *Holy Trinity*, einer aus Zwiebeln, Staudensellerie und grüner Paprika bestehenden Gemüsemischung, zu einem vollendeten Genuss.

Gott, wie sehr sie die kreolische Küche vermisst hatte!

Sie selbst kochte nie – es war einfach nicht ihre Domäne. Sie hatte es nicht gelernt, weil dazu keine Notwendigkeit bestanden hatte. In London hatte sie sich ihre Mahlzeiten entweder vom Lieferservice bringen lassen oder war in eines der zahlreichen guten Restaurants gegangen, aber ein kreolisches war nicht darunter gewesen. Hin und wieder hatte sie spanische Paella gegessen und dabei gedacht, dass es fast wie Jambalaya schmeckte. Doch das war ein Irrtum gewesen, wie sie jetzt erkannte. Nichts schmeckte so. Genießerisch lehnte sie sich zurück und fuhr sich mit der Zunge über die Lippen. Wie hatte sie das so lange entbehren können?

Brent starrte sie an. Er hatte die Gabel sinken lassen.

»Was ist?«, fragte sie verunsichert, doch sie kannte die Antwort bereits. Sein Blick hatte sich förmlich an ihr festgesaugt. In seinen Augen stand ein hungriger Ausdruck, und das hatte nichts mit dem Essen auf seinem Teller zu tun.

»Du bist so verdammt heiß, Cat«, sagte er mit belegter Stimme. »Genau wie früher. Nein, sogar noch mehr. Ich weiß, wir wollten nicht mehr über die alten Sachen reden. Aber denkst du noch manchmal dran? Ich wünschte, mein Zimmer wäre noch da oben, dann könnten wir jetzt einfach die Treppe raufgehen und es tun.«

Sie erwiderte seinen Blick, tauchte darin ein und sah es in den indigofarbenen Tiefen seiner Augen flackern. Er hatte schon damals diese unverblümte und teilweise derbe Art gehabt, sie wissen zu lassen, dass er scharf auf sie war. Anfangs hatte sie sich geschämt und sich sogar ein bisschen davor gefürchtet, doch das hatte schnell aufgehört, bis sie am Ende genauso zügellos gewesen war wie er. Zwischen ihnen hatte es kein Gefühl von Peinlichkeit oder Befangenheit gegeben. Er hatte Dinge gesagt wie: *Zieh dich aus, ich will es mit dir treiben.* Und sie hatte es so eilig gehabt, aus dem Höschen zu kommen, dass es kaum eine Minute gedauert hatte, bis er in ihr war. Das Sexuelle hatte immer mit traumwandlerischer Perfektion zwischen ihnen funktioniert. Und das tat es immer noch, wie sie leicht schockiert erkannte. Sie wusste instinktiv, dass er eine Erektion hatte, und sie selbst war bei seinen Worten fast augenblicklich feucht geworden. Es war, als hätte es die vergangenen zwölf Jahre gar nicht gegeben. Ein einziger Satz von ihm, ein langer Blick, und sie zerfloss vor Bereitschaft. Ihre Brustwarzen stellten sich auf, und er konnte es durch den dünnen Stoff ihres Kleides sehen.

»Vergiss es«, sagte sie, doch ihre Stimme zitterte und verriet ihre Erregung.

Er merkte es, und das Funkeln in seinen Augen vertiefte sich. Sie wusste genau, was er jetzt gerade dachte: *Ich krieg dich noch, Cat.*

»Wir werden uns die nächste Zeit öfter sehen«, teilte er ihr mit.

»Ich sagte doch, vergiss es.«

»Höchstwahrscheinlich schon morgen wieder. Stell dich darauf ein, dass du mich so schnell nicht loswirst. Kommst du morgen Abend wieder her? Selber Ort, selbe Zeit?«

»Brent, hör endlich auf damit.«

»Ich höre erst auf, wenn ich fertig bin.« Er hob die Brauen. »Du weißt doch, dass ich sehr harte Prinzipien habe. Die härtesten weit und breit.«

Ihr entschlüpfte ein Kichern, bevor sie es verhindern konnte. Auch das war immer eine seiner leichtesten Übungen gewesen – sie zum Lachen zu bringen, wenn sie es am wenigsten erwartete.

»Na also, geht doch.« Er lächelte verhalten. »So gefällst du mir am zweitbesten.«

Sie lachte. »Ach Brent, du bist unmöglich.«

Sie widmeten sich wieder dem Essen, und Brent ließ noch eine Flasche Wein kommen, die sie gemeinsam zur Hälfte leerten und dabei absolut unverbindlichen Smalltalk zelebrierten. Sämtliche persönlichen Angelegenheiten blieben außen vor. Cat befand sich in einer eigentümlich beschwingten Stimmung – die Erregung war noch da, es fühlte sich an wie ein Pulsieren dicht unter der Haut. Aber zugleich hatte sich auch wieder ein Teil jener besonderen Vertrautheit eingestellt, die sie einst verbunden hatte, nicht nur körperlich, sondern vor allem auch emotional.

Cat merkte, dass ihre Vorsicht nachgelassen hatte. Der Alkohol hatte ihre Hemmungen gelöst und sie für gewisse männliche Signale empfänglich gemacht, als hätten sich irgendwo tief in ihrem Inneren verborgene Antennen zielsicher auf Brent ausgerichtet. Sie fing an, das Zusammensein mit ihm zu genießen. Seine intimen Blicke. Sein angedeutetes Lächeln. Das Flattern in ihrer Magengrube, wenn er scheinbar unabsichtlich ihre Hand berührte. Sie musste die Notbremse ziehen.

Sie tippte auf ihre Armbanduhr. »Es ist wirklich spät. Höchste Zeit, dass ich ins Bett komme.«

Brent erhob keine weiteren Einwände, sondern zog seine Brieftasche heraus und zahlte die Rechnung. Gemeinsam verließen sie das Lokal, und er begleitete sie durch die immer noch stark belebte Bourbon Street bis zum nächsten Taxistand.

»Danke für den netten Abend«, sagte sie zum Abschied. »Mach's gut. Bis irgendwann mal.«

»Nein, wir sehen uns morgen, und zwar in einer ziemlich wichtigen Angelegenheit«, erwiderte er, ehe er die Wagentür zuschlug und kurz aufs Dach klopfte, als Zeichen für den Fahrer, dass es losgehen konnte.

»Wohin soll's gehen?«, wollte der Fahrer wissen. Er musste die Frage wiederholen, weil sie in Gedanken damit beschäftigt war, Brents Ankündigung zu analysieren. Es hatte sich nicht zweideutig, sondern ausgesprochen nüchtern angehört. Ein dumpfes Gefühl der Bedrohung breitete sich in ihr aus, das die ganze Fahrt über bis zur Ankunft in der Magnolia Lane anhielt.

Wie bei ihrem Aufbruch nahm sie die Hintertür und zog sich die Schuhe aus, bevor sie die Treppe hochschlich. Während sie sich auszog und die Zähne putzte, zerbrach sie sich immer noch den Kopf über Brents mögliche Pläne. Es war dumm von ihr gewesen, ihn nicht wenigstens zu fragen, ob er privat oder beruflich in New Orleans war. Sie wusste nur, dass er mit ihr schlafen wollte. Wenigstens das stand völlig außer Frage. Und sobald sie nur daran dachte, sendeten gewisse Stellen ihres Körpers Signale aus, weil sie es gar nicht erwarten konnten. Himmel, sie hatte zu viel getrunken.

Es war schon nach drei, als sie endlich im Bett lag. Trotzdem konnte sie lange nicht einschlafen.

5

Brent und Milo wurden von einem uniformierten Beamten in ein Vorzimmer geführt, wo sie kurz warten mussten, bis die Sekretärin sie angemeldet hatte.

»Agent LaVerne und Agent Stone vom FBI sind hier, Sir«, sagte sie in die Sprechanlage, worauf Brent und Milo sofort zum Eintreten aufgefordert wurden.

Deputy Superintendent Marvin Brinckley war ein Latino, der seine kräftige Statur nicht nur gutem Essen verdankte, sondern auch gezieltem Krafttraining. Brent tippte auf Boxen – Brinkleys Nase sah aus, als hätte er ziemlich oft eins draufgekriegt. Außerdem hatte er einen Händedruck, bei dem man hinterher seine Finger zählen musste. Sein routiniert höfliches Auftreten und sein gehobener Rang deuteten jedoch darauf hin, dass er mehr auf dem Kasten hatte als einen guten Schlag.

Und er verlor keine Zeit, sondern kam gleich zum Wesentlichen. Nach ein paar Begrüßungsfloskeln ließ er seine Sekretärin einige Beamte zu einer Lagebesprechung in sein Büro bitten.

Brent hörte die Namen, die er der Vorzimmerdame

nannte. Zuerst glaubte er an eine Verwechslung, aber als Minuten später zusammen mit zwei anderen Officers tatsächlich Tallulah Harris auf der Bildfläche erschien, musste er sämtliche Beherrschung aufbieten, um nicht aus der Rolle zu fallen. Er hatte zwar gewusst, dass Tallulah zum NOPD gegangen war, aber ihre Zuständigkeit lag bei Kapitalverbrechen. Was hatte sie bei einem Fall von Wirtschaftskriminalität verloren?

Brinckley übernahm die Vorstellung.

»Die Agents LaVerne und Stone vom FBI. Und für das NOPD haben wir hier Captain Braxton, meinen besten Mann aus dem Betrugsdezernat, sowie die Detectives Tallulah Harris und Carl Hightower vom Morddezernat.«

»Mord?«, fragte Milo. »Was für ein Mord? Ich dachte, wir sind wegen eines Briefings für die Beschlagnahme hier.«

»Der Fall hat sozusagen eine neue Komponente bekommen, Agent Stone.« Tallulahs leicht rauchige Stimme rief einige Erinnerungen in Brent wach, doch der Gedanke an ihr mieses Spiel vor zwölf Jahren überlagerte alles andere. Eine Welle kaum kontrollierbarer Aggression kochte in ihm hoch. Es fiel ihm zusehends schwerer, sich nichts anmerken zu lassen.

Tallulah lehnte sich in ihrem Stuhl zurück und präsentierte dabei ihre makellos schlanken Beine. Sie hatte es schon immer verstanden, ihre körperlichen Reize einzusetzen. Ihre Karriere beim NOPD schien daran nichts geändert zu haben. Mit Bleistiftrock, enger Bluse und hochhackigen Schuhen ließ sie der männlichen Fantasie nur wenig Spielraum. Brent beobachtete Milo, der bei ihrem Anblick große Augen machte, und am liebsten hätte er ihm einen Ellbogen in die Rippen gerammt und ihm verraten, was für ein Miststück sie war.

»Was hat die Mordkommission mit meinem Fall zu tun?«, fragte er kühl.

»Nur so viel, dass es mittlerweile auch *mein* Fall ist, Agent LaVerne. Oder darf ich dich *Brent* nennen?« Mit honigsüßem Lächeln wandte sie sich an die anderen. »Brent und ich kennen uns noch von der Highschool. Wir waren im selben Abschlussjahr.«

»Wirklich?«, fragte Brinckley. »Davon wusste ich gar nichts.«

Sie hob die Schultern. »So wichtig ist es auch wieder nicht. Viele Leute waren auf dieser Schule, unter anderem auch Hightower hier. Ich hatte schon gar nicht mehr dran gedacht.«

»He, sind Sie etwa *der* Brent LaVerne?«, erkundigte sich Hightower, ein schmal gebauter Farbiger, der einen etwas zu weiten Anzug trug. »Der Quarterback?«

»Ist lange her«, sagte Brent.

»Quarterback?«, fragte Braxton. Er war Mitte vierzig, hatte zwanzig Kilo zu viel auf den Rippen und eine ungesunde Gesichtsfarbe.

»Ja, die Saints wollten ihn«, erklärte Hightower. »Dann hat ihm irgend so ein mieser Schlägertyp den Wurfarm ruiniert. Aber wie ich sehe, haben Sie es gut weggesteckt,

Agent LaVerne. Sie sind fabelhaft trainiert, wenn ich das mal sagen darf.«

»Lassen Sie uns über den Fall sprechen«, schlug Brinckley nüchtern vor. »Detective Harris, bitte berichten Sie den Agents von unseren neuen Erkenntnissen.«

»Natürlich, Chief.« Tallulahs falsches Lächeln erstarb, und sie schlug einen geschäftsmäßigen Ton an. »Nun, es scheint so, als müssten wir uns darauf einstellen, auch in einem Mordfall zu ermitteln. Wir haben einen anonymen Hinweis erhalten, dass Zachary Bannister keines natürlichen Todes gestorben ist.«

»Nach allem, was wir bisher erfahren haben, war es eine Art Sextod«, sagte Milo.

»Das dachten wir bisher auch, denn es entspricht der Aussage der Frau, mit der er zum Zeitpunkt seines Todes zusammen war«, bestätigte Tallulah. »Insofern passte es gut zusammen. Aber der Hinweis, der heute Morgen hier einging, deutet darauf hin, dass es auch anders gewesen sein könnte.«

»Was war das für ein Hinweis, Detective Harris?«, wollte Brent wissen. Er betonte ihren Rang auf eine Weise, die keinen Zweifel daran ließ, wohin Tallulah sich ihre Vertraulichkeiten stecken konnte. Er markierte die Fronten, und sie sollte besser schnell kapieren, dass sie auf der Feindesseite stand.

»Ein anonymer Hinweis, Agent LaVerne.« Die höfliche Anrede konnte kaum verbergen, dass ihre Stimme nur so klirrte vor kalter Abneigung.

»Anonyme Hinweise kann man oft nicht ernst nehmen«, meinte Milo.

»Diesen schon. Denn er bezieht sich auf Tatsachen, die in keiner offiziellen Erklärung auftauchen. Sie stehen nicht mal in den Akten. Und zwar deshalb nicht, weil wir sie selbst nicht kannten.« Sie strich sich eine Strähne ihres lackschwarzen Haars hinters Ohr – auch eine dieser Gesten, mit denen sie ihre Vorzüge betonte. Die zarte Haut, den langen, schmalen Hals, um den Brent am liebsten beide Hände gelegt und zugedrückt hätte. Sie genoss ihren Auftritt sichtlich und ließ sich Zeit.

Es fiel wohl auch Brinckley auf. »Kommen Sie zur Sache, Harris.«

»Natürlich, Chief«, gab sie zurück, äußerlich völlig ungerührt. Ganz offensichtlich wollte sie die Aussicht, Brents Fall zu ihrem zu machen, in vollen Zügen auskosten. »Wir bekamen heute Morgen um kurz vor acht eine Mail von einem Unbekannten«, fuhr sie an Brent und Milo gewandt fort. »Benutzt wurde dafür der Account eines privaten Handys. Es gehört einer Studentin, die es gestern verloren hat, als sie mit ein paar Freunden zum Feiern um die Häuser zog. Wir haben sie schon gefunden und dazu vernommen. Unsere Überprüfungen haben ergeben, dass ihre Angaben stimmen. Wir vermuten allerdings, dass sie es nicht verloren hat, sondern dass es ihr gestohlen wurde. Von besagtem Unbekannten, der uns damit diese Mail geschickt hat. In der Mail stand, dass Zachary Bannister sich vor seinem Tod bereits seit Monaten mit einer Frau namens Mindy Robicheaux traf. Das allein hat bei uns schon die Alarmsirenen losgehen lassen, denn den Namen seiner Freundin konnte nur ein Eingeweihter kennen, weil nichts davon an die Presse gelangt war. Wir haben nicht mal Bannisters Familie den Namen der Frau genannt.« Tallulah hielt inne, zweifellos, um die dramatische Wirkung ihrer nächsten Worte gebührend hervorzuheben. »Das wirklich Schockierende an dieser Mail war aber eine bisher unbekannte Information, die uns dazu gebracht hat, sofort eine Exhumierung von Bannisters Leichnam zu erwirken. Denn falls besagte Information zutreffen sollte, wäre es eindeutig ein Fall von Mord. Und damit *mein* Fall.«

»Ich kürze das mal ab«, mischte Chief Brinckley sich mit erkennbarer Ungeduld ein. Er sah auf die Uhr. Anscheinend hatte er noch anderweitig zu tun. Mit knappen Worten fasste er die Geschehnisse für Brent und Milo zusammen. »Bannister soll laut diesem anonymen Hinweisgeber mittels einer Injektion in eine Beinvene eine tödliche Dosis Digitalis verabreicht worden sein. Im Augenblick befasst sich der Coroner damit. Sobald wir Nachricht aus der Pathologie haben, sehen wir weiter.«

»Und bis dahin bleibt es ein Fall des FBI«, stellte Brent fest, während er blitzschnell zu ergründen versuchte, was diese neue Entwicklung zu bedeuten hatte.

»Natürlich bleibt es Ihr Fall«, stimmte Brinckley zu. »Ich hatte Harris nur hinzugezogen, um Sie über diesen neuen Aspekt ins Bild zu setzen, und selbstverständlich halte ich Sie auch weiter auf dem Laufenden. Meine Leute stehen zu Ihrer Verfügung. Sie müssen nur noch gemeinsam die exakte Vorgehensweise abstimmen.«

Brent erhob sich. »Ich schlage vor, das besprechen Agent Stone und ich mit Captain Braxton in dessen Büro.«

»Gute Idee. Ich muss jetzt leider weiter. Dringende Termine. Aber wir bleiben in Verbindung.« Brinckley gab Brent und Milo die Hand und ging zur Tür. »Meine Nummer haben Sie ja. Viel Erfolg bei der Aktion!«

Tallulah hatte dem letzten Teil der Unterhaltung ohne sichtbare Regung zugehört, aber ihr eisiger Blick zeigte, wie wenig es ihr schmeckte, dass Brent sie von den weiteren Besprechungen ausschloss. Es war klar, dass sie andere Saiten aufziehen würde, falls der Coroner auf Mord erkannte und damit ihren Zuständigkeitsbereich berührte. Brent begriff, dass er Vorkehrungen treffen musste, damit sie ihm nicht den gesamten Fall ruinierte. Aber zugleich brannte er darauf zu erfahren, was die pathologische Untersuchung ergab. Plötzlich schienen alle Karten neu gemischt.

Tallulah sprang von ihrem Stuhl auf und eilte hinaus, damit die anderen den Raum nicht vor ihr verlassen und sie wie ein lästiges Überbleibsel zurücklassen konnten.

»Bis später, Brent«, sagte sie in der Tür, ohne den leisesten Versuch, ihren Hass mit Förmlichkeit zu kaschieren.

Milo nahm ihr schroffes Benehmen stumm zur Kenntnis, aber ihm war anzusehen, dass ihn deswegen eine Menge Fragen beschäftigten.

Hightower war in diesem Punkt weniger zurückhaltend. Ein Ausdruck von Verwunderung stand in seinem langen, dunklen Gesicht. »Scheint so, als könnte Tallulah Harris Sie nicht leiden, Agent LaVerne. Hatten Sie früher auf der Highschool mal Stress mit ihr?«

»Nicht dass ich wüsste. Außerdem kam sie mir ganz normal vor.«

»Mir nicht«, widersprach Braxton. »Da herrschte mächtig dicke Luft zwischen Harris und Ihnen.«

Brent kämpfte gegen die Versuchung an, es rundheraus zu leugnen. Es wäre kein guter Start, ausgerechnet den Beamten anzulügen, auf dessen Hilfe er bei der Lösung seines Falls angewiesen war.

»He, Sie haben doch vorhin selbst gehört, dass Agent LaVerne auf der Highschool ein richtig heißer Quarterback war«, kam Milo ihm zu Hilfe – jedenfalls schien er zu denken, es sei hilfreich. »Die Mädchen sind alle nur so auf ihn geflogen, wie die Motten ins Licht. Da hat er manches Herz gebrochen. Weil er ja unmöglich mit allen gleichzeitig zum Abschlussball gehen konnte.« Anzüglich bohrte er sich die Zunge in die Wange.

»Oh, *das*«, meinte Braxton. Es klang leicht angewidert, aber immerhin schien er die Erklärung schlüssig zu finden, genau wie Hightower, der amüsiert nickte.

Brent gab sich unbeteiligt, obwohl er Milo gern in den Hintern getreten hätte – nicht zuletzt deshalb, weil er unbeabsichtigt der traurigen Wahrheit ziemlich nahegekommen war. Damals musste Tallulah tatsächlich von verletzter Eitelkeit und Rachsucht zerfressen gewesen sein. Nicht etwa wegen der vielen Mädchen vor ihr, sondern ausschließlich wegen der einen, die nach ihr gekommen war und ihm die Welt bedeutet hatte. Abserviert zu werden war für Tallulah eine ganz neue Erfahrung gewesen. Man brauchte keine Ausbildung beim FBI, um zu erkennen, warum sie Zack Bannister bei der erstbesten Gelegenheit diese Sexfotos zugespielt hatte.

Blieb noch die Frage, ob sie wusste, was Bannister ihm anschließend angetan hatte, um ihn von Cat fernzuhalten. Der Mistkerl hatte leider zur Unzeit den Löffel abgegeben, genauso wie das Arschloch, das ihm damals den Schädel und die anderen Knochen gebrochen hatte. Die beiden konnte er nicht mehr fragen. Aber Tallulah war noch da. Brent betrachtete es als Zeichen, dass er nach so vielen Jahren von ihrer Rolle in diesem miesen Spiel erfahren hatte. Denn vielleicht hatte sie noch mehr getan, als nur mit ihren schmutzigen Fotos den Stein gegen ihn ins Rollen zu bringen. Womöglich hatte sie bei dem brutalen Rest ebenfalls ihre Hand im Spiel gehabt. Tallulah hatte schon früher eine Reihe ziemlich widerwärtiger Typen gekannt. Falls es zwischen ihr und Jarrod Tex eine Verbindung gab, würde er es rausfinden.

Bei der nachfolgenden Besprechung in Captain Braxtons Büro blendete er all diese quälenden Fragen komplett aus und war der eiskalte Profi, der in dieser Sache gefragt war. Voll konzentriert stimmte er mit den Detectives des Betrugsdezernats sämtliche Einzelheiten des bevorstehenden Einsatzes ab. Es sollte alles heute noch über die Bühne gehen, so rasch wie möglich, bevor Informationen darüber durchsickern konnten. Die Bannisters waren eine weithin bekannte und alteingesessene Familie, und Zachary Bannister war ein geschätztes Mitglied der Gesellschaft gewesen. Dass er im Bett einer Nutte gestorben war, hatte zwar sein öffentliches Ansehen für immer ruiniert, aber als Nebeneffekt hatte es der Familie auch eine Extraportion Mitleid beschert. Dieses Mitleid konnte womöglich den einen oder anderen Beschäftigten beim NOPD, der nähere Kontakte zur Familie unterhielt, dazu bringen, Dienstgeheimnisse durchzustechen, um weitere öffentliche Schande von der Familie abzuwenden.

Nach der Besprechung blieb Milo und ihm gerade noch genug Zeit, eine Kleinigkeit essen zu gehen. Vom Präsidium in der South Broad Street fuhren sie zurück in den Central Business District. Die Firmenzentrale von Bannister Enterprises befand sich in der Nähe der Piazza d'Italia. Sie suchten sich ein Restaurant in der Umgebung des Platzes, der mit seinen zusammengewürfelten italienischen Bauelementen wie die bunte Kulisse eines Renaissancetheaters aussah und die Touristen in Scharen anzog.

Brent war wegen der bevorstehenden Aktion ziemlich angespannt und hatte keinen richtigen Appetit, aber er wusste nicht, wann er das nächste Mal in Ruhe zum Essen kommen würde, also folgte er pragmatischen Erwägungen und füllte sich den Magen, um notfalls den Rest des Tages ohne richtige Mahlzeit überstehen zu können. Er aß frittierte Austern mit scharfer Sauce und dachte dabei an das Abendessen mit Cat. Ihretwegen hatte er in der vergangenen Nacht kaum ein Auge zugekriegt. Bei Gott, sie würde ihn hassen, wenn er diese Sache durchzog. Doch ihm blieb keine Wahl. Korrekterweise hätte er sie einfach in Ruhe lassen sollen, aber irgendwelche niederen Instinkte hatten die Herrschaft über seinen Körper an sich gerissen, als sie so plötzlich in das Lokal in der Bourbon Street spaziert kam. Er hatte es schlichtweg nicht fertiggebracht, sich von ihr fernzuhalten, denn sie war ganz offensichtlich aus denselben Gründen dorthin gekommen wie er. Erinnerungen an gemeinsame alte Zeiten konnten sehr machtvoll sein, und soweit es ihn und Cat betraf, waren sie überwältigend. Alles, was ihn je sexuell zu ihr hingezogen hatte, war auf einen Schlag wieder da gewesen. Und noch mehr. Die schon fast schmerzhafte Erregung, die er in ihrer Gegenwart verspürt hatte, war wie eine Einladung zum Tanz auf einem glühenden Vulkan gewesen, und er hatte ihr nicht widerstehen können. Dasselbe galt umgekehrt jedoch auch für sie. Er hatte es in ihrem Gesicht und ihren Augen gelesen, genau wie sie bei ihm. Sie kannten einander einfach zu genau, und die zwölf Jahre ihrer Abwesenheit hatten daran nicht das Geringste geändert. Die erotisch aufgeladene Stimmung zwischen ihnen hatte sich in jeder ihrer Gesten widergespiegelt und ihm zusätzlich eingeheizt. Wenn er vorher auch nur geahnt hätte, dass sie dort auftauchen würde, wäre er vielleicht weggeblieben. Nein, gestand er sich sofort ein. Er wäre nicht weggeblieben.

»Du kennst ein paar echt heiße Weiber hier in New Orleans«, leitete Milo die Unterhaltung ein, nachdem sie beide den größten Teil ihrer Mahlzeit verzehrt hatten. »Diese Tallulah Harris vom NOPD ist fast so ein Hingucker wie Zack Bannisters Tochter. Hattest du mal was mit der? Ich meine, richtig, also nicht nur so eine kleine Knutscherei wie mit Cathleen Bannister?«

»Ja«, räumte Brent ein. Er sah keinen Sinn darin, es zu leugnen. Anders als bei Cat gab es keine Notwendigkeit, es zu verheimlichen. Außerdem würde Tallulah, sobald sie irgendeinen Vorteil darin wähnte, ihr damaliges Verhältnis mit ihm sowieso überall herausposaunen, und dann würde er vor Milo als Lügner dastehen. »Ich habe sie ein paarmal getroffen. Es war aber nichts Festes.«

»Natürlich nicht«, meinte Milo. Er zog leicht spöttisch die Brauen hoch. »Aber sie ist immer noch höllisch sauer auf dich, was? Du musst einen wirklich unvergesslichen Eindruck bei ihr hinterlassen haben.«

Achselzuckend nahm Brent einen Schluck von seiner Coke. »Hauptsache, sie mischt sich nicht in unseren Fall ein, wenn sich herausstellt, dass der Mordverdacht zutrifft.«

»Ob wir darüber mit Wagner sprechen sollten?«

Wagner war Brents und Milos Vorgesetzter. Er koordinierte und verantwortete ihre Außeneinsätze und gab ihnen die Richtung vor. Brent vertraute auf sein Urteil und würde nichts tun, was er nicht vorher mit Wagner abgestimmt hatte. Er hätte ihm längst Bescheid sagen müssen, dass sich hier vielleicht ein Problem anbahnte. Unstimmigkeiten zwischen Feds und lokalen Polizeibehörden kamen immer wieder mal vor, meist in Form konkurrierender Zuständigkeiten, verschärft durch Profilierungsdrang und Kompetenzgerangel. Wirtschaftskriminalität wie im Fall Bannister fiel als Bundesverbrechen in die Zuständigkeit des FBI. Mord war Sache des NOPD. Tallulah *konnte* sich einmischen. Und sie würde es tun, sobald sich dafür eine Möglichkeit ergab, so viel stand fest. Natürlich musste er darüber mit Wagner sprechen, und er musste ihm auch sagen, dass es eine persönliche Feindschaft gab. Eigentlich hätte er das schon längst erledigen müssen, denn Probleme ließen sich am besten lösen, bevor sie überhaupt auftauchten.

»Ich rufe ihn an«, teilte er Milo mit. »Sobald die Untersuchungsergebnisse aus der Pathologie vorliegen. Wozu einen Wirbel veranstalten, wenn hinterher an der ganzen Sache gar nichts dran ist?«

Milo ließ das so stehen, obwohl ihm seine Skepsis anzusehen war. Zeit für irgendwelche Diskussionen und Mutmaßungen blieb ihnen ohnehin nicht mehr. Sie zahlten ihr Essen und machten sich auf den Weg zu ihrem Einsatz.

6

Cat saß auf dem schmalen Bett in ihrem Mansardenkämmerchen und ging die Firmenunterlagen durch, die Randolph ihr gegeben hatte – Übersichten über laufende Projekte und wichtige Ausschreibungen. Sie hätte sich auch damit nach unten in die klimatisierte Bibliothek setzen können, die ihrem Dad als Arbeitszimmer gedient hatte, aber lieber hielt sie die stickige Schwüle hier oben unterm Dach aus, als die vorwurfsvolle Nähe ihrer Familie zu ertragen.

May Belle hatte ihr während des Frühstücks die nächste Szene gemacht und ihr unterstellt, diese Nummer mit der Firmenleitung nur aus Rache durchziehen zu wollen. Cat hatte die tränenreich vorgebrachten Vorwürfe mehr oder weniger hilflos über sich ergehen lassen müssen. Sämtliche Versuche, vernünftig mit ihrer Schwester zu reden, waren durch deren wütende Anklagen im Keim erstickt worden. May Belle hatte schon als Teenager zu hysterischen Ausbrüchen und Nervenkrisen geneigt. Ständig am Rande einer gefährlichen Magersucht schwankend, hatte sie sich seinerzeit die Haut ihrer Arme und Beine aufgeschnitten, bis Blut kam. *Ritzen*, so hatte die euphemistische Bezeichnung innerhalb der Familie dafür gelautet – auf Empfehlung des Therapeuten, der aber ansonsten auch nicht viel gegen May Belles Selbstverletzungen hatte ausrichten können. Irgendwann hatte sie damit aufgehört, aber seither hatte sie nie wieder kurze Röcke oder ärmellose Tops getragen.

Das Ende der unerfreulichen Auseinandersetzung am Frühstückstisch war erst durch May Belles Mann herbeigeführt worden. Maxim hatte sie in eine schützende Umarmung gezogen und sie mit sanfter Überredung aus dem Zimmer geführt. Allerdings hatte sein beschwichtigendes Gemurmel auch nicht gerade dazu beigetragen, dass Cat sich besser fühlte.

»Es hat keinen Zweck, Liebes. Weinen ist völlig sinnlos. Sie ist innerlich genauso hart und kalt wie dein Dad. Lass sie doch einfach machen. Sie wird schon sehen, was sie davon hat.«

In dieselbe Kerbe hatte ihr Bruder geschlagen. Reuben war kurz nach May Belles Abgang aufgetaucht und hatte Cat erklärt, dass er einen Anwalt eingeschaltet habe. Dieser werde sie verklagen, sie bis aufs Hemd ausziehen und dafür sorgen, dass sie keinen Penny von Dads Geld zu Gesicht kriegte. Cat war nicht auf diesen Unsinn eingegangen, schon deshalb nicht, weil Reuben von Alkohol und vermutlich auch von Drogen dermaßen zugedröhnt war, dass er wahrscheinlich kaum noch wusste, was er sagte. Sie hatte einfach das Zimmer verlassen.

Auf dem Weg zur Treppe war sie Opal begegnet, die sich wie am Vortag in filmreifes Designerschwarz geworfen hatte und gerade aus dem Haus gehen wollte. Cat hatte sich auf eine weitere Auseinandersetzung eingerichtet, aber Opal war nur mit hoch erhobener Nase und ohne ein Wort an ihr vorbeigerauscht.

Cat merkte, dass sie kaum in der Lage war, sich auf die Unterlagen zu konzentrieren. Grimmig riss sie sich zusammen und vertiefte sich wieder in die Projektlisten. Sie suchte nach der Ausschreibung, die Randolph erwähnt hatte – ein Bauvorhaben, das seinen Worten zufolge die Bilanz um viele Millionen aufwerten konnte. Da das Auftragsvolumen sich stark von den übrigen abhob, hatte sie das Projekt rasch gefunden. Eine Mall! Wie elektrisiert überflog Cat die wenigen Daten, die in der Übersicht zusammengefasst waren. Ein großer Gebäudekomplex mit umfangreichen Hoch- und Tiefbauarbeiten, genau zugeschnitten auf ein Unternehmen wie Bannister Enterprises. Wenn die Firma aus dieser Ausschreibung als Sieger hervorging und den Bau der Mall an Land ziehen konnte, waren damit tatsächlich enorme Gewinne einzufahren.

Es klopfte an der Tür, und Annie schaute herein.

»Sie haben Besuch, Miss Cat.«

»Wer ist es denn?«

Annie wand sich ein wenig, es war ihr sichtlich unangenehm. »Ihr früherer Ehemann, Miss Cat. Mister Tarquin. Er wollte zu Ihnen raufkommen, aber ich habe ihm gesagt, das geht nicht. Jetzt wartet er unten im Salon.«

Cat nickte gefasst und bedankte sich bei Annie. »Sag ihm, dass ich in zehn Minuten unten bin. Servier ihm Kaffee oder was er sonst trinken möchte.«

Annie zog erleichtert wieder ab, und Cat legte die Unterlagen zur Seite und ging in das kleine Bad am Ende des Flurs, um sich frisch zu machen, bevor sie Tarquin gegenübertrat. Sie hatte zwar nach dem Aufstehen geduscht, aber inzwischen war sie wieder verschwitzt.

Sie wusch sich rasch, bändigte ihre Lockenmähne im Nacken zu einem festen Zopf und trug ein bisschen Puder und einen Hauch Lipgloss auf. Statt des lockeren Sommerkleidchens, das sie zum Frühstück getragen hatte, wählte sie ein eher formelles Outfit, bestehend aus knielangem Rock, hochgeschlossener weißer Bluse und Pumps mit halbhohen Absätzen. Mit einem kurzen Blick in den Wandspiegel in ihrem Zimmer überzeugte sie sich davon, dass sie vom Scheitel bis zur Sohle wie eine kompetente Geschäftsfrau aussah. Sie würde dafür sorgen, dass es ein sachliches Gespräch unter Erwachsenen wurde. Etwaige Versuche Tarquins, sie wie ein unvernünftiges kleines Mädchen zu behandeln oder sonstige Psychospielchen mit ihr zu treiben, würde sie allesamt im Ansatz unterbinden.

Während sie nach unten ging, rekapitulierte sie noch einmal sämtliche guten Vorsätze, die sie in Bezug auf seine Person gefasst hatte. Kein Streit, keine Wut, kein Türenknallen. Nie wieder würde sie in solch einer beschämenden Weise auf seine Provokationen reagieren.

Sie hatte den Vorteil, sich auf dieses Treffen eingestellt zu haben. Sein Auftauchen kam für sie nicht unerwartet. Ihr war völlig klar gewesen, dass er so schnell wie möglich hier erscheinen würde. Wahrscheinlich hatte er in New York, was immer er dort gerade tat, alles stehen und liegen lassen und war in den nächstbesten Flieger gestiegen, um sie zur Vernunft zu bringen und die Firma vor ihrem Zugriff zu retten, bevor es zu spät war. Ganz sicher hatten May Belle und Reuben unverzüglich alle Alarmglocken in seine Richtung geläutet, sodass eine Verzögerung der Angelegenheit nicht infrage kam.

Er erhob sich von seinem Stuhl, als sie den Salon betrat. Mit ausgebreiteten Armen kam er auf sie zu. »Cat, Liebes! Da bist du ja! Lass dich ansehen! Meine Güte, du hast dich seit unserer Trennung kein bisschen verändert. Ehrlich, du siehst immer noch aus wie ein Teenager!« Er wollte sie umarmen, aber sie hielt ihn auf Distanz, indem sie nach einem flüchtigen Luftkuss einen Schritt zurücktrat. Doch er umfasste ihre Schultern und schaute sie bewundernd an. »Immer noch dieselbe zauberhafte kleine Nixe mit dem Feuerhaar! Du solltest es offen tragen. Das hat dir immer diesen Touch von Leidenschaft verliehen.«

»Danke«, sagte sie. »Du hast dich auch nicht sehr verändert.«

Falls ihm der hintergründige Doppelsinn ihrer Worte auffiel, ließ er es sich nicht anmerken. Er strahlte sie an, als würde er sich ehrlich über das Wiedersehen freuen. Vielleicht tat er es sogar, denn der lange zeitliche Abstand mochte dazu beigetragen haben, dass er ihre unglückliche Ehe verdrängt und nur nette Vorkommnisse im Gedächtnis behalten hatte. Sie selbst musste sich ziemlich anstrengen, um davon auch nur eine Handvoll zusammenzukriegen – es gab einfach zu wenige. Der Besuch eines Varietés mit Strömen von Champagner (ihr erstes Varieté, ihr erster Champagner), ein gemeinsamer Ausflug ins Wachsfigurenkabinett von Madame Tussauds, wo sie Unmengen von albernen Fotos geschossen hatten, der Besuch einer wundervollen Shakespeare-Aufführung im Globe Theatre. Vielleicht auch noch jener eine Tag, als er ihr in Covent Garden einen antiken Armreif gekauft hatte, ganz spontan und ohne Anlass, weil er gesehen hatte, dass ihr der Schmuck gefiel. *Für meine wunderschöne junge Frau.*

Das war irgendwann in den ersten Monaten ihrer Ehe gewesen, aber rückblickend hatte sich auch dieser eigentlich charmante Moment in einen weniger erinnerungswürdigen verwandelt, weil sie kurz danach entdeckt hatte, dass er mit seiner Sekretärin schlief. Und mit einer ganzen Reihe anderer Frauen, wie nach und nach herauskam. Er hatte behauptet, es habe nichts mit ihr zu tun und dass er sie aufrichtig liebe, aber sie hatte seine Affären mit einer gewissen Erleichterung zum Anlass genommen, dieser Farce von Ehe ein Ende zu bereiten. Die zwei Jahre, die sie es mit ihm ausgehalten hatte, waren der Preis für ihre Freiheit gewesen. Sie war in ein winziges Apartment gezogen, hatte die Scheidung eingereicht und mit dem Studium angefangen. Die danach folgenden Jahre waren eine schöne Zeit gewesen, ein typisches, ungebundenes Studentenleben, mit vielen Freunden, unbeschwerten Partys und allem, was sonst noch dazugehörte. All das hätte sie ohne die Scheidung verpasst, weshalb sie Tarquin im Prinzip sogar dankbar sein konnte, dass er sie vergrault hatte. Er hatte ihr zu der Erkenntnis verholfen, dass sie ihr Leben selber meistern musste, wenn es sich nach ihren Wünschen entwickeln sollte.

Etwas von dieser Versöhnlichkeit drückte sich in den Worten aus, mit denen sie Tarquins Schmeicheleien erwiderte. »Du bist wirklich ganz der Alte, Tarquin. Die letzten zehn Jahre sieht man dir nicht an. Du hast dich super gehalten.«

Das war die reine Wahrheit. Er war dreiundvierzig, aber bestens in Form. Mit seinem gesamten Auftreten verströmte er Vitalität und Energie. Die Falten um seine Augen waren etwas tiefer und das Haar an den Schläfen grau geworden, aber das tat seiner Attraktivität keinen Abbruch. Bestimmt lagen die Frauen ihm immer noch scharenweise zu Füßen, oder genauer: in seinem Bett. Auch beruflich hatte er Oberwasser, wie die jüngsten Geschäftsberichte seines Unternehmens belegten.

»Danke für die Blumen, Liebes. Komm, lass uns auf unser Wiedersehen anstoßen. Ich habe uns von Annie einen kleinen Cocktail als Aperitif bringen lassen.« Er nahm ihren Arm und führte sie zum Tisch, wo zwei hohe, eisbeschlagene Gläser standen, stilvoll mit Minze garniert und auf einem Silbertablett serviert.

Cat streifte sanft, aber bestimmt seine Hand von ihrem Arm, damit er gar nicht erst anfangen konnte, sie wie in alten Zeiten zu dominieren und das Geschehen zu bestimmen.

»Für mich keinen Alkohol so früh am Tag. Aber trink du nur. Ich lasse mir von Annie lieber Limonade kommen.« Sie zog an dem altmodischen Klingelzug, der in der Küche eine Glocke ertönen ließ.

»He, ihr habt ja immer noch diese uralte Klingel«, stellte Tarquin gut gelaunt fest.

»Wer weiß, wie lange noch? Ich hörte, hier soll alles neu eingerichtet werden.«

Ob Opal bei der geplanten Umgestaltung des Salons auch diese Klingel verschwinden lassen wollte? Unvermittelt beschloss Cat, solche Veränderungen zu unterbinden. Wenigstens dieser eine Raum sollte im Original erhalten bleiben. Randolph, der das Haus geerbt hatte, war in dem Punkt bestimmt derselben Meinung. Der Salon war immer Moms ganzer Stolz gewesen. Die Möbel waren über hundert Jahre alt und regelmäßig restauriert worden, und all die vielen Jahre über waren sie im Besitz der Familie gewesen. Sie hatten immer hier gestanden, in diesem Zimmer. Die Vorstellung, dass sie an irgendwelche Antiquitätenläden verhökert werden sollten, ging Cat gegen den Strich.

»Eigentlich schade«, meinte Tarquin, als hätte er ihre Gedanken gelesen. »Ich mochte gerade dieses Südstaaten-Ambiente immer besonders gern. Passt zu dem Haus, diesem ganzen üppigen Vom-Winde-verweht-Stil.« Er deutete auf die säulengestützte Veranda, von der sich der Blick auf den Garten öffnete. Magnolien, Jasmin und Bougainvilleen wuchsen in verschwenderischer Fülle und bildeten einen rosa-weiß überschäumenden Blütentraum, der in seiner leuchtenden Intensität schon beinahe surreal wirkte, fast wie auf einer billigen Postkarte.

»Was führt dich her, Tarquin?«

»Nun, zunächst möchte ich dir mein herzliches Beileid zum Tod deines Vaters aussprechen.« Er verzog sein Gesicht zu einem angemessen pietätvollen Ausdruck. »Mein Gott, dass er so plötzlich von uns gehen musste! Er war in den besten Jahren!«

Cat nickte nur. Der Tod ihres Vaters war kein Thema, das sie vertiefen wollte.

»Ansonsten weißt du bestimmt, warum ich hier bin«, fuhr Tarquin fort. Sein Ton wurde sachlich. »Randolph hat dir sicher ausgerichtet, dass ich so schnell wie möglich mit dir über die Firma reden möchte.«

»Ja, er hat mir von deinem Übernahmeangebot erzählt. Aber du wirst gewiss verstehen, dass ich mir zuerst einen Überblick über alle Unterlagen verschaffen muss.«

»Warum willst du dir diese Mühe machen? Dein Dad und ich waren uns einig, wir hatten einen Deal.«

»Gibt es bereits einen Vertrag?«

»Noch nichts Schriftliches, aber wir waren schon übereingekommen, dass wir alles in trockene Tücher bringen wollten.«

»Na ja, das hat Dad dann ja wohl nicht mehr geschafft. Und offensichtlich hat er kurz vor seinem Tod seine Meinung geändert, denn sein Testament besagt, dass ich die Firma übernehmen soll. Es steht nichts davon drin, dass ich sie dir verkaufen soll.«

»Ehrlich, Cat, es ist mir ein großes Rätsel, warum Zack das gemacht hat. Wir waren immer gute Freunde, und die Scheidung von dir hat daran nichts geändert. Er hat mir mehr als einmal gesagt, dass er mir alles verkaufen will. Sogar unter Zeugen. Dein Onkel war auch dabei.«

»Ich weiß, er hat es mir erzählt. Kann sein, dass Dad es wirklich plante, und möglicherweise wäre es tatsächlich eine vernünftige Entscheidung, denn ich weiß, dass du gut bist und dass deine Geschäfte glänzend laufen. Aber es geht jetzt nicht darum, was Dad irgendwann mal gewollt hat, sondern um seinen letzten Willen, und der besagt was ganz anderes.«

»Ich bin davon überzeugt, dass du sehr bald feststellen wirst, wie großzügig mein Angebot ist. Aber natürlich können wir jederzeit noch darüber verhandeln. Sicher finden wir eine gute Basis, auf der wir uns einig werden. Glaub mir, für dich und für die Firma ist das eine großartige Chance, und die solltest du auf keinen Fall leichtfertig ausschlagen.« Tarquin nahm ein Glas vom Tablett und nippte daran. Cat sah, dass er sich nur die Lippen befeuchtete. Er war ein ausgebuffter Profi und trank keinen Alkohol, wenn es um wichtige Geschäfte ging. Und dieses hier war ihm *sehr* wichtig.

Annie kam mit einer Karaffe Limonade in den Salon und schenkte am Büfett ein Glas voll, das sie Cat reichte.

»Draußen vorm Zaun haben gerade zwei fremde Autos angehalten, Miss Cat.«

»Was für Autos?«

»Dunkle SUVs, mit getönten Scheiben. Sie kommen mir irgendwie … seltsam vor.«

In diesem Moment läutete es Sturm.

»Hört sich nicht nach einem Freundschaftsbesuch an«, meinte Tarquin. Seine Augen hatten einen wachsamen Ausdruck angenommen.

»Annie, geh bitte fragen, wer dort ist.«

Annie gehorchte mit verschreckter Miene. Cat folgte ihr in die Halle. Annie stand an der Wechselsprechanlage und drehte sich entsetzt zu ihr um.

»Oh mein Gott! Es ist das FBI, Miss Cat! Ich soll sofort das Tor aufmachen.«

»Dann tu's, Annie.«

Annie drückte den Knopf zum Öffnen des Tors und wich anschließend in Richtung Küche zurück. Cat trat vor und nahm nur am Rande zur Kenntnis, dass May Belle oben auf dem Treppenabsatz erschien und mit großen Augen zu ihr herunterschaute. »Was ist denn los, Cat?«

Cat gab keine Antwort. Ihre gesamte Aufmerksamkeit galt Brent, der soeben im Eilschritt in die Halle kam, gefolgt von seinem Kollegen Milo Stone und einem halben Dutzend anderer Typen – genau wie Brent allesamt in Zivil, aber ohne jeden Zweifel ebenfalls Polizisten. Sie machten sich nicht mal die Mühe, die Waffen zu verbergen, die sie unter ihren offenen Jacketts trugen.

Brent präsentierte ihr seine Dienstmarke und einen richterlichen Beschluss, während die Männer bereits in alle Richtungen ausschwärmten. Drei rannten nach oben, die anderen stürmten in die Bibliothek und die übrigen Räume im Erdgeschoss. Im Salon wich Tarquin mit erhobenen Händen zurück und mimte den Erschrockenen. »Werde ich jetzt verhaftet, Officer?«

Brent betrachtete ihn ausdruckslos. »Nein, Sir. Aber ich fürchte, ich muss Sie bitten, mir alle elektronischen Geräte zu überlassen, die Sie bei sich tragen.«

»Ich bin nur zu Besuch hier.«

»Leider müssen wir alle elektronischen Geräte und Speichermedien beschlagnahmen, die sich in diesem Haus befinden.«

Tarquins verbindliches Lächeln erlosch. »Aber nicht mein Smartphone und schon gar nicht mein Blackberry!«

»Sie kriegen beides so schnell wie möglich zurück. Aber momentan können wir nicht wissen, ob diese Geräte wirklich Ihnen gehören.«

»Theoretisch könnten sie nämlich Dad gehören, und ich könnte sie dir gerade eben schnell zugesteckt haben, damit du sie unauffällig verschwinden lassen kannst«, warf Cat ein. Sie stand mit verschränkten Armen in der Tür zum Salon und versuchte, ihr Zittern unter Kontrolle zu bringen.

»Solche Dinge kommen vor«, bestätigte Brent.

»Das können Sie nicht ernsthaft glauben«, protestierte Tarquin. »Ich kann Ihnen *zeigen*, dass es meine Geräte sind!« Mit diesen Worten zog er sein Smartphone aus der Hosentasche.

»Das prüfen unsere Spezialisten. Bitte lassen Sie sofort die Finger von diesem Handy, Sir.«

»Hören Sie, ich kenne den Polizeipräsidenten. Sehr gut sogar. Mein Name ist Tarquin St. John. Rufen Sie ihn an und lassen Sie es sich von ihm bestätigen.«

»Ich weiß, wer Sie sind, Sir. Ihr Foto ist auf Ihrer Firmenwebsite. Sie stehen einem der größten Bauunternehmen der Südstaaten vor, und bestimmt sind Sie auch gut bekannt mit dem Polizeipräsidenten. Und jetzt geben Sie mir bitte Ihr Handy und Ihr Blackberry.« Brent streckte auffordernd die Hand aus. »Ich hoffe, Sie machen keine Schwierigkeiten, Sir. Der richterliche Beschluss berechtigt uns zu den üblichen Maßnahmen, falls die Beschlagnahme von Geräten behindert wird, die sich in diesem Haus befinden.«

Tarquin wusste, wann er verloren hatte. Er händigte Brent sein Smartphone und seinen Organizer aus. »Ich hoffe in Ihrem Interesse, dass ich mein Eigentum unbeschädigt zurückkriege. Ist das FBI gut versichert? Und könnte ich bitte eine Quittung oder so was kriegen? Oh, Cat, du solltest das vielleicht besser auch verlangen. Sieh nur, was sie da alles abtransportieren.«

Einige der Beamten hatten begonnen, stapelweise Schriftstücke und anderes mutmaßliches Beweismaterial aus der Bibliothek zu tragen. Einer hatte einen PC unterm Arm, ein anderer einen Karton mit DVDs und CDs. Ein dritter kam mit einer Kiste voller Laptops und Tablets die Treppe runter. Cat sah ihr Notebook ganz oben liegen.

Brent wandte sich zu ihr um. »Selbstverständlich bekommt deine Familie ebenfalls alle Geräte zurück, sobald sie gecheckt worden sind. Es geht nichts verloren, Cat.«

»Sag bloß, du kennst diesen Typen«, stieß Tarquin konsterniert hervor.

»Wir haben dieselbe Schule besucht«, klärte Brent ihn auf. Er sah Cat offen an, während er das sagte. Es war fast, als wollte er ihr an dieser Stelle die Möglichkeit geben, die ganze Wahrheit zu enthüllen. Unverwandt erwiderte sie seinen Blick, und die Sekunden verrannen, ohne dass ein Wort gesprochen wurde.

May Belle kam die Treppe runter, gefolgt von Maxim. Der Schock in ihren Gesichtern sprach Bände. Diese Razzia hatte sie völlig unvorbereitet getroffen. Einige Augenblicke später erschien auch Randolph, der genauso verstört aussah wie die anderen. Er kam im Bademantel, sein Haar war nass. Anscheinend hatten die Beamten ihn beim Duschen aufgescheucht.

»Warum wird unser Haus durchsucht?«, fragte er in scharfem Ton. »Und seit wann ist es beim FBI üblich, im Zuge einer Drogenrazzia Akten sowie Handys und PCs zu beschlagnahmen?«

»Dies hier ist keine Drogenrazzia, Sir«, erklärte Brent.

»Weil wir in Wahrheit keine Drogenschnüffler sind«,

fügte Milo Stone freundlich hinzu. »Sondern Ermittler für Wirtschaftsverbrechen. Aber das konnten wir Ihnen natürlich gestern auf dem Friedhof nicht auf die Nase binden, sonst wären Sie ja alle vorgewarnt gewesen.« Er kam gerade mit einer Mappe die Treppe herunter. Es handelte sich um die Projektübersichten, die Cat vorhin noch in ihrem Zimmer studiert hatte. Er stellte sich neben Brent und blickte ernst in die Runde. »Das alles hier ist sicher sehr unangenehm für Sie, aber wir erledigen nur unseren Job. Wenn niemand von Ihnen gegen das Gesetz verstoßen hat, haben Sie auch nichts zu befürchten.«

»Es geht um Wirtschaftsverbrechen?«, vergewisserte Tarquin sich. »Ich schätze, dann wird wohl gerade nicht nur dieses Haus auf den Kopf gestellt, sondern gleichzeitig auch sämtliche Geschäftsräume und Außenstellen der Firma. In diesem Moment durchkämmen vermutlich Dutzende von Beamten die Büros von Bannister Enterprises und schleppen da alles weg, was nicht niet- und nagelfest ist.«

Brents und Milos beredtes Schweigen sagte alles.

»Aber warum denn, um Himmels willen?«, rief Randolph. »Wir erwarten eine Erklärung für diesen unerhörten Übergriff! Wir sind eine unbescholtene Familie, und dasselbe gilt für die Firma! Cat, hast du dir den Durchsuchungsbefehl zeigen lassen?«

»Ich war zu erschrocken, um richtig reinzuschauen.«

»Darf ich mir das bitte mal ansehen? Ich bin Jurist.« Wichtigtuerisch stellte Maxim sich mitten in der Halle in

Positur und nahm den Beschluss unter die Lupe. »Jesus!«, sagte er mit einem Ächzen. »Verdacht auf Bestechung! Betrug! Geldwäsche! Und sogar Sabotage!« Er blickte auf. »Ich kann das nicht fassen.« Er wandte sich an Randolph. »Hast du davon gewusst?«

»Ist das eine ernsthafte Frage?«, fuhr Randolph ihn an. »Genauso gut könnte ich dich fragen, ob *du* davon gewusst hast – schließlich arbeitest du auch für das Unternehmen.«

»Oh Gott, was hat Daddy da nur gemacht?«, stieß May Belle schluchzend hervor. »Wie konnte er nur … Nachdem er schon … Als wäre es nicht schon schlimm genug, dass er bei dieser … Warum jetzt auch noch *das*?«

Diese Frage blieb ebenso unbeantwortet wie sämtliche Proteste, während die Beamten die Durchsuchungsaktion mit routinierter Gründlichkeit und ohne Rücksicht auf die hinterlassene Unordnung zu Ende brachten. Sie luden kistenweise Beweismaterial in die SUVs und verschwanden anschließend so schnell, wie sie gekommen waren.

Brent ging als Letzter. Sein Abschied fiel denkbar knapp aus. »Sie werden bald von uns hören. Bye.«

Dann war er weg, und Cat kam es so vor, als wäre sie in einem Albtraum gefangen, der gerade erst begonnen hatte.

7

Cat wusste schon beim Betreten des Lokals, dass sie einen schweren Fehler beging. Es war dumm von ihr, hierherzukommen und das Schicksal herauszufordern. An dieser Einsicht änderte auch ihr vermeintliches Motiv nicht viel. Sich einzureden, mit diesem Barbesuch einen Plan zu verfolgen, war ebenso absurd wie der Versuch, die damit verbundenen Emotionen zu verleugnen. Sie war wie einer dieser Lemminge, die unaufhaltsam dem Rand der Klippe entgegenstrebten, ohne Rücksicht darauf, was sie am Ende des Weges erwartete.

Sie saß an der Theke und trank ihr drittes Glas Sazerac, als sie merkte, dass er da war. Sie spürte seine Anwesenheit so deutlich, als hätte er sie gerufen. Ein Blick in den Spiegel hinter der Bar zeigte ihr, dass ihr Gefühl sie nicht getrogen hatte. Brent trat an die Bar und hob ihre Clutch von dem Hocker neben ihr. Sie hatte sie dort hingelegt, damit sich niemand neben sie setzen konnte. Zwei Typen waren schon vorbeigekommen und hatten es versucht, und sie hatte beide Male höflich abgelehnt.

»Ist der Platz hier noch frei?«, fragte Brent.

Sie nahm die Tasche und legte sie vor sich auf den Tresen. Eine Antwort auf seine Frage erübrigte sich, weil er sich bereits gesetzt hatte. Er orderte einen Sazerac und wandte sich dann Cat zu, indem er mit seinen Knien ihren Barhocker einrahmte, als wollte er sie als sein Territorium markieren. Sein Haar war leicht zerzaust vom Wind, die Augen ein wenig verhangen. Er trug Jeans und ein Poloshirt, das den größten Teil seiner muskulösen Arme frei ließ. Cat schluckte trocken und nahm rasch einen Schluck von ihrem Drink.

»Ich wusste, dass du kommst«, sagte er. »Selber Ort, selbe Zeit.«

Sie warf ihm einen schrägen Blick zu. »Hast du mich beschatten lassen?«

»Bis jetzt noch nicht. Obwohl es vielleicht eine gute Idee wäre. Dann wüsste ich immer, wo du gerade bist.« Er grinste flüchtig. »Dass du heute Abend wieder herkommst, war eher eine Ahnung. Oder sagen wir, ich hab's halb gehofft, halb vermutet. Du suchst Antworten, und die suche ich auch. Vielleicht können wir uns gegenseitig helfen.«

»Ich wüsste nicht, wie du mir helfen kannst.«

»Fangen wir erst mal damit an. Sozusagen als Zeichen meines guten Willens.« Er zog ihr Smartphone aus seiner Hosentasche und legte es vor ihr auf den Tresen. »Bitte sehr. Mit dem Notebook wird es wahrscheinlich noch etwas dauern, das konnte ich nicht einfach verschwinden lassen. Es ist mit allen anderen Geräten aus eurem Haus in einer zentralen Aufbewahrungsstelle gelandet, und die

Untersuchungen werden nach bestimmten Regeln durchgeführt.«

»Ich verstehe«, sagte sie. Er hatte also das Smartphone an der Untersuchung vorbeigeschleust. Sie nahm das Handy, setzte es in Betrieb und testete ein paar Funktionen. Es gab nichts Auffälliges, alles schien unverändert. »Ich nehme an, du hast sämtliche Daten gecheckt, oder?«

Er hob die Schultern. »Sei einfach froh, dass ich es dir so formlos zurückgebe.«

»Ich könnte dich jetzt damit erpressen, oder?«

»Nein«, sagte er gelassen, als hätte er damit gerechnet, dass sie diese Möglichkeit ansprechen würde. »Dazu hätte es auf der Liste der beschlagnahmten Gegenstände stehen müssen.« Er zwinkerte. »Wir haben kein Handy von dir im Haus gefunden, sicherlich hattest du es gut versteckt.«

Folglich hatte er es schon vor der Registrierung verschwinden lassen, wahrscheinlich bereits im Wagen während des Abtransports. Fragte sich nur, was er sich davon versprach. Irgendwas wollte er von ihr, so viel stand fest. Ein schwacher Schauer lief ihr über den Rücken, eine Mischung aus leiser Furcht und wachsender Erregung. Er saß zu dicht bei ihr, und wie schon am Abend zuvor übte seine Nähe eine fatale Wirkung auf ihre Sinne aus. Ihre Empfindungen schienen sich ihm auf magische Weise mitzuteilen, denn sein Atem wurde eine Spur schneller und streifte ihren Hals wie eine warme Berührung. Sie erschauerte erneut und verfluchte sich für ihre Schwäche.

»In einem Punkt hast du recht, Brent. Ich habe eine

Menge Fragen, und tatsächlich ist das auch der Grund dafür, dass ich heute hergekommen bin. Ich tat es in der Hoffnung, mit dir darüber reden zu können.«

»Da siehst du mal, wie sehr wir immer noch auf einer Wellenlänge liegen.«

»Ich möchte, dass du aufhörst, diese Sache ins Lächerliche zu ziehen. Dafür ist das alles viel zu ernst. Brent, warum haben die Behörden die Exhumierung von Dads Leichnam angeordnet?«

»Ah, ihr habt es also schon erfahren. Was glaubst du wohl, warum es angeordnet wurde?«

»Deine Ironie kannst du dir schenken. Besteht der Verdacht, dass Dad … dass er ermordet wurde? Findet eine pathologische Untersuchung statt?«

»So sieht es aus.«

»Warum? Wie kam es zu dieser Anordnung?«

»Es gab wohl Hinweise. Genaueres weiß ich auch nicht.«

Sie betrachtete ihn argwöhnisch und erkannte, dass er ihr nicht die volle Wahrheit sagte, aber offenbar nicht gewillt war, weitere Informationen herauszurücken. »Liegt schon ein Ergebnis der Obduktion vor?«

»Falls ja, ist es mir noch nicht bekannt.«

»Aber es wird unserer Familie doch mitgeteilt, oder?«

»Sicher. Die Familie würde sogar zwangsläufig damit konfrontiert. Wahrscheinlich hast du schon mal gehört, dass die meisten Morde von nahen Verwandten begangen werden.«

Sie nickte ein wenig mühsam. »Brent, warum ermittelt das FBI gegen Bannister Enterprises? Was hat Dad getan?«

»Du hast doch zugehört, als dein Schwager Maxim die Verdachtsgründe vorgelesen hat.«

»Ja, aber wie ist die Behörde überhaupt darauf gekommen? Welche Vorfälle lagen diesen Verdächtigungen zugrunde? Es muss doch Ermittlungen gegeben haben!«

»Die gab es, und zwar nicht zu knapp. Aber du wirst verstehen, dass ich dir darüber keine Auskunft geben kann.«

»Ach? Ich dachte, ich würde von dir Antworten auf meine Fragen kriegen.«

»Das kommt ganz auf die Fragen an.«

»Habt ihr schon Beweise für all diese Anschuldigungen gefunden?«

»Kein Kommentar.«

»Gibt es eine Verbindung zu dem Mordverdacht? Bestehen da irgendwelche Zusammenhänge?«

»Auch das kann ich dir nicht sagen.«

»Weil du es nicht willst oder weil du es nicht weißt?«

»Weil ich es nicht weiß.«

»Richten sich die Ermittlungen des FBI nur gegen Dad persönlich oder auch gegen andere Verdächtige?«

»Bei derartigen Straftaten gibt es nie nur einen einzigen Verdächtigen«, erklärte Brent. »Bannister Enterprises ist ein großer Konzern mit überregionalen Verbindungen. Es gibt in solchen Fällen immer mehrere Täter. Bis wir alle am Haken haben, kann es dauern. Wir haben heute erst richtig angefangen. Ich verrate deshalb auch kein Geheimnis, wenn ich dir sage, dass das FBI in alle Richtungen ermittelt.«

»Also theoretisch beispielsweise auch gegen … mich?«

Er wirkte erstaunt. »Warum gegen dich? Du bist im zarten Alter von siebzehn nach London übergesiedelt und gestern das erste Mal wieder in New Orleans aufgetaucht. Soweit ich es überblicke, hast du mit der Firma deines Dads nicht das Geringste zu tun.«

Sie drehte ihr Glas in ihren Händen und wählte ihre nächsten Worte sorgfältig. »Im weitesten Sinne wohl doch, Brent. Dad hat mir die Firma vererbt.«

»Ach, wirklich?«

Sie kaufte ihm die gespielte Überraschung nicht ab. »Herrgott, Brent«, meinte sie verärgert. »Sag doch einfach, dass du es schon wusstest.«

»Na schön, ich hab's gewusst.«

»Woher?«

Er deutete mit dem Kinn auf ihr Smartphone. »Ich habe deine Korrespondenz mit den Anwälten deines Dads gelesen.« Er hielt inne und schien zu merken, wie ihr Zorn wuchs. Versöhnlich meinte er: »Ach, komm schon, Cat. Ich hätte es doch so oder so erfahren, denn natürlich ermitteln die Behörden auch bei diesen Anwälten. Und jetzt lass uns einfach mal über was anderes reden, okay?« Er nahm sein Glas und prostete ihr zu. »Zum Beispiel über dein Kleid.«

Sie riss sich zusammen. Es brachte nichts, wenn sie ihrer Wut freien Lauf ließ, im Gegenteil: Sobald sie richtig sauer auf Brent wurde, geschah genau das, was früher schon immer passiert war – es heizte die erotische Spannung an, und am Ende konnte eine einzige Berührung dazu führen, dass der Zorn von einer Woge heißer Lust fortgeschwemmt wurde. Das konnte sie sich jetzt nicht erlauben. Wenn sie mehr rausfinden wollte, musste sie cool bleiben. Dummerweise fiel ihr das in Brents Gegenwart schwerer als alles, was sie sich momentan zutraute. Und er wusste immer noch viel zu gut, welche Knöpfe er bei ihr drücken musste.

»Dieses Kleid, Babe«, sagte er mit belegter Stimme. »Dafür brauchst du eigentlich einen Waffenschein. Du siehst einfach verboten darin aus. Kannst du dir vorstellen, was ich jetzt gern mit dir machen möchte?« Er beugte sich zu ihr und flüsterte es ihr ins Ohr. Obszön, heiß, schlüpfrig.

Sie wurde von Hitze durchflutet und konnte kaum noch atmen. Schon damals hatte es sie auf eine dunkle, verbotene Weise angeturnt, wenn er den Macho raushängen ließ, den *bad boy*, der sich einfach nahm, was er wollte. Sie war vor Erregung zerschmolzen, wenn er verschwitzt und mit schwarzer Farbe im Gesicht direkt nach einem Footballspiel vom Platz gekommen und wie ein siegreicher Krieger ganz dicht an ihr vorbei in Richtung Kabinen getrabt war, unter dem Jubel aller Zuschauer und vor allem der Mädchen, die mit ihr in einer Gruppe beisammenstanden. Sie selbst als Cheerleaderin ganz vorn, den Blick hungrig auf seine breite, hochgewachsene Gestalt geheftet und außerstande, etwas gegen die Hitze in ihrem Blut zu tun.

Er starrte in ihren Ausschnitt, und unwillkürlich sah sie an sich hinunter, als müsste sie sich vergewissern, dass sie nicht nackt war, denn so fühlte sie sich gerade. Ja, sie hatte sich für ihn so angezogen, sie hatte sich vorgestellt, dass er sie so anschaute wie jetzt gerade. Ihr Kleid war von unschuldigem Weiß, aber es war viel zu tief ausgeschnitten, und der Push-up-BH, den sie darunter trug, sorgte für ein sensationelles Dekolleté. Sie hatte, als sie in der Magnolia Lane aufgebrochen war, extra einen leichten Cardigan übergestreift, obwohl es eigentlich viel zu heiß dafür war. Wie am Vorabend hatte sie sich durch den Hintereingang aus dem Haus geschlichen, die Schuhe in der Hand und ihren eigenen Herzschlag in den Ohren. Erst an der Bar hatte sie die dünne Jacke abgelegt. Sie wusste, dass sie wie die personifizierte Sünde aussah.

Er legte die Hand auf ihr Bein und strich mit dem Daumen sacht über das warme Fleisch dicht unterhalb des Saums. In ihrem Unterleib zogen sich winzige Muskeln zusammen, sie wurde feucht. Nervös benetzte sie mit der Zunge die Lippen und versuchte, das Beben zu ignorieren, das ihren Körper erfasst hatte.

Er beugte sich noch näher zu ihr. »Komm mit, sonst muss ich es hier auf dem Barhocker mit dir treiben.« Er holte seine Brieftasche heraus und warf einen Geldschein auf die Theke. Dann trank er sein Glas leer und nahm ihre Hand.

»Wo gehen wir denn hin?«, wollte sie wissen, während er sie vom Barhocker zog. Sie konnte sich gerade noch ihre Clutch und den Cardigan schnappen und registrierte die neugierigen Blicke, die sie von allen Seiten trafen. Als sie im Vorbeigehen Brent und sich selbst in dem großen Spiegel hinter der Bar sah, wurde sie gewahr, wie auffällig sie beide wirkten. Brent mit seiner athletischen Statur und sie in diesem Fummel von Kleid, aus dem ihre Brüste fast herausfielen. Das provokante Spiegelbild verstärkte ihre Erregung noch, und in einer Mischung aus Selbsthass und fieberhafter Erwartung biss sie sich auf die Lippe und fragte sich, welcher Teufel sie ritt. Aber für einen Rückzieher war es längst zu spät. Es war schon gestern auf dem Friedhof zu spät gewesen, in dem Moment, als er wieder vor ihr gestanden hatte. Manchen Ereignissen im Leben wohnte eine vernichtende Schicksalskraft inne, sie rasten auf einen zu wie ein Zug, der ungebremst in den Bahnhof einlief. Wer nicht beim ersten Anblick wegrannte, wurde unweigerlich zermalmt.

»Wo gehen wir hin?«, wiederholte sie ihre Frage.

Er wandte sich kurz zu ihr um. Sie versank in seinen Augen.

»Komm«, sagte er. Nur dieses eine Wort.

Sie nahm seine Hand und ging mit ihm.

Teil 2

8

Brent zog sie die Hintertreppe hoch, und als sie vor der Tür stehen blieben, die früher zu seinem Apartment geführt hatte, wurde ihr klar, dass er dieses Treffen geplant hatte.

Brent schloss das Apartment auf und beantwortete ihre stumme Frage. »Mein alter Kumpel Louis wohnt immer noch hier. Er hat mein Zimmer mit übernommen, als ich damals auszog.«

»Wo ist Louis jetzt?«

»Als er hörte, dass ich mein Mädchen wiedergetroffen habe, hat er mir seine Reserveschlüssel überlassen und ist für ein paar Tage zu seiner Mom nach Baton Rouge gefahren.«

Mein Mädchen. Er benutzte diese Worte mit besitzergreifender Selbstverständlichkeit, als hätte es die vergangenen zwölf Jahre nicht gegeben. Schon früher hatte Louis in freundschaftlicher Gutmütigkeit öfters das Feld geräumt, wenn sie hier allein sein wollten. Sie hätte nie gedacht, dass er nach all den Jahren noch hier wohnte.

Brent schob sie in die Wohnung und verriegelte von

innen die Tür. Cat sah sich um. Für einen Moment kam es ihr so vor, als wäre sie in der Zeit zurückgereist, denn auf den ersten Blick war alles wie früher: Louis' Musikinstrumente an den Wänden, das gemütliche, abgeschabte Ledersofa, das von Büchern und Magazinen überquellende Regal, der leicht fadenscheinige persische Teppich. Sogar die Poster von diversen früheren Jazzgrößen hingen noch an den Wänden. Erst bei näherem Hinsehen bemerkte man die Veränderungen – ein mit modernstem Equipment ausgestatteter Computerarbeitsplatz, der mit einem digitalen Klavier verkabelt war, ein riesiger ultraflacher Fernseher, eine neu aussehende Kochinsel in der Nische hinter dem Küchentresen. Durch die offenstehende Tür zum Bad sah man, dass auch die Dusche renoviert worden war.

Brent stieß die Tür zu dem Raum auf, der früher sein Zimmer gewesen und nach seinem Auszug offenbar von Louis zum Schlafzimmer umfunktioniert worden war.

Cat wurde von einer Lawine widerstreitender Gefühle überrollt, als sie die breite Spielwiese von Bett sah. Gedimmtes Licht in den Ecken, ein Eiskübel mit einer Flasche Champagner, der große Ventilator, der sich träge an der Decke drehte und die drückend warme Luft durcheinanderwirbelte.

Ein richtiges Liebesnest, und Brent hatte es vorbereitet, als hätte er nie daran gezweifelt, dass sie seiner Aufforderung Folge leisten würde. *Selber Ort, selbe Zeit.*

Brent trat hinter sie und strich ihr das Haar aus dem

Nacken. Sie erschauerte, als sie seinen Atem auf der bloßen Haut spürte. Seine Fingerspitzen fuhren an ihrer Wirbelsäule entlang, eine kaum merkliche Berührung, doch es ging ihr durch und durch. Ein sanftes Pulsieren hatte sich zwischen ihren Schenkeln ausgebreitet, es zog sich durch ihren Leib nach oben, erfasste ihre Brustspitzen und ließ sie fast schmerzhaft anschwellen. Sie stand mit gesenktem Kopf da und ließ es zu, dass Brent sie von hinten umfing und ihren Körper an seinen drückte. Seine Erektion drängte sich gegen sie, er rieb sich sacht an ihrem Rücken, und sie merkte, dass sie mittlerweile so nass zwischen den Beinen war, als hätte er sie bereits gehabt.

Er presste seine geöffneten Lippen auf ihren Hals. Offenbar erinnerte er sich sehr gut, wie empfindsam sie dort war. Einst hatte er all diese Stellen an ihrem Körper gekannt – ihre Zehen, ihre Kniekehlen, ihren Bauchnabel, die kleinen Grübchen über ihren Pobacken, die Vertiefung an ihrem Schlüsselbein.

Er drehte sie in seinen Armen zu sich herum und drückte sie so an sich, dass sie die volle Länge seines harten Glieds an ihrem Bauch spüren konnte. Und dann küsste er sie endlich. Als ihre Zungen sich in einem herrlich vertrauten und gleichzeitig verstörend neuen Tanz trafen, vermischte sich sein Keuchen mit ihrem eigenen. Er fuhr mit der Hand unter ihr Kleid und streifte ihr Höschen zur Seite. Sie wand sich in seiner Umarmung, die Augen blind vor Erregung. Als seine Finger zwischen ihre geschwollenen Schamlippen glitten, entrang sich ihr ein leiser Schrei.

Brent drückte sie mit einer Hand rücklings aufs Bett und knöpfte mit der anderen seine Hose auf. Sein Gesicht war in einem Ausdruck ungezügelter Begierde erstarrt, sein Blick dunkel vor Lust. Cat setzte sich auf und half ihm, die Jeans abzustreifen, und als er sie ungeduldig zurückdrängen und mit den Knien ihre Beine auseinanderschieben wollte, hinderte sie ihn daran, weil sie ihn nackt haben wollte. Sie kämpfte mit den Knöpfen seines Poloshirts und riss einen davon ab.

Er zerrte sich mit einem Ruck das Hemd vom Leib. Sein Atem kam stoßweise, als er Cat behilflich war, das Kleid und ihre Unterwäsche loszuwerden. Als sie sich anschließend nackt aufs Bett zurücksinken ließ, das Haar um ihren Kopf herum ausgebreitet und die Beine gespreizt, ließ er ein lang gezogenes Stöhnen hören, als litte er Qualen.

»Jesus, Cat. Ich kann nicht warten.«

»Dann warte nicht.«

Einen Herzschlag später war er auf ihr, die Hände neben ihren Schultern aufgestützt, und drang mit betäubender Langsamkeit in sie ein. Sein Blick brannte sich in ihren, bis sie die Augen schließen musste, weil die Lust in ihr hochschoss wie eine Flamme. Brent zog sich aus ihr zurück, drang wieder ein, bis er den Rhythmus gefunden hatte, der sie binnen Sekunden über die Klippe taumeln ließ und sie dazu brachte, unter der ekstatischen Intensität ihrer Empfindungen aufzuschreien. Es hörte nicht auf, er hielt sie mit seinen tiefen Stößen auf dem Gipfel gefangen, so lange, bis er selbst kam und sich zuckend in ihr entlud. Nach seinem Höhepunkt sackte er auf ihr zusammen, sein schweres Gewicht nahm ihr den Atem, doch gleich darauf rollte er sich mit ihr auf die Seite. Er hielt sie umschlungen und presste sie an sich, bis kein Blatt Papier mehr zwischen sie gepasst hätte. Immer noch in ihr, drückte er ihren Kopf gegen seine Brust und schlang sich ihr Bein um seine Hüfte, verband ihren und seinen Körper zu einer schwitzenden, keuchenden Einheit.

Cat fühlte sein Herz an ihrer Wange hämmern, es schlug rasend schnell. Unter ihren geschlossenen Augen drangen Tränen hervor, sie fühlte sich plötzlich verwundbar und hilflos. All die Jahre hatte sie geglaubt, über ihn hinweg zu sein, genauso wie über alle Verlustgefühle. Aber jetzt erkannte sie, wie sehr sie sich darin geirrt hatte. Alles war auf einmal wieder da, so intensiv wie vor zwölf Jahren, und es tat genauso weh wie damals. Er hielt sie in seinen Armen, auf dieselbe Weise wie früher, nachdem sie sich geliebt hatten, aber das, was sie im Innersten verbunden und zusammengehalten hatte, war unwiederbringlich zerstört. Liebe, das Gefühl von Geborgenheit, bedingungslose Loyalität – das Schicksal hatte sie einst zusammengeschmiedet und sie füreinander bestimmt, darauf hatte sie damals ganz fest vertraut. Aber es hatte nur einiger schmutziger Fotos bedurft, um sie aus dem Fundament dieses Vertrauens herauszureißen.

Sie löste sich aus Brents Armen und wälzte sich vom Bett.

»Sorry«, murmelte sie. »Ich muss mal rasch für kleine Mädchen.«

Sie verbarg ihr Gesicht hinter dem Vorhang ihrer langen Haare, als sie ins Bad eilte. Vor dem Spiegel wischte sie hastig die Tränen ab, dann drehte sie am Waschbecken das kalte Wasser auf und schöpfte es sich mit beiden Händen ins Gesicht. Es fehlte noch, dass Brent sie flennen sah! Warum musste sie jetzt plötzlich so verdammt emotional sein? Es war einfach nur ein toller Fick gewesen, mehr nicht!

Aber sie merkte, dass sie sich was vormachte. Sie wurde gequält von der Vorstellung, wie es hätte sein können, wenn alles anders gekommen wäre. Sie und Brent und ihr Baby. Ein Leben voller Glück und Lachen und Liebe. Alles kaputtgemacht, von ihrem eigenen Vater.

Doch sie hatte auch ihren Anteil daran gehabt, weil sie sich so leicht von Dads Lügen hatte einwickeln lassen. Sie konnte sich noch so oft sagen, dass sie erst knapp siebzehn gewesen war, viel zu jung, um die Menschen zu durchschauen. In ihrer Naivität hatte sie sich sogar einreden lassen, sie sei schuld an Moms Selbstmord, obwohl die einzige Ursache dafür Moms schwere Depressionen gewesen waren. Erst Jahre später hatte Cat die Symptome einordnen und Zusammenhänge herstellen können: All die Tage, an denen Mom im Bett geblieben war, die häufigen Seufzer, die ständig rot geweinten Augen, die überall herumliegenden Tabletten – sie war schwer krank gewesen, aber niemand hatte ihre Krankheit beim Namen genannt, vor allem nicht Dad.

Cat merkte, wie ihr Zorn die Trauer um die verlorene Liebe verdrängte. Zorn war etwas, womit sie bedeutend besser umgehen konnte. Er ließ sich kanalisieren und produktiv einsetzen, denn er stachelte sie an, die Dinge nach ihren Vorstellungen zu verändern und ihr Leben wieder in Ordnung zu bringen. Zorn half einem, aktiv zu werden, und er verschwand, wenn man die Ursache eliminierte. Bei Trauer ging das nicht. Trauer lähmte, denn die Ursache für die Trauer wurde man niemals los.

Sie reckte das Kinn und sammelte sich. Die negativen Gefühle ließen nach, und das immer noch sanft nachklingende Pochen zwischen ihren Beinen rief ihr ins Bewusstsein, dass sie gerade richtig guten Sex gehabt hatte. Den besten der letzten zwölf Jahre. Viel zu kurz, aber das war ja noch steigerungsfähig. Nebenan im Bett lag ein Hammertyp und wartete auf sie, und sie wäre verrückt, diese Gelegenheit zu verschenken. Denn eines war völlig sicher – kein anderer Mann konnte ihr das geben, was sie von ihm kriegte.

Sie tupfte sich das Gesicht mit einem sauberen Gästehandtuch ab und benutzte anschließend die Toilette. Dabei wurde ihr bewusst, dass sie mit Brent geschlafen hatte, ohne auch nur einen einzigen Gedanken an Verhütung zu verschwenden – ein weiterer Beweis dafür, wie vollständig ihr Denkvermögen in seiner Gegenwart versagte. Fast hätte sie gekichert, denn ihr kam dabei die Redewendung *sich um den Verstand vögeln* in den Sinn, die Brent gern benutzte, und das entbehrte in dieser Situation nicht einer gewissen Komik.

Vermutlich wäre es weniger amüsant gewesen, wenn sie nicht genau gewusst hätte, dass eine Schwangerschaft zum momentanen Zeitpunkt höchst unwahrscheinlich war – sie hatte bis gestern noch ihre Periode gehabt. Normalerweise verließ sie sich nie auf so was, aber in diesem Fall diente es zumindest ihrer Beruhigung. Die Verwendung von Kondomen war sonst eine ihrer eisernen Regeln. Sie hatte sogar immer ein Päckchen in ihrer Handtasche, auch wenn es mangels passender Gelegenheiten nur selten dazu kam, dass sie darauf zurückgreifen musste. Das letzte Päckchen hatte sie irgendwann wegen Ablauf des Verfallsdatums wegwerfen und ein neues einstecken müssen, so viel Umsicht musste sein. Aber vorhin hatte sie nicht mal ansatzweise daran gedacht, es rauszuholen. Und falls Brent für gewöhnlich auf sicheren Sex Wert legte – tatsächlich war sie davon überzeugt, dass er das tat –, hatte er es ebenso vergessen wie sie.

Sie tränkte das Gästehandtuch mit frischem Wasser und wusch sich, dann fuhr sie sich mit allen zehn Fingern durch ihr feuchtes Haar und glättete die wirren Locken ein wenig. Als sie anschließend ins Schlafzimmer zurückkam, lag Brent auf der Seite und ließ sie nicht aus den Augen, während sie näher kam.

»Herrgott, Cat. Du bist einfach umwerfend!«

Das Kompliment konnte sie ihm ohne Bedenken zurückgeben. Sein Körper wirkte vor der zerwühlten hellen Bettwäsche wie gemeißelt. Im Vergleich zu früher war der Umriss seiner Gestalt kräftiger und kantiger, die Behaarung an Brust und Beinen dichter. An seinem Geruch hatte sich nichts verändert – er hatte sie damals schon heiß gemacht, und er tat es immer noch. Er hatte den Kopf aufgestützt und ein Bein angezogen, sodass sie ungehinderte Sicht auf seine Männlichkeit hatte. Auch hier war alles wie früher. Unter ihrem Blick begann sein Glied sich zu regen, und wie in einer Art ferngesteuerter Rückkopplung fühlte Cat die Hitze in ihrer Scheide pulsieren.

»Bereit für Runde zwei, Miss?«, fragte er mit rauer Stimme.

Sie kniete sich neben ihn aufs Bett und streifte mit den Spitzen ihrer Haare seine Lenden.

»Probieren wir es doch einfach aus, Mister.«

9

Zwei Tage später trat das ein, was Brent schon halb und halb befürchtet hatte – Brinckley vom NOPD rief ihn frühmorgens im Hotel an und teilte ihm mit, dass Zack Bannister mit größtmöglicher Wahrscheinlichkeit umgebracht worden war.

»Bei der Untersuchung des Leichnams wurde tatsächlich in der Kniekehle ein Einstich entdeckt. Er hatte reichlich Digitalis im Blut, genug, um auch ein gesundes Herz zum Stillstand zu bringen. Außerdem hat das Labor Rückstände von GHB festgestellt.«

»K.-o.-Tropfen?«

Brinckley bejahte. »Normalerweise baut sich das Zeug schnell ab. Also entweder hat man ihm eine so hohe Dosis verpasst, dass er daran starb, bevor sein Körper es wieder ausscheiden konnte. Oder die zusätzliche Dosis Digitalis hat ihm den Rest gegeben. So oder so, es muss schnell gegangen sein, und es war kein natürlicher Tod.«

»Dann wäre es wohl wichtig, sich die Frau noch mal vorzuknöpfen, mit der er im Bett war, als er starb.«

»Ist bereits veranlasst. Sie ist leider abgehauen, aber wir

fahnden nach ihr. Harris hat sich schon dahintergeklemmt. Bei ihr ist der Fall in guten Händen. Sie ist eine fähige Ermittlerin. Wenn sie sich erst irgendwo reingebissen hat, bringt sie die Leute, auf die sie es abgesehen hat, meist zielsicher zur Strecke.«

So kann man es auch ausdrücken, dachte Brent in einer Aufwallung von rabenschwarzem Sarkasmus.

»Ich halte es für sinnvoll, die weiteren Ermittlungen behördenübergreifend zu koordinieren«, meinte Brinckley.

Brent schwieg, denn er wusste schon, was als Nächstes kam.

»Im Grunde haben das NOPD und das FBI jetzt einen gemeinsamen Fall«, fuhr Brinckley fort. »Weshalb es auch angebracht ist, sich zeitnah und auf allen Ebenen über den jeweiligen Stand der Ermittlungen auszutauschen.«

»Das wäre wirklich sehr angebracht«, pflichtete Brent ihm höflich bei, wohl wissend, was für eine lächerliche Wunschvorstellung das war. Nicht in hundert Jahren würde Tallulah ihm irgendwelche Ermittlungsergebnisse anvertrauen, schon gar nicht zeitnah. Und umgekehrt hatte er nicht das geringste Interesse daran, sie in den vom FBI beschlagnahmten Daten herumschnüffeln zu lassen.

Er bedankte sich für das Gespräch und kündigte an, im Laufe des Tages im Präsidium vorbeizuschauen und sich mit Tallulah Harris über die weitere Vorgehensweise abzustimmen. Ihm war klar, dass er im Interesse des Falles versuchen musste, die Feindschaft außen vor zu lassen. Doch genau das war im Grunde völlig unmöglich – der Mann, um den sich sämtliche Ermittlungen drehten, war an der Entstehung dieser Feindschaft ja maßgeblich beteiligt. Das machte die Sache zu etwas sehr Persönlichem. Tallulah Harris, Zachary Bannister und er selbst bildeten eine Art tragisches Dreieck, dessen Seiten aus Niedertracht, Hass und Rache bestanden. Innerhalb dieser unseligen Verbindung waren sie alle drei entweder Opfer oder Täter oder beides.

Er hätte gar nicht an dem Fall arbeiten dürfen, von Anfang an nicht. Dasselbe galt für Tallulah. Eine private Verbindung zwischen Ermittler und Opfer oder gar Verdächtigem war ein absolutes Killerkriterium. Es konnte nicht nur zu Beweisverwertungsverboten führen, sondern auch zum jähen Ende einer vielversprechenden Karriere. Brent war sich dessen bewusst, und er war das Risiko eingegangen. Ein Risiko, das seit seiner Liebesnacht mit Cat in astronomische Höhen geschnellt war. Ein Wort von ihr bei irgendeiner offiziellen Stelle, und er wäre den Fall und wahrscheinlich auch gleich seine Dienstmarke los.

Obwohl er sich darüber völlig im Klaren war, hatte er die Finger nicht von ihr lassen können, der schlagende Beweis dafür, wie tief sie ihm im Blut steckte. Ungefähr die Hälfte seiner bewussten Zeit hatte er seither damit verbracht, an sie zu denken. Und daran, wann er sie das nächste Mal sehen konnte. Sie war noch in der Nacht verschwunden, während er geschlafen hatte, und hatte sich seither nicht bei ihm gemeldet. Er sich allerdings auch nicht bei ihr, was jedoch daran lag, dass er bis über die Ohren in den Ermittlungen steckte und von früh bis spät im lokalen Field Office des FBI gemeinsam mit Milo und einigen IT-Fachleuten die beschlagnahmten Unterlagen scannte und durchforstete. Es gab Programme, die bei der Suche halfen, doch die schiere Menge der gesicherten Daten bedeutete eine echte Herausforderung. Auch Braxton und einige seiner Leute waren als Verstärkung mit an Bord.

Ein Teil der Arbeit wurde von den Experten in anderen FBI-Niederlassungen erledigt, und es gehörte zu Brents Aufgaben, die Ergebnisse zu dokumentieren und zu koordinieren. Erste Erfolge lagen bereits vor – das FBI hatte in einem Fall von Betriebssabotage bei einer Spedition einen der Fahrer verhaftet. Es gab einen Videobeweis für seine Manipulationen in der Firma – der Kerl hatte Zucker in die Tanks sämtlicher Trucks gekippt –, aber er stritt beharrlich ab, dass er dazu angestiftet worden war. Unter seiner Matratze hatte man allerdings eine große Summe Bargeld gefunden, offenbar als Gegenleistung dafür, dass er die Trucks stillgelegt und damit die Spedition in einen finanziellen Engpass getrieben hatte. Mit einem Bein in der Pleite war dem Spediteur nach Lage der Dinge nichts anderes übrig geblieben, als sich rasch mit seinem wichtigsten Kunden über neue Rahmenverträge einig zu werden. Zu ziemlich ruinösen Konditionen, die der Spediteur gegen seinen Willen schlucken musste, weil er für längere Verhandlungen wegen seiner prekären Finanzlage keinen Spielraum mehr hatte.

Der große Kunde, mit dem er sich unter diesem Druck einigen musste, war Bannister Enterprises.

Und das war nur einer von mehreren Fällen, die ähnlich gelagert waren. Auch woanders war entweder geschmiert oder sabotiert worden, jeweils zum Vorteil von Bannister Enterprises, aber bisher gab es keinen Hinweis darauf, wer im Hintergrund die Strippen zog.

Wagner hatte nach der bisher einzigen Verhaftung gemeint, dass der Typ vielleicht für einen Deal mit der Staatsanwaltschaft gut sei. Wenn das FBI auf diesem Wege an den Namen des Auftraggebers kam, würde man bei der Lösung des Falls auf einen Schlag einen Riesenschritt vorankommen.

Blieb allerdings noch die unerwartete Wendung, dass es auf einmal ein Mordopfer gab.

Brent rief Wagner in Washington an und informierte ihn darüber, dass Zack Bannister einem Verbrechen zum Opfer gefallen war. Wagners Überraschung hielt sich in Grenzen, denn Brent hatte ihn auf diese Möglichkeit vorbereitet – er hatte sich Milos Bedenken zu Herzen genommen und Wagner schon am Vortag von der Exhumierung in Kenntnis gesetzt. Es durfte unter keinen Umständen der Eindruck aufkommen, dass er bei der Informationsübermittlung schlampte – im Gegenteil. Er wollte sich in dieser Sache unentbehrlich machen.

»Die ganze Angelegenheit könnte größer sein, als wir

dachten«, meinte er. »*Sehr* viel größer. Der Mord verleiht dem Fall völlig neue Dimensionen.«

»Hm, da ist was dran«, meinte Wagner nachdenklich.

»Wir sollten unsere Ermittlungen mit denen des NOPD koordinieren. Ich würde da gern am Ball bleiben.«

»Ja, tun Sie das. Keiner hat sich bisher so in die Sache reingekniet wie Sie. Für Ihre übrigen laufenden Fälle teile ich vorläufig jemand anders ein.«

Genau das hatte Brent hören wollen.

Er machte sich startklar und ging nach nebenan, wo er so lange an die Tür des benachbarten Hotelzimmers klopfte, bis Milo ihm öffnete. Sein Haar tropfte, und sein Körper unter dem nachlässig umgebundenen Frotteelaken war pitschnass.

»He, kann der Mensch nicht mal in Ruhe duschen?«, beschwerte er sich. »Was willst du denn schon so früh?«

»Arbeiten. Leg mal einen Zahn zu.«

Milo machte ein saures Gesicht, als Brent an ihm vorbei ins Zimmer trat. »Geht's noch? Es ist erst kurz nach sieben. Oder soll das die Rache dafür sein, dass ich dich gestern aus dem Bett geworfen habe?«

Brent gab sich arglos, als sei nichts weiter dabei, dass Milo ihn gestern um die Mittagszeit hochgescheucht hatte. Er war nach dem Liebesspiel mit Cat irgendwann im Morgengrauen allein in Louis' Bett hochgeschreckt und eilig zum Hotel zurückgekehrt. Dort war er sofort in Tiefschlaf gefallen, bis Milo ihn mit rabiatem Gehämmer an der Tür geweckt hatte. Immerhin hatte er dann noch bis halb elf abends gearbeitet und so die verlorene Zeit wieder reingeholt.

»Beim NOPD arbeiten sie auch schon«, sagte er. »Eben rief mich Chief Brinckley an. Die Ergebnisse aus der Pathologie sind gekommen. Bannister wurde ermordet.«

Milo pfiff durch die Zähne. »Wow. Also doch. Dann sehen wir ja sicher bald diese rattenscharfe Tallulah Harris von der Mordkommission wieder, was?«

»Nur wenn du dich beeilst. Ich möchte so schnell wie möglich rüber ins Präsidium und sehen, wie weit sie da sind.«

»Gib mir fünf Minuten.« Milo zog sich das Handtuch vom Leib und rubbelte sich trocken. Brent setzte sich auf das ungemachte Bett und zappte sich durch die Fernsehprogramme, während Milo sich anzog und rasierte.

Nach einem raschen Imbiss im Frühstücksraum, bestehend aus ein paar Bagels und heißem Zichorienkaffee, machten sie sich auf den Weg in die South Broad Street. Als sie ankamen, herrschte dort bereits reger Betrieb. Tallulah empfing Brent und Milo mit geschäftsmäßiger Freundlichkeit. Das zickige Gehabe vom letzten Mal war verschwunden. Aber Brent traute dem Braten nicht. Alles, was Tallulah tat, war von Kalkül bestimmt. Wenn sie sich freundlich benahm, dann nur deshalb, weil sie jemandem Sand in die Augen streuen wollte – in diesem Fall ihren Kollegen beim NOPD. Tallulah konnte sich nicht erlauben, Brent in Gegenwart der anderen zu mobben, denn damit würde sie nur unangenehme Fragen aufwerfen –

so wie die, die Brent sich auch schon hatte anhören müssen. Wenn es eines gab, was Tallulah besonders wertschätzte und für das sie alles tat, so war das ihre Stellung bei der Polizei. Wahrscheinlich hatte Brinckley nicht übertrieben, als er gesagt hatte, dass sie einen guten Job machte.

Brent nahm an, dass sie ebenfalls – genau wie er – von Braxton und Hightower auf ihr abweisendes Verhalten angesprochen worden war und danach entschieden hatte, sich in diesem Punkt vor ihren Kollegen keine Blöße mehr zu geben.

Mit dieser Vermutung sollte Brent recht behalten. Ihr vermeintlich konziliantes Benehmen war reine Schauspielerei, wie er bald darauf zu spüren bekam. In einer Besprechungspause lief er ihr im Gang vor den Toiletten über den Weg. Sie blieb vor ihm stehen und starrte ihn mit geschlitzten Augen an. »Solltest du noch ein einziges Mal gegenüber irgendwem hier im Haus andeuten, dass du mich auf der Highschool abserviert hast, Freundchen«, zischte sie, »dann breche ich dir die Beine. Aber diesmal so, dass du nicht wieder hochkommst.« Mit dieser Drohung rauschte sie davon.

Er blickte ihr stumm nach und bewegte sich nicht. Es kostete ihn sämtliche Beherrschung, reglos dort stehen zu bleiben, denn wenn er ihr gefolgt wäre, hätte er sie vielleicht am Hals gepackt und mit dem Rücken gegen die Wand geschleudert, immer wieder, bis sie zugab, dass *sie* damals dieses Schwein Jarrod Tex angeheuert hatte, das ihn fast totgeschlagen hatte.

Er atmete durch und versuchte, die Kontrolle zurückzuerlangen. Eigentlich war es gar nicht nötig, es aus ihr rauszuprügeln. Sie hatte es ja eben mehr oder weniger offen zugegeben. Und zwar mit Absicht, als hätte sie förmlich danach gelechzt, dass er es erfuhr. Anscheinend verschaffte es ihr auch zwölf Jahre später noch einen Kick, sich nachträglich an seiner Niederlage zu weiden, in der angenehmen Gewissheit, dass er nichts gegen sie in der Hand hatte.

Er bezwang seine Wut und wartete, bis sie sich in etwas verwandelt hatte, das härter, beständiger und viel kälter war. Tallulah Harris hatte ihm gerade den Krieg erklärt. Sie wollte ihn immer noch bluten sehen. Und zweifellos verkannte sie dabei auch keineswegs, wie sehr dieser Wunsch auf Gegenseitigkeit beruhte.

Schließlich ging er zurück in den Besprechungsraum und zeigte allen Anwesenden ein gleichmütiges Gesicht. Falls sie darauf aus war, ihn am Boden zerstört zu sehen, konnte sie lange warten. Im Gegenteil, es kam sogar ein Anflug von Genugtuung bei ihm auf, denn er kannte jetzt ihre schwache Stelle und wusste, wo er sie kriegen konnte. Es war ihre Arbeit. Ihr Job war das Wichtigste in ihrem Leben. Freunde hatte sie vermutlich so gut wie keine, denn dafür war sie nicht der Typ. Früher oder später schreckte sie alle ab, die es gut mit ihr meinten. Und auch die, die sie heiß fanden. Armer Milo – der konnte kaum verbergen, dass er scharf auf sie war. Sie würde ihn zum Lunch verspeisen, wenn er nicht aufpasste.

Sie steckten noch mitten in der Lagebesprechung, als auf Tallulahs Handy ein Anruf einging. Sie hörte aufmerksam zu, dann sagte sie knapp: »Ich bin auf dem Weg.« Sie stand auf und wandte sich an die anderen. »Sieht so aus, als wäre Mindy Robicheaux aufgetaucht. Jemand hat sie bei Kern's entdeckt. Wir sollten sofort hinfahren.«

Tallulah und Hightower fuhren voraus, während Brent es vorzog, den FBI-Dienstwagen zu nehmen.

»Wir hätten auch mit denen fahren können«, sagte Milo angelegentlich.

Brent verkniff es sich, darauf einzugehen. Er hatte die dumpfe Ahnung, dass Milo im Begriff war, sich furchtbar in die Nesseln zu setzen.

»Wie war sie denn eigentlich so?«, fragte Milo. »Ich meine, früher.«

»Nicht viel anders als heute«, antwortete Brent wortkarg.

»Was ging schief?«, wollte Milo wissen.

»Womit?«, stellte Brent sich dumm.

»Mit euch beiden.«

»Es gab kein *uns beide.*«

»Aber du hast doch gesagt ...«

»Ich habe gesagt, dass ich sie ein paarmal getroffen habe«, fiel Brent ihm ins Wort. Grob setzte er hinzu: »Um sie zu nageln. Sie war eben so drauf, weißt du. Es gab viele wie sie, und für sie gab es viele wie mich. Wir hatten beide unseren Spaß. Das war alles.«

Milo runzelte die Stirn. »Mir kommt sie nicht vor wie eine Schlampe.«

»Auf der Highschool hat sie sich wie eine aufgeführt.«

»Vielleicht hast du sie falsch eingeschätzt. Ist schon seltsam, dass sie heute noch sauer auf dich ist. Du musst sie damals ziemlich verletzt haben.«

»Ich habe keine Lust, über früher zu reden. Und du bist gut beraten, dich bei Tallulah Harris etwas zurückzuhalten. Man kann ihr nicht trauen. Bleib auf Distanz. Sonst könnte es sein, dass du eines Morgens ohne Eier aufwachst.«

Milo grinste nur. »Ist dir *das* mit ihr passiert? Keine Sorge, ich bin aus völlig anderem Holz geschnitzt als du. Die Frauen mögen mich. Auch die toughen. Vor allem die. Ich gebe ihnen das, was sie von harten Kerlen wie dir nicht kriegen.«

»Und was wäre das?«, fragte Brent trocken.

»Wertschätzung, Anerkennung, Bewunderung.«

Brent schmunzelte. »Na dann. Ich schätze, man wird den Knall, mit dem sie dir in den Hintern tritt, noch am Ende des Mississippis hören.«

»Du hast keine Ahnung von Frauen, Alter.«

»Aber du, oder wie?«

»Na hallo! Ich kann auf mehrere stabile und langjährige Beziehungen zurückblicken. Corinne hätte mich sogar geheiratet, wenn sie nicht diesen Karatelehrer kennengelernt hätte. Und du? Hattest du denn überhaupt schon mal eine, mit der du länger als zwei Wochen zusammen warst?«

Ja, dachte Brent. Eine Einzige, vor vielen Jahren.

»Du bist komplett beziehungsunfähig«, stellte Milo salbungsvoll fest. »Also solltest du aufhören, mir Vorträge über Frauen zu halten. Oder über meine Art, Beziehungen zu führen oder welche anzufangen.«

Der Wagen des NOPD hatte vor ihnen angehalten. Brent parkte dahinter, und er und Milo stiegen aus und schlossen zu Tallulah und Hightower auf. Auf Mindy Robicheaux' Aussage durfte man wirklich gespannt sein. Bannister war praktisch in ihren Armen gestorben, das hatte sie jedenfalls nach seinem Tod zu Protokoll gegeben. Dass ihm jemand höchstens Minuten vorher die tödliche Dosis Digitalis gespritzt haben musste, konnte ihr folglich schwerlich entgangen sein. Gut möglich, dass sie es sogar selbst getan hatte. Bisher war sie zwar nur mit kleineren Vergehen bei der Sitte aktenkundig, aber bekanntlich gab es immer wieder Gelegenheiten, bei denen Frauen alle Skrupel vergaßen.

»Was ist das denn hier?«, wollte Milo wissen. Er bestaunte die schreiend bunt dekorierte Fassade des Gebäudekomplexes, vor dem sich zahlreiche Touristen tummelten. »Eine Art Zirkus?«

»Das ist Blaine Kern's Mardi Gras World. Eine Art Disneyland für den Karneval. Hier kommen die Paradewagen und Figuren für den Umzug her.«

»Sieht aus, als wollten sie Rio de Janeiro Konkurrenz machen«, stellte Milo fest.

Sie folgten Tallulah und Hightower in eine der riesigen Lagerhallen, die mit Ausstellungsstücken vollgestellt war.

»Seltsam«, meinte Milo. »Was hat diese Mindy Robicheaux denn hier verloren? Hätte man sie nicht einfach zum Verhör aufs Präsidium bringen können?«

»Ich schätze, Mindy Robicheaux wird nie mehr was sagen.«

Brent deutete auf einen grellbunt angemalten Paradewagen, vor dem sich mehrere uniformierte Polizisten tummelten. Der Bereich war mit dem typischen Flatterband zum Schutz von Tatorten gesichert.

»Verdammt«, sagte Milo perplex. »Davon hat Harris gar nichts gesagt, als wir losgefahren sind.«

»Das ist ihre Art von Humor. Sie wollte uns ein bisschen für dumm verkaufen. Ich sagte doch, man kann ihr nicht trauen.«

Mindy Robicheaux war eine schlanke Blondine mit langen Beinen und straffen Kurven. Brent schätzte sie auf Mitte dreißig. Die Tote lag dicht neben einem der großen Reifen des Karnevalswagens, die Arme weit ausgebreitet und den Mund wie zu einem stummen Schrei geöffnet. Sie trug enge Jeans und ein Spitzentop, das von oben bis unten blutbesudelt war. Das Blut war aus einer großen Halswunde unter ihrem rechten Ohr geflossen. Offensichtlich hatte man ihr die Schlagader aufgeschlitzt.

Eines musste man Tallulah lassen – sie agierte absolut souverän und mit der gebotenen Professionalität. Sie streifte sich Einmalhandschuhe über, bevor sie sich der Leiche näherte. Neben der Toten ging sie in die Hocke und betrachtete den schlaff daliegenden Körper gründlich. Dann ging sie zur anderen Seite und schaute sich die Details von dort aus an. Zwischendurch diktierte sie in ihr Handy, aber wegen der Entfernung verstand Brent nur vereinzelte Satzfetzen. Er und Milo warteten jenseits der Absperrung.

Brent wandte sich an Hightower, der gerade mit einem Fotografen der Spurensicherung redete. »Wieso wurde vorhin mit keiner Silbe erwähnt, dass sie tot ist? Es war ausgemacht, dass wir im Bannister-Mord über alle neuen Entwicklungen unterrichtet werden.«

»Nun, das hier ist ein ganz anderer Mord, nicht wahr?«, gab Hightower ein wenig flapsig zurück. Dann besann er sich auf seine Höflichkeit. »Sicher ging Detective Harris vorhin davon aus, es läge auf der Hand, dass wir zu einem Tatort fahren. Warum hätten wir sonst auch herkommen sollen?« Er zwang ein freundliches Lächeln auf sein Gesicht, ehe er sich wieder seiner Arbeit zuwandte.

»Eigentlich ist da was dran«, meinte Milo, der offenbar immer noch an das Gute in Tallulah Harris glaubte. Diese Meinung musste er aber kurz darauf revidieren, als sie mit einem der uniformierten Polizisten ins Gespräch kamen und dabei erfuhren, dass der Mord an Mindy Robicheaux nicht das Einzige war, was im Kommunikationsloch verschwunden war. Offenbar hatte die Frau sich am Vortag in Polizeigewahrsam befunden und war dann entwischt.

»Sie tauchte total betrunken bei uns auf der Wache auf und hat Polizeischutz verlangt«, berichtete der Beamte. »Als der diensthabende Officer sie nach dem Grund fragte, hat sie vor sich hin gebrabbelt, sie hätte das Geld nicht nehmen sollen, denn es sei Judaslohn. Sie sei aber extra ins Bad gegangen, weil sie es nicht habe mit ansehen können. Aber jetzt habe man den armen Mann ausgegraben, und das Böse werde ans Tageslicht kommen.«

»Unglaublich!«, sagte Milo. »Das war ja eine Art Geständnis!«

»Allerdings. Aber auf der Wache wusste man leider nicht, wer sie war und was sie meinte. Sie war wohl wirklich *sehr* betrunken. Der Officer wurde aus ihrem Gefasel nicht schlau und wollte sie heimschicken. Da schrie sie ihn an, es gehe um den Mord an Zack Bannister. Bevor er der Sache genauer auf den Grund gehen konnte, wurde er abgelenkt, weil ein paar Kollegen gerade zwei randalierende Typen reinbrachten, die in ihrem Suff anfingen, da alles zusammenzutreten. Nachdem das unter Kontrolle war, wollte der Officer sich wieder um Miss Robicheaux kümmern. Aber sie hatte es sich in der Zwischenzeit wohl anders überlegt und war abgehauen. Nach ein paar Telefonaten war dann klar, was los war, und sie wurde gleich zur Fahndung ausgeschrieben.«

Brinckley hatte es Brent gegenüber am Telefon erwähnt. Die näheren Hintergründe hatte er allerdings nicht zur

Sprache gebracht. Vermutlich hatte er es für überflüssig gehalten, weil er annahm, dass Brent und Harris ohnehin alle Einzelheiten gemeinsam durchgehen würden.

Tja, dachte Brent ironisch, so konnte man sich irren.

Milo runzelte die Stirn. Die Sache ging ihm erkennbar gegen den Strich. »An der Koordination mit dem NOPD müssen wir wohl noch arbeiten«, sagte er zu Brent. »Vielleicht sollte ich mal mit Miss Harris darüber reden, damit wir eine bessere gemeinsame Basis finden. Was meinst du?«

»Träum weiter«, sagte Brent.

10

Cat hatte sich mit einem Berg von Unterlagen im Büro ihres Vaters in der Firmenzentrale verschanzt und brütete über Berichten, Tabellen und Zahlenkolonnen. Bei der Rückgabe einzelner Aktenstücke hatte sich das FBI kooperativ gezeigt und einige der beschlagnahmten Vorgänge im Laufe des Tages zurückgebracht, desgleichen diverse Computer und externe Speichermedien. Angesichts der Tatsache, dass ein Baukonzern wie Bannister Enterprises vermutlich schon nach wenigen Tagen ohne funktionierendes Backoffice millionenschwere Schäden geltend machen könnte, hatte die Behörde sich mit der Rückgabe beeilt. Cat war davon überzeugt, dass von jeder einzelnen Seite und jeder Datei Kopien in den Asservatenräumen des FBI ruhten, aber solange alles im Original zurückkam und wieder normale Arbeitsabläufe in der Firma möglich waren, sollte es sie nicht stören. Hauptsache, sie konnte ihre Prüfungen fortsetzen.

Bisher sah es erstaunlich gut aus. Die Firma stand nach allem, was sie bereits gesichtet hatte, auf einem soliden Fundament. Die Auftragslage schien stabil zu sein, das

Geschäft florierte, es gab Großbaustellen in mehreren US-Staaten. Die Ausschreibung, von der Onkel Randolph gesprochen hatte, hing wie ein großer goldener Apfel in der Luft, reif zum Pflücken. Sie beschloss, sich so schnell wie möglich persönlich darum zu kümmern, bevor sich Tarquin St. John diese fette Beute schnappte. Randolph hatte sie darauf hingewiesen, dass Tarquin das Mall-Projekt unbedingt haben wollte und dass es deswegen wichtig sei, so bald wie möglich ein konkurrenzfähiges Angebot zu erstellen.

Über die aktuellen Finanzen hatte sie noch keinen richtigen Überblick, denn die neueren Bilanzen und Bankunterlagen lagen ihr noch nicht vor. Milo Stone hatte jedoch gemeint, es sei nur eine Sache von Tagen, bis das FBI auch diese zurückbringen könne. Er war am Vortag mit einem kleinen Tross von Leuten in der Firmenzentrale erschienen und hatte einen Schwung Akten und ein paar Computer zurückgebracht. »Damit Sie hier wieder arbeiten können, Ma'am.«

Brent hatte sich nicht blicken lassen. Zuerst hatte sie angenommen, er wolle ihr aus dem Weg gehen, weil er womöglich die Nacht mit ihr bereute und nun fürchtete, sie könne ihn deswegen reinreißen, aber dann hatte sie erfahren, dass er sich zu der Zeit, als Milo Stone in die Firmenzentrale gekommen war, in die Magnolia Lane begeben hatte, um der Familie persönlich einen Teil der dort beschlagnahmten Geräte und Unterlagen auszuhändigen, darunter auch ihren Laptop. Er hatte nicht wissen können, dass sie um jene Zeit nicht zu Hause gewesen war, sondern hier im Büro, folglich hatte er auch nicht vorgehabt, sie zu schneiden. Aber gemeldet hatte er sich bisher trotzdem noch nicht, was sie mit widersprüchlichen Empfindungen erfüllte. Einerseits bedeutete es eine gewisse Erleichterung für sie, dass er sich fernhielt, andererseits weckte es auch ihren Groll. Sie musste viel zu oft an ihn denken, was wiederum dazu führte, dass sie zu viel Energie darauf verwenden musste, diese Gedanken zu verdrängen.

Auf dem Schreibtisch klingelte das Telefon, und Cat hob nach kurzem Zögern ab.

»Cathleen Bannister hier.«

»Ach, sieh an, du sitzt tatsächlich auf Dads Stuhl«, sagte Reuben am anderen Ende der Leitung. »Und du hast dir auch extra wieder deinen Mädchennamen zugelegt. Wie passend, wenn du der Boss sein willst.«

Sie hatte ihren früheren Nachnamen schon im Zuge ihrer Scheidung vor zehn Jahren wieder angenommen, aber sie hatte keine Lust, sich vor ihrem impertinenten Bruder zu rechtfertigen. Spontan beschloss sie, sich heute noch in einem Hotel einzuquartieren. Die Stimmung in der Familie war unerträglich. May Belle erdolchte sie mit Blicken, wann immer sie ihr über den Weg lief. Maxim behandelte sie wie Luft. Opal geizte nicht mit spitzen Bemerkungen über ihr Haar, ihre Kleidung und ihre Essenswünsche (Annie hatte auf Cats Bitte hin Austern frittiert, es hatte im ganzen Haus danach gerochen), und Reuben versuchte sie ständig mit Argumenten in die Ecke zu treiben, die sämtlich darauf abzielten, dass sie die Firma an Tarquin verkaufen sollte.

Annie hatte gemeint, dass er normalerweise höchstens einmal die Woche für ein Stündchen in der Magnolia Lane vorbeischaute, aber anscheinend verlieh ihm die Aussicht, dass seine Schwester die Firmenleitung übernahm und sich damit sein Erbe unter den Nagel riss, ein ungeahntes Beharrungsvermögen – er hatte gestern den ganzen Tag in der Magnolia Lane verbracht und sie bei jeder Gelegenheit belagert. Und jetzt rief er sie auch noch in der Firma an, um es erneut zu versuchen.

»Ich habe keine Zeit«, sagte sie.

»Wofür hast du keine Zeit?«

»Mich von dir immer wieder wegen derselben Sache vollquatschen zu lassen.«

»Ich rufe nicht an, um dich zu bequatschen. Sondern um dich zu informieren.« Er ließ den Satz mit bedeutungsvoller Betonung ausklingen und wartete dann, dass sie etwas sagte.

Sein lauerndes Schweigen ging ihr auf die Nerven. »Was willst du, Reuben? Sag es, sonst lege ich auf.«

»Tja, das NOPD hat sich bei Opal angemeldet, es kommt gleich jemand von denen her. Sie wollen uns etwas sehr Wichtiges mitteilen. Sie sagen, es geht die ganze Familie an, deshalb sollten alle zu Hause sein, wenn sie es uns erzählen. Ich bin deswegen extra eben hergekommen, und die anderen sind auch alle da. Nur du fehlst noch.«

»Ich komme sofort.«

Sie meldete sich bei Dads Sekretärin ab und bat sie, alle Anrufe auf ihr Handy umzuleiten. Die Frau nickte und notierte sich die Nummer. Sie hieß Melissa, war um die vierzig und machte einen gewissenhaften Eindruck. Cat hatte erfahren, dass sie Dads Vorzimmer vor zwei Jahren übernommen hatte. Sein Tod hatte Melissa zutiefst verstört, ebenso wie die Untersuchungsaktion des FBI. Cat hatte sie rundheraus gefragt, ob sie jemals etwas von irgendwelchen krummen Geschäften mitbekommen habe, doch das hatte Melissa empört von sich gewiesen – Mister Bannister sei ein feiner Mensch gewesen, auf keinen Fall habe er was Illegales getan, und wer ihn dessen für fähig halte, habe ihn nicht gekannt.

Cat hatte das nicht weiter kommentiert. Sie *hatte* ihn gekannt und wusste, wozu er fähig gewesen war.

Sie rief sich ein Taxi und fuhr in die Magnolia Lane. Vor dem Haus parkte einer der dunklen SUVs, die auch schon bei der Durchsuchung zum Einsatz gekommen waren.

Die Familie hatte sich im Salon versammelt, alle schienen nur auf Cat zu warten. Mit ernsten Mienen saßen sie um den Tisch. Die Besucher waren zu viert gekommen. Unter ihnen befand sich eine schwarzhaarige Frau, die Cat den Rücken zuwandte. Bei ihr stand ein hagerer Farbiger. Er war in Zivil, aber Cat sah die Waffe unter seinem Jackett. Die beiden anderen waren Milo Stone und Brent LaVerne.

Es versetzte ihr einen nervösen Stich, ihn hier zu sehen. Sie hatte nicht damit gerechnet, dass er auch da sein würde.

Aber nichts hatte sie auf den Schock vorbereitet, der sie traf, als die Frau sich zu ihr umdrehte. Cat erkannte sie sofort wieder, denn Tallulah Harris hatte sich nicht allzu sehr verändert. Der einzige relevante Unterschied war das Pistolenholster unter ihrem offenen Blazer – was für eine unfassbare Ironie des Schicksals, dass ausgerechnet Tallulah beim NOPD gelandet war! Sie trug immer noch diesen schwarz gefärbten, fransig geschnittenen Bob und den gleichen dunkelroten Lippenstift wie früher, eine Art urbaner Geisha-Look, wie auf dem Cover eines Manga-Comics. Und wie auf den Fotos, die Dad ihr gezeigt hatte.

Cat spürte, wie ihr die Kontrolle entglitt, aber im nächsten Sekundenbruchteil hatte sie sich wieder in der Gewalt. Sie war kein naives junges Mädchen mehr, sondern Managerin in einem großen börsennotierten Unternehmen. Wenn sie in diesem Job eines gelernt hatte, war es Selbstbeherrschung, verbunden mit der Fähigkeit, jederzeit zu lächeln, Hände zu schütteln und absolut unverfänglichen Smalltalk zu führen. Genau diese Fähigkeit wandte sie jetzt an, und sie tat es auf eine vollkommen natürlich wirkende Art und Weise. Jemand vom englischen Königshaus hätte es nicht besser hingekriegt. Sie spürte Brents bewundernde Blicke im Rücken, während sie die Officers einschließlich Tallulah begrüßte und dabei höfliche Banalitäten absonderte. Natürlich vergaß sie dabei auch nicht, sich angemessen bekümmert zu geben.

»Sicher hängt Ihr Erscheinen mit der Exhumierung meines Vaters zusammen«, sagte sie, während sie Tallulah ansah. Dann verengte sie gespielt nachdenklich die Augen. »Sie kommen mir vage bekannt vor, Ma'am. Sind wir uns früher schon einmal begegnet?«

Tallulah starrte sie an und schluckte hart. Man konnte das Geräusch hören, und es war Musik in Cats Ohren.

»Sagen Sie es nicht, ich komme gleich drauf.« Cat gab vor zu überlegen, dann nickte sie. »Ich hab's. Wir waren früher auf derselben Schule.«

»Kann sein«, sagte Tallulah. »Ich erinnere mich nicht.«

»Oh, aber ganz bestimmt«, widersprach Cat. »Ich glaube, ich habe sogar noch Bilder aus der Schulzeit, auf denen Sie zu sehen sind.«

Sie betonte das Wort *Bilder* auf unmissverständliche Weise.

In Tallulahs Augen flackerte es. »Ich kann mich wirklich nicht erinnern.«

»Ist ja auch nicht so wichtig«, meinte Cat leichthin. »Wir sind schließlich nicht hier, um über früher zu reden, sondern weil wir alle unsere Arbeit machen möchten, nicht wahr?« Sie wandte sich an Tallulahs Kollegen, der ihr als Detective Hightower vorgestellt worden war. Sie sprach mit ihm, als hielte sie ihn für den kompetenteren Ansprechpartner. »Was ist bei der pathologischen Untersuchung herausgekommen, Detective Hightower? War es tatsächlich Mord?«

»Was für eine dämliche Frage, Cat«, warf Reuben ein.

»Sie wären ja nicht extra zu viert hier, wenn es kein Mord wäre.«

»Nun, leider war es wirklich Mord«, sagte Tallulah.

Opal schluchzte auf und presste sich ein Taschentuch vors Gesicht. Randolph, der neben ihr saß, legte ihr begütigend die Hand auf den Rücken. »Nicht doch«, sagte er. »Wir hatten doch schon damit gerechnet, oder?«

Opal schluchzte lauter. Reuben schnaubte verächtlich, vermutlich konnte sie ihn mit ihren Krokodilstränen nicht beeindrucken. May Belle starrte blicklos vor sich hin und zupfte immer wieder an einer hellblonden Haarsträhne. Wie auf einem absurden Spiegelbild zog Maxim exakt im selben Rhythmus an seinem Schlips. Ihm war anzusehen, dass er die ganze Situation höchst unangenehm fand und lieber woanders gewesen wäre.

»Warum genau sind Sie hergekommen, Officers?«, erkundigte sich Cat. »Doch sicher nicht nur wegen dieser Nachricht.«

»Wieder eine blöde Frage, Cat«, meldete sich Reuben. »Sie sind hier, weil Sie rausfinden wollen, wer's getan hat. Stimmt's, Miss?«

»Detective Harris, bitte. Ja, es stimmt.«

»Soll das heißen, wir stehen unter Verdacht?«, fragte May Belle mit schriller Stimme.

»Mach dich nicht lächerlich«, sagte Opal. Sie hatte das Schluchzen eingestellt und warf empörte Blicke in die Runde.

»Es ist leider statistisch erwiesen, dass die meisten

Morde im Familienkreis verübt werden«, erklärte Maxim. Er schwitzte heftig und zerrte immer noch an seiner Krawatte, als würde sie ihm die Luft abschnüren. »Soll das hier ein Verhör werden, Officers? In dem Fall würde ich befürworten, dass keines der anwesenden Familienmitglieder auch nur ein Wort zu der Sache äußert.«

»Nicht doch«, sagte Tallulah. »Niemand steht unter Verdacht. Dies ist ein rein informelles Gespräch.«

»Wobei Sie aber gewiss sehr genau hinschauen, wie wir alle reagieren«, sagte Reuben süffisant. »Denn sonst hätten Sie uns ja auch einfach am Telefon erzählen können, dass es Mord war, oder? Nebenbei – wie ist Dad denn nun wirklich gestorben? War es Gift?«

»Da wir uns noch am Anfang der Ermittlungen befinden, gehört dies zu den vertraulichen Informationen, die wir nicht weitergeben können.«

»Was?«, fuhr May Belle auf. »Nicht mal an seine Familie?«

»Das ist eine juristische Formalität, Liebling«, sagte Maxim. Er ließ seinen Schlips los und stand auf, als hielte es ihn nicht mehr auf seinem Stuhl. Mit auf dem Rücken verschränkten Händen begann er im Salon auf und ab zu tigern. »Da ist doch noch was, oder? Sie haben noch mehr rausgefunden, ich sehe es Ihnen an.«

»Stimmt«, sagte Tallulah. »Es geht um die Frau, die bei ihm war, als er starb.«

»Diese … dieses Escort-Girl?«, rief May Belle schrill. »Sie soll in der Hölle schmoren!«

»Mit solchen Äußerungen solltest du vorsichtig sein, Liebes«, sagte Maxim. Er wandte sich an Tallulah. »Wurde sie auch ermordet?«

Cat sandte unwillkürlich einen Blick in Brents Richtung und erkannte an seinem Gesichtsausdruck, dass Maxim ins Schwarze getroffen hatte.

»Sie wurde tatsächlich umgebracht«, bestätigte Tallulah. »Wir haben sie heute Morgen bei Kern's in einer der Hallen gefunden – erstochen.«

»Das geschieht dieser Hure recht«, sagte May Belle.

Ihr Mann warf ihr einen warnenden Blick zu, dann sagte er zu Tallulah: »Das meint sie nicht so.«

»Doch, das ist mein blutiger Ernst!«

»Solche Kommentare können vielleicht auf dich zurückfallen«, warf Reuben ein.

»Was denn? Darf man nicht mal mehr seine Meinung sagen?«

»Ich denke genauso wie du, May Belle«, erklärte Opal mit fester Stimme.

»Gibt es am Tatort keine Videoüberwachung?«, fragte Cat.

Tallulah warf ihr einen scharfen Blick zu. »Es gibt wirklich eine. Wie kommen Sie darauf?«

Cat hob die Schultern. »Nur so. Heutzutage sind doch alle öffentlichen Gebäude videoüberwacht. In London ist es jedenfalls so.«

»Meine Nichte hat die letzten zwölf Jahre in London gelebt«, erklärte Randolph.

»Ich glaube nicht, dass es Miss Harris interessiert, wo ich die letzten Jahre gelebt habe. Wie auch immer. Wenn die Anlage videoüberwacht ist, sollte es kein Problem sein, den Mörder zu identifizieren.« Sie wandte sich an Tallulah. »Oder gehört das auch zu den vertraulichen Informationen?«

»Nein, denn das ist ja kein Geheimnis«, sagte Tallulah. »Aber die Auswertung kann dauern.«

»Hoffentlich bringt sie überhaupt was«, gab Opal zu bedenken. »Bei Blaine Kern wimmelt es nur so von Touristen, und die Hälfte davon kauft sich irgendwelche Faschingsmasken und probiert sie dort auf dem Gelände gleich aus. Wird sicher schwierig, unter all diesen Leuten einen Mörder zu finden.«

Randolph wandte sich an Tallulah. »Miss Harris, würden Sie nun bitte zum genauen Grund Ihres Besuchs kommen?«

»Das wollte ich ja gerade tun. Wir haben festgestellt, dass die Tote in den Mord an Mister Bannister verwickelt war und anscheinend Geld dafür bekommen hat, dem Mörder die Tat zu ermöglichen. Nun möchten wir Sie alle hier fragen, ob einer von Ihnen die Dame gekannt hat.«

»Dafür müssten wir wohl erst mal wissen, wie sie hieß«, sagte Randolph ruhig.

»Mindy Robicheaux.« Tallulah blickte intensiv von einem zum anderen. Zuletzt heftete sich ihr bohrender Blick auf Cat, die nur stumm den Kopf schüttelte.

»Nie gehört«, sagte Reuben fast gleichzeitig mit den

anderen. Er sah Tallulah neugierig an. »Dann hat der Kerl, der Dad umgebracht hat, wohl auch sie ermordet, weil er sie als Mitwisserin aus dem Weg räumen wollte?« Er hielt inne, dann nickte er und beantwortete sich damit seine Frage gleich selbst. »Krass.«

Tallulah ging auf seine Mutmaßungen nicht ein. »In diesem Zusammenhang möchte ich Sie alle außerdem gern fragen, wo Sie gestern Nachmittag in der Zeit zwischen vierzehn und neunzehn Uhr waren.«

Maxim unterbrach ruckartig seinen Marsch durch den Salon. »Darauf muss keiner von uns antworten.«

»Natürlich nicht«, versicherte Tallulah zuvorkommend. »Jede Auskunft ist völlig freiwillig. Das ist ja keine Vernehmung. Aber je kooperativer Sie sind, desto schneller könnten wir diese Morde aufklären. Das ist sicher in Ihrem Interesse.«

»Warum erkundigen Sie sich nicht einfach, wer von uns am meisten von Dads Tod profitiert?«, ereiferte sich May Belle. »Fragen Sie doch mal *sie*!« Sie zeigte auf Cat und erhob anklagend die Stimme. »Sie kriegt fast alles! Dad hat ihr die komplette Firma vermacht! Wenn das kein Grund ist, bei seinem Tod ein bisschen nachzuhelfen, weiß ich es auch nicht! Außerdem hat sie Dad gehasst wie die Pest!«

»Das ist Blödsinn, May Belle«, wies Randolph sie zurecht. »Cat war in London, als Zack starb. Unterlasse bitte derartige Vorwürfe und entschuldige dich bei deiner Schwester.«

May Belle machte ein bockiges Gesicht. »Man kann einen Mord auch in Auftrag geben.«

»Liebling, jetzt gehst du wirklich zu weit«, meinte Maxim vorwurfsvoll.

»Sie hat aber völlig recht«, sagte Opal. Wie zur Rechtfertigung fügte sie hinzu: »Das beziehe ich natürlich nicht auf Cathleen, sondern auf irgendeine beliebige andere Person.«

»Tatsächlich kann es jeder von uns gewesen sein«, erklärte Reuben mit einem diabolischen kleinen Grinsen. »Denn als Dad umgebracht wurde, konnten wir uns noch alle Hoffnung auf unser angestammtes Erbe machen. Da wussten wir ja noch gar nichts von seinem geänderten Testament. Das haben wir erst von Cat persönlich erfahren, als Dad schon unter der Erde war.« Sein Grinsen wurde breiter. »Wir alle sind verdächtig. Maxim zum Beispiel. Maxim, wie hoch sind deine Spielschulden? Und May Belle ist ziemlich irre, das sagt jedenfalls ihr Therapeut. May Belle, nimmst du eigentlich immer noch diese Tabletten gegen deine Psychosen?«

»Halt den Mund!«, schrie May Belle. »Das muss ich mir von dir nicht bieten lassen!«

»Und Opal ist shoppingsüchtig«, fuhr Reuben ungerührt fort. »Dad war kaum zwei Stunden tot, da ist sie schon durch die Läden gezogen und hat sich mit neuen Klamotten eingedeckt. Alles schwarz und alles vom Feinsten. Und das war nur die Ausbeute von letzter Woche. Opal, wie viel gibst du monatlich so in etwa für deinen

Designerbedarf aus? Ich erinnere mich, wie Dad sich bei dir darüber beklagt hat.«

Seine Stiefmutter warf ihm einen vernichtenden Blick zu.

»Okay, der Vollständigkeit halber sollten wir mich selbst nicht auslassen«, ergänzte Reuben großmütig. »Schließlich war ich schon mal im Knast. Zwar bloß wegen ein paar verbotener Wetten, und es ist auch schon eine Ewigkeit her, aber bestimmt könnt ihr euch noch gut dran erinnern, wie Dad mich damals zusammengefaltet hat.« Er feixte. »Seinen kriminellen, aus der Spur geratenen Versager von Sohn.«

»Schluss jetzt«, sagte Randolph mit scharfer Stimme. »Ich will diesen ganzen Unfug nicht mehr hören.«

Reuben lehnte sich achselzuckend zurück. Opal maß ihn mit wütenden Blicken.

May Belle hatte Tränen in den Augen, ihre Lippen zitterten. Sie schien etwas sagen zu wollen, senkte dann aber schweigend den Kopf. Reuben lümmelte auf seinem Stuhl, als ginge ihn das Ganze nichts an. Maxim blickte hilflos von einem zum anderen, dann sah er Cat an. Sie meinte, in seinem Blick eine Bitte um Verständnis wahrzunehmen – den stummen Wunsch, den anderen nicht böse zu sein, vor allem nicht May Belle.

Brent trug sein übliches Pokerface zur Schau. Milo Stone sah hingegen ziemlich erschüttert aus. Wahrscheinlich hatte er nicht mit derart tiefen menschlichen Abgründen gerechnet.

Nur Tallulah Harris schien mit sich und der Welt im Reinen. Sie sah aus wie die sprichwörtliche Katze nach dem Verspeisen der Maus. In ihren Augen funkelte Triumph. Wenn es um die Erforschung möglicher Tatmotive ging, hatte Reuben ihr vermutlich gerade mit seinen Offenbarungen tagelange Ermittlungsarbeit abgenommen.

»Wenn Sie uns momentan keine dringenden Mitteilungen mehr zu machen haben, würde ich gern zurück an die Arbeit gehen«, sagte Cat. »Für etwaige Fragen stehe ich natürlich jederzeit zur Verfügung. Sie können mich im Büro meines Vaters erreichen. Lassen Sie sich einfach von der Sekretärin einen Termin geben. Guten Tag, Miss Harris. Meine Herren.« Sie nickte Brent und Milo kurz zu. An der Tür wandte sie sich noch einmal zu ihrer Familie um. »Ihr könnt mich übrigens auch im Büro erreichen, falls irgendwas ist. Die restliche Zeit bin ich im Hotel. Ich weiß noch nicht, in welchem, aber ich lasse es euch wissen.«

»Muss das denn wirklich sein, Cat?«, fragte Randolph betroffen.

Sie nickte nur. Beim Verlassen des Salons fühlte sie die Blicke der Anwesenden im Rücken wie brennende Pfeile.

Sie ging schnurstracks hinauf in ihr Zimmer, um zu packen. Oben im Flur des Dachgeschosses begegnete sie Annie, die dort Staub wischte.

»Was haben Sie denn vor, Miss Cat?«, fragte sie erschrocken, als sie sah, dass Cat ihren Koffer aufs Bett warf und ihn wahllos vollzustopfen begann.

»Ich ziehe ins Hotel, Annie. Das Familienleben ist wohl doch nichts für mich.«

»Oje, Miss Cat.« Annie blieb in der offenen Tür stehen und zerknüllte mit beiden Händen das Staubtuch. »Gab es Krach wegen der frittierten Austern? Ich hätte wirklich besser lüften sollen!«

»Nein, damit hat es nichts zu tun. Ich kann's nur einfach nicht mehr aushalten.«

»Ach, Miss Cat, irgendwie hab ich's kommen sehen. Das Leben hier war für die ganze Familie sehr schwer in letzter Zeit.« Annie rang mit sich, dann senkte sie vertraulich die Stimme. »Ihr Dad hätte Miss Opal nicht heiraten sollen. Er war seither nur in sich gekehrt und hatte keine Freude mehr am Leben. Und Mister Reuben und Miss May Belle haben ihm auch dauernd zugesetzt, ständig wollten sie Geld von ihm.« Sie schüttelte den Kopf. »Wenn er den guten Mister Randolph nicht gehabt hätte. Der war ihm immer eine Stütze und hat auch Mister Reuben und Miss May Belle in die Schranken gewiesen. Aber gegen Miss Opal konnte er nicht viel tun, schließlich ist sie die Dame des Hauses. Auch wenn's ihr nicht zukommt.« Ein kummervoller Ausdruck stand auf dem tiefschwarzen Gesicht. »Verzeihen Sie, Miss Cat. Ich sollte nicht so reden. Es steht mir nicht an.«

»Ist schon in Ordnung. Wer könnte sich ein besseres Urteil darüber erlauben als du? Du bist seit über zwanzig

Jahren im Haus.« Cat lachte bitter. »Länger als ich. Übrigens solltest du noch was wissen, denn du wirst es ja sowieso erfahren. Dad wurde ermordet.«

»Jesus!« Annie schlug sich schockiert die Hand vor den Mund. »Das ist ja grauenvoll! Wer hat's denn getan?«

»Das weiß man noch nicht. Aber die Frau, in deren Bett er starb, war irgendwie darin verwickelt. Sie wurde gestern ebenfalls umgebracht. Wahrscheinlich wollte der Täter sie vorsorglich zum Schweigen bringen. Kann sein, dass die Polizei sich auch mit Fragen an dich wendet.«

»Aber ich weiß doch gar nichts über diese Frau!« Annie sah sie mit schreckgeweiteten Augen an.

»Sie werden dir eher Fragen zur Familie stellen.«

»Um Himmels willen, was soll ich denen denn sagen, Miss Cat?«

»Am besten die Wahrheit, nicht mehr und nicht weniger.«

»Glaubt die Polizei etwa, dass jemand aus der Familie ein Mörder ist?«, fragte Annie mit vor Entsetzen schwankender Stimme.

»Keine Ahnung, was die glauben, und im Moment will ich auch gar nicht darüber nachdenken.« Cat fuhr mit Packen fort und blickte auch nicht auf, als sie Schritte hinter sich hörte, denn sie nahm an, es sei Annie, die hier im Zimmer saubermachen wollte. Dann ertönte ein unterdrücktes Schluchzen, und Cat fuhr herum. Vor ihr stand May Belle, wieder einmal in Tränen aufgelöst und am Rande eines Nervenzusammenbruchs.

»Cat, du kannst jetzt nicht einfach so verschwinden! Du bist doch gerade erst angekommen!«

»Ich bin schon seit voriger Woche hier. Und ich habe nicht den Eindruck, dass irgendwer mich in den letzten zwölf Jahren vermisst hätte.«

»Wie kannst du das sagen? Du liegst uns doch am Herzen! Du bist meine Schwester!«

»Mach dich nicht lächerlich, May Belle. Hast du schon vergessen, was du gerade unten über mich gesagt hast? Du hast mir unterstellt, dass ich fähig wäre, Dad zu ermorden.« Cat klappte ihren Koffer zu, dann ging sie daran, ein paar Kosmetika in ihrem Beautycase zu verstauen.

»Aber das habe ich nicht so gemeint«, protestierte May Belle weinerlich. »Ich bin seit Dads Tod einfach so … durcheinander. Es geht mir nicht gut, weißt du.«

»Ja, das kommt mir auch so vor. Vielleicht solltest du noch ein paar von diesen Tabletten nehmen, von denen Reuben sprach.«

»Wie kannst du nur so gemein sein, Cat!« May Belle schluchzte, dann verlegte sie sich aufs Betteln. »Wenn du uns nur ein paar Tage Zeit geben würdest, damit wir uns alle wieder aneinander gewöhnen könnten!«

»Glaub mir, es würde nur schlimmer statt besser werden.«

»Ich kann dir unten eins von unseren Zimmern herrichten! Dann hast du mehr Platz und ein schönes Bad! Hier oben ist es so ungemütlich!«

»Daran liegt es nicht, May Belle.« Cat nahm den Koffer

vom Bett, stellte ihn auf die vier Rollen und zog den Griff heraus. Sie musterte ihre Schwester und konnte dabei eine Aufwallung von Mitleid nicht unterdrücken. »Entschuldige meine Bemerkung über die Tabletten, das hätte ich nicht sagen dürfen. Es tut mir leid. Ich sehe, dass du krank bist, May Belle. Aber ich bin nicht die Person, die dir helfen kann. Und mir selbst hilft es ganz bestimmt nicht, wenn ich hierbleibe.«

»Warum bist du denn damals überhaupt weggegangen?«, brach es aus May Belle hervor.

»Weil ich Tarquin geheiratet habe und er einen Job in London hatte.«

»Ach, Cat, es war so furchtbar! Mom war tot, und Dad war wie ein Fremder! Reuben saß im Gefängnis, und du warst die meiste Zeit nicht da, und dann hast du auf einmal Tarquin geheiratet und bist weggegangen!« Sie weinte laut. »Ich war ganz allein!«

May Belles Qualen rissen etwas in Cat auf, und bestürzt begriff sie, dass sie sich nie Gedanken darüber gemacht hatte, was aus ihrer Schwester geworden war. May Belle war damals erst dreizehn gewesen und obendrein psychisch extrem labil. Ihre Magersucht, ihre Neigung zur Selbstverletzung, ihre Stimmungsschwankungen – all das hatte sich quasi im Gleichklang mit Moms Depressionen entwickelt und vertieft, und hier im Haus hatte keiner aus der Familie wirklich Notiz davon genommen. Sicher, Dad hatte May Belle irgendwann zu einem Therapeuten geschickt, aber erst, als der Schulpsychologe ihn ins Gebet genommen hatte. Damals war sie schon fast bis auf vierzig Kilo abgemagert gewesen und hatte sogar ein paar Wochen in einer Spezialklinik zubringen müssen, wo man sie mit Infusionen hochgepäppelt hatte. Danach hatte sie wieder mehr gegessen, sich dafür aber auch häufiger *geritzt*.

Tatsache war, dass May Belle vor die Hunde gegangen war. Aus der niedlichen kleinen Prinzessin im rosa Tüllkleid war ein kaputter, kranker Teenager geworden, wie ein Sinnbild für das Auseinanderbrechen der ganzen Familie. Dad hatte sich in seiner Arbeit vergraben, Mom in ihrem Bett, und Reuben war mit seinen zweifelhaften Kumpels um die Häuser gezogen und hatte Blödsinn angestellt. Und sie selbst hatte jede freie Minute mit Brent in der Bourbon Street verbracht, denn neben ihm war für nichts anderes in ihrem Leben mehr Platz gewesen.

Unvermittelt erkannte sie, dass auch sie am kollektiven Versagen der Familie ihren Anteil hatte. Es spielte keine Rolle, dass sie nicht wirklich für May Belles verkorkste Jugend verantwortlich war, ebenso wenig wie für Moms Tod. Im Gegensatz zu May Belle hatte sie damals die Chance zum Absprung gehabt, dafür hatten ihre Kraft und ihre Zähigkeit auch mit siebzehn schon gereicht. Und natürlich war es ihr gutes Recht gewesen, alles hinter sich zu lassen. Aber May Belle hatte diese Möglichkeit nicht gehabt, denn sie war noch ein Kind gewesen.

Die schmerzhafte Intensität ihrer Schuldgefühle traf Cat unvorbereitet. Ihre Vernunft sagte ihr, dass ihre

Reaktion unangemessen war, genau wie damals, als sie zugelassen hatte, dass Dads Anschuldigungen wegen Moms Tod sie innerlich zerrissen.

»Hör zu, May Belle. Ich ziehe ins Hotel, denn es funktioniert einfach nicht, wenn ich hier bin. Aber wenn du irgendwas auf dem Herzen hast, kannst du mich jederzeit anrufen.« Sie holte ihr Notizbuch aus ihrer Handtasche und kritzelte ihre Nummer hinein. »Das ist meine Handynummer.« Sie riss das Blatt heraus und reichte es ihrer Schwester. Im nächsten Moment dämmerte ihr, dass sie damit vielleicht einen Fehler begangen hatte, denn May Belles Gesicht nahm einen zornigen Ausdruck an.

»Dir ist es doch völlig gleichgültig, wenn andere Leute Probleme haben. Hauptsache, es läuft alles so, wie du es haben willst! Du reißt dir einfach die Firma unter den Nagel und ziehst dein Ding durch, und wenn wir anderen dabei zugrundegehen, interessiert es dich einen Scheißdreck! Aber du wirst schon sehen, was du davon hast! Wer andere ausbootet, braucht sich nicht zu wundern, wenn er sich auf einmal selber am Boden wiederfindet!«

Cat ersparte es sich, auf diese sinnlosen Vorhaltungen einzugehen. Schweigend fasste sie nach dem Griff des Trolleys, klemmte sich ihre Handtasche unter den Arm und marschierte an ihrer Schwester vorbei zur Treppe. Höchste Zeit, dass sie von hier verschwand. Diesmal im Idealfall für immer.

11

In der Woche darauf fing Brent Tallulah nach Dienstschluss vor dem Präsidium in der South Broad Street ab. Er fand es an der Zeit, ein paar Dinge klarzustellen.

»Ich weiß, dass du Zack Bannister Fotos von uns beiden gegeben hast«, eröffnete er ohne Umschweife das Gespräch.

Sie ging weiter, ohne stehen zu bleiben. »Keine Ahnung, wovon du redest.«

»Wie viel hat Bannister dafür springen lassen, dass du mir Jarrod Tex auf den Hals gehetzt hast?«

Sie sah gleichmütig geradeaus. »Jarrod Tex … Der Name kommt mir bekannt vor. War das nicht ein Typ aus dem Cajun Country, der vor ungefähr zehn Jahren bei einem Raubüberfall erschossen wurde?«

»Du müsstest es wissen, denn du hast ihn selber abgeknallt.«

»Richtig, ich erinnere mich.« Sie gab vor nachzudenken. »War meine erste Schießerei im Dienst. Der Typ hatte bereits ein Dutzend Tankstellen und Läden überfallen. Hat eine Menge Unheil angerichtet und war schon lange zur Fahndung ausgeschrieben. Sogar wegen Mordversuch. Unter anderem auch, weil er dich sehr übel zugerichtet hatte, wie mir gerade wieder einfällt.« Bei diesen letzten Worten blickte sie ihn von unten herauf an, auf eine gewisse lauernde Art. Damit war die Sache für Brent klar. Er hatte es schon vorher gewusst, aber jetzt waren sämtliche etwa noch verbliebenen Zweifel zuverlässig beseitigt. Sie hatte Tex ohne zu zögern umgelegt, als er ihre Schusslinie kreuzte. Denn hätte sie ihn lediglich verhaftet, hätte er sie damit drangekriegt, dass er mal einen ziemlich schmutzigen Job für sie erledigt hatte.

»Muss traumatisch für dich gewesen sein, dass ausgerechnet du ihn getötet hast. Ich habe erfahren, dass ihr eine Weile liiert wart.«

Sie zuckte zusammen, als er diesen Trumpf ausspielte, aber dann zog sie ihren eigenen.

»Das kann nur ein Irrtum sein. Okay, vielleicht waren wir ab und zu mal in derselben Tanzbar. Das halbe Cajun Country traf sich dort. Aber diese Zeiten sind lange vorbei. Ich bin eine richtige Stadtpflanze geworden, seit ich beim NOPD bin. Heutzutage gehe ich lieber mit Freunden in die Bourbon Street, wenn ich ein bisschen Partystimmung brauche. Zum Beispiel ins *Chez Jeanne*. Da machen sie nicht nur gute Drinks, sondern man kriegt auch fabelhaft scharfes Jambalaya. Und andere heiße … Snacks. Sogar noch nach elf Uhr abends.«

Sie hatten den Parkplatz erreicht, wo sie ihr Auto abgestellt hatte. Sie stieg ein und ließ Brent stehen. Erschüttert starrte er ihrem davonfahrenden Wagen hinterher.

Er hatte sie schwer unterschätzt. Tallulah Harris hatte ihre Hausaufgaben gemacht. Sie hatte es in der Hand, ihn auffliegen zu lassen. Er würde seine Marke verlieren und auf der Straße sitzen. Allerdings galt das umgekehrt auch für sie.

Ihre Botschaft war klar – solange er den Mund hielt und sie ihren Job machen ließ, würde sie dasselbe tun. Was aber natürlich nicht hieß, dass sie Cat schonen würde, im Gegenteil – Cat stand als Haupterbin des Mordopfers im Fokus ihrer Ermittlungen. Brent spürte, dass sie im Begriff war, irgendwas über Cat auszugraben, von dem er selbst noch nichts ahnte.

Seit dem offiziellen Besuch in der Magnolia Lane hatten sich keine grundlegend neue Erkenntnisse ergeben, aber Tallulah hatte sich wie besessen in die Aufklärung der beiden Morde hineingekniet und fand zusehends Gefallen daran, Brent an ihrem schon fast krankhaften Ehrgeiz teilhaben zu lassen. Nachdem Brinckley sie auf Brents Veranlassung hin wegen ihrer mangelnden Kooperationsbereitschaft zurechtgewiesen hatte, war sie umgehend auf eine neue Taktik umgeschwenkt: Statt weiterhin mit ihren Erkenntnissen zu geizen, informierte sie Brent nun über jede noch so nebensächliche Kleinigkeit und hielt ihn mit allen möglichen uninteressanten Informationen auf Trab. Sein Maileingang quoll jeden Tag davon nur so über.

Umgekehrt erwartete sie aber auch, dass er sie über alles auf dem Laufenden hielt, was für die Mordermittlungen relevant sein konnte. Schon zwei Tage nach Brinckleys Ermahnung hatte sie behauptet, Brent halte wesentliche Informationen zurück. Dummerweise hatte Milo ihr etwas erzählt, das Brent nicht erwähnt hatte: Der Typ, der die Trucks bei der Spedition ruiniert hatte, wollte im Zuge eines Deals mit der Staatsanwaltschaft demnächst auspacken, wer ihn geschmiert hatte. Er hatte sogar schon anklingen lassen, dass dabei der Name Bannister ins Spiel kommen würde. Tallulah war sofort zu Brinckley gerannt und hatte sich beschwert, dass sie diese wichtige Neuigkeit erst auf Umwegen erfahren hatte. Mit dem Ergebnis, dass Brinckley jetzt richtig sauer auf Brent war.

Schlecht gelaunt kehrte Brent ins Hotel zurück und schlief eine Runde, bevor er sich zum Ausgehen fertig machte.

Als er aufbrach, lief er auf dem Gang vor seinem Hotelzimmer Milo in die Arme. Sein Partner hatte sich regelrecht in Schale geworfen – frisch rasiert, das Haar mit etwas Gel zurückgekämmt, sauberes weißes Hemd und darüber ein neues Leinenjackett.

»Was hast du denn so spät noch vor?«

Milo musterte ihn mit hochgezogenen Brauen. »Dasselbe könnte ich dich fragen.«

»Ich gehe noch weg«, sagte Brent lahm.

»Tja, genau das mache ich auch«, teilte Milo ihm mit.

»Dies ist ein freies Land. Und außerdem ist morgen Sonntag. Nachdem du die ganzen letzten Tage jeden Abend auf der Piste warst und die Nächte durchgemacht hast, nehme ich mir dieses Recht jetzt auch mal raus. Was dagegen?«

»Du triffst dich mit Tallulah, oder?«, fragte Brent geradeheraus.

Milo errötete ein wenig. »Das geht dich gar nichts an.«

»Also tust du es.« Brent seufzte. »Verdammt, Milo, sie ist nichts für dich. Sie wird dich aussaugen und durchkauen und hinterher ausspucken wie eine Spinne ihre Beute.«

»Ich habe nichts dagegen, ein bisschen ausgesaugt und durchgekaut zu werden«, sagte Milo grinsend. Dann wurde er ernst. »Hör zu, ich weiß nicht genau, was du letzte Woche nachts alles so getrieben hast, und ich glaube, ich will's auch gar nicht wirklich wissen. Aber mir ist klar, dass du immer erst extra spät losgezogen bist, denn du dachtest, dass ich es dann nicht mitkriege, weil ich um die Zeit immer schon penne. Und ich kenne auch deine Gewohnheiten, dafür sind wir lange genug zusammen unterwegs. Ich weiß genau, dass du es ab und zu brauchst und dass du deshalb auch lieber ein Einzelzimmer nimmst, wenn wir auf Reisen sind. Aber normalerweise läuft es so ab, dass du dir in einer Bar eine aufreißt, sie für eine Nacht mit aufs Zimmer nimmst, und dann war's das für die nächsten paar Wochen. Jetzt sind wir seit zehn Tagen in New Orleans, und in dieser Zeit warst du fünf Nächte weg.« Zur besseren Verdeutlichung hielt Milo eine Hand mit gespreizten Fingern hoch.

»Worauf willst du hinaus?«

»Das kannst du dir doch denken, oder? Ich hoffe, du triffst dich nicht ausgerechnet mit Cathleen Bannister.« Milo sah ihn eindringlich an. »Wenn du es tust, flehe ich dich an, damit aufzuhören! Du kannst uns damit den ganzen Fall kaputtmachen. Monatelange Arbeit für den Arsch. Nicht nur wir beide haben uns da mit endlosen Überstunden reingehängt, Brent. Sondern auch die ganze Abteilung und das Field Office hier vor Ort.«

»Ich treffe mich nicht mit ihr.«

Milo betrachtete ihn eingehend, dann nickte er zögernd. »Dein Glück, Alter. Denn sonst wüsste ich echt nicht, was ich machen soll. Wer ist es denn? Du musst dich ziemlich verknallt haben. Normalerweise verabredest du dich selten öfter als einmal mit derselben.«

»Sie heißt Louise und arbeitet in einem Club in der Bourbon Street. Sie hat da ein Apartment.«

»Und, könnte es was mit ihr und dir werden?«

»Ganz bestimmt nicht. Sie ist einfach nur gut im Bett.«

»Bist du sicher, dass es nur das ist? Ich meine – *fünf* Nächte in weniger als zwei Wochen! Das ist ein richtiger Rekord!«

Brent lächelte leicht gequält. »Ich hatte Nachholbedarf.«

»Stimmt auch wieder. Im letzten Jahr lief bei dir nicht ganz so viel wie sonst. Ich hatte schon gedacht, dass du nachlässt. Oder älter wirst.« Milo schaute auf seine Armbanduhr. »Hölle, ich muss los, sonst komme ich zu spät, und das hasst sie wie die Pest. Hat sie mir sogar extra gesagt.« Milo trabte davon, in Richtung Aufzüge. »Bis morgen! Hab Spaß!«

Brent schob die Hände in die Hosentaschen und wartete, bis Milo weg war. Er beschimpfte sich stumm mit diversen hässlichen Kraftausdrücken und erwog sogar ernsthaft, sich Milos Warnung zu Herzen zu nehmen. Aber diese Anwandlung dauerte nicht länger als eine Sekunde, wenn überhaupt. Er wusste ganz genau, dass er nicht aufhören konnte, Cat zu treffen. Sie war wie die mächtigste aller Drogen, und er war der Süchtige, der ständig nach der nächsten Dosis lechzte.

Auf dem Weg zu ihr dachte er über die unerfreuliche Wendung nach, die Milos Beziehung zu Tallulah Harris genommen hatte. Milo war von Anfang an auf sie abgefahren, und sie hatte es sofort begriffen und es für ihre Zwecke ausgenutzt. Dieses Miststück würde mit jedem ins Bett gehen, solange es ihren Plänen diente. Brent wusste, worin diese Pläne bestanden, denn nach über einer Woche der Zusammenarbeit war völlig klar, worum es ihr ging – sie wollte die Morde aufklären und ihn dabei schlecht aussehen lassen, und am liebsten wäre ihr, wenn sie Cat als Täterin in den Knast bringen könnte. Damit hätte sie drei Fliegen mit einer Klappe geschlagen. Und hinterher würde sie Milo wie eine heiße Kartoffel fallen lassen und sich in dem Gefühl sonnen, dass er monatelang seinen Liebeskummer bei Brent abladen würde.

Brent parkte den Wagen nicht direkt vor dem Motel, sondern einen Block weit entfernt in einer Seitenstraße. Zum ersten Mal checkte er gründlich den Parkplatz vor dem Gebäude, eine Maßnahme, an die er die letzten Male nicht im Traum gedacht hatte. Aber er hatte ja auch nicht in Betracht gezogen, dass ihn irgendwer im *Chez Jeanne* sehen und wiedererkennen könnte.

Er glaubte keinen Moment lang, dass Tallulah selbst dort gewesen war, und ebenso wenig ging er davon aus, dass sie ihn hatte beschatten lassen. Höchstwahrscheinlich war er einfach jemandem aufgefallen, der Tallulah kannte. Einem ihrer Kollegen vom NOPD vielleicht; von denen waren ihm in der letzten Zeit wahrlich genug über den Weg gelaufen. Danach hatte sie natürlich allen Grund gehabt, der Sache weiter nachzugehen. Dazu hatte sie nicht mal eine Überwachung anordnen müssen. Es reichte völlig, den jungen Barkeeper zu fragen, der Cat angeschmachtet hatte wie ein Mondkalb und jedes Mal aus nächster Nähe mitgekriegt hatte, wie Brent mit ihr über die Hintertreppe nach oben verschwunden war.

Sie hatten sich drei Mal in der Bourbon Street getroffen, dann war Louis aus Baton Rouge zurückgekommen und hatte seine vier Wände wieder selbst benötigt. Brent hätte ohne zu zögern irgendwo ein Zimmer gemietet, aber praktischerweise hatte Cat sich in einem Motel einquartiert, wo er sie seither Nacht für Nacht besuchte. Nur zweimal hatte es nicht geklappt – da hatte er es einfach nicht hingekriegt, weil er einen Riesenstapel Arbeit gehabt hatte und sowieso schon fast am Schreibtisch eingeschlafen war.

Der Parkplatz vor dem Hotel erschien ihm absolut unauffällig. Trotzdem ging Brent aufmerksam die Reihen der abgestellten Fahrzeuge ab und spähte bei jedem einzelnen ins Innere. Alles sauber. Vorsorglich ging er zur Rezeption und zeigte dem alten Kahlkopf hinter der Empfangstheke seine FBI-Marke. »Ist schon mal jemand hier gewesen und hat sich nach der Frau in zwei null sieben erkundigt?«

»Sie meinen die heiße Rothaarige?« Der Alte schüttelte den Kopf. »Hier hat keiner nach ihr gefragt. Nicht während meiner Schicht.«

Er sah nicht aus, als würde er lügen. Brent war halbwegs erleichtert. Doch dieses Gefühl verflog sofort, als der Alte ihn fragend ansah. »Sind Sie ihr Bodyguard oder so was? Hab Sie jetzt schon ein paarmal nachts bei ihr auflaufen sehen.«

»Ich hoffe, Sie können das für sich behalten.«

Der Alte erschrak. »Echt jetzt? Ist sie im Zeugenschutz oder so?«

»So was in der Art. Rufen Sie mich sofort an, falls jemand nach ihr fragt – ganz egal wer, auch wenn's jemand von der Polizei ist.« Er schob dem Alten seine Karte hin. »Dasselbe, wenn Ihnen jemand auffällt, der hier nichts verloren hat. Oder ein Fahrzeug, in dem jemand sitzen bleibt.«

»Wird gemacht, Sir.« Der Alte druckste ein wenig, dann

meinte er: »Das hier ist ein friedliches Motel mit friedlichen Leuten. Ich hoffe, es gibt wegen der Frau keinen Ärger.«

»Keine Sorge. Morgen zieht sie aus.«

Brent klopfte an die Tür des Motelzimmers, und als Cat ihm öffnete, zählte für ihn nichts mehr als dieser eine Moment rauschhaften Glücks. Er schloss sie in die Arme, vergrub seine Nase in ihrer duftenden Lockenfülle und stieß gleichzeitig mit der Ferse die Tür hinter sich zu. Dann küsste er sie, hungrig und voller Sehnsucht und mit dem Bedürfnis, alles gleichzeitig zu tun – sie gegen die Wand zu drängen und sie gleich im Stehen zu nehmen, sie zum Bett hinüberzutragen und sie langsam und zärtlich zu lieben, sie einfach nur festzuhalten und ihren Herzschlag zu spüren.

Am Ende wurde es eine Mischung aus allem, und als es vorbei war, kroch wieder die Angst in ihm hoch, verbunden mit der Ahnung, dass er sich so tief in diesen Sumpf aus Dienstvergehen, Interessenkonflikten und zerstörerischer Leidenschaft hineinmanövriert hatte, dass ihm nicht mal ein Wunder wieder raushelfen konnte.

Schwitzend und erschöpft hielt er sie in den Armen und versuchte, Pläne zu schmieden, irgendwelche, Hauptsache, sie hatten Ähnlichkeit mit einer Lösung. Aber egal wie angestrengt er nach Auswegen suchte – es schien immer nur noch komplizierter zu werden. Jedes Treffen war wie ein weiterer Stein um seinen Hals, der ihn unaufhaltsam tiefer in besagten Sumpf zog.

Eine Möglichkeit bestand vielleicht darin, dass sie zwischen sich und Bannister Enterprises einen harten Schnitt machte. Wenn sie ihre Absichten, die Firma zu übernehmen, so schnell wie möglich fallen ließ und gleichzeitig zugunsten ihrer Familie auf alle Ansprüche verzichtete, wäre das unter den gegebenen Umständen die beste aller Welten. Denn nur dann bestand eine hinreichende Wahrscheinlichkeit dafür, dass sie aus dem Brennpunkt der Ermittlungen verschwand.

Aber davon wollte sie nichts wissen. Brent hatte diesen Gedanken schon mit ihr erörtert. Sie hatte ihm klipp und klar mitgeteilt, dass sie nicht im Traum daran denke, vor der Firmenübernahme zu kneifen, nur weil das FBI und das NOPD gegen sie und den Rest der Familie ermittelten. Sie habe sich nichts vorzuwerfen und betrachte es nicht nur als ihr Recht, sondern auch als ihre Pflicht, das Unternehmen gegen alle Widerstände weiterzuführen.

Ihr Atem strich über seine Brust. Sie fuhr mit den Fingerspitzen der Spur eines Schweißtropfens nach, der über seinen Bauch nach unten lief. Brent erschauerte leicht und umfasste sie fester.

»Irgendwas Neues beim FBI?«, fragte sie mit schläfriger Stimme.

Natürlich. Bisher hatten sie *immer* über den Fall gesprochen, es war ihr vordringliches Thema. In manchen Nächten sogar ihr einziges, vom Sex mal abgesehen.

»Beim FBI nicht, aber beim NOPD. Tallulah weiß über uns beide Bescheid.«

Cat setzte sich auf und sah erschrocken auf ihn hinunter. »Wie hat sie es rausgekriegt? Lässt sie mich etwa beschatten?«

»Ich schätze, es war reiner Zufall. Irgendwer hat uns in der Bourbon Street gesehen. Und vielleicht auch hier. Gerade vorhin war niemand vorm Haus, und an der Rezeption hat sich auch keiner nach dir erkundigt, aber das will nichts heißen. Ich halte es für besser, wenn du morgen in einem anderen Motel eincheckst.« Die Alternative wäre gewesen, sie nachts nicht mehr zu besuchen, aber das stellte er gar nicht erst zur Debatte.

Sie nickte. »Das hatte ich sowieso schon überlegt. Hier ist mir die Klimaanlage zu kalt, das Ding lässt sich nicht regulieren. Was glaubst du, was Tallulah jetzt unternimmt? Sie könnte dich aus dem Fall rauskicken, oder?«

»Das wird sie schön bleiben lassen, denn sie weiß genau, dass dann ein paar hässliche Fakten aus ihrer Vergangenheit auf den Tisch kommen könnten.«

»Du meinst die Bilder? Aber die existieren nicht mehr.« Sie biss sich auf die Lippe. »Ich habe sie damals verbrannt.«

»Das weiß sie ja nicht. Außerdem gibt es da noch ihre Verbindung zu Jarrod Tex, und das könnte ihr wirklich das Genick brechen, denn nach seiner Erschießung hat sie während der dienstlichen Untersuchung mit keiner Silbe erwähnt, dass er mal ihr Lover war. Mir gegenüber hat sie heute zwar behauptet, zwischen ihr und Tex wäre nichts gewesen. Aber ich habe in dem Kaff, aus dem sie stammt, jemanden ausgegraben, der sich noch genau daran erinnert, dass die zwei ein Paar waren, und zwar exakt zur fraglichen Zeit.«

Cat wirkte verwirrt. »Wer zum Teufel ist Jarrod Tex?«

»Der Typ, der mich damals zusammengeschlagen hat.«

»Ich verstehe überhaupt nichts mehr. Wer hat dich wann zusammengeschlagen? Und was hat Tallulah Harris damit zu tun?«

Befremdet erwiderte er ihren Blick. »Ich dachte, du wüsstest es. Du hast doch selbst gesagt, dass du es ein paar Jahre später in London erfahren hast.«

Sie furchte die Stirn. »Sekunde mal. Ich habe nur gehört, dass du wegen schwerer Verletzungen im Krankenhaus warst. Ich dachte, du hättest einen *Unfall* gehabt.«

»Es war kein Unfall. Eines Abends, als ich meinen Grandpa draußen in den Bayous besuchte, fuhr mir auf der Rückfahrt ein alter Pick-up hinten rein. Ich stieg aus, der Typ stieg aus, und während ich mir den Schaden besah, zog er mir einen Baseballschläger über. Ich wurde gleich bewusstlos, wofür ich vermutlich dankbar sein sollte, denn auf die Weise hab ich nicht mitgekriegt, was er hinterher mit mir anstellte. Irgendwer fand mich Stunden später mit gebrochenen Armen und Beinen und eingeschlagenem Schädel im Straßengraben. Ich lag sechs Wochen im Koma. Danach hat es noch fast ein halbes Jahr gedauert, bis ich wieder laufen konnte.«

Cat hatte ihm mit entsetzter Miene zugehört. »Oh Gott«, flüsterte sie. Ihr Mund zitterte. Tränen liefen ihr aus den Augen, sie schien es gar nicht zu bemerken.

Etwas in Brent löste sich. Es war, als ob jemand die Kruste von einer schlecht verheilten Wunde abhob, um zu ergründen, wie viel Eiter noch darunter war. Plötzlich tat es wieder sehr weh, so schlimm wie seit Jahren nicht.

»Als ich wieder richtig denken und sprechen konnte, hab ich nach dir gefragt, und da sagten sie mir, du habest diesen reichen Typen geheiratet und seist mit ihm nach Europa gezogen. Ich hab dich sogar irgendwie verstanden. Als Quarterback bei den Saints hätte ich dir das Leben bieten können, das du gewohnt warst. Als Krüppel war ich nur noch Ballast. Ich dachte wirklich, dass ich ein Fall für den Rollstuhl war. Keiner – auch ich selbst nicht – glaubte damals, dass ich je wieder auf die Beine käme.«

Sie presste beide Hände vor den Mund, als könnte sie so das Zittern ihrer Lippen unter Kontrolle bringen.

»Ich hab mich dann später noch ein bisschen umgehört, weil ich wissen wollte, was aus … aus unserem Baby geworden ist, aber dann fand ich raus, dass es keins gab. Ich nahm an, du hättest es nicht mehr gewollt und deshalb …« Er verstummte. »Es tut mir leid, dass ich dir das unterstellt habe.« Hastig sprach er weiter. »Die Polizei hat schnell ermittelt, wer mich so zugerichtet hatte, denn ich konnte seine Visage und seine Tattoos gut beschreiben. Allerdings war er da schon über alle Berge. Bevor er abhaute, hatte er seine Kumpel noch zu einer Runde eingeladen und dabei mit Dollarbündeln nur so um sich geworfen. Anscheinend war er plötzlich zu ziemlich viel Geld gekommen. Danach wurde er lange nicht mehr gesehen. Nachdem er knapp zwei Jahre lang verschwunden war, tauchte er wieder auf, offensichtlich pleite, denn er hat ein paar Raubüberfälle begangen. Bei seinem letzten wurde er von Tallulah Harris erschossen. Sie war damals Police Officer im Streifendienst. Es gab eine interne Untersuchung, denn sie hatte ihr ganzes Magazin verballert, und zwar sehr treffsicher, alle Schüsse in Kopf und Brust. Tex hatte kein einziges Mal geschossen. Ein Kunde in dem Laden wollte sogar gesehen haben, dass Tex seine Pistole wegwarf, als sie auf ihn anlegte, doch die Aussage hatte keinen Bestand, denn nach mehreren Vernehmungen war der Zeuge sich plötzlich nicht mehr sicher. Folglich gab es kein offizielles Verfahren, die Akte wurde geschlossen.« Brent fuhr sich mit einer müden Bewegung über das Gesicht. »Das ist die ganze schäbige Geschichte.«

Cat saß stumm und mit angezogenen Knien da. Sie weinte unablässig, ihre Schultern zuckten vor unterdrückten Schluchzern. Brent setzte sich seufzend auf und zog sie in eine tröstende Umarmung.

»He, das ist zwölf Jahre her.«

»Für mich nicht. Ich hab das gerade alles zum ersten Mal gehört.« Sie sprach mit tränenerstickter Stimme, er konnte sie kaum verstehen.

»Tja, immerhin hast du jetzt eine Vorstellung davon, dass Tallulah Harris buchstäblich über Leichen geht, um ihre Ziele zu erreichen. Und im Moment besteht ihr Ziel darin, dir den Mord an deinem Vater anzuhängen. Und wenn sie das nicht schafft, wenigstens den an Mindy Robicheaux.«

»Soll sie es doch versuchen. Sie wird nichts finden.« Cat löste sich aus seiner Umarmung und wischte sich das Gesicht ab. In ihrer Miene spiegelten sich Verachtung und Zorn. »Sie kann gegen mich ermitteln, bis sie schwarz wird. Hoffentlich kriegt sie vor Ärger ein Magengeschwür.« Sie sah ihm eindringlich in die Augen. »Und was ist mit dir, Brent?«

»Was meinst du?«

»Teilst du Tallulahs Besessenheit, unbedingt Dads Mörder aufzuspüren? Bist du nicht froh und dankbar, dass er tot ist? Ich jedenfalls bin es. Das mag schrecklich klingen, denn schließlich war er bei allem, was er getan hat, immer noch mein Vater. Aber dass er damals nicht nur *mein* Leben zerstört hat, sondern auch mit seinem Blutgeld dafür sorgte, dass dieser Verbrecher dich …« Sie konnte nicht weitersprechen.

»Es lässt sich nicht mit letzter Sicherheit feststellen, dass dein Dad dahintersteckte. Es sind bisher nur Mutmaßungen. Hörensagen und Rückschlüsse. Aber keine Beweise.«

»Ich werde die Beweise finden«, sagte Cat entschlossen.

»Wie willst du das anstellen?«, fragte er, halb gerührt, halb belustigt über ihren Eifer.

»Indem ich mir Dads private Bank- und Kreditkartenunterlagen von damals ansehe. Es ist alles säuberlich archiviert und liegt unangetastet in unserem Haus in der

Magnolia Lane. Das FBI hat nur die Belege der letzten Jahre mitgenommen.«

»Glaubst du ernsthaft, er hat Tallulah damals einen Scheck für ihre … Unterstützung gegeben?« Brent lachte über diese absurde Idee, verstummte dann aber nachdenklich. Warum eigentlich nicht? Wer hätte es denn nachprüfen oder beanstanden sollen? Es war ja niemand da gewesen, der deswegen Nachforschungen anstellen konnte. Aus dem einfachen Grund, weil niemand einen Verdacht hegte. Sogar er selbst war damals davon ausgegangen, Tex hätte ihm einfach bloß die Brieftasche abknöpfen wollen, um sich Bares für Schnaps oder Crack zu beschaffen.

Hätte Cat ihm nicht die Sache mit den Fotos erzählt, wäre er nie auf die Idee gekommen, dass Tallulah da mit drinsteckte. Erst danach hatte er sich Tex' Akte vorgenommen und festgestellt, dass sie ihn höchstpersönlich gekillt hatte. Und ihre private Verbindung zu dem Kerl hatte er dann endgültig gestern verifiziert, als er einen früheren Nachbarn von Tallulahs Eltern aufgestöbert hatte, der jeden Eid schwor, dass Tallulah und Tex seinerzeit ständig knutschend und lachend in Tex' verrostetem Pick-up herumgekurvt waren.

»Dad hat praktisch alles mit Schecks bezahlt«, sagte Cat. »Und er hat immer die Empfänger notiert und die Belege aufgehoben. Das war schon in den letzten Jahren, bevor ich wegzog, eine feste Angewohnheit von ihm gewesen. Er hatte selten Bargeld dabei. Es bestand nämlich immer das Risiko, dass Reuben es ihm klaute.« Sie ließ ein verunglücktes Lachen hören.

»Ein Beleg über einen solchen Scheck wäre tatsächlich ein Beweis«, meinte Brent. »Zumindest würde das deine Position gegenüber Tallulah sehr verbessern.«

»Wieso *meine*? Es geht doch hier um dich! Um das, was sie dir angetan hat! Mit dem Scheck könntest du ihr Anstiftung zum Mord nachweisen!«

»Dafür fehlt das entscheidende Glied in der Beweiskette. Es gibt niemanden, der bezeugen kann, dass sie Tex das Geld von deinem Dad gegeben hat. Und vor allem nicht, wofür sie es ihm gab. Es ist völlig ausgeschlossen, sie deswegen noch dranzukriegen.« Er zögerte, dann fügte er unumwunden hinzu: »Aber man hätte eine Art Unterpfand. Damit könnte man sie zurückpfeifen, wenn sie bei ihren Ermittlungen auf Dinge stößt, die dich vielleicht schlecht dastehen lassen.«

»Was willst du damit sagen?«, fragte Cat befremdet. Ihre Augen verengten sich. »Du glaubst, ich könnte tatsächlich hinter den Morden stecken.«

»Im Moment glaube ich gar nichts. Ich habe keine Ahnung, wer für die Morde verantwortlich ist.«

Sie betrachtete ihn seltsam abwägend. »Mit anderen Worten, auch ich könnte es gewesen sein, oder?«

Er hielt es für besser, darauf nicht zu antworten, doch sie hatte sich anscheinend in das Thema verbissen.

»Brent, was würdest du denn tun, wenn sich herausstellt, dass ich tatsächlich schuldig bin?«

»Bist du's denn?«

»Das ist jetzt nicht die Frage. Sag mir, würdest du dann immer noch mit mir schlafen? Würdest du deine Prinzipien verraten und mir helfen, Beweise verschwinden zu lassen?« Ihre Stimme war leise, aber jedes Wort traf ihn wie ein Nadelstich. »Und wenn das alles nichts hilft und ich ins Gefängnis wandere – würdest du vergessen, dass du ein Special Agent des FBI bist? Würdest du dich zu mir bekennen, einer Verbrecherin? Zu dem, was uns früher verbunden hat und was heute zwischen uns ist?«

Ja, durchfuhr es ihn. Er wollte all das tun, was sie da gerade gesagt hatte, und er fühlte sich dabei wie im neunten Kreis der Hölle.

»Ich weiß es nicht, Cat. Ich weiß nicht, was ich dann tun würde.«

Sie glitt vom Bett und hob seine Sachen vom Boden auf, die er vorhin im Eifer des Gefechts dort fallen gelassen hatte. Mit einer heftigen Bewegung warf sie ihm alles vor die Brust. Einer seiner Schuhe traf ihn in die Rippen, er sog schmerzerfüllt die Luft ein.

»Hau ab, Brent.«

»Cat, ich …«

»Sofort«, fiel sie ihm schneidend ins Wort. »Ich gehe jetzt ins Bad. Wenn ich wieder rauskomme, bist du weg. Sonst rufe ich Tallulah Harris an und sage ihr, dass du mich belästigst.«

Türenknallend verschwand sie im Bad.

Niedergeschmettert blieb Brent für ein paar Augenblicke stehen und blickte zu Boden. Dann zog er sich schweigend an und ging.

Cat stand eine Weile mit geballten Fäusten da und atmete durch, nur um Haaresbreite davon entfernt, einen Wutschrei auszustoßen. Wie hatte sie nur derart dämlich sein können, so was wie Zuneigung, Vertrauen und Loyalität von ihm zu erwarten! Ihm war es doch von Anfang an nur darum gegangen, ein paar heiße Nummern mit ihr zu schieben, weil er gerade sowieso nichts Besseres zu tun hatte und weil es langweiligere Beschäftigungen gab!

Cat stützte sich auf dem Rand des Waschbeckens ab und starrte sich aufgewühlt im Spiegel an. Der Teufel sollte Brent LaVerne holen! Noch mal würde sie sich nicht von ihm flachlegen lassen!

Dann gestand sie sich jedoch selbstkritisch ein, dass ihre eigenen Motive für diese Treffen auch nicht gerade von hehrer Erhabenheit gewesen waren. Sie hatte den Sex genauso gewollt wie er, und sie hatte es außerdem als sehr vorteilhaft empfunden, über gewisse Entwicklungen bei den Ermittlungen auf dem Laufenden zu bleiben. Im Grunde konnte man sogar sagen, dass sie ihn mehr ausgenutzt hatte als umgekehrt. Seine anfängliche Zurückhaltung, was die Weitergabe von Ermittlungsergebnissen anging, hatte er weitestgehend aufgegeben. So hatte sie beispielsweise von ihm erfahren, dass die Auswertung der Überwachungsvideos am Fundort von Mindy Robicheaux' Leiche nichts ergeben hatte und dass es höchstwahrscheinlich dabei bleiben würde. Zur fraglichen Zeit waren einfach zu viele Leute dort vorbeigeströmt, darunter etliche mit Faschingsmasken oder Schirmkappen. Zudem lag der Fundort ziemlich weit von der Kamera entfernt und war deshalb auf den Aufnahmen nur undeutlich zu sehen. Nur Mindy Robicheaux hatte man zweifelsfrei auf den Bildern lokalisiert. An dem Tag, bevor man ihre Leiche fand, war sie hinter dem Paradewagen verschwunden und nicht wieder zum Vorschein gekommen. Das NOPD ging davon aus, dass sie sich dort versteckt hatte. Dabei war es reiner Zufall, dass man ihre Leiche so rasch gefunden hatte: Der Wagen sollte für einen Umzug gesäubert und frisch herausgeputzt werden. Anderenfalls hätte sie wohl wochenlang dort liegen können, ohne entdeckt zu werden.

Die Frage war zunächst gewesen, wie ihr Mörder sie dort aufgespürt hatte, aber auch dafür gab es bereits eine Erklärung. Man hatte bei Robicheaux zwar kein Mobiltelefon gefunden, aber sie hatte eines besessen, und beim Abfragen ihrer Verbindungsdaten bei der Telefongesellschaft war herausgekommen, dass sie kurz vor ihrem Tod von jemandem angerufen worden war. Demnach bestand eine hohe Wahrscheinlichkeit dafür, dass sie selbst den Mörder auf ihre Fährte gelenkt hatte, wobei es wiederum zwei Möglichkeiten gab – entweder hatte sie ihm ihren Aufenthaltsort verraten, etwa in der Annahme, ihm trauen zu können, oder er hatte ihren Standort mittels GPS geortet. So oder so – diese Spur führte ins Leere, denn die Nummer des Anrufers hatte zu einem Wegwerfhandy gehört.

Das wiederum hatte die Ermittlungen an anderer Stelle verstärkt, denn Maxim, dieser Volltrottel, hatte nach der Hausdurchsuchung in der Magnolia Lane sämtliche Familienmitglieder mit Prepaidhandys ausgestattet, begleitet von der verschwörerisch-wichtigtuerischen Verlautbarung, man müsse befürchten, dass alle Geräte, die das FBI in Besitz gehabt habe, nun mit Überwachungssoftware infiziert seien, sodass künftig nur ein anonymisiertes Handy eine sichere und private Art der Kommunikation ermögliche. Am besten, so sein Rat, besorge man sich jede Woche ein neues.

Nun liefen alle Bannisters mit Prepaidhandys herum, und als Cat es Brent gegenüber erwähnt hatte, war seine sarkastische Reaktion genauso ausgefallen wie erwartet – damit gerieten erst recht alle unter Verdacht.

Dass sie sich ebenfalls ein Wegwerfhandy angeschafft hatte, schien sich vordergründig in dieses Muster zu fügen, wenngleich sie es hauptsächlich deshalb getan hatte, um mit Brent heimlich Nachrichten auszutauschen und mit ihm telefonieren zu können. Er hatte es ihr sogar selbst empfohlen, nachdem er sich ebenfalls eines zugelegt hatte, und sie hatte nicht gezögert, es ihm gleichzutun. Im Gegensatz zu Maxim ahnte sie nicht nur, dass ihr reguläres Handy überwacht wurde – sie *wusste* es, denn Brent hatte es ihr gesagt. Er hatte ihr auch erklärt, dass die Behörde dafür keineswegs zuerst das Gerät in die

Finger kriegen musste – es funktionierte hervorragend aus der Ferne, man brauchte nur die Nummer und den Namen des Teilnehmers.

Cat runzelte die Stirn und streckte ihrem Spiegelbild die Zunge heraus. Wenn sie es recht bedachte, hatte er sie bisher wirklich sehr großzügig an seinen Erkenntnissen teilhaben lassen. Mangelndes Vertrauen oder illoyales Verhalten sah anders aus. Cat ging im Geiste noch einmal das Gespräch von vorhin durch, bis sie zu der Stelle kam, an der sie ausgerastet war. Schon möglich, dass er nicht wusste, wie er sich verhalten sollte, wenn ihre Schuld festgestellt würde. Aber ebenso gut war es möglich, dass er es sehr wohl wusste und es nur nicht zugeben wollte, weil er fürchtete, sich eine Blöße zu geben und dadurch am kürzeren Hebel zu sitzen. Brent LaVerne war nicht der Typ Mann, der es zuließ, dass andere die Spielregeln bestimmten oder ihn emotional dominierten. In manchen Dingen war er kompromisslos. Er war einfach … Brent.

Vielleicht sollte sie … Ja. Sie sollte es nicht zu persönlich nehmen, was er da zuletzt gesagt hatte. Bei der Vorstellung, ihn nicht mehr wiederzusehen, fühlte sie sich elend.

Cat ging unter die Dusche, seifte sich großzügig mit Duschgel ein und ließ sich vom heißen Wasser überströmen. Sie dachte an Brents grauenvolle Erlebnisse vor zwölf Jahren. Wie sehr er damals gelitten haben musste – weit schlimmer als sie! Bei dem Gedanken kamen ihr erneut die Tränen. Schniefend griff sie nach dem Badelaken und trocknete sich ab, ehe sie zurück ins Schlafzimmer ging, um sich was überzuziehen. Die Klimaanlage war wirklich die reinste Eisschleuder. Sämtliche Versuche, die Temperatur mit dem Regler auf ein erträglicheres Niveau zu bringen, waren nutzlos.

Sie nahm das Handy vom Nachttisch. Ihr Herz machte einen Satz, als sie sah, dass er ihr geschrieben hatte.

Sehr böse auf mich?

Sie schrieb spontan zurück: *Weiß nicht*. Und garnierte es mit einem Smiley.

Seine Antwort kam prompt. *Zieh dich nicht an, bin gleich wieder da.*

Sie grinste und legte den Bademantel, den sie gerade überziehen wollte, zur Seite.

Als es wenig später klopfte, ging sie nackt zur Tür, um ihm zu öffnen.

»Das ging ja wirklich schnell«, sagte sie lächelnd – um im nächsten Sekundenbruchteil entsetzt aufzuschreien. Der Mann, der sie brutal ins Zimmer drängte und die Tür hinter sich zuschlug, war nicht Brent.

Er war ungefähr in ihrem Alter, mittelgroß, bulliger Typ, Stirnglatze. Mehr bekam sie nicht mit, weil er sie sofort angriff. Er packte sie brutal um die Mitte und schleuderte sie aufs Bett.

»Wow«, keuchte er ihr ins Gesicht. »Du hast mich ja schon erwartet. Das nenne ich mal Service.«

Sie wehrte sich erbittert und schlug mit den Fäusten

auf ihn ein, biss und kratzte und versuchte, ihm die Finger in die Augen zu rammen. Doch er wich ihr aus und lachte nur. Mit glitzernden Augen betrachtete er ihre nackten Brüste.

»Was bist du für ein heißes Luder! Heute ist mein Glückstag.«

Sie wand sich kreischend, aber er hielt sie fest.

»Na, wie gefällt dir das?« Beim letzten Wort versetzte er ihr eine heftige Ohrfeige. Halb betäubt fiel sie aufs Bett zurück, während der Mann sich die Jeans runterzog. Sie schrie gellend, worauf er ihr einen Schlag auf den Mund verpasste. Sie schmeckte das Blut zwischen ihren Lippen und stöhnte. Erneut begann sie, ihn zu schlagen, doch er packte ihre Hände und drückte sie über ihrem Kopf in die Kissen. Er rammte ihr die Knie zwischen die Beine, und voller Panik spürte sie sein hartes Glied an ihrem Oberschenkel. Gott im Himmel, er würde sie vergewaltigen!

Krampfhaft versuchte sie sich in Erinnerung zu rufen, was sie über solche Situationen gelernt hatte. Vor Jahren hatte sie mit ihrer Freundin Geraldine in London einen Selbstverteidigungskurs besucht, mehr aus Spaß, weil Geraldine gemeint hatte, so was könne vielleicht noch nützlich sein.

Als der Kerl sich auf sie legte, tat sie instinktiv das Nächstbeste, das ihr einfiel, wobei sie nicht mal wusste, ob sie es damals in dem Kurs gelernt oder irgendwo im Kino gesehen hatte. Sie hob ruckartig den Kopf und knallte ihm ihre Stirn ins Gesicht. Ein vernehmliches Knacken war die Folge, entweder bei ihm oder bei ihr, das konnte sie nicht zuordnen, denn ihr wurde für einen Moment schwarz vor Augen. Aber sie hatte ihn anscheinend richtig erwischt, denn er fuhr fluchend zurück und hielt sich die Hand vor die Nase. Blut floss zwischen seinen Fingern hervor und tropfte auf ihren Bauch. Instinktiv rollte sie sich von ihm weg, immer noch benommen von dem Kopfstoß. Aufschluchzend rutschte sie vom Bett, doch der Typ hatte sich bereits wieder gefangen und packte sie.

»Du willst es richtig hart, was? Na warte, das kannst du haben! Ich werd's dir besorgen, dass dir Hören und Sehen vergeht! Du wirst tagelang nicht laufen können, Babe.«

Cat schrie aus Leibeskräften.

»Du dumme Ziege! Was soll das Gebrüll? Willst du, dass ich dich vorher bewusstlos schlage, oder was?«

Es hämmerte an der Tür.

»Hilfe!«, kreischte Cat.

Aus dem Hämmern wurde ein Krachen, und im nächsten Moment flog die Tür auf. Brent stand breitbeinig und mit gezückter Pistole da. »FBI. Hände über den Kopf und hinknien.«

Der Fremde glotzte ihn an.

»Ich sag's nicht noch mal!«, schrie Brent.

»Schon gut, Mann. Ich tu's ja. Nur die Ruhe!« Der Kerl sank langsam auf die Knie und hob die Hände über den Kopf.

Brent kam zu Cat geeilt und umfasste sie stützend mit einem Arm, ohne den Fremden aus den Augen zu lassen.

»Es geht schon«, schluchzte sie.

»Hat er … Hat das Schwein dich …«

»Nein, du bist gerade noch rechtzeitig gekommen.« Sie hockte sich aufs Bett, weil sie fürchtete, ohnmächtig zu werden. Ihr war übel, und der Geschmack des Blutes in ihrem Mund stülpte ihr den Magen um. Sie holte tief Luft, weil sie sich sonst übergeben hätte.

»He«, sagte der Fremde, der mit erhobenen Händen auf dem Teppich kniete. Das Blut strömte ihm nur so über den Mund und das Kinn. Er leckte es ungeduldig weg und spuckte es aus. »Das hier ist ein Missverständnis. Sie wollte es, Mann. Die Schlampe wollte es so.«

»Nur ein Wort noch, und ich schieße dir in deine hässliche Visage. Ich brauche nur einen klitzekleinen Grund, um dich abzuknallen, glaub mir.« Brent ging mit der Waffe im Anschlag auf den Mann zu, trat ihm in den Rücken und drückte ihn gewaltsam der Länge nach auf den Boden, bis er bäuchlings vor ihm lag. »Hände auf den Rücken.«

Der Mann gehorchte, und Brent legte ihm Handschellen an. Er versäumte es auch nicht, dem Kerl seine Rechte zu erklären, während Cat mit angezogenen Beinen auf dem Bett saß und haltlos vor sich hin schluchzte.

Brent kam zu ihr und setzte sich neben sie. »Cat«, sagte er, so leise, dass der Kerl ihn nicht verstehen konnte. »Er kann dir nichts mehr tun. Es ist wichtig, dass du dich für einen Moment beruhigst und mir zuhörst. Kennst du den Typen? Hast du ihn vorher schon mal gesehen?«

Sie schüttelte verstört den Kopf.

»Okay«, flüsterte er dicht an ihrem Ohr. »Ich werde jetzt die Polizei rufen, die wird ihn mitnehmen und einbuchten. Wir müssen uns aber vorher eine plausible Erklärung ausdenken, warum ich hier bin. Du wirst sagen, du hättest keinen blassen Schimmer, wieso ich auf einmal ins Zimmer platzte. Ich werde sagen, dass ich dich im Zuge meiner Ermittlungen observiert habe. Dann habe ich den Kerl reingehen sehen und bin ihm gefolgt, woraufhin ich deine Hilfeschreie hörte und die Tür eingetreten habe. Danach werden wir uns sicherheitshalber erst mal nicht mehr treffen.« Er umfasste ihr Kinn und sah ihr ins Gesicht. »Alles klar so weit? Schaffst du es?«

Sie nickte. Ihr Kopf schmerzte bei der Bewegung, und unwillkürlich betastete sie ihre Stirn. Dort wuchs eine Riesenbeule heran. Zitternd schlang sie die Arme um sich und blickte zu dem Typen hinüber. »Ich möchte nur schnell hier weg.«

»Natürlich.« Er legte ihr den Bademantel um die Schultern. »Ich bestelle dir woanders ein Zimmer und bringe dich sofort nach der Untersuchung hin.«

»Was für eine Untersuchung?«, fragte sie verschreckt.

»Zur Beweissicherung. Er hat versucht, dich zu vergewaltigen, Cat. Auf deinem Körper ist sein Blut und jede Menge andere DNA. Außerdem solltest du deinen Kopf röntgen lassen. Diese Beule sieht übel aus.«

Sie schauderte, sah aber ein, dass es unumgänglich war. Doch bei der Aussicht, anschließend den Rest der Nacht allein in einem Hotelzimmer zu verbringen, erwachte Panik in ihr. Mit dem Ärmel des Bademantels wischte sie sich die Tränen ab. »Wenn das vorbei ist, will ich zurück in die Magnolia Lane. Wenigstens fürs Erste.«

»He, Officer, ich schwöre, dass die Frau es so haben wollte«, meldete sich der Mann, der nach wie vor auf dem Bauch lag und mit nach hinten verrenktem Kopf zu ihnen herüberspähte. Seine Nase blutete noch immer und tropfte den Teppich voll. Als Cat es sah, musste sie ein Würgen unterdrücken.

»Halt's Maul, oder ich stopf es dir«, drohte Brent. Damit Cat den Anblick des Mannes nicht mehr ertragen musste, half Brent ihr ins Bad. Sie erbrach sich in die Toilette, und er hielt ihr den Kopf. Danach wollte sie umgehend in die Dusche steigen. Ihr Bedürfnis nach Unmengen von heißem, sauberem Wasser war übermächtig, obwohl sie vorhin nach Brents Verschwinden schon eine halbe Ewigkeit geduscht hatte. Er hinderte sie sanft daran. »Das darfst du erst nach der Untersuchung.« Er schloss sie fest in die Arme und hielt sie eine Weile, bis ihr Zittern nachließ.

Dann setzte sie sich fröstelnd auf den Toilettendeckel und wartete mit geschlossenen Augen, während Brent den Notruf wählte und die Polizei informierte.

12

Bei der einige Tage später stattfindenden Lagebesprechung in den Büroräumen des NOPD präsentierte Tallulah Harris die aktuellen Ermittlungsergebnisse, und das, was dabei herauskam, war für Brent wie ein Schlag ins Gesicht. Er erkannte sofort, welchen Zweck diese Inszenierung verfolgte. Tallulah hatte wohlweislich ihre Neuigkeiten für diesen einen Moment aufgespart, damit sie ihm gegenübersitzen und ihn genau beobachten konnte, wenn sie ihr neues Kaninchen aus dem Zylinder zog.

Bei dem Gespräch war außer Brent und Milo auch eine Beamtin der *Special Victims Section* zugegen, ferner ein Agent vom örtlichen Field Office des FBI, außerdem Hightower und natürlich Tallulah Harris, die einen ungewöhnlich aufgeräumten Eindruck machte.

»Die gute Nachricht vorab«, sagte sie, die rot geschminkten Lippen zu einem Lächeln verzogen. »Wir haben es *nicht* mit einem Fall versuchter Vergewaltigung zu tun. Tatsächlich haben wir den Mann schon wieder gegen Kaution laufen lassen. Die Anklage wird wahrscheinlich höchstens für Körperverletzung reichen.«

Brent erstarrte und versuchte, Haltung zu bewahren. Sein Drang, Cats Peiniger in kleine Stücke zu schneiden, hatte in den letzten Tagen kaum nachgelassen. Es hatte ihn äußerste Beherrschung gekostet, das Arschloch nicht schon im Motel zu kastrieren. »Das kann nicht Ihr Ernst sein, Detective Harris. Ich habe den Mann auf frischer Tat ertappt. Cathleen Bannister wurde ärztlich untersucht. Es wurden Prellungen und Hämatome diagnostiziert und jede Menge DNA von dem Kerl an ihrem Körper sichergestellt.«

»Nun ja, Agent LaVerne, dieser Fall ist ein gutes Beispiel dafür, dass nicht immer alles so ist, wie es scheint«, meinte Tallulah gönnerhaft. Sie wandte sich an ihre Kollegin aus der Abteilung für besondere Gewaltkriminalität, die unter anderem für Fälle von Vergewaltigung zuständig war. »Miriam, würdest du den Agents die Sachlage erläutern?«

Die Frau nickte. »Gern. Agent LaVerne, Agent Stone, wir haben es mit einer sogenannten verabredeten Vergewaltigung zu tun. Grob gesagt geht es dabei um Personen, deren sexuelle Vorliebe im Ausleben besonderer Gewaltfantasien besteht. Solche Fantasien können beispielsweise beinhalten, das Opfer einer Vergewaltigung zu sein. Oder die Rolle des Vergewaltigers einzunehmen. Der spezielle Kick besteht darin, die Situation, in welcher der gewalttätige Sex letztendlich stattfindet, so authentisch wie möglich zu gestalten. Wie einen echten Überfall.«

»Abgefahren«, entfuhr es Milo. Er wandte sich an Brent. »Hast du gewusst, dass es so was Schräges gibt?«

Brent schwieg mit grimmig zusammengepressten Lippen und wartete darauf, dass die Beamtin mit ihren Erklärungen fortfuhr.

»›Opfer‹ und ›Täter‹ verabreden sich in solchen Fällen meist im Internet. Man trifft sich in speziellen Chats. Oder man bucht eine professionell agierende Person auf bestimmten einschlägigen Seiten für Geld. In diesem Fall war es so, dass Cathleen Bannister diesen jungen Mann … na ja, sie hat ihn zu sich ins Motel bestellt.«

»Niemals«, fuhr Brent dazwischen. »Ich habe sie gesehen. Sie war völlig fertig. So sieht keine Frau aus, die sich freiwillig auf so was einlässt.«

»Das will nichts heißen«, meinte die Beamtin. »Es gehört durchaus zu diesem Rollenspiel, sich hinterher wie ein Opfer zu benehmen.«

»Das ist Unsinn! So eine ist sie nicht!«

»Woher willst du das denn wissen?«, warf Tallulah freundlich ein. Sie musterte ihn unter träge gesenkten Lidern. »Du kennst sie doch gar nicht näher. Oder doch?«

Brent spürte, wie Milo ihn besorgt von der Seite ansah. Er straffte sich. »Ich traue mir genug Menschenkenntnis zu, um ein echtes Opfer von einem vermeintlichen unterscheiden zu können.« Er blickte die Beamtin an und fragte kühl: »Wie sehen die Beweise aus?«

»Ziemlich wasserdicht. Der Beschuldigte hat uns seinen Laptop mitsamt allen Verbindungsdaten zur Verfügung gestellt. Die Untersuchung des Browsercache hat ergeben, dass die Bestellung von einem anonymen Mailaccount kam. Aber die IP-Nummer konnte bereits zugeordnet werden. Sie gehört zum Anschluss der Firmenzentrale von Bannister Enterprises in der Lafayette Street. Und das Geld wurde von Cathleen Bannisters PayPal-Konto überwiesen.«

Wie erschlagen saß Brent da und versuchte, diese ungeheuerlichen Tatsachen in irgendeinen plausiblen Zusammenhang zu bringen. »Jemand hat sie reingelegt«, sagte er schließlich.

»Wie sollte das denn bitte funktionieren?«, erkundigte Tallulah sich höhnisch.

»Na ja, so schwer ist das nicht«, mischte Hightower sich ein. »Mit einem Trojaner auf ihrem Notebook könnte man in ihrem Namen Geld überweisen und eine Vergewaltigung frei Haus bestellen. Wenn jemand ihr was richtig Übles wollte, wäre das eine tolle Methode.«

»Und wie soll so ein Trojaner auf ihr Notebook kommen?«, wollte Tallulah wissen. »Auf meinem Notebook gibt es keinen. Weil ich einen anständigen Virenschutz habe. Und ich verwette mein letztes Geld, dass sie auch einen hat!«

»Der beste Virenschutz nützt nichts, wenn jemand direkten Zugriff auf die Hardware hat.« Hightower zeigte auf seinen Laptop, der aufgeklappt vor ihm stand. »Also auf das Gerät selbst. Miss Bannister trägt ihr Notebook sicher nicht pausenlos mit sich herum. Jeder, der es irgendwo bei ihr zu Hause oder an ihrem Arbeitsplatz stehen sieht, kann es in ihrer Abwesenheit hochfahren und schnell per Stick eine entsprechende Software aufspielen. Und *voilà*, schon hat er vollen Zugriff auf alle Daten und Accounts, auch die vertraulichen.«

»Ich will ja nicht aus dem Nähkästchen plaudern«, warf Milo ein. »Aber so was geht auch ohne Stick.«

Er zog ein wenig den Kopf ein, als Tallulah ihn mit wütenden Blicken aufspießte.

»Ist schon klar, Agent Stone«, sagte Hightower. »Aber wir reden ja hier nicht über die Möglichkeiten von FBI oder NSA, sondern über das, was normale Privatleute hinkriegen.«

»Es könnte irgendwer aus der Firma gewesen sein«, meinte Brent. »Oder aus der Familie. Oder ein Konkurrent. Den bisherigen Ermittlungen zufolge wollen ihre Verwandten unbedingt, dass sie die Firma an Tarquin St. John verkauft, ihren Exmann. Er ist einer der größten Bauunternehmer Louisianas und will sich Bannister Enterprises schon seit Jahren unter den Nagel reißen. Jemand könnte ihr das angetan haben, um sie derart aus der Bahn zu werfen, dass sie ihre Absicht, die Firma weiterzuführen, aufgibt und nach London zurückkehrt.«

Brents Kollege vom Field Office, der bisher geschwiegen hatte, klinkte sich in die Unterhaltung ein. »Man sollte noch eine andere Variante in Betracht ziehen. Wäre es nicht denkbar, dass Cathleen Bannister uns mit dieser Nummer alle austricksen und von sich ablenken will? Als Opfer eines Verbrechens wirkt man selbst gleich viel weniger verdächtig.«

»Das ist eine brillante Hypothese«, sagte Tallulah. »Eine bewährte Masche. Der Täter, der sich als Opfer stilisiert.«

Brent versagte es sich, ihr und den anderen mitzuteilen, was er darüber dachte. Stattdessen hielt er sich an die Fakten und zählte sie einzeln auf. »Cathleen Bannister war in London, als ihr Vater umgebracht wurde. Sie kam erst zu seiner Beisetzung nach New Orleans. Zachary Bannisters Anwälte informierten sie erst einen Tag nach seinem Tod vom Ableben ihres Vaters, und da erfuhr sie auch zum ersten Mal, dass sie die Haupterbin war. Mit anderen Worten, sie hatte erstens überhaupt kein Motiv, ihn zu ermorden, und zweitens war sie zum Tatzeitpunkt Tausende Meilen weit entfernt. Woraus will man denn um Himmels willen bei dieser Sachlage eine Tatbeteiligung herleiten?«

»Ich fürchte, mit diesen Erkenntnissen bist du nicht ganz auf dem neuesten Stand.« Tallulah setzte sich aufrecht hin. In ihren Augen funkelte es, und unversehens erkannte Brent, dass ihr großer Moment erst jetzt bevorstand. Das bisherige Gespräch war nur der Auftakt für das eigentliche Finale gewesen.

»Wir haben ein bisschen Detektiv gespielt«, fuhr sie geschäftig fort. »War nicht ganz leicht, denn in England lässt es sich von New Orleans aus nicht so leicht ermitteln. Aber manchmal tut es auch die gute alte Polizeiarbeit vor Ort, also hier bei uns. Heute kamen die Resultate rein. Es sind ganz frische Neuigkeiten, und Sie alle hier sind nach mir die Ersten, die es erfahren.«

Damit stellte sie vorsorglich klar, dass Brent sich diesmal nicht bei Brinckley beschweren konnte.

»Bisher stand für uns außer Frage, dass Cathleen Bannister einen Tag nach dem Tod ihres Vaters von dessen Anwälten per Mail informiert wurde und anschließend zur Beisetzung anreiste«, erklärte Tallulah. »Zunächst bestand auch kein Grund, das anzuzweifeln, weil wir dank der Durchsuchungsaktion des FBI den betreffenden Mailwechsel vollständig vorliegen hatten und auf den ersten Blick alles sehr nachvollziehbar aussah. Das Büro der Kanzlei hatte ihr sogar eine passende Flugverbindung rausgesucht und ihr eine gute Reise gewünscht, und sie hat sich in ihrer letzten Antwortmail freundlich dafür bedankt und mitgeteilt, sie werde rechtzeitig zur Beisetzung da sein. Deshalb ist von uns auch niemand auf den Gedanken gekommen, sie zu fragen, wo sie sich zur Tatzeit aufgehalten hat. Wir glaubten ja zu wissen, dass sie da noch in London war.« Tallulah machte eine bedeutungsvolle kleine Pause, um mit ihren nächsten Worten eine bessere Wirkung zu erzielen. »Tatsächlich war sie zu diesem Zeitpunkt bereits in New Orleans.«

»Wow«, sagte Brents Kollege aus dem Field Office. »Sie haben die Quellcodes der Mails checken lassen, was?«

»Ganz recht. Sobald klar war, dass sie die Mails nicht von London, sondern von New Orleans aus geschickt hatte, haben wir uns an die Arbeit gemacht. Als Erstes haben wir bei den Airlines nachgeforscht. Cathleen

Bannister hatte einen United-Flug von London Heathrow mit Umsteigen in Houston.« Tallulah legte eine weitere dramatische Pause ein. »Und zwar am Todestag ihres Vaters. Ihre Maschine landete planmäßig um 18.37 Uhr in New Orleans. Der Eingang des Notrufs von Mindy Robicheaux, mit dem sie den Zusammenbruch von Zachary Bannister meldete, erfolgte um exakt 22.45 Uhr. Die Ambulanz traf etwa acht Minuten später ein und versuchte, Zachary Bannister wiederzubeleben, bekanntlich vergebens. Als Zeitpunkt des Todes ist in den Akten 22.57 Uhr vermerkt.« Tallulah blickte von ihren Unterlagen auf und schaute Brent direkt an. »Zu dieser Zeit hielt sich Cathleen Bannister bereits seit über vier Stunden in New Orleans auf.«

»Wahnsinn«, sagte Milo ehrfürchtig. »Das nenne ich wirklich mal gute alte Polizeiarbeit.«

Tallulah ließ sich von seinem Einwurf nicht aus der Ruhe bringen. »Das war noch nicht alles. Meine Leute haben daraufhin die Hotels der Umgebung abgeklappert und dabei festgestellt, dass Cathleen Bannister in einem Hotel eingecheckt hatte, das nur drei Blocks von Miss Robicheaux' Wohnung entfernt liegt. Im nächsten Schritt haben wir die Verbindungsdaten von Zachary Bannisters Firmenanschluss geprüft. Wie sich herausstellte, hatte er einen Tag vor seinem Tod eine bestimmte Festnetznummer in England angerufen. In London, um genau zu sein. Diese Nummer gehört zu Cathleen Bannisters dortiger Wohnung.« Sie beugte sich vor und legte beide Hände flach auf den Tisch, als wollte sie ihren Besitz abstecken. »Ich würde sagen, das ist Grund genug, um der Dame mal etwas persönlicher auf den Zahn zu fühlen, was meinen Sie?«

13

Cat erschien zwei Tage später mit einem Anwalt in Deputy Superintendant Brinckleys Büro und erklärte, sie habe eine Vorladung erhalten und wolle im Fall ihres ermordeten Vaters Zachary Bannister eine Aussage machen. Der sichtlich verblüffte Polizeichef ließ umgehend Tallulah Harris herbeizitieren und bat dann Cat sowie ihren Anwalt, auf den Besucherstühlen vor seinem Schreibtisch Platz zu nehmen.

Der Anwalt hatte Cat vorhergesagt, dass es so laufen würde und dass sie im Büro von Chief Brinckley sowie in dessen Anwesenheit über die Sache reden würden. Brinckley hätte die Besucher auch ans Morddezernat verweisen können, denn normalerweise befasste er sich nicht selbst mit aktuellen Ermittlungsaufgaben, aber mittlerweile hatte der Fall hohe Wellen geschlagen und war damit gleichsam zur Chefsache geworden. Irgendwer hatte alle wichtigen Informationen an die Presse durchgestochen. Diverse Printblättchen und Onlinemagazine überboten sich gegenseitig in ihren jüngsten Ausgaben mit reißerischen Artikeln über den sogenannten Liebestod, der gar keiner war, nicht zu vergessen die ebenfalls ermordete Geliebte des Opfers, deren Leben und Sterben gleichsam über Nacht zum Gegenstand ebenso lebhafter wie lüsterner Spekulationen geworden war.

Im Zuge dieser Aufdeckungen hatten offenbar einige Reporter tiefer gegraben und dabei herausgefunden, dass auch das FBI mit dem Fall befasst war und wegen schwerer Wirtschaftsverbrechen in mehreren US-Staaten gegen Bannister Enterprises ermittelte. Die Rede war von mindestens hundert Millionen Dollar Schaden. Erpressung, illegale Auftragsbeschaffung, Sabotage – es wurde nichts ausgelassen, bis hin zu bestechlichen Politikern und korrupten Cops. Der Unterschied zwischen Wahrheit und Mutmaßung war wie immer bei solchen Skandalen fließend oder gar nicht erst vorhanden. Und die Berichterstattung war gerade erst angerollt, wahrscheinlich würde es noch wochenlang so weitergehen.

Zum großen Hauptthema aber war die »Vergewaltigung« der Tochter des Ermordeten avanciert – der Typ, der über sie hergefallen war, hatte sich nicht entblödet, einem bekannten Schmierblatt ein detailliertes Interview zu geben, natürlich unter Wahrung seiner Anonymität. Seitdem dürsteten die einschlägigen Medien nach weiteren delikaten Einzelheiten.

Den ganzen Tag lungerten in der Magnolia Lane Typen mit Handyteleskopstangen und Teleobjektiven herum und versuchten, die Familienmitglieder durch die Fenster zu fotografieren oder sie abzufangen, sobald sie ins Freie kamen. Sie hatten sogar schon die arme Annie belagert, die damit drohen musste, die Polizei zu rufen. Cat hatte sich eine unauffällige dunkelblonde Perücke zugelegt und verließ das Haus nur noch durch die Hintertür. Bisher war es ihr gelungen, der Meute zu entkommen.

May Belle hatte weniger Glück gehabt. Am Vormittag war sie bei einem Einkaufsbummel im French Market von einem Reporter vor eine Kamera gezerrt worden. Hinterher war sie heulend nach Hause gekommen und hatte sich mit Beruhigungstabletten vollgestopft. Anschließend hatte sie keine Erinnerung mehr daran gehabt, was sie dem Reporter alles gesagt hatte. Reuben hatte dazu mit beißender Ironie bemerkt, dass es keine Rolle spiele, da sie es vermutlich ohnehin aus den Sieben-Uhr-Nachrichten erfahren würden.

Cats Affäre mit Brent war auf wundersame Weise das Einzige, das nicht publik geworden war. Es war nicht mal herausgekommen, dass Brent derjenige gewesen war, der sie vor diesem Schwein gerettet hatte. Nicht zuletzt aus diesem Grund war Cat davon überzeugt, dass Tallulah selbst das Leck im NOPD war. Brents und Cats Geheimnis hatte sie – vermutlich sehr zu ihrem Leidwesen – für sich behalten müssen, denn sonst wäre unweigerlich auch der dunkle Fleck aus ihrer eigenen Vergangenheit ans Licht gekommen. Das konnte sie nicht riskieren. Dieser Fall war ihr großer Run.

»Miss Bannister, lassen Sie mich Ihnen sagen, wie leid mir die ganze aktuelle Entwicklung tut«, sagte Chief

Brinckley mit routiniertem Bedauern. »Wir haben bereits interne Untersuchungen eingeleitet, um herauszufinden, wie all diese Informationen an die Presse gelangen konnten. Leider kann ich Ihnen keine großen Hoffnungen machen, dass wir dabei Erfolg haben werden. Es waren einfach zu viele Beamte mit den Ermittlungen befasst. Zudem sind ja auch andere Behörden involviert, in denen ebenfalls zahlreiche Mitarbeiter tätig sind.«

Damit spielte er dezent auf die Beteiligung des FBI an. Cat zweifelte nicht daran, dass er im Zweifel dort den Schwarzen Peter abladen würde. Sie ahnte, dass die internen Ermittlungen gegen seine eigenen Leute höchstens pro forma geführt wurden, zumal keine noch so gründliche Untersuchung an der Situation etwas ändern konnte.

Bedauernde Worte wegen des Überfalls fand der Chief nicht, obwohl niemand Cats Verletzungen übersehen konnte. Das in allen Farben schillernde Veilchen war nur teilweise unter der Sonnenbrille verborgen, die sie seither auch in geschlossenen Räumen trug. Ihre aufgeplatzte Lippe, der riesige blaue Fleck an der Stirn – das waren nur die Stellen, die trotz reichlich Make-up und Puder sofort jedem ins Auge stachen. Ihr übriger Körper sah ähnlich lädiert aus.

Doch was ihre Blessuren anging, durfte der Chief natürlich keine Anteilnahme zeigen, denn es stand ja der Vorwurf im Raum, dass sie sich all das selbst zuzuschreiben hatte.

Mit leicht unbehaglicher Miene ordnete Brinckley einige Unterlagen auf seinem Schreibtisch. Als es an der Tür klopfte, war er sichtlich erleichtert.

»Da sind Sie ja, Detective Harris.« Er deutete auf den letzten freien Stuhl vor seinem Schreibtisch. »Nehmen Sie Platz.«

Cat starrte ausdruckslos in die Luft, als Tallulah die Anwesenden mit förmlicher Höflichkeit begrüßte, ehe sie sich neben Cats Anwalt niederließ, sodass dieser zwischen den beiden Frauen saß. Cat hatte mit Bedacht den Stuhl an der Wand gewählt – auch dazu hatte der Anwalt ihr vorher geraten. Er war gut vorbereitet und sehr erfahren. Und sehr teuer. Es hieß allgemein, er sei in solchen Angelegenheiten der beste Fachmann, der in New Orleans für Geld zu haben war. Sie war froh, ihn an ihrer Seite zu haben, denn allein hätte sie vielleicht die Situation nicht beherrschen können. Schon gar nicht, wenn sie jetzt diesem Miststück Tallulah Harris Rede und Antwort stehen musste.

Sie krampfte die Hände um ihre Umhängetasche und drückte ihre Knie zusammen, weil sie fürchtete, man könnte sonst das Zittern sehen.

Brinckley räusperte sich. »Ich schlage vor, wir beginnen gleich.«

Tallulah rückte ihren Stuhl ein wenig herum, sodass sie Cat ansehen konnte, während sie ihre Fragen stellte. »Vorab möchte ich Sie darauf hinweisen, dass diese Unterhaltung aufgezeichnet wird.«

Cat zuckte nur die Achseln. Der Anwalt hatte ihr erklärt, dass es üblich war. Unbewegt sah sie zu, wie Tallulah das Aufnahmegerät auf dem Schreibtisch ausrichtete und in Betrieb setzte.

Nach den üblichen Präliminarien zu ihren Personalien beantwortete sie Tallulahs Fragen so, wie sie es vorher mit dem Anwalt durchgegangen war.

»Ja, es trifft zu, dass ich schon nach New Orleans kam, bevor mein Vater starb. Er hatte mich tags zuvor in London angerufen und mich dringend gebeten, sofort zu ihm zu kommen. Er sagte, er müsse mir sehr wichtige Dinge mitteilen.«

»Hat er Ihnen gesagt, um welche Dinge es sich handelt?«

»Nein, das sagte er nicht.«

»Was sagte er sonst noch?«

»Er bedauerte es sehr, dass ich so viele Jahre nicht nach Hause gekommen war. Wir wollten uns am Morgen nach meiner Ankunft treffen und hatten uns zum Lunch verabredet. Er kam nicht. Stattdessen erhielt ich eine Mail von seinen Anwälten, die er beauftragt hatte, mich im Falle seines Todes sofort zu informieren und mich von seinem Testament in Kenntnis zu setzen. Ich glaube, diese Mail und das angehängte Testament kennen Sie bereits.«

Darauf ging Tallulah nicht ein, sondern kam zu ihrer zentralen Frage. »Warum haben Sie in Ihrer Antwort an die Anwaltskanzlei nicht erwähnt, dass Sie zu der Zeit bereits in New Orleans waren?«

»Ich sah dazu keine Notwendigkeit. Es war eine rein geschäftliche Korrespondenz.«

»Aber die Kanzleisekretärin hatte Ihnen sogar eine Flugverbindung herausgesucht!«

»Das war sehr nett von ihr, und ich habe mich auch bei ihr dafür bedankt, aber ich hatte sie nicht darum gebeten. Ich fand, es ging sie nichts an, dass ich schon vorher nach New Orleans gekommen war, um mich mit meinem Vater zu treffen. Das war sehr privat. Nicht mal die Familie hat davon gewusst. Also, warum sollte ich es einer Anwaltssekretärin mitteilen, die ich überhaupt nicht kannte?«

Tallulah sah aus, als hätte sie in eine Zitrone gebissen.

»Gab es denn einen Grund, warum Sie all die Jahre nicht ein einziges Mal nach Hause gekommen sind, Miss Bannister?«

»Ich denke, das tut nichts zur Sache, Detective«, sagte der Anwalt.

»Ich möchte dazu was sagen, denn es ist gar kein Geheimnis«, widersprach Cat. Auch das hatte sie mit dem Anwalt abgestimmt. »Mein Vater und ich hatten uns entzweit. Er gab mir die Schuld am Tod meiner Mutter. Sie hat sich das Leben genommen.«

»Ihretwegen?«, wollte Tallulah wissen.

»Unterlassen Sie bitte solche Fragen, Detective!«, fuhr der Anwalt dazwischen. Es war nur Schau, aber das konnte Tallulah ja nicht wissen.

»Wirklich, Harris«, meinte Brinckley unangenehm berührt. »Das gehört nicht zum Fall.«

Cat beantwortete dennoch die Frage. »Natürlich hat meine Mutter *nicht* meinetwegen Selbstmord begangen. Sie war schwer depressiv. Leider hat mein Vater damals die Zusammenhänge verkannt. Er glaubte, dass meine Lebensweise der suizidalen Veranlagung meiner Mutter Vorschub leistete. Ich bin wie viele junge Mädchen damals sehr gern ausgegangen und war oft unterwegs.«

Es wunderte Cat nicht, wie geflissentlich Tallulah diesen Punkt überging. Er gehörte zu ihrer gemeinsamen No-go-Area in der Vergangenheit.

Aber die Frage, die als nächste kam, war auch nicht ohne. »Warum sind Sie trotz dieses tiefen Zerwürfnisses sofort der Bitte Ihres Vaters gefolgt und nach New Orleans geflogen, obwohl er Ihnen am Telefon keine Gründe nennen wollte?«

»Er klang sehr verzweifelt.«

»Wie jemand, der sich bedroht fühlt oder in Gefahr ist?«

»Nein, eher so, als stünde er unter einer enormen Spannung. Gleichzeitig wirkte er auf seltsame Weise … hilflos.«

»Wie ein Mensch, der nicht mehr klar denken kann?«

»Nein. Ich meinte das im Sinne von fatalistisch.«

Tallulah runzelte die Stirn, und Cat fügte alles andere als subtil hinzu: »Das bedeutet so viel wie schicksalsergeben.«

»Ich weiß, was das bedeutet«, gab Tallulah patzig zurück. »Mich irritierte gerade nur die Tatsache, dass Sie zwölf Jahre lang kein Wort von sich hören lassen und jegliche Kontaktaufnahme ignorieren, und dann muss Ihr Vater nur ein einziges Mal anrufen und Sie verzweifelt und schicksalsergeben um Ihr Kommen bitten – und schon steigen Sie in den nächsten Flieger. Finden Sie das nicht auch ein wenig seltsam?«

Cat wandte sich an den Anwalt. »Hatte ich nicht gerade auf diese Frage schon ausführlich geantwortet?«

»Das scheint mir in der Tat so. Wir können die Aufnahme abspielen und uns vergewissern.«

»Nicht nötig«, schnappte Tallulah. Sie setzte zu einer anderen Frage an, doch Cat unterbrach sie.

»Ich möchte zu Ihrer letzten Bemerkung noch was sagen, Detective. Es mag Ihnen vielleicht seltsam vorkommen, dass ich mich nach all den Jahren plötzlich entschieden habe, meinen Vater zu treffen und mir von Angesicht zu Angesicht anzuhören, was er mir so dringend sagen wollte. So unvermutet nach so langer Zeit mit ihm zu sprechen – das hat etwas in mir ausgelöst. Er war immer noch mein Vater. Und er hat mich förmlich angebettelt zu kommen. Also habe ich beschlossen, nach New Orleans zu fliegen.« Ruhig fügte sie hinzu: »Im Übrigen hat es auch zeitlich in meine Pläne gepasst. Ich hatte schon vorher Urlaub eingereicht, weil ich eine Freundin in New York besuchen wollte. Das können Sie jederzeit verifizieren.« Cat unterbrach sich. »Ach, ich vergaß. Das haben Sie ja schon getan. Sie kennen alle meine privaten Mails der letzten Jahre, nicht wahr? Sie überwachen mein

Handy, lesen mein Notebook aus, setzen Leute auf mich an, die mich observieren. Und für meine Familie gilt dasselbe. Sie sind in unsere intimsten Lebensräume eingedrungen, und dabei hat keiner von uns sich etwas zuschulden kommen lassen.«

Tallulah wurde tatsächlich rot. Auch Brinckley war es sichtlich peinlich. Er rutschte unruhig auf seinem Chefsessel herum und schien zu überlegen, ob er sich noch einmal für die unerhörte Indiskretion der unbekannten Person entschuldigen sollte, die sogar diese sensiblen Informationen an die Presse lanciert hatte. Aber er blieb stumm, denn offenbar war ihm gerade bewusst geworden, dass es hier nicht um die Schnüffeleien der Presse ging, sondern um die der Ermittlungsbehörden.

»Eine Frage habe ich noch, Miss Bannister. Wo haben Sie sich nach Ihrer Ankunft in New Orleans für den Rest des Tages aufgehalten?«

»Nach der Landung war ich sehr müde. Ich bin gleich ins Hotel und habe mich hingelegt. Dann habe ich bis zum nächsten Morgen geschlafen.«

»Kann das jemand bezeugen?«

»Ich war allein. Aber ich vermute, die Lobby ist videoüberwacht. Die Aufnahme wird sicher zeigen, dass ich mit dem Aufzug nach oben gefahren und erst am nächsten Morgen wieder heruntergekommen bin.«

Tallulahs saure Miene bewies, dass all das bereits vom NOPD gecheckt worden war. Cat konnte sich in allen Einzelheiten vorstellen, wie Tallulah und ihre Leute sich deswegen die Köpfe heiß geredet hatten. Obendrein handelte es sich um ein Hotel, das noch altmodische Zimmerschlüssel ausgab. Die Verwendung einer Türkarte wäre digital erfasst und zentral aufgezeichnet worden, das ging bei einem schlichten Schlüssel nicht.

Nach Lage der Dinge konnten sie ihr nichts anhaben. Alles in allem hatte Tallulah aus der Tatsache, dass Cat schon vor dem Tod ihres Vaters in New Orleans eingetroffen war, erstaunlich wenig Kapital schlagen können. Unterm Strich hatte Cat dank ihres Hotelaufenthalts sogar ein besseres Alibi als der Rest ihrer Familie.

Bei dem Mord an Mindy Robicheaux war es genau umgekehrt. Da hatte sie nicht mal ein schlechtes Alibi, sondern gar keins. Sie hatte zu Protokoll gegeben, dass sie sich am fraglichen Nachmittag in der Magnolia Lane oben in ihrem Mansardenzimmer aufgehalten hatte. Zwischendurch war sie auch mal nach unten gegangen, um sich in der Küche etwas zu essen herzurichten, aber dabei hatte keiner sie gesehen. Annie hatte ihren freien Tag gehabt, und von der Familie war ihr an dem Nachmittag ebenfalls niemand begegnet.

Wahrscheinlich machte auch dieses Nicht-Alibi Tallulah rasend, weil es ihren Handlungsspielraum lähmte. Jede beliebige andere Angabe hätte sie infrage stellen und zerlegen und bis in die kleinste Verästelung nachprüfen können. Aber ausgerechnet diese eine nicht.

Auch jetzt hatten sich ihre hochgesteckten Erwartungen wieder zerschlagen. Ihre Enttäuschung war ihr deutlich anzumerken. Ihre Fragen wurden aggressiver und irrelevanter, und Cats innere Gelassenheit nahm im selben Maße zu wie Tallulahs Frust.

Brinckley rutschte indessen immer ungeduldiger auf seinem Stuhl herum. Schließlich erklärte der Anwalt mit professioneller Autorität die Unterredung für beendet. Niemand erhob Einwände.

14

»Da ist schon wieder einer von diesen Kerlen. Ich dachte, wir wären diese Pest los.« Maxim marschierte mit auf dem Rücken verschränkten Händen im Salon auf und ab, eine nervtötende Angewohnheit, die in Cat den Drang weckte, die bisher recht angenehme gemeinsame Kaffeepause vorzeitig zu beenden und wieder nach nebenan zu verschwinden, um mit ihrer Arbeit fortzufahren. Sie hatte sich einen Stapel Unterlagen aus dem Büro schicken lassen und wollte heute noch alles durchgehen. Dads Arbeitszimmer, die frühere Bibliothek des Hauses, war jetzt ihr Reich – wenn sie nicht in der Firma war, erledigte sie alle anfallenden Aufgaben hier. Sie traf sich dort sogar mit Firmenangestellten, wenn wichtige Besprechungen anstanden. Es war ein praktisches Arrangement, weil sie auf diese Weise Zeit sparte und vor allem nicht in der Stadt herumfahren musste. Die meisten Reporter hatten sich zwar verzogen, aber einige lauerten immer noch in der Nähe des Hauses herum, was auch der Grund für Maxims derzeitige Unruhe war – gerade eben war einer der Typen am Straßenrand aufgetaucht und brachte sein Teleobjektiv in Stellung.

»Beachte ihn doch einfach gar nicht«, empfahl Cat.

»Cat hat recht«, sagte May Belle. »Setz dich wieder hin und trink deinen Kaffee.«

»Dein ständiges Herumlaufen stört mehr als der Reporter«, stimmte Randolph zu.

»Von da draußen sieht er sowieso nichts«, meinte Reuben. »Der Winkel stimmt nicht. Er müsste schon auf den Baum klettern.«

Tatsächlich hatten das bereits einige der Paparazzi getan. Einer war dabei heruntergefallen und hatte sich das Bein gebrochen. Seitdem hatten die übrigen von solchen Turnübungen Abstand genommen.

Die letzten paar Tage hatte sich die Lage dann deutlich entspannt – ein Spieler der Saints hatte eine Affäre mit einem weltbekannten Model, die Tochter eines Stadtverordneten hatte sich als bisexuell geoutet, eine alte Frau hatte unter einer Brücke zehn Kilo Koks gefunden, und zwei Morde in Terry Town nährten den Verdacht, dass dort vielleicht ein Serienkiller sein Unwesen trieb. Die Bannisters hatten die für sie angenehme Erfahrung machen dürfen, dass nichts so unwichtig war wie die Sensation von gestern.

Zugleich hatte die vergangene Woche dazu beigetragen, dass sie sich einander angenähert hatten. Der Druck von außen hatte sozusagen die Fliehkräfte im Inneren kompensiert. Mittlerweile hatte Cat sich mit der Familie arrangiert. Es war nicht die pure Harmonie, aber wenigstens eine Art Burgfrieden. Sie aßen zusammen zu Abend und tranken gemeinsam Kaffee, und hin und wieder sprachen sie sogar über Probleme. May Belle hatte tatsächlich recht gehabt – sie hatten sich wohl gegenseitig einfach nur ein bisschen mehr Zeit geben müssen. Ihre Schwester hatte ihr eigenhändig eines der Zimmer im ersten Obergeschoss hergerichtet und dafür gesorgt, dass es Cat dort an nichts fehlte.

Der Überfall auf Cat hatte alle schockiert, sogar Opal hatte sich mitfühlend geäußert, eine für ihre Verhältnisse völlig unerwartete Reaktion. Auch Cats sonst immer so sarkastischer Bruder hatte sich betroffen gezeigt. Reuben hatte ihr stumm die Hand auf die Schulter gelegt, und dann hatte er sie unvermittelt an sich gezogen und sie fest gedrückt.

Nur in einem Punkt würden sie wohl nie eine gemeinsame Basis finden, und das war die Firma. Abgesehen von Onkel Randolph war die Familie nach wie vor der Meinung, sie solle das Unternehmen an Tarquin verkaufen. Natürlich waren sie auf das Geld aus, von dem sie sonst nie was sehen würden. Im Grunde war es ein ganz legitimes Anliegen, zumal ein Verkauf im Augenblick lukrativer wäre denn je. Tarquin hatte sein Angebot nochmals entscheidend erhöht und eine sogar nach objektiver Wertung unwiderstehliche Summe genannt. Er konnte es sich leisten, großzügig zu sein, denn er hatte sich den Mall-Auftrag geschnappt. Bannister Enterprises war aus dem Rennen, seit die Presse sich über den Fall hergemacht hatte. Kein seriöser Investor würde mit einer Firma

Geschäfte machen, der das FBI im Nacken saß. Auch das diente der Familie als Argument dafür, das Unternehmen rasch loszuwerden, bevor es im Zuge eines Wirtschaftsstrafverfahrens womöglich an einer millionenschweren Strafe bankrott ging.

Doch Cat war weit davon entfernt, hinzuschmeißen und Tarquin das Feld zu überlassen. Nach dem Überfall hatte sie keine Pause eingelegt, sondern sich sofort wieder in die Arbeit gestürzt. Sie hatte abgenommen, schlief zu wenig und war oft reizbar. Zum Dauerzustand durfte das auf keinen Fall werden. Aber sie war fest entschlossen, es durchzuziehen. Keiner konnte mehr behaupten, dass sie von diesem Metier nichts verstand. Für das Tagesgeschäft hatte sie Teams gebildet, die ihr zuarbeiteten, und neue Entscheidungen wurden in regelmäßigen Briefings und Rundmails mit den Geschäftsführern aller wichtigen Abteilungen abgestimmt.

Dabei hatte sie festgestellt, dass Randolph recht gut mit den meisten Vorgängen vertraut war und in den vergangenen Jahren viel für das Fortkommen der Firma geleistet hatte. Auch Maxim war stark in die Firmenprozesse eingebunden und machte einen ordentlichen Job, was sie anfangs verwundert hatte, weil sie von seiner Spielsucht und seiner Vorliebe für starke Drinks wusste und ihn deshalb eher für eine Art Frühstücksdirektor gehalten hatte. Doch anscheinend konnte er Privates und Dienstliches auseinanderhalten. Er verstand eine Menge von Bilanzrecht, Personalverwaltung und Finanzwirtschaft.

Nur Reuben war für die Firma ein glatter Reinfall. Er tat, soweit Cat es bisher hatte ergründen können, überhaupt nichts, und dafür bezog er auch noch ein recht üppiges Gehalt. Onkel Randolph hatte Cat anvertraut, dass ihr Dad das so eingerichtet hatte, weil er davon überzeugt war, dass Reuben sonst sofort wieder auf die schiefe Bahn geraten würde. Cat hatte es vorläufig so akzeptiert, auch wenn sie sich vorgenommen hatte, irgendwann einmal mit Reuben ein ernsthaftes Gespräch über seine Stellung zu führen.

Eine andere Sache würde sie auch zur Sprache bringen müssen, und zwar sehr viel entschiedener – Opal gab einfach zu viel Geld aus. Cat war bei der Prüfung der Bankauszüge fast in Ohnmacht gefallen. Mittlerweile hatte sie einen Online-Zugang zu Dads Privatkonto, von dem Opal sich wie aus einer unaufhörlich sprudelnden Quelle vollsog. Sie warf mit den Schecks nur so um sich.

Im Augenblick schien es, als hätte sie in den letzten Tagen abermals ein Vermögen ausgegeben. Vom laufenden Konto waren binnen einer Woche über zwanzigtausend Dollar verschwunden, und Cat hatte sich genötigt gesehen, es mit Entnahmen aus den Firmendividenden aufzufüllen, weil der Überziehungsrahmen ausgereizt war. So konnte es definitiv nicht weitergehen.

Opal saß mit Cat und den Übrigen an der Kaffeetafel und ließ sich einen mit reichlich Puderzucker bestreuten Beignet schmecken. Sie betrieb auf lässige, freundliche Weise Konversation. Ihre Biestigkeit hatte sie weitgehend abgelegt, anscheinend hatte sie sich mit der neuen Situation arrangiert. Die schwarze Kleidung war passé, vermutlich war ihr der Look langweilig geworden. Von Trauer war bei ihr nicht viel zu spüren, im Gegenteil – das Leben als Witwe schien ihr zu behagen, sie war regelrecht aufgeblüht. Während Cat unter dem Einfluss von zu viel Stress und Arbeit an Gewicht verlor und sich in der Gegenwart von Männern immer farbloser vorkam, präsentierte Opal sich in lebenspraller, hollywoodreifer Sinnlichkeit. Sie kultivierte diese Mischung aus Glamour und Pin-up durch atemberaubende Kleider und High Heels, und sobald sie ins Zimmer kam, war sie der große Hingucker. Nicht, dass es Cat allzu sehr gestört hätte; das Einzige, was ihr daran missfiel, war der dafür nötige finanzielle Aufwand. Nach langen Jahren im Londoner West End hatte sie ein Auge für teure Mode.

Das Kleid, das Opal an diesem Nachmittag trug, war ein Modell von Marc Jacobs, und ihre Füße steckten in brandneuen Louboutins. Das Halstuch sah nach Hermès aus – und alles zusammen nach mindestens zehntausend Dollar. Über den Schmuck wollte Cat gar nicht erst nachdenken.

Seufzend ließ sie ihren restlichen Kaffee stehen und entschuldigte sich bei den anderen, um wieder in die Bibliothek zu gehen. Die Arbeit machte sich nicht von allein.

Sie las ein Gutachten über die Erschließung neuen Baulands in Savannah und widmete sich dem Abschlussbericht eines Projektleiters in Alabama. Bannister Enterprises expandierte seit etwa zwei Jahren sehr stark – vielleicht zu stark, denn das war sicher einer der Gründe für die bestehenden Schwierigkeiten. Expansionen funktionierten in diesem Gewerbe nur mit aggressivem Marktverhalten. Und dabei hatte jemand eindeutig die Grenzen der Legalität überschritten. Die Ermittlungen des FBI basierten keineswegs auf irgendwelchen dubiosen Vermutungen, sondern auf handfesten Verdachtsmomenten, das war Cat inzwischen klar, auch ohne dass Brent es ihr hätte erläutern müssen. Sie hatte längst begonnen, die faulen Triebe an diesem Baum aufzuspüren. Im Moment sammelte sie noch die nötigen Informationen, aber die nächsten Schritte standen schon fest. Beteiligte Mitarbeiter mussten rausgeworfen, die Geschäftsbeziehungen zu korrupten Partnern gekappt, verseuchte Projekte notfalls rückabgewickelt oder storniert werden – und das möglichst alles, bevor die behördlichen Untersuchungen über das Stadium laufender Ermittlungen hinausgelangen konnten.

Das FBI hatte eine Menge Unterlagen beschlagnahmt, aber es gab immer noch keine Anklage, und außer dem Mitarbeiter einer Spedition in Mobile war auch noch niemand festgenommen worden. Dass die Ermittlungen in der Presse breitgetreten worden waren, hatte vermutlich einige Schuldige dazu gebracht, blitzartig in ihren Löchern zu verschwinden und unsichtbar zu bleiben. Seither gab es keinerlei auffällige Aktivitäten mehr.

Aber es waren genug Altfälle zur Aufarbeitung vorhanden. Cat hatte die Konditionen geprüft, zu denen besagte Spedition für Bannister Enterprises tätig war, und sofort den Zusammenhang zwischen der dort verübten Sabotage und dem neuen Vertrag entdeckt.

Bei anderen Projekten war sie auf weitere Unregelmäßigkeiten gestoßen. Hier eine plötzliche Baugenehmigung, von der niemand geglaubt hatte, dass sie noch käme. Dort der unerwartete Zuschlag in einer Ausschreibung, auf die keiner was gegeben hatte. Ein dubioser Fall von Vandalismus, der dem Unternehmen eine horrende Entschädigung der Versicherung eingebracht hatte. Wenn man nicht vorher gewusst hätte, wonach man suchen musste, wäre einem nichts aufgefallen, aber je tiefer man bohrte, umso mehr stank dieser Sumpf.

Die Spuren, denen Cat folgte, konnten keiner bestimmten Person in der Firma zugeordnet werden. Die unterschiedlichsten Projektmanager hatten die betroffenen Bauvorhaben betreut und die Zusammenarbeit mit den in Rede stehenden Firmen koordiniert. Zwischendurch waren im Zuge reger Fluktuation auch immer wieder neue Manager tätig geworden, tatsächlich waren kaum zweimal dieselben Leute in Erscheinung getreten. Es würde sehr schwer werden, hier ein einheitliches Muster zu finden und diejenigen dingfest zu machen, die hinter diesem Muster steckten. Über die eigentlichen Absprachen und illegalen Deals gab es logischerweise nichts Schriftliches, und auch an den Finanzströmen auf den Firmenkonten war nichts Auffälliges festzustellen. Es musste schwarze Kassen geben. Cat hatte den Verdacht, dass diese Aktivitäten gleichsam an der Firma vorbei stattgefunden hatten, fast so, als gäbe es eine geheime Außenstelle.

Onkel Randolph half ihr bei ihren Untersuchungen, so gut er konnte. Er teilte ihre Meinung, dass die Konzernleitung so schnell wie möglich dafür sorgen musste, den angerichteten Schaden zu beseitigen. Aber dafür mussten sie sich zuerst eine komplette Übersicht verschaffen und herausfinden, womit sie es zu tun hatten.

Als sie sich tief in Gedanken die nächste Akte vornahm, klopfte es an der Tür. Es war Onkel Randolph.

»Kann ich reinkommen?«

»Sicher. Ich hab eben an dich gedacht.«

»Hoffentlich nur Gutes.«

»Klar.« Sie lächelte ihn leicht erschöpft an.

Er erwiderte ihr Lächeln, aber seine Besorgnis war nicht zu übersehen. »Ich will dich nicht bei der Arbeit stören, Cat. Aber ich hatte vorhin den Eindruck, dass dich was bedrückt. Es hat mit Opal zu tun, oder?«

Cat nickte zögernd. »Wie bist du darauf gekommen?«

Er grinste flüchtig. »Man hat es daran gemerkt, wie du ihre neuen Schuhe mit den roten Sohlen angesehen hast.«

Sie beschloss, ihm reinen Wein einzuschenken, da er es ohnehin schon ahnte.

»Onkel Randolph, sie gibt ein Vermögen für ihre privaten Bedürfnisse aus. Es ist nicht so, als würde ich es ihr neiden, dass sie sich schöne Klamotten kauft, aber die Summen, die sie verbraucht, passen einfach nicht zu …«

Cat hielt inne, weil sie nicht auf Anhieb die richtigen Worte fand. »Sie passen nicht zu ihren Ressourcen«, schloss sie diplomatisch.

»Du meinst, als Ehefrau des Tycoons Zack Bannister konnte sie es sich erlauben, das Geld zu verprassen, aber als seine Witwe, die vom Erbe ausgeschlossen ist, müsste sie von Rechts wegen deutlich kleinere Brötchen backen«, stellte Randolph launig fest. »Trifft das ungefähr den Kern des Problems?«

»Ziemlich genau sogar.« Sie nahm einen der Stifte vom Schreibtisch und drehte ihn zwischen den Fingern hin und her, eine Geste, die ihre Ratlosigkeit zum Ausdruck brachte. »Ich kann das nicht einfach so weiterlaufen lassen, weißt du. Es wäre May Belle und Reuben gegenüber nicht fair. Gut, Reuben kriegt sein Geld anscheinend ebenfalls fürs Nichtstun. Aber erstens gehen diese Beträge von den Firmenkonten ab und sind daher Betriebskosten, und zweitens sind sie vom Umfang her nicht mal annähernd mit dem zu vergleichen, was Opal verbraucht. Dagegen hat May Belle die letzten Jahre keinerlei Zuwendungen von Dad erhalten, abgesehen von kleineren Summen zum Geburtstag oder zu Weihnachten. Sie lebt von Maxims Gehalt, und nach allem, was ich sehe, verdient er es sich durch harte Arbeit. Genau wie du übrigens. Dir stünde sicher mehr zu.«

Er zuckte die Achseln. »Mir reicht mein Gehalt und meine Pension vom Marine Corps. Ich habe keinen Sinn für noblen Lebensstil.«

»Das kann man von Opal leider nicht sagen.«

»Was wirst du tun? Sie auf kalten Entzug setzen?«

»Darauf wird es wohl hinauslaufen, wenn ich gerechte Verhältnisse schaffen will. Alle sollten möglichst gleich behandelt werden. Ich denke, der Fairness halber werde ich ihr denselben monatlichen Betrag zuweisen wie Reuben. Und ihr im Übrigen die Kontovollmacht entziehen.«

Randolph nickte bedächtig. »Ich schätze, dass du dir das gut überlegt hast.«

»Ich habe mir die Entscheidung wirklich nicht leicht gemacht. Zuerst dachte ich, es würde auch so funktionieren und Opal würde ihre Ausgaben runterschrauben, denn sie kennt ja nun mittlerweile Dads Testament schwarz auf weiß und hat gesehen, dass er sie vom Erbe ausgeschlossen hat. Aber sie hat letzte Woche eher noch mehr verpulvert als vorher.«

»Wie viel mehr?«

Sie sagte es ihm, und er pfiff durch die Zähne. »Das ist in der Tat ein hübscher Batzen.« Er runzelte die Stirn. »Vielleicht versucht sie, sich ein finanzielles Polster anzulegen, falls sie irgendwann in der Zukunft ihre Zelte in der Magnolia Lane abbricht.«

»Das ist mir auch schon durch den Kopf gegangen. Aber so funktioniert es nicht. Sie kann nicht einfach … Onkel Randolph, sie ist bloß zwei Jahre älter als ich! Sie hat jahrelange Berufserfahrung als Büromanagerin, sie hat Stil und Geschmack und ein selbstsicheres Auftreten …«

»Mit anderen Worten, sie sollte sich mal aufs Arbeiten verlegen und für sich selber sorgen«, fasste Randolph ihre Gedanken in Worte. Er schmunzelte. »Selten war ich mit einem Menschen so sehr einer Meinung wie in diesem Moment.«

»Danke für deine moralische Unterstützung.«

»Immer gerne.« Er machte Anstalten, die Bibliothek wieder zu verlassen, doch dann blieb er an der Tür stehen und blickte sie ernst an. »Cat, bist du sicher, dass du das alles schaffst? Du müsstest mal ein bisschen ausspannen. Ich habe den Eindruck, dass die ganze Situation dich sehr belastet.«

Dem konnte sie schlecht widersprechen. »Es kann einen schon stressen, während der Arbeit die ganze Zeit das FBI auf den Fersen zu haben und nicht zu wissen, ob man das Unternehmen je wieder richtig sauber kriegt.«

»Bist du sicher, dass es nur das ist? Mir scheint, du hast auch noch anderen Kummer.«

»Wahrscheinlich steckt mir noch der Überfall in den Knochen«, meinte sie. »Und dieser dämliche Versuch des NOPD, mich mit den Morden in Verbindung zu bringen. Aber ansonsten ist wirklich alles mit mir in Ordnung.« Sie wusste nicht, ob ihre Lüge glaubhaft klang, aber Randolph gab sich damit zufrieden.

»Verzeih, wenn ich dir auf die Nerven gehe. Ich bin gleich weg.« Er öffnete die Tür und lächelte sie entschuldigend an, und in diesem Moment sah er Dad so ähnlich, dass sich ihr Inneres für einen Moment zusammenkrampfte. »Nur eins musst du mir vorher noch versprechen – arbeite nicht mehr so viel, ja? Wir kommen mit den Untersuchungen gut voran, du kannst dir ruhig eine Pause gönnen. Nimm dir mal einen Tag frei.«

»Ich überleg's mir.«

»Nein, versprich es mir. Du musst unbedingt ausspannen. Warum nicht gleich morgen? Schlaf dich aus, geh spazieren – ganz egal, Hauptsache, du siehst dabei keine Firmenunterlagen.«

»Na gut«, gab sie nach. »Ich verspreche es.«

15

Der Himmel hing wie eine umgedrehte Schüssel aus Blei über ihm, während Brent sich auf dem holprigen Weg bis zum befahrbaren Rand der Ortschaft vorankämpfte. Die Stoßdämpfer des Wagens ächzten protestierend, als er die letzte Abzweigung in Richtung Bayou nahm und schließlich dort, wo es nur zu Fuß weiterging, zwischen ein paar von Moos überwucherten Zypressen anhielt. Er nahm vorsorglich die Taschenlampe mit, als er sich auf den Weg zur Hütte machte. Noch gab es genügend Tageslicht, aber die Sonne würde bald untergehen – soweit man überhaupt davon sprechen konnte, denn Brent hatte die Sonne in den letzten Tagen nur selten gesehen. Nicht nur, weil er die meiste Zeit des Tages in den Asservatenkammern des Field Office bergeweise kopierte Akten und kilometerlange Mailwechsel, Orderlisten, Projektberichte und Anrufprotokolle durchforscht hatte, sondern weil sich der Hochsommer in Louisiana gerade von seiner hässlichsten Seite zeigte. Der Himmel war durchgehend wolkenverhangen, und es war heiß und feucht wie in einem Dampfbad. Brent hatte das Jackett im Wagen gelassen und die

Ärmel seines Hemds hochgerollt, doch das half nicht viel. Die Luftfeuchtigkeit betrug über siebzig Prozent, und sobald man sich ins Freie begab, wurde man von den beklemmenden dunstigen Schwaden förmlich erschlagen. Es war windstill und drückend wie immer an diesen Hundstagen, und Brent verfluchte sich selbst, seinen Großvater, die verdammten Sümpfe und überhaupt alles, was ihm an diesem anbrechenden Augustabend das Leben schwermachte.

Auf dem Weg zur Hütte wurde es immer schwüler, und in der Ferne war Donnergrollen zu hören. Das spiegelglatte Wasser des vor ihm liegenden Bayou kräuselte sich unter einem leichten Wind, und im nächsten Moment öffneten sich die Schleusen des Himmels. Ein Wolkenbruch erster Güte rauschte auf ihn nieder, und Brent versuchte sich an einem Sprint, um nicht völlig durchnässt zu werden. Das Ergebnis bestand darin, dass ihm hinterher das rechte Knie wehtat, eine Langzeitfolge der Begegnung mit Jarrod Tex. Das Wettrennen gegen den Regen hätte er sich auch sparen können, denn er wurde voll von dem Schauer erwischt. Als er die Veranda der Hütte endlich erreicht hatte, triefte er von Kopf bis Fuß. Fluchend strich er sich das tropfende Haar aus der Stirn.

»Grandpa?« Er sah sich nach dem Alten um. Auf der Veranda war er nicht, der Schaukelstuhl war leer. Der Hund lag daneben und wedelte kurz mit dem Schwanz, als Brent vorbeikam. Drinnen in der Küche simmerte über kleiner Flamme schwarzer Kaffee in einer Blechkanne. Das Zeug dampfte vermutlich schon seit Stunden vor sich hin, es war bis auf einen zähen Rest eingekocht. Brent stellte den Gaskocher aus und fluchte erneut. Der Alte würde noch alles hier abfackeln.

Er ging ins Bad und nahm sich eines der Handtücher, die er beim letzten Mal gewaschen hatte. Während er sich Haar und Gesicht trocken rubbelte, schaute er sich um. Alles sah halbwegs ordentlich aus. Der Boden war gefegt, der Staub auf den Wandborden erträglich, die Küchenschränke sauber. Er öffnete den Kühlschrank. Kein Schimmel, keine verdorbenen Lebensmittel, nur ein paar Büchsen Bier, eine Dauerwurst, ein paar Eier. Die Frau, die er engagiert hatte, damit sie hier nach dem Rechten sah und regelmäßig den gröbsten Dreck beseitigte, hatte gute Arbeit geleistet.

»Grandpa?« Er ging wieder hinaus auf die Veranda. Es regnete immer noch wie aus Kübeln, aber das würde nicht lange anhalten. Er würde das Ende des Schauers abwarten und dann wieder gehen. Bevor er in die Stadt zurückfuhr, würde er ein paar Kneipen abklappern und dort suchen. Der Alte war wahrscheinlich auf Sauftour gegangen. Brent hatte beim letzten Besuch seine Alkoholvorräte beseitigt und den uralten Destillator verschwinden lassen. Damit konnte er seinen Großvater zwar nicht daran hindern, sich in der nächsten Bar volllaufen zu lassen, aber wenigstens bestand dabei kein Risiko, dass er sich mit selbst gebranntem Fusel ins Koma soff.

Er füllte Trockenfutter in einen Napf und stellte ihn

dem Hund hin, der sofort hungrig darüber herfiel. Wie es schien, war er an diesem Tag noch nicht gefüttert worden. Brent tätschelte dem Tier den Nacken, zog die Hand aber sofort wieder zurück, denn schon bei der ersten Berührung sprangen ihm die Flöhe entgegen. Er musste daran denken, beim nächsten Mal ein Flohhalsband zu besorgen.

Brent setzte sich in den Schaukelstuhl. Von dort aus starrte er in den strömenden Regen. Der Bayou hatte sich unter dem Geprassel in eine aufgewühlte, surreale Szenerie aus Sprühnebel, Dampf und Dämmerung verwandelt. Unweit des Ufers gabelte sich der sumpfige Wasserlauf vor einer von Mangroven überwucherten schmalen Insel. Brent erschien es fast wie ein Symbolbild für den Scheideweg, an dem er sich befand. Vor ihm lagen zwei Wege, ein richtiger und ein falscher. Er konnte nur auf einem davon weitergehen und musste sich entscheiden, welchen er wählte. Dummerweise wusste er nicht, welcher dieser beiden Wege der richtige war.

Er fragte sich die ganze Zeit, warum keiner vom NOPD auf die naheliegende Möglichkeit gekommen war. Brent hatte die Protokolle studiert. Sie hatten sich natürlich die Videoaufnahmen aus dem Hotel angesehen, aber ohne Ergebnis – Cat hatte ihnen nicht den Gefallen getan, in der Lobby aufzutauchen. Daraufhin hatte sich Tallulahs Vermutung darauf konzentriert, dass sie die Hintertreppe benutzt haben musste. Es gab eine Außentreppe, die auch als Feuerleiter diente, aber sie führte in einen von Mauern abgeschirmten Hof ohne Videoüberwachung.

Auch die Vernehmung im Büro von Chief Brinckley hatte nichts ergeben. Sofern Tallulah darauf gehofft hatte, Cat auf dem falschen Fuß erwischen zu können, hatte sie sich schwer getäuscht. Cat hatte sich mit keiner Silbe verraten. Brent hatte sich die Abschrift ihrer Aussage angesehen. Sie hatte einen ausgefuchsten Anwalt engagiert, der alles richtig gemacht hatte. Tallulah war hinterher überzeugter denn je, dass sie log, und damit hatte sie recht. Nur reichte ihre Fantasie nicht, um logisch weiterzudenken. So akribisch sie vorher ermittelt hatte – an dieser Stelle hatte ihr Gespür versagt. Brent kannte dieses Phänomen, es trat häufig auf, wenn man sich besonders tief in einen Fall vergraben hatte und wie besessen auf alle noch so unwichtigen Details achtete, aber dabei das Naheliegende außer Betracht ließ. Es gab sogar einen wissenschaftlichen Namen dafür: Unaufmerksamkeitsblindheit.

Der Fairness halber musste er allerdings einräumen, dass er selbst auch erst ein paar Tage später darauf gekommen war. Es hatte ihm den Boden unter den Füßen weggezogen, als er seinen Verdacht bestätigt fand, und seither konnte er nicht aufhören an das zu denken, was Cat in ihrer letzten gemeinsamen Nacht zu ihm gesagt hatte.

Würdest du deine Prinzipien verraten und mir helfen, Beweise verschwinden zu lassen? Würdest du vergessen, dass du ein Special Agent des FBI bist?

Ein, zwei Tage konnte er es noch hinauszögern, länger

auf keinen Fall. Er musste eine Entscheidung treffen. Aber zuerst musste er sie sehen.

Sein Handy summte, und er ging dran. Es war Milo, der sich ziemlich aufgeregt anhörte.

»Wo steckst du die ganze Zeit? Ich versuche schon seit Stunden, dich zu erreichen!«

»Ich bin in den Swamps bei meinem Großvater.«

»Halt dich fest, Alter – es gab eine Lebensversicherung für Zack Bannister! Und zwar eine, bei der so mancher gern zur Giftspritze greifen würde. Zehn Millionen!« Milo hielt inne. »Und jetzt rate, wer bei dieser Versicherung als Begünstigter eingesetzt wurde!«

Brent musste nicht raten, es drängte sich von allein auf. »Cat Bannister.«

»Bingo. Tallulah ist völlig aus dem Häuschen, sie tanzt hier schon Samba vor lauter Freude!«

»Wie hat sie davon erfahren?«

»Durch Cathleen Bannister selbst. Sie kam heute Nachmittag mit ihrem Anwalt aufs Präsidium und hat's erzählt. Sie behauptet, sie hätte nichts davon gewusst. Ihrer Aussage nach war es so, dass die Versicherungsdokumente eine ganze Weile in ihrer Wohnung in London herumlagen, zusammen mit der anderen Post, die sich dort seit ihrer Abreise angesammelt hatte. Ihre Zugehfrau hat dann wohl alles auf ihre Bitte hin in einen Umschlag gesteckt und ihr nach New Orleans geschickt. Heute kam es bei ihr an, und da hat sie gesehen, dass sie auf einmal deutlich reicher ist als vorher. Wenn man jetzt noch die Firma mitrechnet, die sicher zusätzlich hundert Millionen bringt, ist sie eine richtig gute Partie.« Milo lachte hämisch. »Abgesehen davon, dass sie definitiv mit einem Bein im Knast steht.«

»Gab es in Zack Bannisters persönlichen Unterlagen keine Police oder so was? Eigentlich hätte die Familie doch darüber Bescheid wissen müssen. Und wir demzufolge auch.«

»Ich sagte doch gerade, er hat die Police nach London schicken lassen.«

»Du hast von *Dokumenten* gesprochen. Aber wenn damit die Police gemeint ist, handelt es sich um einen frischen Versicherungsvertrag.«

»Taufrisch. Zwei Tage vor seinem Tod abgeschlossen. Bannister hat die Prämie mit seiner Kreditkarte bezahlt. Weil die Abrechnung erst nächsten Monat kommt, konnte uns bei seinen Bankbelegen auch kein Saldo auffallen. Und ich kann dir sagen, diese Versicherung hat wirklich einen Haufen Geld gekostet. Allein davon könnte unsereiner schon lebenslang in Rente gehen.«

»Und die Police ging ihr tatsächlich erst nach ihrer Abreise zu?«

»Sagt *sie*.«

»Das lässt sich anhand des Versanddatums bei der Versicherungsgesellschaft nachprüfen. Was wäre, wenn es stimmt? Wie will man ihr dann widerlegen, dass sie davon nichts wusste?«

»Da hast du einen Punkt«, gab Milo zu. »Ich hab's Tallulah schon gesagt, aber du kennst sie ja. Sie ist irgendwie … manisch, was diesen Fall betrifft.«

»Reicht das, was sie hat, für einen Haftbefehl?«

»Nein.« Milo seufzte. »Das kann Brinckley sich nicht erlauben. Nicht nach diesem Debakel mit der undichten Stelle im NOPD. Und du hast schon recht – wenn die Versicherungspolice wirklich erst nach ihrer Abreise in Cathleen Bannisters Briefkasten landete, kann man ihr nicht beweisen, dass sie vorher was davon wusste. Außerdem hat sie schon einen sehr wirksamen Schutzschirm ausgefahren, der jeden zum Schweigen bringt, der es wagt, ihr Raffgier vorzuwerfen. Sie hat Chief Brinckley informiert, dass sie die Versicherungssumme, sobald sie zur Auszahlung kommt, vollständig der Kinderkrebsstation des University Medical Center of Louisiana stiften wird. Stell dir den Presserummel vor, wenn sie zu Unrecht in Untersuchungshaft gesteckt würde. All die armen krebskranken Kinder! Brinckley müsste sich ein Loch graben und bis ans Ende seiner Tage darin verschwinden. Nein, daraus wird nichts. Solange es keine Beweise dafür gibt, dass sie das Blaue vom Himmel runterlügt, kommt sie ungeschoren davon. Wohlgemerkt – vorläufig. Wir kriegen sie noch, davon bin ich überzeugt.«

Brent hatte einen bitteren Geschmack im Mund. »Gibt es sonst noch was?«

»Ja«, sagte Milo zufrieden. »Dies ist anscheinend der Tag der Enthüllungen. Vor einer Stunde kam hier die Nachricht rein, dass der Kerl, der in Mobile die Trucks dieser Spedition sabotiert hat, im Zuge seines Deals mit der Staatsanwaltschaft heute ausgesagt hat, dass sein Auftraggeber Zachary Bannister persönlich war. Mit jemand anderem hatte er nie zu tun. Und noch etwas habe ich vorhin erfahren – ich hab dir die Mail schon weitergeleitet. Anscheinend ist es dem Field Office in Houston gelungen, den Beamten von der Baubehörde weichzukochen. Du weißt schon, der Typ, der die Genehmigung für den Bau dieses großen Stadtzentrums erteilt hatte und uns weismachen wollte, dass er das viele Geld auf seinem Konto beim Black Jack gewonnen hat. Nun, diese Version hat er aufgegeben. Er will ebenfalls einen Deal eingehen, und ich bin sicher, es wird wieder der Name Bannister fallen. Wenn du mich fragst, hängt die ganze Familie mit drin. Sein Sohn, sein Schwiegersohn, sein Bruder, seine Frau. Die decken sich alle gegenseitig und bewahren eisern ihre Geheimnisse. Und genau dasselbe gilt auch für die verlorene Tochter. Oder sollte ich besser die *verlogene* Tochter sagen? Wir werden sie einen nach dem anderen drankriegen, Brent. Es ist nur eine Frage der Zeit.«

»Ja«, murmelte Brent, unverwandt auf den regengepeitschten Bayou hinausblickend. »Das ist es wohl.«

Teil 3

16

Brent wusste nicht, wie lange er dort auf der Veranda gesessen hatte, den allmählich in der Dunkelheit versinkenden Bayou vor sich und die trostlose Behausung seines Großvaters im Rücken. Der Regen hatte aufgehört, nur noch vereinzelte Tropfen schlugen auf das Wellblechdach der Hütte, aber die konnten auch genauso gut von den tief herabhängenden Ästen der Bäume stammen, die dahinter wuchsen.

Als er sich aus dem Schaukelstuhl erhob, um zu seinem Wagen zurückzugehen, sah er den dunklen Umriss eines Boots vor der Mangroveninsel treiben und darin schemenhaft eine sitzende Gestalt. Er verengte die Augen, aber wegen der einsetzenden Dunkelheit waren keine Einzelheiten zu erkennen. Eine böse Vorahnung überkam ihn. Rasch ging er auf den Steg hinaus und stellte fest, dass an der Stelle, wo Grandpa sonst seinen alten Kahn liegen hatte, nur Wasser war. Er zog die mitgebrachte Taschenlampe aus der Hosentasche und knipste sie an. Der Leuchtkegel reichte gerade aus, um das Boot zu erfassen. Die zusammengesackte Gestalt darin war sein Großvater.

Brent streifte hastig die Schuhe ab und legte Handy, Wagenschlüssel und Brieftasche zur Seite. Dann deponierte er die Taschenlampe auf dem Steg und richtete den Lichtstrahl direkt auf das Boot. Anschließend hechtete er ins Wasser und kraulte zügig los. An der Spitze der kleinen Mangroveninsel ertönte ein Platschen, das wie ein Echo seines eigenen Sprungs klang. Brent ordnete das Geräusch richtig ein und schwamm um sein Leben. Er schaffte es gerade noch rechtzeitig, mit beiden Händen das Dollbord zu packen und sich mit einem gewaltigen Schwung ins Boot zu hieven. Keine fünf Fuß entfernt blinkten dicht über der Wasseroberfläche die Augen des Alligators.

»Scheißvieh«, fluchte er, nachdem er einen Schwall brackigen Wassers ausgespuckt hatte. Dann wandte er sich der zusammengesunkenen Gestalt zu. »Grandpa?« Brent beugte sich über den Alten und griff nach seinem Handgelenk. Er fühlte den flatternden Puls, und als er sein Ohr dicht vor den Mund seines Großvaters brachte, spürte er auch den schwachen Hauch seines Atems. Aber es roch ausnahmsweise nicht nach Schnaps. Er rüttelte den alten Mann, doch es kam nur ein leises Stöhnen. Hastig packte er die Riemen und zog sie so hart durch, wie er konnte. Der Alligator folgte dem Boot mit unverdrossener Jagdlust, doch Brent ignorierte das Tier. Er pullte zum Steg, vertäute eilends den Kahn und legte sich den Alten wie einen Sack über die Schulter, bevor er hinauskletterte.

»Grandpa? Kannst du mich hören?« Er gab ihm ein paar Klapse auf die Wangen.

Ein trübes Auge öffnete sich einen Spalt. Das andere blieb geschlossen. Die Lippen bewegten sich zitternd, ein Speichelfaden lief aus dem rechten Mundwinkel. Der linke hing seltsam schief herab.

»Oh verdammt«, murmelte Brent.

Der Hund schnüffelte an dem Alten und winselte, während Brent per Handy den Rettungsdienst informierte. Das Tier schien zu spüren, dass etwas passiert war.

»Sitz«, sagte Brent zu ihm, und zu seiner Überraschung gehorchte der Hund.

Brent klemmte sich die Taschenlampe in den Gürtel, hob den alten Mann auf die Arme und marschierte durch die Dunkelheit in Richtung Straße.

Tief in der Nacht schreckte er hoch, als ihn eine Männerstimme ansprach.

»Sir?«

Brent merkte, dass er auf einem Stuhl saß, und fing sich gerade noch, bevor er das Gleichgewicht verlor und herunterkippte. Irgendwann während der Wartezeit war er offenbar eingedöst. Die nassen Sachen waren an seinem Körper getrocknet und klebten unangenehm auf der Haut. Von dem Geruch nach faulenden Wasserlinsen ganz zu schweigen. Er kam sich buchstäblich vor wie etwas, das aus dem Sumpf gekrochen war. Die Blicke des Arztes, der vor ihm stand und auf ihn herabsah, deuteten darauf hin, dass diese Annahme wohl weitgehend zutreffend war.

»Wie geht es meinem Großvater?«, wollte Brent wissen, während er sich mit schmerzenden Gliedern erhob. In seinem rechten Knie stach und brannte es.

»Den Umständen entsprechend. Wir konnten ihn stabilisieren, und momentan wird er mit Infusionen und Medikamenten versorgt.«

»War es ein Schlaganfall?«

»Ja, leider.«

»Wird er sich wieder erholen?«

»Das kann man in solchen Fällen schlecht sagen. Entscheidend sind die nächsten Tage.«

»Heißt das, er kann trotzdem noch sterben?«

»Es ist nicht auszuschließen. Ihr Großvater ist ein betagter Mann. Außerdem ist er in einer miserablen Gesamtverfassung. Sein Herz, seine Leber … Er ist Alkoholiker, nicht wahr?«

Ein leiser Vorwurf schien in der Stimme des Arztes mitzuschwingen, als wollte er zum Ausdruck bringen, wie wenig Verständnis er dafür hatte, dass man seinen eigenen Großvater derart herunterkommen lassen konnte.

»Ich fürchte, ja«, sagte Brent knapp. Dennoch fühlte er sich zu einer Erklärung bemüßigt. »Ich habe ihn seit meiner frühen Kindheit nur sehr selten gesehen.« Wie in einer Aufwallung von Trotz fügte er hinzu: »Wir stehen uns nicht besonders nahe.«

Der Arzt nickte gleichmütig, und Brent merkte, dass er

sich geirrt hatte – dem Arzt war es völlig egal, wer für den Zustand des Alten verantwortlich war. Er teilte Brent mit professioneller Freundlichkeit mit, dass er jederzeit mit Fragen auf ihn oder die anderen diensthabenden Ärzte der Notaufnahme zukommen könne, und nachdem er sein Sprüchlein aufgesagt hatte, verschwand er wieder.

Brent machte sich auf den Weg zum Hotel. Als er endlich ins Bett kam, graute draußen bereits der Morgen.

17

Brent blickte auf, als nach kurzem Klopfen Randolph Bannister sein Büro betrat. Er erhob sich hinter seinem Schreibtisch, um den Besucher zu begrüßen.

»Ich hoffe, ich störe Sie nicht bei der Arbeit, Agent LaVerne.«

»Nein«, log Brent. Eigentlich konnte er sich keine Pause leisten, aber er hätte den ganzen Tag geopfert, um herauszufinden, was Bannister dazu trieb, ihn hier aufzusuchen. Er hatte sich ordnungsgemäß beim Sicherheitsdienst des Gebäudes angemeldet und um einen Gesprächstermin gebeten.

Allerdings war Brents Büro hier nicht dafür ausgestattet, Besucher zu empfangen. Der Leiter des Field Office hatte ihm und Milo diesen Raum zur Verfügung gestellt, aber im Grunde war es kaum mehr als ein Lager voller Papierstapel und Akten, die sich gleichmäßig auf den beiden Schreibtischen und allen übrigen verfügbaren Flächen verteilten. Irgendwo dazwischen brummte der Computer, untermalt vom Rauschen der Klimaanlage.

»Ich kann Ihnen leider keinen Stuhl anbieten.«

»Das macht nichts, ich will Sie sowieso nicht lange

aufhalten.« Randolph Bannister blickte auf seine verschränkten Hände, als könnte ihm der Anblick die richtigen Worte eingeben, um Brent sein Anliegen vorzutragen. »Ich weiß, dass es einen seltsamen Eindruck macht, wenn ausgerechnet der Verdächtige sich an den Ermittler wendet, der seinen Fall erforscht«, hob er an. Dann fügte er korrigierend hinzu: »Sagen wir, *einer* der Verdächtigen.«

»Wir ermitteln in viele Richtungen«, stellte Brent klar.

»Sicher. Aber wir wissen beide, dass manche Leute auf der Liste weiter oben stehen als andere. Und zu denen, die ganz weit oben stehen, gehört derzeit offenbar meine Nichte Cat. Ihretwegen bin ich hier.«

»Hat Ihre Nichte Sie gebeten, mit mir zu sprechen?«

»Gott bewahre, nein! Sie weiß gar nichts davon. Und wenn es nach mir geht, muss sie es auch nicht erfahren. Aber ich kann nicht länger mit ansehen, wie sie sich quält, und das alles nur aus falsch verstandenem Pflichtgefühl meinem verstorbenen Bruder gegenüber. Dieser Überfall vorletzte Woche hat sie schwer traumatisiert, wissen Sie. Sie versucht es zu bagatellisieren, aber ich sehe, wie sie leidet. Und dann diese Mordermittlungen – ich bedaure, Ihnen das so offen sagen zu müssen, aber ich finde, das NOPD geht hier deutlich zu weit.«

»Soweit es mir bekannt ist, wurden keine Vorschriften verletzt.«

Randolph Bannister hob ironisch die Brauen. »Halten Sie es für vorschriftsmäßig, wenn reihenweise Interna aus polizeilichen Untersuchungen an die Öffentlichkeit dringen?«

»Mit dieser Sache habe ich nichts zu tun.«

»Deshalb komme ich ja auch zu Ihnen.«

»Wenn Sie zu den Mordfällen etwas aussagen möchten, sollten Sie sich an das Police Department wenden.«

»Es geht mir im Moment eher um die anderen Ermittlungen, Agent LaVerne. Die des FBI.« Randolph Bannister sah Brent offen an. »Ich habe gehört, dass es eine Aussage gegen meinen verstorbenen Bruder gibt und dass mit einer weiteren zu rechnen ist.«

»Von wem haben Sie das?«

»Nun, die Spedition steht immer noch bei uns unter Vertrag, und unser Firmenanwalt ist schon eingeschaltet, um einen etwaigen Schaden wegen dieser Sabotage zu begrenzen. Da kam auch besagte Aussage dieses Fahrers und der damit verbundene Deal zur Sprache. Unsere Nachforschungen haben dann ergeben, dass in einem zweiten Fall ein weiterer Deal und eine weitere belastende Aussage anstehen. Wir wollen unser Bestes versuchen, den rechtmäßigen Zustand wiederherzustellen. Unser Unternehmen möchte sich in jeder Hinsicht kooperativ zeigen. Dem gilt unser ganzes Streben.«

»Mister Bannister, das ist gewiss sehr ehrenwert, aber ich sehe nicht, was ich dabei für Sie tun kann. Falls Sie die laufenden Ermittlungen beeinflussen wollen …«

Bannister fiel ihm ins Wort. »Es geht mir nur um Cat. Ich will Ihnen bloß klarmachen, dass sie mit allem, was da läuft, nichts zu tun hat. Sie arbeitet ununterbrochen Tag und Nacht, um neben dem normalen Firmengeschäft auch diesen ganzen Mist aus der Welt zu räumen, der da plötzlich auf dem Unternehmen lastet.« Bannister betrachtete ihn auf seltsam eindringliche Weise. »Wenn Sie nun herausfänden, dass der Mord an meinem Bruder und diese ganzen … illegalen Vorgänge in der Firma unmittelbar zusammenhängen, könnte dieser gordische Knoten zerschlagen werden, nicht wahr? Ich bin hier, um Ihnen einen solchen Zusammenhang aufzuzeigen.«

»Worauf wollen Sie hinaus?«

»Ich weiß nicht, ob es Ihnen bekannt ist, aber es gibt einen erbitterten Konkurrenten von Bannister Enterprises. Sein Name ist Tarquin St. John. Er versucht schon seit Jahren, unsere Firma zu übernehmen.«

»Das wusste ich bereits, Mister Bannister.«

»Wussten Sie auch, dass St. John mit meiner Nichte verheiratet war?«

»Auch das ist mir bekannt.«

»Dann wissen Sie sicher auch, dass in den Monaten vor dem Tod meines Bruders ein erbarmungsloses Kopf-an-Kopf-Rennen um ein bestimmtes Projekt im Gange war, ein Multi-Millionen-Dollar-Geschäft, von dem für St. John der Fortbestand seines Unternehmens abhing?«

»Sprechen Sie weiter, Mister Bannister.«

»Dieses Geschäft konnte St. John unmittelbar nach dem Publikwerden der FBI-Ermittlungen für sich entscheiden. Oder genauer: Er konnte es sich *wegen* der Ermittlungen schnappen. Gleich darauf hat St. John sein Angebot für die Übernahme unserer Firma nochmals deutlich erhöht. Mit dem neuen Projekt im Portefeuille konnte er sich das leisten. Und meine Nichte war durch den Überfall so traumatisiert, dass die Chancen für ihre Zustimmung aus seiner Sicht stark gestiegen sein mussten.«

»Möchten Sie eine Verwicklung von St. John in den Fall andeuten, Sir?«

»Ich deute nichts an, ich zähle nur Fakten auf. Zu diesen Fakten gehört auch der befremdliche Umstand, dass unsere firmeninternen Nachforschungen keinen Hinweis auf Mitarbeiter ergeben haben, die an den vom FBI untersuchten Fällen beteiligt sein könnten. Jeder Versuch, diese Vorgänge einer Person oder wenigstens einer Abteilung zuzuordnen, verlief im Sande. Im Laufe dieser Untersuchungen wuchs bei mir ein ungeheurer Verdacht, Agent LaVerne: Was wäre, wenn diese ganzen illegalen Handlungen nicht innerhalb, sondern außerhalb der Firma initiiert worden sind? Die belastenden Aussagen gegen meinen verstorbenen Bruder gleich inbegriffen? Um Bannister Enterprises scheinbar von innen heraus zu vergiften und es dem FBI zum Fraß vorzuwerfen. Und es so in eine verdorbene und für den bisherigen Besitzer ungenießbare Frucht zu verwandeln, auf dass einer erfolgreichen Übernahme nichts mehr im Wege stehe.«

»Ich fasse mal zusammen. Sie unterstellen also, dass St. John hinter diesen Fällen steckt. Und dass er auch praktischerweise gleich Ihren Bruder umgebracht hat, weil er sich beim Rest der Familie weniger Widerspruch erhoffte. Ferner glauben Sie, dass er auch Mindy Robicheaux ermordet hat, um eine unliebsame Zeugin loszuwerden. Und schließlich vermuten Sie, dass er den Überfall auf Ihre Nichte veranlasst hat, um sie in ein Nervenbündel zu verwandeln und sie auf diese Weise gefügiger zu stimmen. Trifft es das ungefähr?«

»Das waren gerade Ihre Schlussfolgerungen, nicht meine. Ich habe lediglich einige Mutmaßungen geäußert. Aber wenn Sie genauer darüber nachdenken, werden Sie feststellen, dass alles zusammenpasst. Falls Sie mir nicht glauben, verrate ich Ihnen jetzt noch unter vier Augen ein Geheimnis – Tarquin St. John hat angefangen, sich an May Belle heranzumachen, meine jüngere Nichte. Er lässt nichts unversucht, seinen Einfluss auszuweiten. Ich traue ihm *alles* zu. Auch dass er noch mal was bei Cat versucht, denn die Entscheidung darüber, was mit der Firma passiert, liegt in ihrer Hand.« Bannisters Stimme wurde drängend, als er leise fortfuhr: »Hören Sie, ich vermute sehr stark, dass Ihnen an Cat was liegt. Wenn Sie nicht wollen, dass sie vor die Hunde geht, sollten Sie ihr helfen. Ich weiß, dass Sie es können.«

»Sir, deuten Sie an, ich könnte Beweise manipulieren? Ich denke, wir sollten die Unterredung beenden. Ich bin in diesem Fall der zuständige Ermittler und muss jeden Versuch, mich beeinflussen zu wollen, bei meinem Vorgesetzten melden. Wenn Sie eine offizielle Aussage gegen

Tarquin St. John machen wollen, kann ich das gern aufnehmen und bearbeiten.«

Bannisters Miene verschloss sich. »Das ist nicht nötig. Alles, was ich zu sagen hatte, habe ich gesagt. Guten Tag, Agent LaVerne.« Mit einem höflichen Nicken zog er sich zurück.

Brent schob die Hände in die Hosentaschen und starrte grübelnd ins Leere. Dann setzte er sich an seinen von Papierstapeln überquellenden Schreibtisch und holte sein Handy heraus, um einen schon lange überfälligen Anruf zu tätigen.

18

Es war Samstag, und es war ihr erster freier Tag seit zwei Wochen. Cat nahm sich Zeit für ihren Bummel durch das Vieux Carré, obwohl die drückende Schwüle eigentlich weniger schweißtreibende Aktivitäten nahelegte. New Orleans war früher ihre Heimat gewesen, sie hatte sich nie vorstellen können, woanders zu leben. Damals hatte sie noch diese Vorstellung vom Glück gehabt – sie und Brent und ihr Kind und eine eigene Wohnung mit Blick auf den Fluss. Sie hätten sich gemeinsam mit dem Kleinen ein Spiel im Superdome angeschaut und dabei Eis und Hot Dogs gegessen, und hinterher hätten sie einen Ausflug mit dem *Paddlewheeler* gemacht. Der frisch gewaschene, blütengesäumte Bilderbuchtraum eines kleinen Mädchens, und das Beste daran war gewesen, dass Brent ihn in allen Einzelheiten geteilt hatte. Sie hatten sich beide auf dieses hoffnungsvolle Stückchen Glück eingeschworen, es sich zum Plan auserkoren, und wenn sie nur noch ein kleines bisschen Zeit gehabt hätten, wäre er vielleicht sogar wahr geworden.

Cat organisierte ihren Spaziergang wie eine gewöhnliche Touristin und begann ihn am Jackson Square, der mit der St. Louis Cathedral das historische Herz des French Quarters bildete und von malerischen alten Gebäuden eingerahmt war. Während sie durch die Chartres Street an diversen Modegeschäften, Schmuckläden und Galerien vorbei in Richtung des Ursulinenklosters spazierte, blickte sie sich mehrmals um. Trotz der beinahe tropischen Hitze war ziemlich viel los. Familien mit Kindern und jede Menge Touristen tummelten sich rund um die Hauptattraktionen des French Quarters. Sie blieb eine Weile stehen und ließ die Leute an sich vorbeiströmen, ehe sie weiterging. Vor dem alten Kloster bog sie ab in Richtung French Market. Das Altstadtzentrum mit seinen vielen Läden, Verkaufsständen, Lokalen und lauschigen kleinen Grünanlagen bot den idealen Rahmen für allerlei Attraktionen. An einer Ecke spielte eine Jazzcombo auf, an einer anderen zeigte ein Jongleur seine Künste, und vor einem Souvenirladen bemalte eine Frau ihre Mardi-Gras-Masken mit bunten Motiven. Cat blieb stehen und tat so, als würde sie zuschauen. Die Leute um sie herum gingen weiter, und sie sandte ihnen unauffällige Blicke nach.

An einem Imbissstand kaufte sie sich eine *Muffuletta*, ein mit Salami, Mortadella, Schinken, Käse und Olivensalat belegtes Sesambrötchen, das sie im Weitergehen verzehrte. Es schmeckte köstlich, und zum ersten Mal seit Tagen machte sie sich bewusst, dass sie in der letzten Zeit nicht genug gegessen hatte. Annie kochte vorzüglich, aber

Cat hatte in den vergangenen beiden Wochen kaum was runterbringen können.

Sie holte sich eine eiskalte Coke und trank sie in langsamen Schlucken, während sie gemächlich über die Decatur Street zurück zum Jackson Square und von dort aus zur Riverfront schlenderte. An der Einmündung zur Flusspromenade blieb sie ein letztes Mal stehen und wartete einige Sekunden, bis sie sicher sein konnte, dass ihr wirklich niemand folgte. Sie schaute auf ihre Uhr – es war fast elf. Deutlich schneller als vorher ging sie weiter, bis sie die Anlegestelle erreicht hatte, wo der große Schaufelraddampfer lag. Das Ticket für die zweistündige Hafenrundfahrt hatte sie schon vorher besorgt, und sie hatte es auf ihrem Weg hierher so eingerichtet, dass sie zum Ende der Boardingzeit ankam. In einer halben Stunde würde der Dampfer ablegen.

Als sie über die Gangway an Bord der *Natchez* ging, fing ihr Herz an zu hämmern. Sie stieg die Treppe zu den oberen Decks hinauf.

Er wartete ganz oben auf dem Sonnendeck. Bei ihm war ein hässlicher, magerer schwarzer Hund, der neben ihm auf dem Boden lag.

Brents blondes Haar leuchtete in der Sonne. Er stützte sich mit beiden Händen an der Reling ab und blickte auf das große rote Schaufelrad hinab. Es kam Cat so vor, als hätte seine sonst so athletische Gestalt an Spannkraft eingebüßt. Seine Schultern waren ein wenig nach vorn geneigt, der Rücken nicht so gerade wie sonst. Er sah aus, als hätte er eine harte Zeit hinter sich. Während sie näher kam, drehte er sich zu ihr um, als hätte er gespürt, dass sie da war. Sie sah, dass ihr erster Eindruck zutraf – er wirkte ungewöhnlich erschöpft. Unter seinen Augen lagen dunkle Ringe, und um seine Mundwinkel zogen sich Furchen, die tiefer wirkten als bei ihrem letzten Treffen.

Ihr Puls spielte immer noch verrückt. Sein Anblick rief ein Gefühl von Schwäche in ihr wach. Anscheinend war sie außerstande, ihm unbefangen oder gelassen entgegenzutreten. Die Macht, die er über sie ausübte, war ungebrochen. Er hatte es immer noch in der Hand, ihre Nerven zum Flattern zu bringen, ganz egal, wie sehr sie sich vorher darauf konzentriert hatte, ihn nicht zu nah an sich heranzulassen. Je näher sie ihm kam, desto intensiver wurde das Gefühl emotionaler Machtlosigkeit.

»Brent«, sagte sie.

Er nickte und umfasste ihre Erscheinung mit einem Blick, der in ihr den Wunsch weckte, sich zu setzen, weil ihre Knie anfingen zu zittern. Sie las das vertraute Begehren in seinen Augen, aber auch etwas anderes, Dunkleres, das wie eine Mischung aus Zorn und Ablehnung aussah.

»Wo hast du den Hund her?«, fragte sie, weil ihr nichts Besseres einfiel und weil sie das Bedürfnis hatte, irgendwas Unverfängliches zu äußern.

»Er gehört meinem Großvater.«

»Oh, er ist doch nicht …?«

»Nein, aber er liegt im Krankenhaus. Schlaganfall.«

»Das tut mir leid«, sagte sie lahm. »Wird er sich wieder erholen?«

»Das weiß man noch nicht. Es hat ihn schlimm erwischt.«

»Das tut mir leid«, wiederholte sie.

Brent zuckte die Achseln. Sie verspürte das schmerzliche Verlangen, ihn zu berühren, doch gleichzeitig hielt eine seltsame Scheu sie davon ab. Mit einer Armlänge Abstand stellte sie sich neben ihn an die Reling und blickte auf den Fluss.

»Ich habe alles so gemacht, wie du es wolltest«, berichtete sie. »Ich bin sicher, dass mir niemand gefolgt ist.« Sie räusperte sich. »Du hast dich lange nicht gemeldet.«

»Ich hatte viel Arbeit. Und du ebenfalls, wie ich gehört habe.«

»Von wem hast du das gehört?«

»Von deinem Onkel Randolph. Er ist gestern bei mir im Büro aufgetaucht und wollte eine Lanze für dich brechen.«

»Davon hat er mir nichts gesagt.«

»Er wollte nicht, dass du es erfährst, aber er hat eine sehr interessante Theorie geäußert, die ich dir nicht vorenthalten möchte. Er ist davon überzeugt, dein Exmann würde hinter allem stecken. Hinter dem Überfall auf dich, hinter den ganzen krummen Geschäften in eurer Firma und vor allem hinter dem Mord an deinem Vater und seiner Geliebten.«

»Ich weiß nicht. Ich traue Tarquin ziemlich viel zu, aber einen Mord …« Sie schüttelte den Kopf.

»Man traut den wenigsten Leuten einen Mord zu, bis sie einen begehen. Das ist sogar in den allermeisten Fällen so.«

Cat unterdrückte ihr Unbehagen. »Mag sein. Man kann in niemanden reinsehen. Was allerdings den Bestechungsskandal angeht – da traue ich ihm *wirklich* alles zu. In den letzten Tagen habe ich mich auf Spurensuche begeben. Wer immer diese ganzen illegalen Vorgänge rund um Bannister Enterprises eingestielt hat – es ist außerhalb der Firma passiert. Es gab keinerlei verdächtige Geldbewegungen auf den Unternehmenskonten, nicht mal solche, die unter den sonst üblichen Tarnungen laufen. Was schließt du daraus?«

»Was sind denn die sonst üblichen Tarnungen?«, gab er anstelle einer Antwort zurück.

Die Ironie in seinem Tonfall entging ihr nicht, und sie fragte sich, was mit ihm los war. Sie spürte, dass er vor ihr auf der Hut war und ihr misstraute.

»Du bist doch der Special Agent für solche Fälle, oder? Aber gut, ich fasse es gern für dich zusammen. Keine getarnten Beratervergütungen. Keine Zusatzkosten für erfundene Baumängel. Keine Rechnungen für Fantasielieferungen. Auch wenn es solche Zahlungen gegeben haben sollte, habe ich auf den Firmenkonten keine Anhaltspunkte dafür gefunden. Und auch nicht auf Dads Privatkonten. Jedenfalls nicht auf denen, zu denen ich Zugang habe. Es müsste in dem Fall natürlich auch Unterlagen geben. Gefälschte Rechnungen, getürkte Abnahmeprotokolle, Scheinverträge. Und es müsste bestimmte Leute in der Firma geben, die damit befasst waren. Irgendwen, in dessen Abteilung die Fäden zusammenlaufen. Aber auch in dieser Richtung habe ich nichts gefunden.« Sie sah Brent aufmerksam an. »Ich würde gern wissen, wie das FBI auf den Fall aufmerksam wurde. Oder ist das geheim?«

»Nein. Die Zeit der Geheimnisse zwischen uns beiden endet heute.«

Es klang eher unheilverkündend als zuvorkommend, aber bevor Cat sich darüber Gedanken machen konnte, fuhr er bereits mit seiner Erklärung fort. »Das FBI hatte einen anonymen Hinweis über illegale Geldeingänge bei diversen Firmen erhalten, die alle eines gemeinsam hatten – sie standen in geschäftlicher Verbindung zu Bannister Enterprises. Wir haben schnell eine weitere Gemeinsamkeit entdeckt: Das Geld kam bei allen in Rede stehenden Fällen immer aus derselben Quelle, nämlich von einer Gesellschaft, die auf den Briefbögen als Tochterfirma von Bannister Enterprises agierte, aber in Wahrheit nur ein Briefkastenkonstrukt war. Das Geld floss über eine Bank in Paraguay, von einem Online-Konto. In New Orleans gab es ein Postfach für den Eingang von Korrespondenz. Leider kamen wir zu spät. Konto und Postfach waren leer. Wir wissen nicht, wer hinter dieser Schwindelfirma steckt. Es kann theoretisch jeder sein.«

»Und wenn es Tarquin wäre?«

»Dein Onkel hat schon sehr überzeugend versucht, mir

deinen Ex als Strippenzieher schmackhaft zu machen. Aber wir haben keine Beweise entdeckt, die zu ihm führen.«

»Was ist mit der Korrespondenz bei besagten Firmen?«

»Hauptsächlich Mails von einem verschlüsselten Internetzugang. Und einige sehr wenige Schriftstücke, die aber labortechnisch nichts hergeben.« Brent hob die Schultern. »Es war nicht genug da. Die wenigsten Leute, die sich bestechen lassen, heben die Beweise dafür auf.«

»Klingt logisch«, sagte sie. »Solche Dinge würde wohl jeder verschwinden lassen.«

»Nicht die Leute, die das Bestechungsgeld zahlen. Die heben wie die Messies alles auf. Weißt du auch, wieso?«

»Um etwas gegen ihre korrupten Geschäftspartner in der Hand zu haben und sie so zum Schweigen zu animieren?«

»Bingo. In einem anderen Leben hätte aus dir vielleicht eine gute FBI-Agentin werden können.«

Sie versuchte, den spöttischen Unterton zu überhören. »Und, schweigen die Leute aus diesen korrupten Firmen denn?«

»Wie die Austern. Solange sie den Mund halten, reichen die Beweise nicht für eine Verurteilung. Bleiben nur die beiden Kerle, die sich mit der Strafbehörde auf einen Deal verständigt haben. Der zweite hat übrigens inzwischen dasselbe ausgesagt wie der erste. Beide haben erklärt, dass sie mit deinem Vater persönlich ins Geschäft gekommen sind.«

»Klar«, sagte sie sarkastisch. »Natürlich behaupten sie das. Dad ist ja tot. Ihn kann keiner mehr dafür drankriegen. Den, der's wirklich war, auch nicht. Da steckt man sich doch gern für eine Falschaussage noch mal ein zusätzliches Bestechungsgeld ein. Und das FBI hat einen Täter und kann die Akte schließen. Eine Win-win-Situation für alle Seiten.« Forschend blickte sie ihn an. »Hat das FBI überprüft, ob irgendjemand während der Untersuchungshaft an diese beiden Typen herangetreten ist?«

»Nein«, sagte er kühl. »Dazu bestand kein Anlass.«

Sie sah ihn befremdet an. »Warum nicht? Vielleicht wäre das ein neuer Ermittlungsansatz.«

Brent sagte etwas, aber Cat konnte es nicht verstehen, denn in diesem Moment ertönte das ohrenbetäubende Tuten der Dampfsirenen. Das Schiff legte ab. Die Gangway war hochgehievt worden, und der Dampfer glitt behäbig von der Anlegestelle weg und nahm Fahrt auf. Das gewaltige Schaufelrad unter ihnen wälzte sich durch die Fluten des Flusses. Irgendwo auf den unteren Decks ertönte Dixiemusik.

Der Hund winselte, offenbar verschreckt durch den Lärm. Brent zog die Leine straff, an der er ihn hielt, und beugte sich zu dem dürren Tier hinunter, um beruhigend auf es einzureden. Als hätte der Hund ihn genau verstanden, legte er sich folgsam hin und gab Ruhe.

Cat hatte genug von dem seltsamen Hin und Her. »Was ist los mit dir?«, fragte sie geradeheraus. »Du bist so … abweisend. Irgendwas ist doch passiert, oder? Ist es wegen der Lebensversicherung? Du hast sicher davon gehört, nicht wahr? Glaub mir, ich wusste nichts davon! Und ich habe der Polizei gesagt, dass ich von dem Geld nichts will. Ich werde es spenden.«

»Dazu müsste die Versicherung es erst mal an dich auszahlen. Bei Mord bleiben sie sehr gern auf ihrer Kohle sitzen, weißt du.« Seine Miene wirkte mit einem Mal hart, beinahe feindselig.

»Was soll das, Brent?« Cat blickte ihn verstört an. »Wieso bist du so? Was habe ich dir denn getan?«

»Mir? Nicht viel, außer dass du mich nach Strich und Faden belogen hast. Was du möglicherweise deinem Vater angetan hast, kann ich nicht sagen, denn ich war nicht dabei.«

Das Herz schlug ihr bis zum Hals. »Brent, du weißt, dass ich mit dem Mord an Dad nichts zu tun habe!«

»Weiß ich das? Woher denn? Weil du ausgesagt hast, dass du in der fraglichen Zeit im Hotel geschlafen hast?«

Sie verschränkte ihre zitternden Hände ineinander. »Du bist dahintergekommen, dass es nicht stimmt, oder?«

»Dass *was* nicht stimmt?«, fragte er grob zurück.

»Dass ich nicht im Hotelzimmer war.«

»Rede weiter. Ich bin ganz Ohr.«

»Oh Gott, Brent, es ist nicht so, wie du denkst! Ich bin … ich bin noch mal raus, weil ich nicht schlafen konnte. Ich hab die Hintertreppe genommen, weil ich keine Lust auf den Spießrutenlauf durch die Lobby hatte. Sie haben dort in der Eingangshalle eine Bar, und da saßen schon bei meiner Ankunft so viele unangenehme Typen, die mir hinterhergeglotzt haben. Ich wollte einfach nur raus. Ich nehme immer die Hintertreppe, wenn es eine gibt und wenn ich keine Lust habe, Menschen über den Weg zu laufen, die ich nicht sehen will.« Sie holte tief Luft. »Wie hast du es rausgefunden?«

»Intuition, Kombination und eine Idee, auf die die anderen nicht kamen. Es gibt zwei Ecken weiter einen kleinen Drugstore. Die haben da eine Kamera im Eingang. Ich habe die Aufnahmen vom fraglichen Abend beschlagnahmt.« Er lachte misstönend. »Und dann habe ich mir in meinem Hotel die Show angesehen. Du bist um zehn Uhr dreißig an dem Drugstore vorbeigegangen, in die Richtung des Wohnblocks, wo sich gerade zu der Zeit dein Vater mit Mindy Robicheaux vergnügte. Eine Stunde später bist du zurückgekommen. Eine Stunde, Cat. Genau die Stunde, in der dein Vater starb.«

»Brent, ich konnte unmöglich bei der Vernehmung zugeben, dass ich nicht im Hotel war! Tallulah hätte mich sofort verhaftet!«

»Sag bloß«, gab er höhnisch zurück.

»Ich war nur spazieren.« Sie fing an zu weinen, weil sie seine Ablehnung nicht ertrug. »Ich war einfach nur spazieren.« In ihrer Hilflosigkeit wiederholte sie es, denn sie wusste nicht, was sie sonst noch sagen sollte.

»Du hast deinen Vater nicht umgebracht.«

»Nein«, schluchzte sie. »Nein, das habe ich nicht.« Erst als sie das hervorgestoßen hatte, merkte sie, dass er seinen letzten Satz nicht als Frage, sondern als Feststellung formuliert hatte. Durch einen Tränenschleier sah sie ihn an. »Du glaubst es mir?«

»Verdammt, Cat, woher soll ich wissen, was ich dir glauben soll, wenn du mich anlügst, dass sich die Balken biegen? Zuerst verschweigst du mir, dass du schon vor dem Tod deines Vaters in New Orleans warst. Und dann kriege ich noch ganz nebenbei raus, dass dein Alibi nichts weiter ist als eine dreiste Lüge.«

»Mein Gott, Brent, ich befand mich in einem absoluten Ausnahmezustand! Dass Dad auf einmal tot war, nachdem ich extra seinetwegen nach New Orleans gekommen war … Und dann die schrecklichen Anfeindungen meiner Geschwister … Ich wusste einfach nicht mehr, was ich denken und was ich sagen sollte. Außerdem hatte ich da noch keine Ahnung, dass Dad ermordet worden war. Wir dachten doch alle zuerst, er hätte einen Infarkt erlitten! Es gab gar keinen Grund für mich, irgendwem zu sagen, dass ich schon vorher in New Orleans eingetroffen war. Dass mein Hotel ganz in der Nähe von der Wohnung dieser Frau war, wusste ich nicht! Er hatte mir bei seinem Anruf gesagt, ich solle dort buchen, weil er wahrscheinlich da zu tun habe und sich dann den Weg sparen könne. Wir wollten uns dort am nächsten Morgen zum Brunch treffen, aber er kam nicht!« Mit einer unbeholfenen Bewegung wischte sie sich die Tränen aus dem Gesicht. »Als ich dann später erfuhr, dass er ermordet worden war und dass ausgerechnet Tallulah die Mordermittlungen leitet, hielt ich es erst recht für besser, meine frühere Ankunft und diesen dämlichen Spaziergang zur Tatzeit nicht zu erwähnen. Sie hätte das sofort gegen mich verwendet! Und für meine Geschwister wäre es ein Fest gewesen! Sie täten sonst was, damit mir die Rechte über das Unternehmen entzogen werden und sie alles zu Geld machen können!«

»Und das willst du um jeden Preis verhindern, oder? Du willst diese Firma mehr als dein Leben, was?« Brent starrte sie eindringlich an. »Wie sehr willst du sie, Cat? Was wärest du bereit zu tun, damit dir niemand diesen Platz an der Spitze von Bannister Enterprises streitig machen kann?« Er hielt ihren Blick fest. »Oder sollte ich besser fragen: Was *hast* du schon getan?«

»Nichts«, sagte sie. Ein Frösteln überlief sie, obwohl die Hitze hier oben an Deck trotz des leichten Fahrtwinds so drückend war, dass ihre Kleidung sich anfühlte wie durchs Wasser gezogen. Der große Dampfer pflügte sich unermüdlich durch den Fluss. Die Szenerie am Ufer zog wie eine Postkartenansicht vorbei. Die Dixieband hatte begonnen, ein anderes Stück zu spielen, irgendein von Trompeten untermaltes Lied, das sie als Kind schon häufig gehört hatte.

»Du traust mir nicht«, stellte sie leise fest.

»Wird nicht eher umgekehrt ein Schuh daraus? Du traust *mir* nicht. Denn du hast mir gegenüber mit keinem Wort angedeutet, dass du schon vor dem Tod deines Vaters in New Orleans warst, und ebenso wenig hast du erwähnt, dass er dich anrief und dich darum bat, dass du kommen mögest. Und erst recht hast du mir nichts von besagtem Spaziergang zur Tatzeit erzählt.«

»Weil es zuerst doch überhaupt keine Rolle spielte!«, rief sie verzweifelt aus. »Und weil es irgendwie … nicht passte. Es gab dafür keine richtige Gelegenheit!«

»Ach? Bis zu dem Überfall auf dich haben wir nächtelang zusammen im Bett gelegen und geredet, über eine Million Dinge. Über unsere Arbeit, unser Leben, welche Freunde wir haben, wie es uns in den vergangenen zwölf Jahren ergangen ist. Und wir haben auch über die Ermittlungen gesprochen. Das war sogar dein Lieblingsthema. Wann hätte die Gelegenheit denn besser sein sollen?«

Sie ließ den Kopf hängen. Ihr tränenumflorter Blick fiel auf den Hund, der vor sich hin hechelte und in stoischer Reglosigkeit die feuchtschwüle Wärme ertrug. »Ich musste es für mich behalten, Brent. Denn du hast zu mir gesagt, du wüsstest nicht, was du tun würdest, wenn ich wegen irgendwelcher Beweise unter Verdacht gerate. Erinnerst du dich? Ich habe dich extra gefragt.«

»Verdammt, Cat!« Er fuhr sich mit beiden Händen durch die Haare. Sein Gesicht zeigte einen aufgewühlten Ausdruck. »Begreifst du es denn nicht? Ich habe inzwischen genau das getan, was du von mir verlangt hast.« Er lachte kurz und bitter auf. »Ich habe meine Prinzipien verraten. Ich habe Beweise verschwinden lassen.«

Cat schluckte hart. Sie wollte etwas sagen, ihm Fragen stellen, brachte aber kein Wort heraus.

Brent sprach mit tonloser Stimme weiter. »Ich hatte mir die Aufnahmen von dem Drugstore auf einen Stick gezogen. Nachdem ich dich darauf entdeckt hatte, bin ich noch mal dorthin und habe eigenhändig alles vom Computer des Ladeninhabers gelöscht. Ich habe dem Typen vorgelogen, es handle sich um eine Frage der nationalen Sicherheit und dass er niemals irgendwem von der Sache erzählen dürfe, auch nicht Beamten vom NOPD. Oder genauer: *erst recht* niemandem von denen, weil sein Leben davon abhängen könne. Wenn ihn jemand nach Aufnahmen aus jener Woche fragt, wird er behaupten, er würde alles regelmäßig löschen, um Speicherplatz zu sparen. Das habe ich ihm so eingeschärft. Und weißt du, was ich anschließend mit dem Stick tat? Ich machte ihn unbrauchbar und warf ihn in den Bayou.«

»Brent, ich …« Sie wollte ihm danken, dass er das für sie getan hatte, aber sie fand nicht die richtigen Worte und verfiel in hilfloses Schweigen.

»Und das ist beileibe noch nicht alles«, fuhr er mit derselben ausdruckslosen Stimme fort. »Ich habe noch mehr gefunden. Einen Beweis dafür, dass nicht nur dein Vater in die Schmiergeldaffären verwickelt ist, sondern auch du selbst. Und dabei spreche ich nicht von irgendwelchen Aussagen, sondern von einem echten, stichhaltigen Beweis.«

»Was für ein Beweis?«, fragte sie verwirrt.

»Wir waren vorhin unterbrochen worden, als du die These aufgestellt hast, die Aussagen gegen deinen Vater könnten gekauft worden sein und das FBI möge das näher untersuchen. Ich hatte geantwortet, dass dazu kein Anlass bestehe. Du wolltest wissen, warum nicht. Nun, das kann ich dir sagen: Auf dem Geld, das bei dem Fahrer der Spedition entdeckt wurde, befand sich DNA von deinem Vater. Jedenfalls auf genügend Scheinen, um ihm diese Zahlung zweifelsfrei zuzuordnen. Aber das ist noch nicht alles. Der Typ hatte das Geld unter seiner Matratze liegen. Auf dem Briefumschlag, in dem es steckte, war DNA von dir. Genug, um dich auf der Stelle einzubuchten.«

Schockiert schüttelte sie den Kopf. »Nein. Nein, das ist völlig unmöglich. Es muss ein Irrtum sein.«

»Ich habe gestern das Ergebnis bekommen. Niemand weiß davon, nicht mal Milo. Und auch niemand im Labor. Es ist ein automatisiertes Verfahren in einem zentralen Labor, ohne Namen oder personelle Zuordnung, alles läuft anonym. Wir kriegen nur Übereinstimmungsmerkmale mitgeteilt, wenn wir Vergleichsmaterial zur Verfügung stellen. Ich hab welches von dir eingeschickt.«

»Warum hast du das getan?«, flüsterte sie.

»Ist das eine ernsthafte Frage? Was hätte ich deiner Meinung nach sonst tun sollen, nach allem, was du mir vorher verschwiegen hattest, und nachdem du plötzlich auf diesem Drugstore-Video warst? Ich wollte es genau wissen. So einfach ist das.«

»Hast du … Wirst du …«

»Nein«, sagte er lapidar. »Auch diesen Beweis habe ich vernichtet.«

»Brent«, sagte sie beschwörend. »Ich habe damit nichts zu tun! Jemand will mich reinlegen und mich fertigmachen! Siehst du es denn nicht? Das alles muss irgendwer von langer Hand vorbereitet haben! Es gibt nur eine Erklärung dafür: Dad hat schon länger geplant, mir die Firma zu überschreiben. Vielleicht hat Tarquin davon Wind gekriegt. Daraufhin hat er sich sofort darangemacht, hinterhältige Pläne zu schmieden, die ihn am Ende doch noch als Sieger dastehen lassen.« Eifrig sah sie Brent an. »Du musst den Umschlag näher untersuchen. Dann stellst du bestimmt fest, dass er aus einer englischen Fabrikation stammt. Jemand muss ihn bei mir entwendet haben, um ihn für diese … miese Transaktion zu missbrauchen! Ich betreibe in London Mülltrennung und sammle mein Altpapier in Kisten in meinem Carport. Es sind immer genug leere Umschläge und Verpackungen dabei, die keinen Adressaufdruck haben, sondern nur Aufkleber. Die kann man entfernen. Wenn du diesen Umschlag …«

»Ich sagte doch, ich habe ihn vernichtet«, fiel Brent ihr ins Wort.

Stumm nahm sie es zur Kenntnis. Es dauerte eine Weile, bis sie wieder sprechen konnte. »Was soll denn jetzt werden? Warum erzählst du mir das überhaupt alles?«

»Das ist eine verdammt gute Frage. Die ich mir schon die ganze Zeit selber stelle.«

»Aber du hast keine Antwort darauf, oder?«

»Nein«, sagte er leise. »Nein, die habe ich nicht.«

19

Kurz vor sechs erhielt Brent einen Anruf, der ihm von der Telefonzentrale ins Büro durchgestellt wurde. Es war Randolph Bannister, und er hörte sich sehr aufgebracht an.

»Hören Sie, Agent LaVerne, ich habe keine Ahnung, was Sie heute schon wieder mit Cat angestellt haben, aber ich möchte Sie warnen.«

»Was ist los mit ihr?«, fiel Brent ihm ins Wort.

»Meine Nichte lässt niemanden an sich ran, aber jeder sieht, dass sie sich die Augen aus dem Kopf geweint hat. Sie ist völlig am Ende. Und ich bin sicher, dass es nur eine einzige Person auf der Welt gibt, die sie so weit bringen konnte. Ich erkenne es meilenweit gegen den Wind, wenn eine Frau Liebeskummer hat. Und ich habe mitbekommen, wie Sie Cat angeschaut haben, als Sie bei uns im Haus waren. Beide Male. Sie kennen sich von früher, und ich will einen Besen fressen, wenn damals nicht was zwischen Ihnen lief.«

Brent zerdrückte fast den Hörer in seiner Hand. Ihm war speiübel. Das Ganze nahm Ausmaße an, die er nicht mehr kontrollieren konnte. Er war heilfroh, dass Milo schon gegangen war. »Hat sie Ihnen gegenüber etwas Derartiges angedeutet, Sir?«

»Nein, verdammt, das hat sie nicht! Sonst hätte ich schon längst dafür gesorgt, dass Sie Ihre Marke abgeben können, mein Junge.«

»Was wollen Sie von mir? Weshalb rufen Sie an?«

»Ich will einfach nur, dass Sie sie in Ruhe lassen. Ziehen Sie meinethalben Ihr FBI-Ding durch, aber halten Sie sich von Cat fern.«

»Ah, ein Sinneswandel. Wollten Sie nicht gestern noch, dass ich Cat helfe und sie vor den Ermittlungen beschütze?«

»Tun Sie doch, was Sie wollen«, fuhr Bannister ihn an. »Aber brechen Sie ihr nicht das Herz, verstanden?«

»Ich habe nicht vor, das zu tun«, versicherte Brent. Und er dachte: Wieso sagt er das nicht *ihr?* Wer bricht denn hier wem das Herz? »Ich ermittle in einem Fall, nichts weiter.«

»Dann tun Sie das auch endlich, Agent LaVerne! Cat reißt sich ein Bein aus, um die Firma wieder sauber zu kriegen, während St. John immer noch alles daransetzt, sie an die Wand zu drücken. Sie sollten endlich mal in dieser Richtung Untersuchungen anstellen!«

»Warum?«, unterbrach Brent ihn. »Ich meine, warum setzt sie sich derartig für die Firma ein? Was hat sie eigentlich davon?«

»Sie tut das aus Pflichtgefühl, weil sie denkt, es meinem

Bruder schuldig zu sein. Auch nach all den Jahren hält sie seine Fahne noch hoch und befolgt seinen letzten Willen, obwohl er die meiste Zeit seines Lebens ein echter Hurensohn war.«

Mit dieser letzten Einschätzung hatte Bannister fraglos recht, mit der ersten nicht. Cat hatte sich auf die Firmenleitung gestürzt, als wäre es für sie der ultimative Hauptgewinn, und das hing nicht im Mindesten mit töchterlicher Loyalität zusammen. Es war immer wieder dieser eine Punkt, an dem Brent sich die Zähne ausbiss. Er kam nicht dahinter, was die Firma für sie bedeutete.

»Sir«, sagte er. »Ich bin sicher, dass Sie nur das Beste für Ihre Nichte wollen. Doch zugleich entnehme ich Ihren Worten, dass Sie auf Ihren Bruder keine besonders großen Stücke gehalten haben. Gab es zwischen Ihnen beiden Unstimmigkeiten?«

»Zeigen Sie mir zwei Brüder, bei denen es keine gibt«, blaffte Bannister ihn an. »Ich habe nur eine Tatsache festgestellt, und Sie drehen mir sofort das Wort im Mund herum. Aber wenn Sie ein gutes Gefühl dabei haben, nur zu. Fassen Sie mich ruhig härter an und stellen Sie *mich* ins Zentrum Ihrer Ermittlungen. Das können Sie gern tun, solange Sie um Cat einen Bogen machen.«

»Sorry, ich habe hier gerade ein anderes Telefonat«, log Brent, dem das alles allmählich zu viel wurde. »Ich muss unser Gespräch beenden.«

Doch die Ausrede hätte er sich auch sparen können. Bannister hatte bereits aufgelegt.

Brent versank in quälenden Grübeleien. Er versuchte, sich mit Arbeit abzulenken, aber es klappte nicht. Er konnte sich nicht konzentrieren. Trotzdem hielt er durch, bis es draußen dunkel wurde und die Putzkolonne anrückte. Auf dem Weg zum Hotel fiel ihm ein, dass er sich noch um den Hund kümmern musste. Er hatte ihn vorübergehend in einem Tierheim untergebracht, aber er hatte versprochen, ihn wenigstens einmal täglich auszuführen, auch wenn es ihm erst abends möglich war. Bei seinem Großvater war er auch schon seit zwei Tagen nicht gewesen.

Er erledigte beides mit mechanischem Pflichtbewusstsein – zuerst holte er den Hund ab und spazierte mit ihm eine halbe Stunde den Fluss entlang, ehe er ihn wieder zurückbrachte, und dann absolvierte er seinen Anstandsbesuch in der Klinik. In der Notaufnahme sahen sie es nicht gerne, wenn so spät noch Besuch aufkreuzte, aber das Personal drückte ein Auge zu, weil man dort wusste, dass er häufig Überstunden machen musste.

Er begrüßte die Schwestern, die ihm über den Weg liefen, und ging sofort zu seinem Großvater. Dank der Medikamente konnte der Alte ein Auge wieder vollständig öffnen und auch die Finger der rechten Hand bewegen, aber seine linke Körperhälfte war komplett gelähmt, und auch sein Sprachzentrum war betroffen. Außer ein paar gelallten Lauten brachte er nichts heraus. Seine verzerrte, schiefe Miene wirkte seltsam flehend, als Brent ihm eröffnete, dass er nun wieder gehen müsse.

»Wa…«, stammelte er. »H…«

Es klang wie eine Frage, und Brent versuchte, sich in den Alten hineinzuversetzen. »Dem Hund geht's gut, Grandpa«, sagte er. »Ich kümmere mich um ihn.«

Das Auge fiel wieder zu, aber Brent hatte die dankbare Erleichterung darin gesehen. Er hatte den Wunsch des Alten richtig gedeutet.

»Wiedersehen, Grandpa!« Er drückte die Hand des Alten, aber es kam keine Reaktion mehr. Typisch Grandpa. Erst hinterher fiel ihm ein, dass er die falsche Hand genommen hatte – die, in der sein Großvater nichts mehr fühlte.

Auf dem Gang fing ihn eine der Schwestern ab. »Sir, auf ein Wort.«

Er ahnte nichts Gutes, und damit lag er richtig.

»Wir müssen über eine Verlegung Ihres Großvaters nachdenken. Er ist so weit stabil und kein Fall mehr für die Notaufnahme.«

»Aber er kann sich kaum bewegen!«

»Das ist häufig so bei Schlaganfallpatienten. Manche brauchen Monate, um sich richtig zu erholen. Doch das geschieht nicht in der Notaufnahme, sondern in einer Rehabilitationseinrichtung.«

Damit weckte sie bei Brent einen Anflug von Panik. Allerdings verschreckte ihn nicht das, was sie sagte, sondern das, was sie wegließ, denn das war unschwer zu erraten – es gab auch Patienten, die sich *nie* richtig erholten.

»Sie müssten sich nach einem Pflegeplatz für ihn umschauen«, fasste sie das Ergebnis ihrer Erklärung zusammen.

»Ich schaue, was ich tun kann«, meinte er überrumpelt.

Niedergeschlagen verließ er das Krankenhaus. Auf dem Parkplatz stieg er in den Wagen und blieb eine Weile sitzen. Die Aussicht, in sein einsames Hotelzimmer zurückzukehren, vertiefte sein Elend noch. Was für ein beschissener Tag!

Er startete den Motor und fuhr ziellos durch die Nacht, Hauptsache, immer weiter, ohne anzuhalten. Irgendwann ging es nicht mehr, und er stoppte am Straßenrand, um das Handy rauszuholen.

Sie ging sofort dran. »Ja?«

Allein ihre Stimme genügte, um alles in ihm zum Leuchten zu bringen.

»Können wir uns sehen?«

»Ja«, sagte sie. Einfach so, ohne zu überlegen.

Und in diesem Moment war er bloß noch glücklich.

Sie beschloss, Onkel Randolphs Wagen zu nehmen. Er hatte ihr angeboten, ihn jederzeit zu benutzen, auch ohne ihn zu fragen. Der Autoschlüssel hing am Schlüsselbrett in der Halle, er hatte ihn ihr extra gezeigt. Sie hatte noch keinen Gebrauch davon gemacht, aber dies war der richtige Zeitpunkt, damit anzufangen. Onkel Randolph war schon im Bett und würde den Wagen nicht vermissen, und bis morgen früh wäre sie ohnehin zurück.

Ganz gegen ihre sonstige Gewohnheit nahm sie die

Haupttreppe, weil sie den Schlüssel brauchte. Zu ihrem Verdruss blieb ihr Aufbruch nicht unbemerkt – unten in der Halle lief sie Reuben über den Weg, und durch die offene Salontür waren auch May Belle und Maxim zu sehen, die dort am Tisch saßen und sich unterhielten. Als sie Reuben mit Cat sprechen hörten, verstummten sie und sahen sie befremdet an.

»Was hast du denn so spät noch vor, Schwesterherz?«, erkundigte Reuben sich. Er hatte getrunken. Oder irgendwas eingeworfen. Seine Augen waren unnatürlich geweitet, sein Grinsen eine Spur zu breit, um herzlich zu sein. »Du siehst scharf aus. Wieder zurück im Sattel? Triffst du dich mit jemandem?«

Sie verfluchte sich, weil sie wieder das Kleid mit dem tiefen Ausschnitt angezogen hatte. »Das geht dich nichts an.«

May Belle kam aus dem Salon. Sie hatte einen Longdrink in der Hand und sah ähnlich angeheitert aus wie Reuben. Anscheinend gab es was zu feiern. Gleich darauf wurde Cat bewusst, dass das wohl tatsächlich zutraf. Sie hatte vergessen, dass May Belle morgen Geburtstag hatte – anscheinend wollten die drei ein bisschen reinfeiern. Mit ihren nächsten Worten bestätigte May Belle diese Vermutung.

»Willst du einen mittrinken?« Sie sah auf ihre Uhr. »In vierzig Minuten können wir auf meinen Sechsundzwanzigsten anstoßen.«

»Danke, aber nein. Ich muss noch fahren. Wenn ich es früher gewusst hätte …«

»Es war nicht geplant oder so, wir haben uns ganz spontan vorhin auf einen Absacker getroffen und dann überlegt, dass wir einfach noch reinfeiern. Komm, trink doch auch ein Glas mit uns. Eins darfst du, oder?«

Gegen ihren Willen ließ Cat sich von May Belle einen Mint Julep aufdrängen. Maxim hatte ihn professionell gemixt, er schmeckte fabelhaft, aber Cat nippte nur daran. Mehr als zwei mikroskopisch kleine Schlucke gönnte sie sich nicht. Sie hatte den ganzen Tag kaum was gegessen und würde es sofort spüren, wenn sie jetzt trank. Fünf Minuten harrte sie tapfer mit May Belle und Maxim im Salon aus und übte sich in langweiligem Smalltalk, ehe sie sich mit gespieltem Bedauern verabschiedete und May Belle versprach, morgen noch mal extra mit ihr anzustoßen. Ihr schlechtes Gewissen hielt sich in Grenzen, denn Reuben hatte sich zwischenzeitlich auch schon wieder abgesetzt. Sie hörte ihn in der Bibliothek telefonieren.

Gerade als sie das Haus verlassen wollte, tauchte unversehens Opal auf. Sie kam aus dem Küchentrakt, ein großes Glas Milch und einen Teller Kekse vor sich her balancierend. Anscheinend hatte sie vorm Zubettgehen noch einmal Hunger bekommen. Sie war barfuß und ungeschminkt und trug ein offenherziges Nichts von Shorty – eine seltsam widersprüchliche Mischung aus natürlicher Unschuld und aufreizender Erotik.

»Wow«, sagte sie, als sie Cat sah. »Heißes Kleid. Mit wem triffst du dich?«

»Das ist meine Privatsache«, gab Cat höflich zurück.

Opal lächelte leicht maliziös und trank einen Schluck von ihrer Milch. »Pass auf, dass du es nicht wieder übertreibst.«

Cat erstarrte, doch Opal bekam es gar nicht mehr mit. Sie spazierte bereits zur Treppe, um nach oben zu gehen.

Cat atmete durch und zwang sich, es nicht an sich ranzulassen. Anfangs waren nach dem Überfall alle noch ehrlich um sie besorgt gewesen, aber das hatte schlagartig aufgehört, als sich herausstellte, dass dieses Schwein auf Bestellung zu ihr ins Motel gekommen war. Sie hätte es noch so vehement abstreiten können – ihre Familie war davon überzeugt, dass der Überfall gar keiner war, sondern nur die Entgleisung eines speziellen Dates, und wenn das FBI nicht irrtümlich dazwischengegangen wäre, hätte es genau das Ende gehabt, dass Cat sich dafür gewünscht hatte. Keiner in der Familie hatte es so offen ausgesprochen, aber Cat wusste genau, was sie alle darüber dachten: Jeder hatte doch irgendwelche heimlichen Laster, nicht wahr? Solche Bemerkungen wie gerade die von Opal oder davor von Reuben riefen es ihr immer wieder in Erinnerung – kleine, nadelscharfe Spitzen, die sie da trafen, wo es wehtat. *Wieder zurück im Sattel. Pass auf, dass du es nicht wieder übertreibst.* Nur Onkel Randolph hatte kein einziges Wort über den Vorfall verloren, aber sogar das ließ Cat vermuten, dass er vielleicht im Stillen dasselbe dachte wie die anderen.

Sie schnappte sich die Autoschlüssel und sah zu, dass sie endlich aus dem Haus kam.

Im Wagen brauchte sie eine Weile, um sich zu sammeln. Alle gaben sich Mühe, um sie bei Laune zu halten, niemand wollte es sich endgültig mit ihr verscherzen, weil sie sozusagen die Herrin des Geldes war. Die Situation war im Grunde unerträglich für alle Beteiligten, am allermeisten aber für sie selbst. Dennoch wünschte sie sich nach wie vor, es könnte sich so etwas wie Harmonie oder ein familiärer Zusammenhalt einstellen. Bekanntlich starb die Hoffnung zuletzt. Irgendwas musste davon noch übrig sein aus der Zeit, als dieses Haus noch ein echtes Heim für eine richtige Familie gewesen war. Mom und Dad, Reuben und May Belle und sie selbst – es war lange her, aber sie erinnerte sich noch an Sonntage voller Lachen und Liebe, an glückliche Stunden zu Weihnachten und an das Gefühl warmer Geborgenheit. Sie hatte wieder angefangen, in den alten Alben zu blättern, und versank oft in diesen Erinnerungen. Sie versuchte immer wieder, sich die Empfindungen von früher ins Gedächtnis zurückzurufen, als könnte sie damit ein Reservoir aus Zuneigung und gutem Willen füllen, um es beim nächsten Zusammentreffen mit ihren Geschwistern anzuzapfen.

Manchmal funktionierte es, manchmal nicht. Gerade eben war es mal wieder schiefgegangen. Vielleicht lag es daran, dass sie einen so miesen Tag gehabt hatte. Das Treffen mit Brent hatte sie emotional restlos abstürzen lassen, und hinterher hätte sie am liebsten alles hingeworfen und sich in die nächste Maschine nach London gesetzt. In dem Augenblick, als er sie einfach am Oberdeck der *Natchez* stehen gelassen hatte und mit dem Hund zur anderen Seite des Schiffs gegangen war, hatten sich Vergangenheit und Gegenwart wie ein schreckliches Vexierbild miteinander verbunden. In diesem Moment war alles wieder hochgekommen, was vor zwölf Jahren passiert war – der jähe Schmerz des Verlustes, die Demütigung, die ganze bittere Niederlage.

Sein Anruf hatte alles wieder ins Gegenteil verkehrt, sie schwebte gleichsam auf Wolken des Glücks und fühlte sich fast wie vor ihrem ersten Date.

Als sie an das bevorstehende Treffen mit Brent dachte, gewann die Freude abermals die Oberhand und ließ auch den familiären Ärger von vorhin verblassen. Sie musste das Ganze pragmatisch sehen: Opal hatte sich schon schlimmer aufgeführt. Etwa, als Cat ihr die Kontovollmacht entzogen und ihre monatlichen Bezüge auf eine Summe beschränkt hatte, die Opal wie ein Taschengeld erscheinen musste – danach hatte tagelang Eiszeit zwischen ihnen geherrscht. Mittlerweile ging es wieder, von gelegentlichen Ausfällen wie vorhin einmal abgesehen.

Cat machte sich mit den Armaturen des Wagens vertraut, ehe sie den Motor startete und losfuhr. Es war ein gepflegter Lexus mit Ledersitzen. Im Innenraum roch es leicht nach Randolphs Rasierwasser, und auf dem Rücksitz lag eins seiner Jacketts. Am Rückspiegel hing ein Miniaturmaskottchen von den Saints.

Brent hatte ihr die Adresse eines Motels am Lake Pontchartrain genannt. Um diese späte Zeit herrschte nicht viel Verkehr, sie würde nicht lange brauchen.

Dass sie beschattet wurde, fiel ihr erst auf dem Freeway auf. Sie merkte es, als sie langsamer fuhr, weil sie sich mit einem Griff in ihre Handtasche vergewissern wollte, dass sie das Prepaidhandy eingesteckt hatte. Im Rückspiegel sah sie, dass der Wagen hinter ihr ebenfalls abbremste. Und auch danach blieb er immer im selben Abstand hinter ihr. Wenn sie überholte, überholte er auch, und wenn sie das Tempo reduzierte, tat er dasselbe. Sie wusste nicht, ob er ihr auch schon im Garden District gefolgt war, aber dass er ihr *jetzt* folgte, war nicht zu übersehen. Sofort fing ihr Herz vor Aufregung an zu rasen. Sie hätte besser aufpassen müssen! Brent hatte ihr eingeschärft, von Anfang an auf mögliche Beschatter zu achten. Er traute Tallulah nach wie vor keine Handbreit über den Weg.

Kurzerhand nahm sie die nächste Ausfahrt, aber sie bog erst im allerletzten Moment ab und setzte keinen Blinker. Hinter ihr quietschten Bremsen, doch ein Blick in den Rückspiegel zeigte ihr, dass sie den Verfolger nicht abgeschüttelt hatte. Sie hielt sich in Richtung Citypark; vielleicht würde sich dort eine Gelegenheit ergeben, ihn abzuhängen. Wenn sie ihn nicht loswurde, musste sie Brent anrufen und das Date absagen. Allein bei dem Gedanken bildete sich in ihrem Magen ein Knoten aus Enttäuschung und verzweifelter Sehnsucht.

Aber dann erwachte ihr Zorn, und sie entschloss sich, andere Saiten aufzuziehen. Bei der nächsten Gelegenheit bog sie ab und fuhr rechts ran. Mit ihrem offiziellen Handy wählte sie den Notruf. Sie stellte sich mit Namen vor, nannte ihren Standort und erklärte dem Beamten am anderen Ende der Leitung, dass sie von einem Unbekannten verfolgt werde. Der Beamte forderte sie auf, Ruhe zu bewahren und im Wagen zu bleiben, es werde gleich eine Streife kommen. Cat bedankte sich und blickte in einer Mischung aus Triumph und Schadenfreude in den Rückspiegel. Wie erwartet, hatte der Wagen hinter ihr angehalten. Sie befand sich in einer ruhigen Seitenstraße. Weit und breit war kein Mensch zu sehen, nur hier und da ein parkendes Auto.

Nun konnte sie auch den Wagen, der ihr gefolgt war, zum ersten Mal genauer betrachten, denn der Fahrer hatte die Scheinwerfer abgeschaltet und parkte in der Nähe einer Laterne. Offenbar konnten die Beschatter des NOPD nicht auf den üblichen Fuhrpark zugreifen, denn es handelte sich um einen schäbigen alten Mustang, über dessen maroden Zustand auch die angeberischen weißen Rallyestreifen nicht hinwegtäuschen konnten.

Während Cat den Wagen im Rückspiegel beobachtete, stellte sie sich vor, was für ein dummes Gesicht der Fahrer machen würde, wenn gleich die Streife eintraf. Und wie dämlich erst Tallulah dreinschauen würde, wenn sie hörte, dass ihre bescheuerte Überwachung aufgeflogen war.

Sie wollte gerade Brent anrufen, um ihm Bescheid zu sagen, dass es eine halbe Stunde später werden würde, als sie im Rückspiegel sah, wie jemand aus dem Mustang ausstieg und näher kam. Sie ließ das Prepaidhandy sinken und drehte sich um. Während sie noch erschrocken überlegte, was der Typ von ihr wollte und was sie ihm sagen sollte, riss er bereits die Fahrertür des Lexus auf. Im Licht der anspringenden Innenbeleuchtung erkannte sie, dass er nicht von der Polizei sein konnte – er trug eine Sturmhaube, die nur die Augen freiließ.

Cat schrie auf und versuchte, unter seinem Arm wegzutauchen und aus dem Wagen zu springen, doch er drängte sie zurück. Gleichzeitig brachte er ein Klappmesser zum Vorschein und ließ die Klinge herausschnappen. Cat warf sich zur Seite, während der Typ bereits zustieß. Das Messer bohrte sich an der Stelle, wo sich gerade noch ihr Oberkörper befunden hatte, in die Rückenlehne. Sie spürte, wie die scharfe Klinge eine Strähne ihres Haars absäbelte. Er riss und zerrte, um das Messer wieder aus der Polsterung herauszuziehen, doch er hatte es so tief hineingestoßen, dass er es nicht auf Anhieb schaffte. Den Oberkörper seitlich weggedreht, versuchte sie, sich unter ihm wegzuwinden, während der Kerl dicht über ihr war, ein Knie auf ihren Oberschenkeln, um sie am Sitz festzunageln. Mit einem letzten heftigen Ruck gelang es ihm, das Messer zu befreien, und ohne Umschweifte stach er abermals auf sie ein. Reflexartig riss sie zur Abwehr den Arm hoch. Sie spürte die eindringende Klinge, aber da war kein Schmerz. Es war fast, als hätte sich ihr Körper von ihren Empfindungen getrennt. Die tödliche Gewissheit, dass sie beim nächsten Stich sterben würde, schien sie zu betäuben, als wollte ihr Unterbewusstsein dafür sorgen, dass sie nicht leiden musste.

Im nächsten Moment heulte in unmittelbarer Nähe eine Polizeisirene auf.

Es reichte offenbar, um den Kerl von seinem Vorhaben abzubringen. Er war auf einmal weg. Cat sank auf dem Sitz zusammen. Ihr war furchtbar schwindlig. Einen Herzschlag später wurde alles um sie herum dunkel.

Während der Fahrt im Rettungswagen wurde sie wach. Ihr Arm brannte wie Feuer, es tat so weh, dass sie anfing zu schreien. Ein Sanitäter beugte sich über sie und redete beruhigend auf sie ein. Ein anderer befestigte eine Kanüle an ihrem Handgelenk und beteuerte ihr, dass er ihr gleich was gegen die Schmerzen geben würde. Dann verlor sie kurzzeitig wieder die Besinnung, kam aber gleich darauf erneut zu sich, weil ihr jemand ins Gesicht schlug und sie mit lauten Rufen aufforderte, nicht einzuschlafen. Sie hörte Worte wie *Schock* und *Blutverlust*, und dann schwebte sie langsam davon, wie auf sanften Flügeln, nicht bewusstlos, aber auch nicht wach. Der Schmerz ließ nach, der Dämmerzustand blieb bestehen. Sie bekam nur fetzenweise mit, wie sie aus dem Wagen gehoben und in eine neonhelle Notaufnahme geschoben wurde. Es war fast wie im Film. Um sie herum riefen sich Ärzte und andere Rettungskräfte Informationen zu. Sie wurde in einen gekachelten Raum gebracht, an dessen Decke scheinwerferhelle Lampen brannten, und gleich darauf versank alles wieder in tiefer Schwärze.

Als sie das nächste Mal zu sich kam, lag sie in einem Klinikbett. Neben ihr piepsten und summten irgendwelche Apparate. Sie fühlte sich wie durch die Mangel gedreht, aber Schmerzen hatte sie zum Glück nicht. Sie wandte den Kopf und schielte auf ihren linken Arm, der dick bandagiert war.

»Oh Gott, du bist wach!« Aus der Ecke des Zimmers kam ein unterdrücktes Schluchzen. Es war May Belle, die von einem Stuhl aufsprang und sich auf Zehenspitzen dem Bett näherte. Sie sah ziemlich mitgenommen aus. Ihre Wimperntusche war zu schwarzen Schlieren zerlaufen, und das feine Blondhaar hing ihr ungekämmt auf die Schultern. »Um Himmels willen, Cat«, sagte sie mit schwankender Stimme. »Du machst Sachen! Wo bist du da bloß reingeraten?«

»Irgendwer hat wohl was gegen mich«, gab Cat zurück. Ihre Stimme klang wie ein Krächzen aus der Kanalisation. »Übrigens – herzlichen Glückwunsch zum Geburtstag.«

May Belle lachte unter Tränen. »Du bist verrückt. Ich meine – danke. Wahrscheinlich ist das der schrecklichste Geburtstag, den ich je hatte!«

»Weiß man schon, wer es war?«

»Sie haben den Besitzer des Wagens festgenommen. Er hat behauptet, er war's nicht, aber es scheint ganz so, als wäre er bei den Behörden kein Unbekannter. Sobald du der Polizei eine genaue Beschreibung von ihm lieferst, wandert er für Jahre hinter Gitter, so viel ist sicher.«

»Ich kann ihn nicht beschreiben«, flüsterte Cat. »Er hatte eine Sturmhaube auf.«

»Oh nein! Das ist ja furchtbar!« May Belle besann sich, dann meinte sie eifrig: »Sicher war er's trotzdem. Maxim meinte, dass es immer dieselben Typen aus der Drogenszene sind. Sie überfallen nachts Frauen, die allein unterwegs sind, und rauben sie aus, weil sie Geld für ihren Stoff brauchen.«

»Was ist mit meinem Arm passiert?«, murmelte Cat.

»Tut es weh?«, fragte May Belle besorgt. »Der Arzt hat gesagt, sie hätten dir was gegen die Schmerzen gegeben.«

»Nein, ich merke nichts. Es fühlt sich taub an. Bin ich operiert worden?«

May Belle nickte ernst. Sie schluckte heftig. »Der Stich ging bis auf den Knochen. Aber das war nicht das Schlimme daran. Deine Arterie wurde verletzt! Du hast wohl unglaublich viel Blut verloren. Sie mussten dir mehrere Transfusionen verabreichen. Aber jetzt bist du über den Berg. Der Arzt hat gesagt, es sind keine wichtigen Nerven verletzt. Es muss einfach alles nur heilen, und du musst dich ein wenig schonen. Wahrscheinlich kannst du in ein paar Tagen sogar schon wieder nach Hause. Oh, Cat, wir alle sind so entsetzt! Du kannst dir nicht vorstellen, was los war, als die Polizei bei uns anrief! Wir sind sofort alle in die Klinik gefahren und haben gewartet, während du noch im OP warst. Als der Arzt uns dann sagte, dass du durchkommst, wollten wir uns abwechseln, damit einer von der Familie bei dir ist, wenn du aufwachst. Ich habe die erste Schicht übernommen. Jesus, ich bin so froh, dass nichts Schlimmeres passiert ist!«

Cat konnte dieser in dramatischem Ton vorgetragenen kleinen Rede nur mit halber Aufmerksamkeit folgen. Sie dämmerte immer wieder weg.

»Cat«, sagte May Belle leise. »Ich gehe dann jetzt mal wieder. Aber sobald ich zu Hause bin, schicke ich Reuben her. Er ist als Nächster dran.«

Cat wollte ihr sagen, dass sie keinen Wert auf Gesellschaft legte. Außerdem hatte sie noch fragen wollen, wie spät es war, doch May Belle hatte sich bereits zurückgezogen. Eigentlich spielte es keine Rolle. Draußen war es schon hell, es musste also bereits wieder Tag sein. Aber auch das war letztlich gleichgültig. Sie wollte nur noch schlafen.

»Ihr Ehemann ist hier«, sagte eine Frauenstimme leise neben ihrem Ohr. Cat schlug die Augen auf. Eine Krankenschwester beugte sich über sie. Auf der anderen Seite des Bettes stand Tarquin und blickte mit sorgenvoller Miene auf sie herab.

»Ihre Frau braucht noch viel Ruhe, sie ist noch sehr schwach«, sagte die Krankenschwester zu ihm, während sie die Messdaten an den Apparaturen und den Stand der Infusion prüfte. »Haben Sie Schmerzen?«, fragte sie Cat.

»Ja«, murmelte Cat. Ihr Arm tat wieder höllisch weh.

»Ich erhöhe noch mal ein bisschen die Dosis. Es kann

sein, dass Sie gleich wieder müde werden. Schlafen Sie einfach, das tut Ihnen gut. Sir, Sie sollten dann auch recht bald wieder gehen.« Dann verließ die Schwester den Raum, bevor Cat protestieren und ihr erklären konnte, dass sie und Tarquin schon seit zehn Jahren geschieden waren. Sie hatte Mühe, die Augen aufzuhalten.

»Was willst du hier?«, murmelte sie.

»Ich habe mir wahnsinnige Sorgen um dich gemacht. Als ich hörte, was passiert ist, bin ich sofort in den Wagen gesprungen und hergekommen. Mein Gott, du ziehst das Unglück aber auch wirklich magisch an, Cat!«

In seiner Stimme schwang ein Tonfall mit, der sie alarmierte. Sie hatte zu Brent gesagt, dass sie Tarquin keinen Mord zutraute, aber woher nahm sie diese Sicherheit? Sie war hier ganz allein mit ihm. Wie weit würde er gehen, um die Firma an sich zu bringen? Sie war viel zu schwach, um zu schreien, und unter Einwirkung der Medikamente war sie wehrlos wie ein kleines Kind. Er musste ihr nur ein Kissen aufs Gesicht drücken, bis sie tot war, und anschließend laut um Hilfe rufen, weil sie plötzlich aufgehört hatte zu atmen.

»Verkauf mir die Firma«, sagte er leise, während er sich dicht über sie beugte. Sie spürte seinen Atem an ihren Lippen und roch sein Rasierwasser. Es war dieselbe Sorte wie früher. Genau wie alles andere an ihm. Sein teurer Anzug, die edle Krawatte, das attraktive, gebräunte Gesicht – er war die Seriosität in Person. Niemand würde ihm ein Verbrechen zutrauen.

Er beugte sich noch weiter vor und küsste sie leicht auf die Lippen. »Ach Cat, du bist so süß! Du warst immer schon so süß! Die Ehe mit dir hat mir viel Spaß gemacht, auch wenn du im Bett nie wirklich bei der Sache warst. Aber ich bin auf meine Kosten gekommen, wir hatten zwei richtig nette Jahre zusammen.«

Sie bekam es ernstlich mit der Angst zu tun. »Hau ab«, flüsterte sie.

Er schien ihre Gedanken zu erraten. »Fürchtest du dich vor mir, Cat?«, fragte er mit seidenweicher Stimme. »Denkst du, ich könnte einen Schritt zu weit gehen, um das zu kriegen, was ich möchte? Sag mir, wieso nimmst du das alles auf dich? Was steckt dahinter? Warum willst du auf Biegen und Brechen das Unternehmen am Laufen halten und es konsolidieren? Wo es doch so viel einfacher wäre, es mir zu überlassen! Willst du es etwa nur deshalb behalten, weil deine geldgierigen Verwandten das Gegenteil von dir verlangen? Ist es das, was dich bei der Stange hält? Hast du in die Abgründe dieser rabenschwarzen Seelen geschaut und willst ihnen deshalb all den Reichtum vorenthalten?«

»*Du* steckst dahinter«, flüsterte sie. »Du hast das alles eingefädelt.«

Er hob die Brauen. »Ich weiß nicht, wovon du sprichst. Mir scheint, du stehst unter dem Einfluss ziemlich harter Medikamente. Trotzdem solltest du dir mein Angebot endlich durch den Kopf gehen lassen, Cat. Ich hasse es, mich ständig wiederholen zu müssen.« Er schnipste mit dem Finger gegen den Schlauch des Tropfs. »Vor diesen Dingern habe ich immer irgendwie Angst. Man weiß nie, was die da so reintun. Es könnte alles Mögliche sein, oder? Sofern sie überhaupt richtig funktionieren. Es heißt ja auch, schon die kleinste Luftblase könne tödlich sein.«

Cat hörte, wie jemand ins Zimmer kam. Sie wollte nach der Schwester rufen, brachte jedoch nur ein Ächzen heraus. Aber Tarquin hatte sich bereits aufgerichtet und war einen Schritt zurückgetreten.

»Was wollen Sie hier, St. John?«, kam es gefährlich ruhig von der Tür. Es war Brent.

Cat stöhnte erleichtert auf. Zum Sprechen war sie zu schwach.

»Ich habe nach meiner Frau gesehen, Agent. Okay, ich weiß, wir sind schon lange nicht mehr verheiratet. Aber ich betrachte sie immer noch als meine bessere Hälfte.« Mit anzüglicher Betonung fügte er hinzu: »Schließlich haben wir zwei Jahre lang Tisch und Bett geteilt.«

»Raus hier«, sagte Brent scharf. »Sonst verhafte ich Sie.«

»Ach?«, meinte Tarquin mit mildem Interesse. »Wegen was denn?«

»Für den Anfang wegen Widerstand gegen einen Bundesbeamten. Aber wenn ich Sie erst mal in Handschellen hier rausschleife, fällt mir sicher noch was Besseres ein.«

»Sparen Sie sich die Mühe«, meinte Tarquin leichthin. »Ich bin schon weg. Wiedersehen, Liebes.« Auf dem Weg zur Tür wurde er von Brent angerempelt, der ihn hart mit der Schulter wegstieß. Tarquin geriet aus dem Gleichgewicht, fing sich aber sofort wieder und verließ den Raum, ohne sich umzudrehen.

Brent wusste, dass er noch nie in seinem Leben so dicht davor gestanden hatte, ein Verbrechen zu begehen. Es kostete ihn ein Höchstmaß an Selbstbeherrschung, nicht beide Hände um den Hals dieses Lackaffen zu legen und mit voller Kraft zuzudrücken. Seine Stimme zitterte, als er Cats Hand nahm. »Hat er dich bedroht?«

Sie öffnete die Augen. Ihr Blick war trüb, sie wirkte weggetreten. Aber sie hatte ihn verstanden und nickte. Sein Zorn steigerte sich zur Weißglut. Er musste an sich halten, um dem Mistkerl nicht hinterherzurennen und ihn aus dem Fenster zu werfen. Hätte er nur früher auf Randolph Bannister gehört!

»Was hat er zu dir gesagt?«

Sie schien nachzudenken, und ihm wurde klar, dass sie es nicht mehr richtig zusammenkriegen würde. Was immer dieses Schwein ihr gesagt hatte – es gab keine Beweise.

»Du musst nicht sprechen. Ich kümmere mich um alles. Als Erstes sorge ich dafür, dass vor der Tür ein Officer Posten bezieht. Ab sofort stehst du unter Schutz. Hier kommt keiner mehr rein. Und wenn du wieder richtig beisammen bist, erzählst du mir alles. Schlaf dich aus und erhol dich.«

Sie schien ihn etwas fragen zu wollen, aber ihr fehlte die Kraft. Die Augen fielen ihr dauernd wieder zu. Offensichtlich war sie bis obenhin mit Beruhigungs- und Schmerzmitteln vollgepumpt.

Er rief Hightower beim NOPD an und bat ihn, einen Officer zur Bewachung vorbeizuschicken. Anschließend blieb er neben Cats Bett sitzen und wartete. Ihr Gesicht war unnatürlich blass, und das rote Haar, das wie ein Schleier um ihren Kopf herum ausgebreitet auf dem Kissen lag, schien jede Leuchtkraft verloren zu haben. Sie trug ein hässliches grünes Krankenhaushemd, und ihre Handgelenke waren mit allen möglichen Geräten verkabelt. Sein Blick fiel auf die dicke Bandage an ihrem linken Oberarm, und wieder nahm sein Zorn Ausmaße an, die ihn erschreckten. Er war nicht nur auf den Kerl wütend, der ihr das angetan hatte, sondern auch auf sich selbst. Statt in der vergangenen Nacht genauer darüber nachzudenken, warum sie trotz ihrer Zusage nicht erschienen war, hatte er ihr sofort unterstellt, dass sie ihn versetzt hatte, um ihm sein harsches Benehmen auf der *Natchez* heimzuzahlen.

Ein uniformierter Polizeibeamter des Departments erschien, und Brent ging zu ihm hinaus auf den Gang. Er instruierte ihn, vor der Tür Posten zu beziehen und nur Mitarbeiter des Pflegepersonals zu Cat vorzulassen, vorausgesetzt, diejenigen konnten sich vorher zweifelsfrei ausweisen. Während er mit dem Officer redete, tauchte Reuben Bannister auf.

»Du liebe Zeit, was ist denn hier los? Ein Aufmarsch der Gesetzeshüter? Hat Cat schon ihre Aussage gemacht?«

»Nein, sie schläft. Und im Moment ist Besuch von der Familie das Letzte, was sie braucht. Genauer gesagt: Sie braucht vorläufig *überhaupt* keinen Besuch.«

Reuben beäugte den Officer. »Steht sie unter Polizeischutz?«, fragte er Brent.

»Du hast es erfasst. Bis auf Weiteres darf niemand zu ihr. Auch du nicht.«

»Was sagst du da? Du kennst mich noch aus der Schule! Ich bin ihr Bruder!«

»Und Tarquin St. John war mal ihr Ehemann. Aber als ich vorhin kam, stand er gerade an ihrem Bett und hat an ihrem Infusionsschlauch herumgefummelt. Ich bin der Meinung, in der letzten Zeit ist deiner Schwester ein bisschen zu viel passiert. Zwei Überfälle binnen weniger Wochen – wer da noch von Zufall spricht, hat entweder keine Ahnung oder Dreck am Stecken. Und wie es scheint, haben ein paar Leute aus ihrem engsten Umfeld ein echtes Interesse daran, dass ihr was zustößt.«

Reuben wirkte ehrlich erschrocken. »Muss man davon ausgehen, dass diese Überfälle geplant waren?«

»Bis zum Beweis des Gegenteils gehe ich von allen Schlechtigkeiten dieser Welt aus.«

Reuben sah aus, als wollte er widersprechen, aber dann räumte er wortlos das Feld und verschwand in Richtung Ausgang. Brent ging zurück ins Krankenzimmer. Cats persönliche Sachen waren dort in einem schmalen Spind untergebracht – Sandaletten, ein blutbeflecktes Kleid, eine Handtasche. Er holte ihr Prepaidhandy heraus und prüfte den Nachrichtenspeicher und die Anrufliste. Alles leer. Sie hatte sich an seine Anweisungen gehalten und jede eingegangene Nachricht sowie alle ein- und ausgehenden Anrufe immer sofort gelöscht. Vorsorglich steckte er es trotzdem ein. Es war schon das dritte, aber bei laufenden Überwachungen verloren die Dinger schnell ihre Schutzfunktion – sie konnten genauso geortet werden wie andere Handys, sobald erst die Nummer bekannt war. Und dafür musste man nur den exakten Standort der betreffenden Person kennen.

Aus einem Impuls heraus sah er sich auch ihr Smartphone an, das sie für den offiziellen Teil ihres Lebens verwendete. Hightower hatte ihm erzählt, dass sie vor dem Überfall einen Verfolger bemerkt und die 911 angerufen hatte. Brent fand die Notrufnummer in der Anrufliste und verspürte erneut einen Stich, als ihm so unmittelbar sein schmähliches Versagen vor Augen geführt wurde.

Im Nachrichtenspeicher entdeckte er einige Ein- und Ausgänge von gestern. Alle, die davor lagen, hatte sie offensichtlich gelöscht. Sie war eindeutig vorsichtiger geworden. Die noch im Speicher vorhandenen Textnachrichten wirkten belanglos, anscheinend ging es um kurze Briefings eines ihrer Mitarbeiter im Londoner Büro von Trispell. Doch Brent hatte schon zu Beginn seiner Ermittlungen im Fall Bannister festgestellt, dass nichts so war, wie es auf den ersten Blick schien.

Sie hatte geschrieben: *Bin fast so weit. Zielvorstellung: 2 Wochen. Gruß, C.*

Die Antwort eines gewissen W. B. lautete: *Unbedingt oberste Maxime beibehalten, sonst sofort hier Stopp.*

Dann wieder Cat: *O. K.*

Er fotografierte mit seinem eigenen Handy die Nachrichten und Kontaktdaten, bevor er Cats Tasche sorgfältig wieder im Spind verstaute und sich dem Krankenbett zuwandte. Sie schlief immer noch tief und fest. Er beugte sich über sie und küsste sie sacht auf die Stirn.

»Verdammt«, flüsterte er. »Was stellst du nur mit mir an?«

Dann verließ er leise den Raum.

20

Natürlich war der Überfall das Hauptthema der nächsten Lagebesprechung im NOPD. Tallulah leitete die Ermittlungen in dem Fall. Allerdings ermittelte sie nur mit halber Kraft, nämlich gegen unbekannt. Den Kerl, dem der Mustang gehörte, hatte sie inzwischen wieder laufen lassen.

Brent schäumte, als sie es beiläufig gleich zu Beginn der Sitzung erwähnte. Sie warf es ihm in einem Nebensatz hin wie einen Köder. Und Brent stürzte sich sofort darauf. In seiner Erregung sprang er vom Stuhl auf und schlug mit den Fäusten auf den Tisch. Milo, der neben ihm saß, zuckte erschrocken zusammen, doch Brent konnte sich nicht bremsen.

»Wie konnten Sie das zulassen, Detective Harris?«, rief er außer sich. »Ich habe mir das Strafregister von diesem Otis Hammond angesehen! Man kann damit ganze Wände tapezieren!«

»Mir ist nichts anderes übriggeblieben«, gab sie gelassen zurück. »Das Gericht hat eine Kaution festgesetzt. Er hat ausgesagt, der Wagen sei ihm gestohlen worden. Außerdem hat er für die fragliche Zeit ein Alibi.«

Brent starrte sie konsterniert an. »Was für ein Alibi?«

»Er hat sich mit ein paar Kumpels auf ein Bier getroffen. Sein Anwalt kam gestern mit den Aussagen an.«

»Ich wette, diese Kumpel sind vom selben Kaliber wie Otis Hammond.«

»Dem stimme ich zu. Ich glaube auch, dass sie lügen, aber dem Richter hat's für eine Freilassung auf Kaution gereicht. Es gibt keine Beweise. Wie zu hören war, konnte das Opfer den Täter nicht beschreiben.«

»Wurde die Bekleidung des Opfers sichergestellt, um etwaige Genspuren oder Faserrückstände infolge eines möglichen Körperkontakts zu gewinnen?«, fragte Brent, obwohl er genau wusste, dass dem nicht so war. Schließlich hatte er selbst Cats Kleid im Spind gesehen. Und er hätte jede Wette darauf abgeschlossen, dass auch Bannisters Lexus, in dem sie unterwegs gewesen war, zwischenzeitlich komplett wiederhergerichtet und gesäubert worden war, ohne dass die Leute von der Spurensicherung auch nur einen einzigen Blick darauf geworfen hatten.

»Das Sichern von Spuren haben wir nicht für nötig gehalten«, sagte Tallulah steif. »Sie ist ja sozusagen mit einem Kratzer davongekommen. Es heißt, sie konnte heute früh schon wieder die Klinik verlassen. Drei Tage Krankenhaus, da muss man wirklich nicht alle kriminalpolizeilichen Register ziehen, oder? Die Frau kostet den Steuerzahler schon genug Geld. Davon abgesehen, ist sie selber Verdächtige in einem Mordfall. Wenn jemand in den Knast gehört, dann sie!«

»Eines wissen Sie noch nicht, Agent LaVerne«, meldete sich Hightower. »Einer der beiden Zeugen, die Otis Hammond für die fragliche Zeit ein Alibi gegeben haben, ist Reuben Bannister.«

Es fühlte sich an wie ein Tritt in die Kniekehlen. Brent ließ sich zurück auf den Stuhl fallen.

»Und damit kommen wir zum eigentlichen Punkt«, sagte Tallulah schadenfroh. Es war klar, dass sie diesen Teil der Information lieber selbst an den Mann gebracht hätte. Aber auch so genoss sie den Effekt. »Es liegt doch auf der Hand, dass die Messerattacke bloß ein Fake war. Ebenso wie die bestellte Vergewaltigung neulich. Auf diese Weise gelingt es Cathleen Bannister immer wieder, Verwirrung zu stiften und den Verdacht von sich wegzulenken.« Sie setzte sich bequemer hin und schlug die Beine übereinander. »Und das ist auch genau der Grund, warum es völlig sinnlos ist, Otis Hammond zu überführen und deswegen extra irgendwelche Spuren zu sichern. Denn ich bin absolut sicher, dass er's tatsächlich war, weil es daran überhaupt keinen Zweifel gibt. Er war es, Punkt. Allerdings mit Cathleen Bannisters ausdrücklicher Erlaubnis.« Süffisant lächelnd blickte sie in die Runde. »Scheint so, als hätte sie für diese … Begegnung sozusagen familiäre Kontakte aktiviert. Otis Hammond ist ein Freund ihres Bruders. Als Jungs haben sie zusammen Hahnenkämpfe veranstaltet. Ab und zu hatten sie auch Drogensachen laufen. Einmal war Reuben Bannister sogar deswegen im Bau. Dort war Otis Hammond ebenfalls, allerdings deutlich häufiger. Jedenfalls war Hammond aus Cathleen Bannisters Sicht dank seiner reichen kriminellen Vorgeschichte genau der richtige Mann, um dem NOPD diese Nummer vorzuspielen. Mit fingiertem Notruf und angeblichem Überfall in einer einsamen Straße. Es passt alles. Nur dass er wahrscheinlich ein bisschen fester zugestochen hat, als er sollte, denn es war vermutlich nicht geplant, dass er ihr dabei die Schlagader anritzte. Aber das hat man dann eben davon, wenn man für so was einen Junkie wie Otis Hammond anheuert.«

Brent hatte ihr wie erstarrt zugehört. Seine Stimme klang wie klirrendes Eis. »Wurde dabei die Möglichkeit berücksichtigt, dass Reuben Bannister ein Interesse daran haben könnte, seine Schwester loszuwerden, um an das Erbe zu kommen? Ist er zu der von Ihnen favorisierten Tatversion schon vernommen worden?«

Tallulahs Gesichtsausdruck sagte ihm, dass das nicht geschehen war. Ihre Miene war eine Maske wütender Ablehnung. »Machen *Sie* das doch, wenn Sie es für nötig halten«, giftete sie ihn an.

Brents Stuhl scharrte über den Boden, als er ihn beim Aufstehen zurückstieß. Ohne ein weiteres Wort verließ er den Raum.

Milo und Hightower folgten ihm in kurzem Abstand.

»Warten Sie, Agent LaVerne!«, rief Hightower. »Das hat Detective Harris nicht so gemeint! Wir sollten diskutieren, wie wir weiter vorgehen!«

Milo schien derselben Ansicht zu sein. »Hätten wir das

nicht einfach in Ruhe bereden können?«, beschwerte er sich, als er zu Brent aufgeschlossen hatte. Er sprach absichtlich leise, doch Hightower hatte es trotzdem gehört.

»Wir sollten professionell bleiben«, pflichtete er Milo bei.

»Ich sehe in dem Fall keinen gemeinsamen Ansatz mehr«, erklärte Brent kühl. »Denn ganz offensichtlich will Detective Harris die wahrscheinlichste Möglichkeit nicht in Betracht ziehen, geschweige denn in dieser Richtung ermitteln. Mit anderen Worten, sie ist auf dem entscheidenden Auge blind.«

Hightower verzog das Gesicht, als hätte er Schmerzen. »Da haben Sie wirklich einen Punkt. Man müsste tatsächlich bei Reuben Bannister nachfassen, was es mit diesem Alibi auf sich hat. Wenn Sie wollen, können wir das gemeinsam in Angriff nehmen. Was meinen Sie?« Ihm war das Ganze sichtlich unangenehm. Die laxe Art, wie Tallulah Harris mit der Sache umging, zeugte nicht gerade von kriminalistischer Gründlichkeit. Das brachte Hightower in ein Dilemma, denn als ihr Kollege beim Department stand er ihr näher als Brent. Zudem ließ sich nicht leugnen, dass sie mit den gemeinsamen Ermittlungen in der Wirtschaftsstrafsache derzeit auf der Stelle traten, und das nicht ohne Grund – Brent setzte ja alles daran, dass sie nicht weiterkamen. Gleichzeitig musste er immer mehr Zeit darauf verwenden, seine Aktivitäten zu verschleiern: Hightower hatte angefangen, Fragen zu stellen, denn es schien ihn zu irritieren, dass das FBI nicht schärfer gegen Cathleen Bannister vorging, obwohl feststand, dass sie schon vor dem Mord an ihrem Vater in New Orleans eingetroffen war und allen Widerständen zum Trotz die Firmenleitung nicht aus der Hand geben wollte. »Leute, die was zu verbergen haben, haben eins gemeinsam«, hatte Hightower dazu angemerkt. »Sie versuchen um jeden Preis, die Kontrolle zu behalten. Genau so ist es bei Cathleen Bannister. Solange sie in der Firma selbst die Fäden in der Hand hat, kriegt sie alles mit, was da läuft und was wir über sie rausfinden. Dann ist sie im Ernstfall auch immer die Erste, die gegensteuern und Entlastungstricks aus dem Hut zaubern kann.«

Milo stieß dauernd ins selbe Horn, er drückte es nur kürzer aus. Seine Devise lautete: *Trau, schau, wem.* Bei ihm kam hinzu, dass er sich weiterhin ständig mit Tallulah traf und bis über beide Ohren in sie verknallt war. Er ließ nichts auf sie kommen. Immerhin hielt ihn diese intensive Fixierung auf ihre Person davon ab, seine Energien und Gedanken allzu sehr auf den Fall zu konzentrieren. Er war die meiste Zeit des Tages damit beschäftigt, sich in Form zu bringen, neue Klamotten zu kaufen und sich auch sonst in jeder erdenklichen Weise mental und körperlich auf seine Dates mit Tallulah vorzubereiten.

Brents Entschluss, auf eigene Faust weiterzumachen, stand bereits fest, aber das musste er ja niemandem auf die Nase binden. Er rang sich zu einer höflichen Erwiderung auf Hightowers letzte Bemerkung durch.

»Ich schlage vor, Sie und Agent Stone befassen sich mit

Reuben Bannister und diesem Alibi. Ich selbst werde lieber währenddessen noch einige andere Nachforschungen anstellen, die seine Rolle im Unternehmen seines Vaters betreffen. Das FBI hat schließlich immer noch einen Fall zu lösen.«

Milo runzelte die Stirn. Das war ihm offensichtlich etwas zu friedfertig herausgekommen. Er kannte Brent einfach zu lange und spürte, dass was im Busch war, auch wenn er nicht den Finger drauflegen konnte. Aber in Hightowers Beisein konnte er schlecht Einwände erheben.

»Gut, dann machen wir es so«, sagte Milo zögernd. Dann hellte seine Miene sich unvermittelt auf. »Wie wäre es, wenn wir Reuben Bannister im Beisein seiner Schwester damit konfrontieren, welche Tat er mit seinem Alibi deckt? *Das* wäre doch wirklich spannend!«

Brent interessierte sich eher dafür, was Otis Hammond sich dazu aus der Nase ziehen ließ.

»Mach es, wie du meinst«, meinte er daher nur.

»Ach, und du solltest wissen, dass ich Tallulah mit dabeihaben möchte«, warf Milo ein. »Es ist immer noch *ihr* Fall. Detective Hightower hat recht – was sie da eben sagte, hat sie nicht so gemeint. Bestimmt sieht sie ein, dass man da noch mal nachhaken muss. Es würde ihr nicht gefallen, wenn wir sie auf einmal ausschließen.«

»Ich sagte doch – mach es, wie du meinst.«

Reuben senkte den Kopf und vergrub das Gesicht in den Händen. Als er wieder hochschaute, stand Entsetzen in seinen Augen. Er sah nicht die anwesenden Polizeibeamten an, sondern hielt den Blick auf Cat gerichtet, die ihm gegenübersaß und jede Regung seines Mienenspiels beobachten konnte. »Oh Gott, Cat!«, sagte er erschüttert. »Das wusste ich nicht!«

»Haben Sie nun an besagtem Abend mit Otis Hammond Karten gespielt oder nicht?«, erkundigte sich Tallulah Harris, die Reuben nicht aus den Augen ließ.

Er sah sie verschreckt an. »Ich sollte vielleicht ohne Anwalt nichts mehr sagen.«

»Das bleibt natürlich Ihnen überlassen«, sagte Milo, der neben Tallulah stand und sowohl Cat als auch Reuben genau beobachtete. »Aber Sie sollten auch wissen, dass wir es sowieso rauskriegen, wenn Otis Hammond die Tat begangen hat, und dann wären Sie erst recht wegen einer Falschaussage dran.«

»Oder sogar wegen Mittäterschaft«, setzte Tallulah Harris hinzu. »Denn es ist ja nicht auszuschließen, dass Sie mit Hammond gemeinsame Sache gemacht haben.« Bei diesen Worten sah sie nicht Reuben an, sondern Cat.

Cat faltete die Hände im Schoß und rang um Fassung. Sie musste einen Brechreiz unterdrücken. Als Tallulah Harris vorhin zusammen mit Milo Stone und Hightower unangemeldet hier aufgetaucht war, hatte sie mit allem Möglichen gerechnet, aber nicht damit, dass der Täter Otis Hammond war, diese widerliche Sumpfratte, mit der Reuben schon früher immer um die Häuser gezogen war.

Und erst recht wäre ihr nie in den Sinn gekommen, dass Reuben dem Kerl ein Alibi gegeben hatte.

»Es war alles ganz anders!«, rief Reuben aus. »Otis hat mich reingelegt! Cat, bitte glaub mir! Ich habe damit nichts zu tun!«

»Er wollte mich töten, Reuben!«

Ihr Bruder sah aus, als wollte er gleich anfangen zu weinen. »Ich dachte, er hätte bloß einfach wieder irgendeinen Blödsinn angestellt! Er rief mich an und sagte, er brauche dringend ein Alibi, weil bei einem Drogengeschäft ein Undercover-Cop angeschossen worden sei und die Bullen deswegen hinter ihm her seien. Er sagte, er sei zwar dabei gewesen, aber nicht er habe den Schuss abgefeuert, sondern irgendein Typ aus New Iberia. Blöderweise seien auf der Waffe seine Fingerabdrücke, weil er selber dem Typen vor Monaten die Knarre verkauft habe. Er hat mich angebettelt, zu seinem Anwalt zu gehen und da auszusagen, dass wir ab elf Uhr abends bei ihm zu Hause Karten gespielt hätten. Das habe ich gemacht – um der alten Freundschaft willen und weil Otis immer zu mir gehalten hat. Ich hatte keine Ahnung, dass er das Alibi in Wahrheit für was anderes brauchte! Ich schwöre es bei allem, was mir heilig ist! Ich wusste nicht, dass er derjenige ist, der dir das angetan hat!« Flehend blickte er Cat an. »Du musst mir glauben! Er hat mich reingelegt!«

Sie wusste nicht, was oder wem sie noch glauben sollte. Ihr Inneres fühlte sich an wie ausgehöhlt. Die Operation und die Zeit in der Klinik hatten sie geschwächt, jeder

Blick in den Spiegel zeigte ihr, dass sie nur noch ein Schatten ihres früheren Ichs war. Sie fühlte sich wie abgeschnitten von ihrem eigentlichen Leben, von ihren Wünschen und Zielen und Sehnsüchten. Die Aufgabe, die sie nach Dads Tod übernommen hatte, stand immer noch an erster Stelle, aber war sie wirklich bereit, auch unter dem Druck dieser ständig wachsenden Gefahr damit weiterzumachen? Für die Erfüllung eines Versprechens mit vollem Einsatz geradezustehen war eine Sache, aber mit dem eigenen Leben dafür zu zahlen eine andere.

Die Wunde an ihrem Arm heilte gut, sie schmerzte nur noch bei unbedachten Bewegungen. Wenn sie sich schonte, würde sie in ein paar Wochen nicht mehr viel davon bemerken. Nicht mal die Narbe wirkte sonderlich spektakulär, es war nur eine dünne rote Linie, die sich im Laufe der Zeit in einen kaum sichtbaren weißen Strich verwandeln würde. Sie hätte sich gewünscht, dass all die seelischen und emotionalen Verletzungen ähnlich rasch verblassen und unwichtig werden könnten. Stattdessen hatten diese Wunden gerade erst richtig angefangen zu schwären. Die ganze Zeit über hatte sie die Wahrheit verdrängt, aber dieser Besuch von Tallulah Harris und den beiden Typen in ihrem Gefolge machte ihr bewusst, wie sinnlos es war, die Augen vor der Realität verschließen zu wollen.

Als sie von hier aufgebrochen war, um zum Lake Pontchartrain zu fahren, hatte es nicht lange gedauert, bis Hammonds Wagen hinter ihr geklebt hatte. Jemand aus der Familie hatte ihn informiert, dass sie allein unterwegs war, und nach Lage der Dinge hatte Reuben das übernommen. Ihr war gerade wieder eingefallen, dass er in der Bibliothek telefoniert hatte, während sie mit May Belle und Maxim hier im Salon ihren Mint Julep trank.

»Also war Ihre Aussage falsch, Mister Bannister?«, vergewisserte sich Hightower.

»Ich glaube, ich sollte jetzt wirklich einen Anwalt hinzuziehen.«

»Sie können ihn von der Wache aus verständigen.«

»Heißt das, ich muss mitkommen?«, fragte Reuben. In seiner Miene zeigte sich blanke Panik.

»Das haben Sie genau richtig durchschaut.« Tallulah Harris wirkte nicht sonderlich enthusiastisch, als sie um den Tisch herumkam und Reuben aufforderte, sich zu erheben und die Hände auf den Rücken zu legen. »Reuben Bannister, ich verhafte Sie wegen Falschaussage und Irreführung der Behörden.« Sie verpasste ihm ein Paar Handschellen und ließ dabei in leierndem Ton die übliche Belehrung hören, während Reuben schockiert stillhielt und dabei flehende Blicke in Cats Richtung sandte.

»Cat, du musst mir helfen! Ruf Maxim an! Er soll aufs Präsidium kommen. Und er muss sich um die Kaution kümmern.« Er wandte sich an Tallulah. »Man lässt mich doch auf Kaution wieder raus, oder?«

»Das muss das Gericht entscheiden. Jetzt kommen Sie schon.«

»Cat!« Reuben blickte verstört über die Schulter zurück, während Tallulah ihn zur Tür zerrte.

Cat kehrte ihm wortlos den Rücken zu und wartete, bis alle den Raum verlassen hatten. Sie riss die großen, doppelflügeligen Fenstertüren auf, die in den Garten hinauswiesen und den Duft der ganzjährig blühenden Magnolien hereinließen, nur gefiltert durch das feine Netz des Insektengitters. Tief durchatmend versuchte sie, ihre Fassung zurückzugewinnen. Doch die Luft schien ihr in den Bronchien stecken zu bleiben, sie war schwer und feucht und klebte auf der Haut. Die Hitze des Südens hatte auch nach Anbruch des Septembers kaum nachgelassen.

Rasch schloss sie das Fenster wieder und überließ es dem großen Deckenventilator, die stickige Luft zu vertreiben. Sie ging in die Küche, wo Annie damit beschäftigt war, den Herd zu polieren.

»Annie, die Polizei hat Reuben verhaftet. Ich wollte es dir selber sagen, bevor du es durch das Geschwätz von anderen erfährst.«

Annie ließ das Poliertuch fallen und hob die Hände an den Mund.

»Jesus, Miss Cat! Hat er Mister Zachary … seinen eigenen Vater …?«

Cat schüttelte den Kopf. »Nein, es geht nur um eine Falschaussage. Wahrscheinlich ist er morgen schon wieder auf Kaution draußen.«

Annie fing vor Erleichterung an zu weinen. »Dem Himmel sei Dank, Miss Cat! Nach all dem Schrecklichen, das schon passiert ist, wäre das wohl das Schlimmste gewesen!«

Cat versagte es sich, Annie davon zu erzählen, dass der Nutznießer besagter Falschaussage Reubens guter Kumpel Otis Hammond gewesen war, der sie um ein Haar erstochen hätte. Die Ärmste hatte hier in der letzten Zeit genug Familiendramen ertragen müssen.

Geistesabwesend verließ sie die Küche und ging in die Bibliothek, um dort ungestört nachdenken zu können. Sie vermutete tatsächlich, dass Reuben bald wieder freikam. Er war labil und drogenabhängig und vorbestraft, aber Tallulah Harris wollte nicht Reuben Bannister hinter Gittern sehen, sondern seine Schwester Cathleen. Cat hatte längst begriffen, dass in Tallulahs Augen nur eine einzige Person für die Messerattacke verantwortlich war – nämlich das vermeintliche Opfer selbst.

Wer immer Otis Hammond mit dieser Tat beauftragt hatte, ob es nun Reuben oder Tarquin oder sonst wer gewesen war – er hatte die Sache wirklich sorgfältig durchdacht. Cat zweifelte nicht daran, dass Hammond seiner Aussage blitzschnell eine passende Wendung geben würde, sobald er erfuhr, dass sein Alibi sich in Luft aufgelöst hatte: Er würde einfach behaupten, sie selbst hätte ihn für diesen Überfall angeheuert.

Das würde so fabelhaft zu der bestellten Vergewaltigung im Motel passen, dass niemand es anzweifeln würde. Vielleicht nicht mal Brent.

Oh Gott, Brent. Ihr Herz fühlte sich an wie ein kantiger Stein, als sie an ihn dachte. Er war wie vom Erdboden verschluckt. Sie sah und hörte seit Tagen nichts von ihm.

Hätte ihr nicht die Krankenschwester bestätigt, dass unmittelbar nach dem Besuch ihres Gatten (der Teufel sollte Tarquin holen!) ein Special Agent LaVerne vom FBI bei ihr im Zimmer gewesen war, wäre sie davon überzeugt gewesen, seine Anwesenheit nur geträumt zu haben. Danach hatte es von seiner Seite aus kein Lebenszeichen mehr gegeben, abgesehen von der Fed Ex-Paketsendung, die gestern gekommen war. Darin war ein neues Prepaidhandy gewesen, mit einer angeklebten Post-it-Notiz:

Ersatz. Und darunter eine Anweisung: *Warten*.

Seitdem wartete sie.

Entschlossen verdrängte sie jeden Gedanken an ihn und stürzte sich wieder in die Arbeit. Dies war nicht die Zeit, Schwäche zu zeigen oder sich von Gefühlen ablenken zu lassen, die sie keinen Schritt weiterbrachten. Je intensiver sie sich auf das Wesentliche konzentrierte, desto schneller konnte sie mit allem abschließen. Die unsauberen Geschäftskontakte waren eliminiert und die Verhandlungen zur Schadensbegrenzung in die Hände der Firmenanwälte gegeben worden. Es würde sicher teuer werden, aber was immer das FBI jetzt noch über die mögliche Verstrickung von Mitarbeitern der Firma herausfand – das Unternehmen selbst stand sauber da, mit untadeligen Bilanzen und einer Reihe gewinnträchtiger Projekte in der Pipeline, darunter ein Büroturm in Arkansas, für den Bannister Enterprises gerade den Zuschlag hereingeholt hatte.

Rückblickend war es vermutlich sogar ein Segen, dass

sie die Mall nicht bekommen hatten – bei dem Investorenkonsortium hatten sich unerwartete finanzielle Engpässe ergeben, weil eine der beteiligten Banken in Schieflage geraten war. Jetzt konnte Tarquin zusehen, wie er damit fertigwurde. Ohne den großen Mall-Auftrag würde sein Unternehmen zweifellos bald in der Bedeutungslosigkeit versinken. Um am Markt bestehen zu können, hätte er Bannister Enterprises nun erst recht gebraucht. Cat wusste genau, worauf er es abgesehen hatte – Bannister Enterprises verfügte über einen riesigen Bestand hochwertiger Baumaschinen, darunter millionenschwere, gewaltige Bohrer und anderes Spezialgerät für den Tiefbau. Dad hatte in den letzten Jahren zur richtigen Zeit in die richtigen Dinge investiert.

Doch ehe Tarquin die Firma in die Finger kriegte, würde es in der Hölle schneien. Der Gedanke an sein dummes Gesicht, wenn er demnächst die Wahrheit erfuhr, hielt Cat schon die ganze Zeit aufrecht. Und wenn der Himmel es gut mit ihr meinte, würde es den Behörden vielleicht doch noch gelingen, ihm seine Schandtaten nachzuweisen und ihn endgültig aus dem Verkehr zu ziehen. Auch diese Hoffnung verlieh ihr Auftrieb.

Das Tagesgeschäft hatte sie fest im Griff. Die Mitarbeiter in den Projektteams und im Backoffice waren tüchtig und wussten, worauf es ankam, allen voran Onkel Randolph mit seiner unschätzbaren Kompetenz. Für Cat bot das den Vorteil, sich endlich hauptsächlich ihrem eigentlichen Vorhaben widmen zu können – einer zusammenfassenden Strukturanalyse des Unternehmens. Sie war fast fertig mit der Auswertung aller relevanten Daten. Das Strategiepapier, an dem sie schon seit Wochen heimlich schrieb, strebte zügig der Vollendung entgegen. Der Tag, an dem sie das Geheimnis lüften durfte, rückte immer näher, und diese Aussicht beflügelte sie zusätzlich in dem Bestreben, sich nicht von Rückschlägen aus der Bahn werfen zu lassen. Sie musste einfach nur durchhalten und weitermachen.

Sie schaltete die Schreibtischlampe an, weil es draußen allmählich dunkel wurde. Wenig später hörte sie jemanden zur Haustür hereinkommen. Es waren May Belle und Maxim, die lauthals stritten. Cat konnte nicht verstehen, was sie einander an den Kopf warfen, aber dem Geschrei nach war es nichts Nettes. Sie ging in die Halle hinaus, weil sie mit Maxim reden wollte, doch ein Blick in sein vom Alkohol gerötetes Gesicht machte ihr klar, dass er nicht in der Verfassung war, sich um Reuben zu kümmern. Er hatte eine meterlange Fahne und musste Unmengen getankt haben.

Als er Cat sah, kam er auf sie zugetorkelt und grinste sie betrunken an. »Guten Abend, sch-schöne Schwägerin. Ich hoffe, es g-geht dir gut und du b-bist heute ausnahmsweise m-mal nicht d-das Ziel eines heimtückischen Anschlags.«

»Maxim, du fällst noch hin!«, sagte May Belle, während sie seinen Arm umfasste und ihn stützte. Sie machte einen zutiefst verzweifelten Eindruck. Und noch etwas erkannte

Cat in der Miene ihrer Schwester – ein unübersehbares Schuldgefühl, als hätte sie ihm eigenhändig den Whiskey eingeflößt, den er aus allen Poren ausdünstete.

»Es tut mir leid«, sagte May Belle zu Cat. »Er weiß ganz genau, dass er nicht so viel trinken darf.« In ihren Augen standen Tränen. »Er hat wieder gespielt.«

»Vielleicht hatte er ja allen Grund d-dazu«, lallte Maxim, von sich selbst in der dritten Person sprechend. »V-vielleicht war er ja einfach nur sch-scheißunglücklich, weil seine Frau eine Affäre m-mit einem Scheißkerl hat.« Er wandte sich zu Cat und starrte sie aus blutunterlaufenen Augen an. »Sie treibt es m-mit deinem Ex, hast d-du das gewusst? Hast d-du gewusst, d-dass sie Tarquins Schlampe ist?«

Cat hatte es nicht gewusst, höchstens geahnt. May Belles Erröten, wenn Tarquins Name fiel. Maxims hasserfüllte Blicke, wenn seine Frau über ihn sprach – eine Wut, die er bezähmen musste, denn Tarquin musste genauso bei Laune gehalten werden wie Cat, weil er ja das Unternehmen kaufen und viel Geld dafür zahlen sollte. Geld, auf das Maxim dringend angewiesen war, weil er ein Vermögen verspielt und deswegen Schulden am Hals hatte. Und weil er es nicht schaffte, seinen Frust tief genug in Whiskey zu ertränken, um sein Versagen dauerhaft zu vergessen. Genauso wenig schaffte er es, einen harten Schnitt zu machen und von vorn anzufangen. Manchmal wünschte Cat sich, sie hätte ihm und ihrer Schwester sagen können, dass alles gut werden würde. Aber abgesehen davon, dass ihr diese Möglichkeit verwehrt war, konnte sie unter den gegebenen Umständen nicht mal sicher sein, ob es überhaupt stimmte. Sie wusste im Grunde gar nichts mehr, vor allem nicht, wem sie in diesem Haus noch trauen konnte. Auch May Belle und Maxim waren dabei gewesen, als sie spätabends von hier aufgebrochen war. Und Opal ebenfalls. Vielleicht wären sie alle miteinander weit weniger überrascht als Reuben, wenn sie erfuhren, dass Reubens alter Freund Otis mit dem Messer auf sie losgegangen war.

Cat beschloss, die Probe aufs Exempel zu machen. Ohne auch nur mit einem einzigen Wort auf May Belles Affäre mit Tarquin einzugehen, sagte sie: »Reuben wurde verhaftet. Es war sein alter Freund Otis, der mich fast erstochen hat. Und Reuben hat ihm ein falsches Alibi gegeben.«

Maxim glotzte sie an, als käme sie von einem anderen Stern. May Belle reagierte deutlicher: Sie schlug die Hand vor den Mund und riss die Augen auf, eine typische Kleinmädchen-Geste des Entsetzens, die ebenso gut echt wie gespielt sein konnte. Cat wusste, dass ihre Schwester jederzeit auf Kommando heulen und schluchzen konnte, deshalb wusste man bei ihr nie genau, woran man wirklich war. Wie etwa in diesem Moment – May Belle brach in Tränen aus und bezichtigte Maxim, daran schuld zu sein, dass Reuben nun ins Gefängnis musste.

»Sekunde mal«, mischte Cat sich ein. »Wieso sollte Maxim schuld daran sein?«

»Weil er ihn im Stich gelassen hat! Reuben war bei ihm und hat ihn angebettelt, ihm zu helfen, aber Maxim hat sich aufs hohe Ross gesetzt und ihm gesagt, er solle allein damit klarkommen!«

»Womit klarkommen?«

»Reuben wurde erpresst«, sagte May Belle mit Grabesstimme.

»Was?« Konsterniert sah Cat ihre Schwester an. »Von wem denn?«

»Das wissen wir nicht. Ich glaube, er weiß es nicht mal selber, jedenfalls hat er das behauptet.«

»Und womit wurde er erpresst?«

»Auch das hat er uns nicht gesagt, aber er war sehr verzweifelt.«

»Ging es um Geld?«

May Belle nickte mit tränenüberströmtem Gesicht. Im Schein der mit Kristalltropfen verzierten Deckenleuchte wirkte sie feenhaft zerbrechlich, ein Eindruck, der durch die himmelblauen Augen und das feine helle Haar noch verstärkt wurde. Sie trug ein mit Silberfäden durchwirktes Kleid – fast wie ein Prinzessinnenkleid. Mom hätte ihre Freude daran gehabt, wenn sie es gesehen hätte.

Cat schüttelte den Gedanken an ihre Mutter ab und konzentrierte sich auf das Gespräch, das eine völlig unerwartete Wendung genommen hatte. Je weiter der Tag voranschritt, desto mehr dunkle Familiengeheimnisse schienen sich ihr zu offenbaren.

»Wie viel sollte er zahlen?«, wollte sie wissen.

»Hunderttausend«, flüsterte May Belle. »Er hat versucht, es zusammenzukriegen, aber es klappte nicht.«

Cat hatte eine ungefähre Vorstellung, womit er es versucht hatte – wahrscheinlich mit dem, was er schon als Heranwachsender am besten gekonnt hatte.

»Und dann? Was ist danach passiert?«

May Belle zuckte mit den Schultern. »Keine Ahnung. Ich glaube, es hat aufgehört.«

Maxim lachte, es klang wie das Glucksen in einem verrosteten Ölfass. »Wie naiv du b-bist, Goldköpfchen.«

May Belle betrachtete ihn verwirrt. »Was meinst du?«

»Ich meine, d-dass er den Erpresser auf andere Weise zufriedengestellt hat. So was nennt m-man ein Ersatzgeschäft. K-Kompensation sozusagen.« Maxim rülpste geräuschvoll, ohne sich die Hand vor den Mund zu halten.

»Oh, Maxim, du weißt, wie sehr ich es hasse, wenn du dich so primitiv aufführst!«, rief May Belle empört, als wäre sein Rülpsen mit Abstand das Schlimmste, was ihr seit Langem widerfahren war.

Es lag Cat auf der Zunge, ihre Schwester darauf hinzuweisen, dass eine Affäre mit dem Exschwager auch nicht gerade die feine englische Art war, doch sie verkniff es sich. Wer war sie, sich zum Richter aufzuschwingen? Außerdem wusste sie nicht viel über die Ehe ihrer Schwester. Vielleicht zahlte May Belle es ihrem Mann nur mit gleicher Münze heim, weil er als Erster fremdgegangen war.

»Was für ein Ersatzgeschäft könnte das denn gewesen sein?«, wollte Cat von Maxim wissen.

Doch er hatte anscheinend alles erzählt, was er für den Augenblick zustande brachte. Er fing an, sich mühselig am Geländer die Treppe hochzuziehen. May Belle unterstützte ihn, indem sie ihn von hinten Stufe um Stufe hochschob und gleichzeitig seinen Arm umklammerte, um ihn halbwegs im Gleichgewicht zu halten.

Cat blickte den beiden nach und überlegte, ob sie versuchen sollte, Maxim trotz seines jämmerlichen Zustands weiter auszuhorchen, aber dann hörte sie, wie er sich auf dem oberen Treppenabsatz übergab und wie May Belle kreischte, dass sie sich jetzt um diese Sauerei auch noch kümmern müsse. Dann tauchte Opal oben auf der Galerie auf und beschwerte sich wütend über den Radau, und gleich darauf erschien auch Onkel Randolph auf der Bildfläche. Cat hörte, dass er den anderen gut zuredete und sich darum bemühte, Frieden zu stiften, bevor er May Belle aufforderte, ihren Mann endlich ins Bett zu bringen.

Eine Unterredung mit Maxim würde folglich bis morgen warten müssen. Möglicherweise konnte sie das, was sie wissen wollte, aber auch aus erster Hand erfahren, denn wenn es einer genau wissen musste, dann wohl Reuben selbst. Falls das Gericht eine Kaution festsetzte, käme er auch ohne Maxims Beistand raus, dafür gab es schließlich Kautionsagenturen. Notfalls würde sie selbst sich darum kümmern. Und dann würde sie nicht lockerlassen, bis er ihr alles erzählt hatte. Sobald er draußen war, würde er ihr Rede und Antwort stehen.

Dass er erpresst wurde, warf ein neues Licht auf die

Geschichte mit Otis Hammond und vielleicht auch auf alles andere, was seit ihrer Ankunft in New Orleans geschehen war. Cat fragte sich, was Reuben wohl auf sich genommen hatte, um besagten Erpresser ruhigzustellen. Wie weit war er dafür gegangen? Und vor allem – was hatte er sich zuschulden kommen lassen, um überhaupt erpressbar zu werden? Cat glaubte keinen Moment lang, dass es sich dabei um eine seiner üblichen Verfehlungen handelte. Drogenmissbrauch, das Dealen mit Meth und Crack, illegale Wetten – das war für seinen Anwalt die reinste Routine. Es musste um mehr gehen.

Sie zog sich wieder in die Bibliothek zurück. Die Nacht war noch jung, sie konnte noch zwei oder drei Stunden arbeiten.

Als sie sich an den Schreibtisch ihres Vaters setzte, der seit seinem Tod ihr eigener war, vibrierte das Prepaidhandy in ihrer Hosentasche. Sie hatte eine Nachricht erhalten. Die Nummer kannte sie nicht, aber das bedeutete nur, dass Brent auch für sich selbst ein neues Handy besorgt hatte, denn die Botschaft stammte von ihm.

Morgen. Selber Ort, selbe Zeit.

21

Brent steckte das Handy wieder ein und verdrängte das mulmige Gefühl, das ihn beim Tippen der Nachricht überkommen hatte. Doch nachdem er sich schon wie ein von einem Liebestrank verzauberter Trottel dazu entschlossen hatte, ihr ein neues Handy zu schicken, war es nur eine Frage der Zeit gewesen, bis er den nächsten Schritt tat. Die Wahrheit war, dass er an ihr hing wie ein Fixer an der Nadel. Er wollte sie mit einer derart besitzergreifenden Kompromisslosigkeit, dass es sich nur um eine neurotische Störung handeln konnte.

Eine innere Stimme versuchte, ihn damit zu beruhigen, dass es einfach bloß das körperliche Verlangen nach ihr war, und manchmal schaffte er es sogar, auf diese Stimme zu hören. Doch die meiste Zeit gelang es ihm nicht. Dann war da noch eine andere, ziemlich schwülstige Stimme, die was von Liebe faselte und ihm weismachen wollte, dass es die natürlichste aller Regungen war und dass es sein Recht sei, sich diesem Gefühl mit gutem Gewissen hinzugeben. Die dritte Stimme war die lauteste – sie redete Klartext mit ihm und empfahl ihm immer häufiger, zu einem Therapeuten zu gehen, der ihm half, sie sich aus dem Kopf zu schlagen. Und dass er vorher unbedingt die Beine in die Hand nehmen und so schnell nach Washington zurückkehren sollte, wie es nur irgend ging. Aber auch diese Stimme fand bei ihm kein Gehör. Schließlich war er immer noch hier, nicht wahr?

Er verlagerte sein Gewicht hinterm Steuer seines Wagens und setzte sich etwas bequemer hin. Mittlerweile wartete er seit zwei Stunden vor dieser Spelunke, und Hammond machte immer noch keine Anstalten herauszukommen. Höchstwahrscheinlich wusste er inzwischen, dass das NOPD Reuben hochgenommen hatte, weshalb er sich leicht ausrechnen konnte, dass sein Alibi sich in Luft aufgelöst hatte. Vielleicht gab er eine letzte Runde aus, bevor er für eine Weile untertauchte.

In Brents Mund breitete sich ein gallebitterer Geschmack aus, weil ihn das Ganze eins zu eins an Jarrod Tex erinnerte. Eine traurige, beklemmende Duplizität der Ereignisse. Damals war er selbst das Opfer gewesen, diesmal hatte es Cat getroffen. Aber es bestand ein wesentlicher Unterschied – heute Nacht war jemand da, der sich das Dreckschwein schnappen würde. Brent war ihm schon den ganzen Tag auf den Fersen. Er wartete nur auf einen geeigneten Moment, um Hammond allein abzupassen.

Die Bar befand sich in dem von Wasserläufen durchzogenen Gebiet am Rande des Indianerreservats in der Nähe von Morgan City, mitten im tiefsten Cajun Country. Der ungestrichene, von der Sonne ausgebleichte Holzbau war an zwei Seiten von Schilfdickicht umgeben. Die Luft war erstickend schwül, aufgeladen von gewittriger Feuchtigkeit. Am nächtlichen Himmel zuckte hin und wieder ein Wetterleuchten auf, Blitze hinter der dunklen Wolkendecke, doch bis jetzt hatte es noch keinen Tropfen geregnet.

Brent hatte das Wagenfenster herabgedreht, weil er die Klimaanlage abgeschaltet hatte, um die Batterie zu schonen. Vom nahen Wasserlauf drang der Gestank nach verfaulten Algen herüber. In dem sumpfigen Gelände quakten Heerscharen von Fröschen. Der Lärm übertönte sogar die Musik, die aus der Bar schallte.

Ein paar betrunkene Typen kamen aus der Vordertür, trampelten mit ihren eisenbewehrten Absätzen über die Planken der Veranda und bewegten sich dann in lärmendem Pulk in Richtung Parkplatz, eine grob geschotterte Fläche zwischen ein paar abgeholzten Bäumen. Brent rutschte hinterm Steuer ein ganzes Stück tiefer, damit sie ihn nicht sahen. Doch die Männer achteten gar nicht auf ihn, weil zwei der Typen damit beschäftigt waren, sich gegenseitig mit Bierflaschen zu bewerfen, während die vier übrigen einen Kreis um sie bildeten und grölend ihren Beifall bekundeten, als die beiden Streithähne mit den Fäusten aufeinander losgingen.

Bei dem ganzen Getümmel wäre es Brent fast entgangen, dass auch Otis Hammond gerade die Bar verlassen hatte. Die auf Pfosten ruhende Holzveranda vor dem Eingang war von allen Seiten gut beleuchtet, Brent konnte ihn deutlich sehen. Hammond war allein, das war schon mal sehr gut. Seine hagere, in Schlabberjeans und Holzfällerhemd gehüllte Gestalt kam in Richtung Parkplatz gestakst. Brent hatte direkt hinter dem Wagen geparkt, mit dem Hammond hergekommen war – dem verrosteten alten Toyota seiner Mutter, die ein Riesengeschrei veranstaltet hatte, als Hammond sie gezwungen hatte, die Schlüssel herauszurücken. Ihr Gezeter war noch in hundert Yards Entfernung zu hören gewesen.

Otis Hammond blieb auf halbem Wege stehen, als wäre ihm plötzlich etwas Wichtiges eingefallen. Brent richtete sich alarmiert auf. Offensichtlich hatte Hammond Lunte gerochen. Tatsächlich drehte der Kerl sich im nächsten Moment um und ergriff die Flucht. Brent sprang sofort aus dem Wagen. Immerhin dachte er noch daran, sich die Taschenlampe zu schnappen, bevor er Hammond nachsetzte, der soeben in der Dunkelheit unter einer Baumgruppe verschwand.

Brent rannte an den Männern vorbei, die immer noch unter wildem Gebrüll die beiden Kämpfer anfeuerten. Keinem von ihnen fiel er sonderlich auf, nur einer blickte mit mildem Interesse über die Schulter, als Brent vorbeigeprescht kam, dann wandte er sich wieder der besseren Show zu.

Brent sprintete in die Richtung, in der Hammond verschwunden war. Im Laufen knipste er die Taschenlampe an. Als er die Bäume erreichte, zwischen denen Hammond abgetaucht war, ließ er den Lichtstrahl immer wieder von einer Seite zur anderen wandern und blickte alle paar Schritte zurück, um sich zu vergewissern, dass der Kerl nicht einfach hinter einem der Stämme stehen geblieben war. Aber genau das hatte Hammond getan. Anscheinend war ihm rasch die Puste ausgegangen. Oder er hatte Angst, im Dunkeln in ein Wasserloch zu stolpern, denn das konnte in dieser Gegend leicht passieren.

Er drückte sich mit dem Rücken an eine Zypresse und blickte Brent mit erschrocken geweiteten Augen entgegen, als der auf ihn zukam wie ein Fleisch gewordener Racheengel, in der einen Hand die Taschenlampe, in der anderen die gezückte Pistole.

»Wenn du wegrennst, knalle ich dich ab«, informierte Brent ihn. »Eigentlich würde ich das sowieso gern tun, aber ich will dir eine Chance geben. Wenn du schön stehen bleibst und mir ein paar Fragen beantwortest, verhafte ich dich bloß. Es liegt bei dir.«

»Ich lauf nicht weg«, behauptete Hammond. Seine Stimme war heiser vor Angst. Der für Leute aus dem Cajun Country typische singende, nasale Tonfall ließ die Worte wie den Anfang eines seltsamen kleinen Lieds klingen.

»Das ist nicht die richtige Antwort«, meinte Brent. »Die müsste lauten: Ich lauf nicht weg und beantworte alle Fragen.«

»Ich beantworte alle Fragen«, sagte Hammond. Dann zog er sein Schnappmesser und stürmte mit gezückter Klinge auf Brent los.

Brent war viel zu verblüfft, um zu schießen. Davon abgesehen, hatte er die Pistole gar nicht entsichert, ein Umstand, der Hammond womöglich gleich als Erstes aufgefallen war. Es gab wohl wirklich einen beträchtlichen Unterschied zwischen einem Cop, der sich mit den bewaffneten Kriminellen der Straße herumschlagen musste, und einem Special Agent, der hochkarätige Wirtschaftsstraftäter verfolgte. Da half auch das ganze Training auf dem Schießstand nicht viel.

Zum Glück konnte er immer noch auf die Reflexe eines Quarterbacks zurückgreifen. Die waren zwar ziemlich eingerostet, und er würde auch nie wieder 80-Yard-Pässe werfen, aber einen Mann, der nur halb so viel wog wie er, konnte er immer noch zu Boden ringen. Er schlug die Messerhand des Kerls mit der Pistole weg und stellte ihm ein Bein. Hammond flog der Länge nach auf den Bauch. Brent war sofort über ihm und bohrte ihm das Knie zwischen die Schulterblätter. Gleichzeitig hieb er ihm den Kolben der Waffe auf die Finger. Mit einem schmerzvollen Aufschrei ließ Hammond das Messer los. Brent riss ihm die Arme auf den Rücken und legte ihm Handschellen an.

»Wie wäre es jetzt mit ein paar Antworten?«

»Ja«, ächzte Hammond. »Ich sag ja alles, Mann!«

»Wer hat dich beauftragt, die Frau umzubringen?«

»Ich sollte sie nicht umbringen«, sagte Hammond prompt. »Ich sollte ihr bloß ein bisschen den Arm aufritzen. Und sie selbst war diejenige, die das von mir wollte.«

Brent ergriff das Messer und stach die Klinge in Hammonds linken Oberarm. »Wollte sie es so? Oder anders?«

Hammond kreischte auf und wand sich, doch Brent nagelte ihn mit seinem vollen Gewicht von neunzig Kilo auf dem Boden fest.

»Versuch es noch mal mit einer besseren Antwort«, forderte Brent ihn auf. »Bevor ich mir deine Eier vornehme.«

»Ich sage die Wahrheit«, winselte Hammond.

Brent langte hinter sich und bohrte Hammond die Spitze des Messers in den Schritt.

»Ich sag's ja«, schrie Hammond. »Es war so ein Kerl mit verstellter Stimme. Der rief mich an und sagte, ich soll ihr folgen und sie abstechen, sobald sie anhält.«

»Hast du seine Nummer gespeichert?«

»Hab mein Handy schon weggeworfen und mir ein neues zugelegt, das andere wurde mir zu heiß. Außerdem war's ein anonymer Anruf.«

»Wusste Reuben davon?«

»Hölle, nein, Mann! Der hätte mir doch sonst kein Alibi gegeben!«

Brent drückte die Spitze der Messerklinge durch den Stoff der Jeans, bis er Hammond ein schrilles Kreischen entlockte. »War das Alibi auch deine Idee?«

»Nein, das hat der fremde Typ mir vorgeschlagen! Nachdem ich zu Fuß abgehauen war, rief er mich auf dem Handy an und sagte, ich soll den Cops sagen, der Wagen wäre mir gestohlen worden. Und ich sollte sofort Reuben anrufen und ihm diese Story mit dem Drogendealer vorheulen, und für den Fall, dass er keine Lust hätte, mir ein Alibi zu geben, sollte ich ihn an die Sache vor sieben Jahren erinnern.«

»Was für eine Sache?«

»Keine Ahnung!«, stieß Hammond hervor.

Brent hielt das für eine Lüge, aber bevor er das genauer ergründete, musste er ein paar andere Fragen stellen, die Vorrang hatten.

»Was hat er dir für den Fall empfohlen, dass Reuben umfällt und dein Alibi platzt?«

»Dann sollte ich den Cops sagen, die Schlampe hätte mich selber für den Job angeheuert. Er sagte, das sei eine gute Reservelüge, weil sie schon mal so was Ähnliches gemacht hat.«

Brent hatte es geahnt. Seine Wut erreichte den Siedepunkt. »Wie viel hat der Typ dir für die Sache bezahlt?«

»Nichts«, behauptete Hammond.

Brent bohrte das Messer tiefer, und Hammond heulte entsetzt auf.

»Fünftausend! Das war ein Viertel, als Anzahlung. Den Rest hätte ich hinterher gekriegt.«

»Dein Glück, dass du es vermasselt hast. Sonst hättest du jetzt schon keine Eier mehr. Wie hast du das Geld bekommen?«

»In bar. Es steckte im Briefkasten. Dann kam der erste Anruf, dass ich mich bereithalten soll.«

»Was meinst du mit *bereithalten*?«

»Na, jeden Abend in der City rumhängen. Für den Fall,

dass sie allein unterwegs ist. Hat Tage gedauert, bis es endlich so weit war und der Kerl mich anrief, dass es jetzt losgeht.«

»Hast du noch was von dem Geld? Oder den Umschlag, in dem es steckte?«

»Den hab ich in den Müll getan. Ist aber schon längst abgeholt. Und das Geld ist auch komplett weg. Ich hatte Schulden.«

Diesmal glaubte Brent ihm. Hammond war kein besonders begabter Lügner, weshalb es sich auch ziemlich leicht erkennen ließ, wenn er ausnahmsweise die Wahrheit sagte.

»Erzähl mir noch was über Reuben Bannister«, befahl er. »Was weißt du vom Tod seines Vaters? Steckt er da irgendwie mit drin?«

»Der doch nicht«, sagte Hammond. »Reuben ist ein Weichei. Der fing immer schon fast an zu flennen, wenn bei den Kämpfen einer von den Hähnen totgehackt wurde.« Er reckte den Kopf. Sein fettiges Haar, das er im Nacken zu einem dünnen Pferdeschwanz zusammengebunden hatte, fiel zur Seite, als er versuchte, zu Brent hochzuspähen. Seine Mühe war umsonst, denn die Taschenlampe lag neben seinem Kopf auf dem Boden und blendete ihn. Er kniff die Augen zu, aber der lauernde Ausdruck in seiner Miene war nicht zu übersehen.

»Was kriege ich, wenn ich Ihnen ein richtig heißes Geheimnis verrate, Officer?«

»Vielleicht lasse ich dich laufen.«

»Wirklich?«, fragte Hammond ungläubig.

»Versuch es, dann sehen wir weiter.«

»Dann sollten Sie mich aber jetzt loslassen, Officer.« Hammond versuchte, sich unter ihm hervorzuwinden, aber Brent hielt ihn unerbittlich unten.

»Vergiss es. Du bleibst liegen und redest, und dann überlege ich mir, was ich als Nächstes mache.«

Hammond ächzte vor Schmerzen, weil bei dem Gerangel sein verletzter Oberarm in Mitleidenschaft gezogen wurde. Das Hemd war um den Einstich herum blutgetränkt, aber die Wunde war nicht annähernd so übel wie jene, die Cat davongetragen hatte. Allein bei dem Gedanken daran musste Brent sich beherrschen, dem Kerl nicht doch noch richtig wehzutun.

»Ich bin ganz Ohr«, sagte er.

»Also gut. Reuben hat was mit seiner Stiefmutter laufen.«

»Woher willst du das wissen?«

»Er hat's mir selber gesagt.«

»Wann?«

»Im März. Da haben wir meinen Geburtstag begossen. Er hatte einen sitzen, und da hat er's mir erzählt.«

»Wusste sein Vater davon?«

»Keine Ahnung.«

»Und sonst?«

»Was, und sonst?«

»Hat er dir erzählt, was er vorhat? Wollte er vielleicht seinen Vater aus dem Weg räumen?«

»Blödsinn. Ich sag doch, er ist ein Weichei. Wahrscheinlich war sie auch bloß aus Versehen mit ihm im Bett. So ein Rasseweib kann doch was Besseres haben. Haben Sie mal einen Blick auf diese Opal geworfen, Officer?«

»Läuft noch was zwischen den beiden, oder ist es vorbei?«

»Ich glaub, es ist zu Ende.«

»Tja, Otis, es tut mir echt leid, aber dieses Geheimnis ist nicht so wirklich der Knüller. Nur ein kleiner Skandal unter vielen, und dazu noch einer, mit dem die Polizei nichts anfangen kann. Bekanntlich war Reubens Dad auch kein Kind von Traurigkeit. Sicher hast du in der Zeitung gelesen, dass er im Bett einer Hure starb.«

»Na gut, ich hätte da noch ein Geheimnis für Sie. Ich wette, Sie fallen um, wenn Sie das hören. Denn es geht um diese große Nummer, die auch in der Zeitung stand. Sie wissen schon, die Durchsuchungsaktion und die FBI-Ermittlungen bei Bannister Enterprises, wegen Bestechung und Korruption und all das.« Hammond verlegte sich aufs Betteln. »Aber dann müssen Sie mich wirklich loslassen, Officer. Ich hab eine kaputte Wirbelsäule.«

Brent nahm das Knie aus Hammonds Kreuz, worauf dieser sich sofort herumrollte und aufsetzte, ein mühevolles Unterfangen, weil seine Hände hinter seinem Rücken gefesselt waren und sein verletzter Arm ihn bei jeder Bewegung laut aufstöhnen ließ. Brent gönnte ihm die Schmerzen, aber gleichzeitig fieberte er Hammonds Erklärung entgegen.

»Spuck's aus«, befahl er.

»Reuben hängt da mit drin«, sagte Hammond. »Er hat in den Swamps so eine Art Geheimversteck, wo er all den Mist aufbewahrt. Akten von diesen ganzen Bestechungen und so.«

»Wo ist das?«

Hammond rutschte auf dem Hintern ein Stück von Brent weg. »Das wäre wieder ein anderes Geheimnis, oder? Ich finde, dafür können Sie mir mal die Handschellen abnehmen.«

Brent holte den Schlüssel aus der Hosentasche und ging vor Hammond in die Hocke. »Siehst du den? Ich schließe die Handschellen auf, sobald du mir erzählt hast, wo dieses geheime Versteck ist und mit wem Reuben zusammenarbeitet.«

»Er hat mir nicht gesagt, für wen er das macht.«

»Okay, also zurück zu der anderen Frage: Wo ist dieses Versteck?« Brent hielt inne und blickte über die Schulter – er hatte ein Geräusch gehört. Als er die schattenhafte Gestalt hinter sich sah, wollte er aufspringen, aber es war zu spät. Hammond trat ihm die Beine weg.

»Mach ihn platt«, sagte er zu dem Typen, der über Brent aufragte. Brent sah den Schlagstock niedersausen und versuchte, sich wegzurollen, doch das half ihm nichts mehr. Der Hieb traf ihn dicht hinterm Ohr. Er war außer Gefecht gesetzt, obwohl er das Bewusstsein nicht völlig verlor. Einen Teil der nachfolgenden Unterhaltung bekam er noch mit.

»Gut, dass du gerade vorbeigekommen bist.«

»War Zufall. Hab so ein Licht zwischen den Bäumen gesehen und dachte, ich seh mal nach, was es ist. War zu groß für'n verdammtes Glühwürmchen«, kam es in tiefstem Hinterwäldler-Dialekt zurück, dem typischen Kreolenfranzösisch der Cajuns. Vermutlich einer aus der Gruppe, die sich vorhin noch an der Keilerei auf dem Parkplatz ergötzt hatte. Der Mann beugte sich über Brent und fummelte in seinen Taschen herum.

»Verdammt, wo ist der Schlüssel?« Das war Hammond. »Da, halt mal die Taschenlampe, damit ich ihn suchen kann. Ah, hier ist er ja. Hilf mir, die Dinger aufzumachen.«

»Wieso hast du Handschellen an?«

»Weil der Typ ein verdammter Cop ist.«

Der Cajun nahm seine Hand aus Brents Hosentasche und ließ das Smartphone los, das er gerade rausziehen wollte. »Scheiße, wieso hast du das nicht gleich gesagt? Hör zu, Alter. Ich bin auf Bewährung draußen und habe keine Lust auf Ärger. Jeder weiß, was los ist, wenn sie einen Copkiller jagen. Du willst ihn doch nicht abstechen, oder?«

Hammond verpasste Brent einen Tritt in die Seite. »Nein, so blöd bin ich nicht, obwohl ich's wirklich gern täte. Ich nehme einfach sein Angebot an und verschwinde. *Au revoir*, Arschloch.« Seine Abschiedsworte wurden von einem weiteren Tritt begleitet, diesmal gegen Brents Kopf.

Brent versank augenblicklich in gnädiger Finsternis.

Irgendwann im Laufe des Morgens kam er zu sich. Ein uniformierter Polizeibeamter rüttelte ihn wach.

»Sir? Was ist Ihnen passiert?«

Brent setzte sich auf und hielt sich stöhnend den Schädel. »Bin in eine kleine Schlägerei geraten.«

Der State Police Officer hielt das aufgeklappte Etui in der Hand, in dem sich Brents FBI-Marke und sein Dienstausweis befanden. »Special Agent LaVerne? Das ist Ihr Ausweis, nicht wahr? Ermitteln Sie hier in einer Bundesangelegenheit?«

Brent nickte und stöhnte erneut, als der Schmerz hinter seinen Schläfen explodierte.

»Brauchen Sie Hilfe, Agent?«

»Nein danke, es geht schon.« Er stemmte sich mühsam hoch. Alles, was er brauchte, waren ein paar Tabletten und starker Kaffee. »Wie sind Sie auf mich aufmerksam geworden?« Er blickte auf das Namensschild des Beamten. »Wurden Sie hergerufen, Officer Martinez?«

»Nein, ich kam auf Streife vorbei und sah Sie hier liegen. Rund um diese Bar ist immer was los, und das nicht nur nachts. Morgens finden wir oft Schnapsleichen im Gebüsch. Manchmal auch echte.«

»Da hatte ich wohl Glück.«

»Kann man so sagen. Hier, bitte, Ihr Dienstausweis. Und auch das da sollten Sie besser wieder wegstecken, Agent LaVerne.« Martinez deutete auf Brents Dienstpistole, die vor ihm im Gras lag.

Brent bedankte sich und schob die Pistole ins Holster.

Was für ein Dusel, dass die Kerle sie nicht mitgenommen hatten! Der Grund dafür war vermutlich, dass er zufällig auf die Waffe gefallen war und sie deshalb unter ihm gelegen hatte, sodass Hammond und sein Cajun-Kumpel sie nicht auf dem Radar hatten. Wenigstens ein kleiner Lichtblick an einem scheußlichen Morgen.

Weniger erfreulich war die Tatsache, dass sie ihm die Brieftasche geklaut hatten. Stumm fluchend wartete Brent im Wagen, bis Officer Martinez seine Fahrt fortgesetzt hatte, dann suchte er systematisch die Umgebung ab. Er hatte erneut Glück – die Brieftasche lag auf dem Parkplatz, an der Stelle, wo der rostige Toyota von Hammonds Mutter gestanden hatte. Karten und Ausweise waren noch drin, aber das Bargeld fehlte – dreihundert Mäuse, die er erst am Vortag abgehoben hatte. Ein ziemlicher Schlag ins Kontor.

Unterm Strich hatte er es sich selbst zuzuschreiben. Wer sich anderen gegenüber kriminell benahm, musste es sich auch gefallen lassen, selber so behandelt zu werden.

Brent zog eine bittere Bilanz. Er war ein FBI-Agent, der sich außerhalb seiner Zuständigkeit in einem eigenmächtigen Einsatz befand. Er hatte einen Verdächtigen körperlich misshandelt und verletzt. Er hatte ihn mit Waffengewalt bedroht und erpresst. Er hätte den Kerl am Ende sogar aus opportunistischen, rein privaten Gründen laufen lassen, selbst wenn der Cajun sich nicht eingemischt hätte.

In Actionfilmen waren solche Methoden vielleicht an der Tagesordnung, aber der Polizeialltag, wie Brent ihn kannte, sah anders aus.

Im Grunde, so überlegte er während der Rückfahrt nach New Orleans deprimiert, konnte er kaum noch tiefer sinken. Seine Gewaltbereitschaft stand der eines Otis Hammond in nichts nach. Er war nur ein Blinzeln davon entfernt gewesen, diesem Kerl das Messer tatsächlich in die Hoden zu rammen. Dass er dabei nicht wie Hammond von Geldgier, sondern von Rachegelüsten getrieben war, machte das Ganze nur unwesentlich besser.

Von unterwegs rief er Milo an, um sich zu erkundigen, ob sich seit der Verhaftung von Reuben Bannister Neuigkeiten ergeben hatten. Milo hatte ihn gleich nach der Festnahme umfassend über die Details der Vernehmung informiert.

»He, wo treibst du dich rum?«, wollte Milo wissen. »Ich bin seit zwei Stunden im Büro und schufte, und von dir keine Spur!«

»Bin ein bisschen versackt«, sagte Brent. »Ist Reuben Bannister schon wieder draußen?«

»Nein, der sitzt noch. Der Staatsanwalt will die Klage auf gemeinschaftlichen versuchten Mord ausweiten. Entsprechend happig wird die Kaution ausfallen.«

»Wow«, sagte Brent. »Was sagt Tallulah Harris dazu?«

»Die ist ziemlich sauer, weil der Staatsanwalt solchen Wind macht. So wie die Dinge gerade laufen, passen sie nicht zu ihrer Theorie.«

Brent empfand eine grimmige Erleichterung darüber, dass Otis Hammond nicht mehr dazu gekommen war, seine Reservelüge ins Spiel zu bringen. Blieb nur zu hoffen, dass der Kerl sich einstweilen nicht schnappen ließ.

22

Sie saß wie bei den vorangegangenen Dates an der Bar und trank Sazerac. Als er sich neben sie setzte und sie sich ihm zuwandte, hörte sein Herz für einen Augenblick auf zu schlagen. Jedenfalls fühlte es sich so an, denn er spürte, wie es stolpernd wieder in Gang kam. Sie war schmal geworden, und ihr Gesicht war von einer beinahe durchsichtigen Blässe, die stärker als sonst mit ihrem roten Haar kontrastierte. Doch es schimmerte wieder wie vor dem Überfall, auch wenn sie dabei möglicherweise etwas nachgeholfen hatte, ebenso wie bei ihren Augen, die dank eines gelungenen Make-ups noch größer wirkten als sonst und von einem geheimnisvollen Strahlen erfüllt waren. Sie trug eine hochgeschlossene cremefarbene Bluse und eine schlichte Steghose, dazu Ballerinas. Das Haar hatte sie mit einer einfachen Spange im Nacken zusammengefasst. Sie war immer noch ein Eyecatcher ersten Ranges, aber hier am äußeren Ende der Bar konnte sie in diesem Outfit halbwegs unbeachtet sitzen. Davon abgesehen, spielte es inzwischen keine Rolle mehr, ob sie jemandem auffiel. Es scherte ihn nicht länger, ob man sie miteinander sah oder nicht. Er hatte sich dafür entschieden, die Flucht nach vorn anzutreten.

»Wie geht es dir?«, fragte er.

»Jetzt gerade sehr gut«, sagte sie, und ihrem Gesichtsausdruck nach war es die Wahrheit. Sie sah tatsächlich glücklich aus. Überrascht erkannte er, dass es an ihm lag. Die überschäumende Freude, die ihn bei dieser Erkenntnis durchströmte, war wie ein Echo auf ihre Reaktion, und plötzlich war ihm buchstäblich alles egal. Ihn kümmerte nicht, was aus ihm werden sollte, falls er auf die Nase fiel, und er wollte mit Freuden für den Rest seines Lebens unter der Brücke schlafen, wenn er nur noch eine Weile hier bei ihr sitzen und sie ansehen durfte.

»Was macht dein Arm?«, wollte er wissen. Er konnte sehen, dass sie unter der Bluse noch die Bandage trug.

»So gut wie neu. Aber was ist mit dir?« Besorgt betrachtete sie die blau schillernde Stelle oberhalb seiner Schläfe. »Das sieht übel aus.«

»Nicht so schlimm wie die Beule an meinem Hinterkopf.« Er beugte sich zu ihr und sprach so leise wie möglich, damit der Barkeeper nichts mitkriegte. »Ich hatte eine Begegnung mit Otis Hammond.«

»Um Gottes willen! Was ist passiert?«

Er erzählte es ihr und beschönigte nichts. Nur die Sache mit Reubens Geheimversteck ließ er unerwähnt, denn hier hing buchstäblich alles, was er deswegen noch unternehmen musste, vom Überraschungseffekt ab. Er konnte es nicht riskieren, dieses Wissen mit jemandem zu teilen. Auch nicht mit ihr. Oder besser: *gerade* nicht mit ihr. Denn es gab im Zusammenhang mit Bannister Enterprises nach wie vor etwas, das sie vor ihm verbarg. Solange er nicht wusste, worum es sich dabei handelte, musste er ebenfalls mit verdeckten Karten weiterspielen und seinen Trumpf hüten. Aus demselben Grund ließ er auch unerwähnt, was er von Otis Hammond über die Affäre zwischen Opal Bannister und ihrem Stiefsohn Reuben erfahren hatte. Denn wenn die zwei es miteinander trieben, lag es durchaus nahe, dass sie auch sonst gemeinsame Sache machten. Falls Cat die beiden mit irgendwelchen Vorwürfen oder Fragen aufscheuchte, wären sie gewarnt, dann konnte er sich seine Pläne gleich abschminken.

Doch bereits die übrigen Einzelheiten seiner Begegnung mit Otis Hammond reichten völlig, um sie ihre Fassung verlieren zu lassen. Sie umklammerte mit beiden Händen ihr Glas und verschüttete etwas von dem Inhalt, weil ihre Finger zitterten. »Ich habe Angst, Brent.«

»Ich weiß. Ich werde veranlassen, dass du wieder unter Personenschutz gestellt wirst.«

»Im Krankenhaus hat mich ein Officer bewacht, aber der wurde dann wieder abgezogen.«

»Ja, das hat Tallulah zu verantworten. Aber keine Sorge, beim nächsten Mal regle ich das direkt über Chief Brinckley. Notfalls stelle ich jemanden vom FBI ab. Und du musst wieder ins Hotel ziehen, das ist dir klar, oder? In der Magnolia Lane bist du nicht mehr sicher.«

»Ich glaube, dass Tarquin dahintersteckt, Brent.«

Er nickte. »Das glaube ich auch. Aber Tarquin hatte Hilfe. Jemand aus deiner Familie muss ihn über all deine Schritte auf dem Laufenden gehalten haben.«

Sie schlug die Augen nieder. Ihr Gesicht war bleich. »Er hat eine Affäre mit May Belle.«

»Ich weiß. Dein Onkel hat es mir erzählt, als er neulich bei mir im Büro war. Er scheint ungewöhnlich gut informiert zu sein. Auch über uns beide.«

Cat sah ihn erschrocken an. »Was meinst du damit?«

»Einen Tag nachdem er mich im Büro aufgesucht hatte, rief er mich an und verlangte von mir, dass ich deine Gefühle schone und dich in Ruhe lasse.«

»Er weiß von uns beiden? Oh Brent!«

»Ich habe nichts zugegeben. Er kann es höchstens vermuten.«

»Aber wenn wir uns jetzt wieder hier treffen … Es könnte uns jemand sehen.«

Er zuckte mit den Schultern. »Und wenn schon. Unsere Verabredungen sind nicht länger geheim, das habe ich heute nach reiflicher Überlegung beschlossen. Wir werden ab sofort eine andere Strategie einschlagen.«

»Was für eine Strategie?«

»Eine, bei der es ganz selbstverständlich ist, dass wir uns so oft sehen, wie wir wollen. Ich habe heute einen umfangreichen vertraulichen Bericht für meinen Chef geschrieben, wonach du fürchtest, jemand aus deiner Familie könne dir nach dem Leben trachten. Dein Exmann eingeschlossen, den ich in allen Fällen für den verantwortlichen Haupttäter halte, inklusive der Morde. Ferner hast du laut meinem Bericht gegenüber dem NOPD ein tiefes Misstrauen entwickelt, weil dort nachweislich ein Informationsleck besteht. Und weil nach den beiden Überfällen, die auf dich verübt wurden, die Täter nicht zur Verantwortung gezogen wurden, sondern im Gegenteil sämtliche Ermittlungen eingestellt worden sind. In dem Bericht steht vor allem, dass du mich höchstpersönlich um Hilfe gebeten hast, weil du Vertrauen zu mir gefasst hast, da du mich noch aus der Highschool kennst. Ich habe alle neuen Verdachtsmomente mit harten, unwiderlegbaren Fakten untermauert und dazu ausgeführt, dass dir nach den bisherigen Ermittlungen und nach meiner eigenen Einschätzung keine Beteiligung an den im Raum stehenden Straftaten vorzuwerfen ist, weshalb es für das FBI bedeutsam sei, dich als mögliche Zeugin sowie als bedrohtes Opfer zu schützen.«

»Wow«, sagte sie leise. »Da hast du wirklich Nägel mit Köpfen gemacht.« Sie zögerte, dann meinte sie zaghaft: »Ist das denn die Wahrheit? Ich meine, glaubst du alles, was du in diesen Bericht geschrieben hast?«

»Das spielt keine Rolle, denn es reicht auf jeden Fall, um meinen Chef für zwei oder drei Tage nachdenklich zu stimmen. Er wird mir keine Steine in den Weg legen, wenn ich neue Geschütze in Stellung bringe. Ich agiere im Moment so transparent wie möglich. Mit Milo habe ich auch schon darüber gesprochen.« Er bemerkte ihren besorgten Gesichtsausdruck und sagte rasch: »Nein, nicht über uns beide. Das behalte ich eisern für mich, genauso wie meinen Zusammenstoß mit Otis Hammond. Egal was Milo vermutet – er kann es nicht beweisen. Aber er hat meinen Bericht an Wagner gelesen. So heißt mein Chef«, fügte er erklärend hinzu. »Milo sieht ein, dass ich mit meinem Verdacht gegen St. John richtigliege. Er ist kein Idiot und erkennt Indizien, wenn sie ihm vor die Nase gehalten werden. Unser nächster Schritt besteht folglich darin, dass wir bei St. John dasselbe machen wie vorher bei Bannister Enterprises – es wird alles auf den Kopf gestellt. Wir planen schon die entsprechende Logistik. Wenn er Dreck am Stecken hat, lassen wir ihn hochgehen.«

Sie wirkte nicht erleichtert, sondern bedrückt, und er ahnte den Grund. »Cat, du musst dich damit abfinden, dass deine Geschwister dir nicht wohlgesonnen sind. Wenn sie mit Tarquin in den Abgrund gerissen werden, ist es ihre eigene Schuld. Wer sich mit Hunden ins Bett legt, steht mit Flöhen auf.«

Sie nickte mit beklommener Miene. Dann meinte sie leise: »Ich wünschte, es wäre schon alles zu Ende.«

»Das wird es bald sein, so oder so.« Er versuchte sie aufzuheitern. »Schau, sieh es mal so: Wir können uns jetzt in aller Öffentlichkeit treffen.« Mit einem leichten Grinsen fügte er hinzu: »Okay, zum Händchenhalten und Knutschen müssen wir immer noch nach oben gehen. Aber wir können Sazerac zusammen trinken und Jambalaya essen. Ich habe uns übrigens gerade einen Tisch bestellt, es wird sicher gleich einer frei.«

Auf ihren Wangen zeigte sich eine sanfte Röte, als sie ihn fragend ansah.

Sein Lächeln wurde breiter. »Ja, oben ist sturmfrei. Louis ist wieder mal bei seiner Mom in Baton Rouge.«

Die Röte in ihrem Gesicht vertiefte sich. In ihrer Verlegenheit sah sie so zauberhaft aus, dass er am liebsten sofort mit ihr nach oben gegangen wäre. Aber er hatte den ganzen Tag noch nichts Vernünftiges gegessen und war am Verhungern.

»Es hat noch was Gutes«, meinte sie unvermittelt.

»Was meinst du?«, fragte er leicht verwirrt.

»Dein Bericht. Er nimmt Tallulah das Druckmittel gegen dich. Jetzt kann sie dich nicht mehr damit erpressen, dass wir uns treffen. Du kannst immer sagen, ich hätte dich um ein vertrauliches Gespräch gebeten. Und ich werde jeden Eid darauf schwören, dass es so war.«

»Das nenne ich mal echte Solidarität«, meinte er schmunzelnd.

Sie blieb ernst. »Ich habe noch was für dich, Brent. Den Beweis, nach dem du suchtest.« Sie nestelte ein zusammengefaltetes Blatt Papier aus ihrer Handtasche. »Es ist nur eine Kopie. Das Original liegt in einem Bankschließfach, und den Schlüssel habe ich bei meinem Anwalt hinterlegt. Doppelt gesichert, wie man so schön sagt.«

Er klappte das Blatt auseinander und sah sofort, worum es ging. Es war wie ein Sturz aus großer Höhe. Zachary Bannister hatte Tallulah Harris vor zwölf Jahren einen Scheck über zehntausend Dollar ausgestellt. Zwei Tage bevor Jarrod Tex in seinem klapprigen Pick-up Brents Weg gekreuzt und ihn mit seinem Baseballschläger ins Koma geprügelt hatte.

»Ich habe doch gesagt, dass Dad diese Dinge immer aufbewahrt hat. Nun hast du die Gewissheit, dass es so war, wie wir es vermutet hatten.«

Brent konnte nichts sagen. Er hätte nicht erwartet, dass es ihn so fertigmachen würde. Die Hand, mit der er die Kopie von Bannisters alter Scheckheft-Übersicht festhielt, zitterte.

»Es tut mir so leid«, sagte Cat leise. »Mein Vater hat große Schuld auf sich geladen.«

»Das weiß man nicht«, hörte Brent sich zu seinem eigenen Erstaunen sagen. Er wusste selbst nicht, warum er ihren Vater in Schutz nahm. Möglicherweise, weil der alte Mistkerl tot war und sich nicht mehr rechtfertigen konnte. Und weil er ihr Vater gewesen war. Er selbst hatte keinen Vater gekannt, aber er stellte sich manchmal vor, wie es gewesen wäre, einen zu haben und ihn zu lieben. »Vielleicht wusste er gar nicht, was Tallulah mit dem Geld vorhatte. Vielleicht dachte er, sie würde es mir geben, damit ich verschwinde.«

»Nein, Brent. Er wusste, wofür das Geld gedacht war. Natürlich ging er nicht davon aus, dass dieser Kerl dich fast totschlagen würde. So war Dad nicht. Er war kein schlechter Mensch, das musst du wissen. Wir waren einmal eine sehr glückliche Familie, und er war ein guter Vater. Ganz früher, als ich ein Kind war«, schränkte sie ein, weil alles andere dann doch zu euphemistisch gewesen wäre. »Ich schätze, sie sagte irgendwas in der Art zu ihm, dass sie jemanden kennt, der dir einen Denkzettel verpassen und dich so dazu bringen würde, die Gegend zu verlassen und mich nicht mehr zu treffen. Und er dachte vielleicht, okay, das kann ja nicht viel schaden. Ein Teil der Summe war sicher auch noch für die Fotos, denn die waren aus seiner Sicht bestimmt auch ihr Geld wert.« Sie schüttelte den Kopf. »Es bringt nichts, sich das irgendwie schönzureden. Er war schuldig, und er hat es gewusst. Und das macht das Ganze in meinen Augen noch viel schlimmer, denn nachdem es passiert war, hätte er die Chance gehabt, es wiedergutzumachen. Oder wenigstens einen Teil davon. Ich hörte, es stand damals in allen Zeitungen, was dir passiert war. In England habe ich davon nichts mitgekriegt, ich hab's ja erst viel später erfahren, und dann nicht mal alles. Aber *er* wusste es. Und er hat nichts getan, um dieses Verbrechen an dir wiedergutzumachen. Und dafür habe ich ihn gehasst, Brent. Nicht dafür, dass er Tallulah den Scheck gab. Sondern dafür, dass er nichts unternahm, als er erfuhr, was er angerichtet hatte.«

Brent hatte ihr nachdenklich zugehört. »Warst du bereit, ihm zu vergeben? Ich meine, ganz zum Schluss, als er dich anrief und dich bat, nach New Orleans zu kommen?«

»Nein«, sagte sie ruhig. »Manche Dinge kann man nicht vergeben. Alles andere hätte ich ihm verzeihen können. Dass er mir die Schuld an Moms Tod gab. Dass er mir die Ehe mit Tarquin aufgezwungen hat. Aber nicht das, was er dir angetan hat.«

»Vielleicht hat er das, was er damals gemacht hat, aus Liebe zu dir getan.«

»Das ändert nichts daran, dass er das Leben eines guten Mannes zerstört hat.«

»Falls du mich damit meinst – ich sehe es heute nicht mehr so. Damals schon, klar. Aber heute weiß ich, dass mein Leben nicht zerstört war, sondern nur eine andere Richtung genommen hat. Ich mache zwar keine Millionen in meinem Job und hätte als Quarterback bei den Saints bestimmt schon meine Schäfchen im Trockenen. Aber Tatsache ist, dass ich gern FBI-Agent bin. Ich liebe meinen Beruf und leiste gute Arbeit. Einige der spektakulärsten Fälle, die in den letzten Jahren aufgeklärt wurden, haben Milo und ich gelöst. Wenn man so will, bin ich den harten Weg gegangen, um ans Ziel zu gelangen. Aber ich bin angekommen. Wie ist es bei dir?«

Ihre Miene spiegelte so etwas wie Überraschung wider. Brent konnte sehen, wie es hinter ihrer Stirn arbeitete. Schließlich nickte sie widerwillig. »Das war bei mir auch so. Ich bin da, wo ich hinwollte. Meine Arbeit macht mir Spaß. Ich kann mich wochenlang darin vergraben, ohne was anderes zu brauchen. Manchmal müssen Freunde mich zwingen, mit ihnen auszugehen, weil der Job mir wichtiger ist als alles andere. Aber es ist keine Belastung für mich. Der Job frisst mich nicht auf – ich fresse ihn. Meine Arbeit ist mein Lebenselixier, und ich bin richtig gut darin. Wenn ich eine Herausforderung sehe, kann ich mir nichts anderes vorstellen, als sie zu meistern. Mit siebzehn hatte ich das, was ich jetzt mache, niemals auf dem Schirm. Meine Träume von der Zukunft hingen alle damit zusammen, dass ich auf der Tribüne im Superdome sitze, dir bei deinen Touchdowns zuschaue und dazu Eis oder ein Hotdog esse. Stattdessen drehe ich heute in der globalen Finanzwelt ein Multimillionen-Dollar-Rad.« Sie verzog unwillig das Gesicht. »Falls du darauf hinauswillst, dass wir meinem Dad eigentlich für das, was er getan hat, dankbar sein müssten – vergiss es. Wenn er uns unser Leben gelassen hätte, hätten wir was Gutes daraus gemacht. Etwas, das uns genauso glücklich gemacht hätte wie unsere Jobs. Oder sogar noch mehr. Aber das werden wir wohl nicht beweisen können, denn dieser Zug ist ohne uns abgefahren.«

Er betrachtete sie versonnen. »Wirklich? Du bist noch keine dreißig. Wir sind beide in einem Alter, in dem manche Leute sich zum ersten Mal treffen. Was wäre, wenn wir uns nicht von früher kennen würden, sondern uns erst vor ein paar Wochen kennengelernt hätten? Was würdest du über mich denken? Über uns beide?«

Ihre Wimpern flatterten leicht, und wieder wurden ihre Wangen von einer schwachen Röte überzogen. »Ich würde denken, dass du der heißeste Typ bist, dem ich je begegnet bin. Und dass ich mit dir den besten Sex meines Lebens habe. Und dass ich keine Luft kriege, wenn du neben mir sitzt.«

Sein Herz fing an zu hämmern. Er kam sich vor wie mit achtzehn. Das hier war so wichtig, aber er wusste nicht, wie er es anfangen sollte. »Mit anderen Worten – du würdest mich wiedersehen wollen?«

»So oft wie möglich«, sagte sie einfach. »Wenn es geht, jeden Tag.«

Ein emotionsgeladenes Schweigen breitete sich zwischen ihnen aus, aus dem sie jedoch gleich darauf die Bedienung erlöste. Ein Tisch war frei geworden. Sie kippten den Rest ihrer Drinks hinunter und gingen zum Essen.

Sie erwachte in der Stunde der Dämmerung, starr und gelähmt vor Furcht. In ihrer Reglosigkeit konnte sie nicht einmal mehr atmen. Sie wusste, dass sie nun sterben würde, es war unausweichlich, und sie fragte sich, wie sie so lange die Augen davor hatte verschließen können. Um sie herum war nichts als ein diffuses Grau, ein Zustand zwischen dem Ende der Nacht und dem Beginn des Tages, doch für sie würde er ewig dauern, denn dies war der Limbus, der Vorraum der Hölle, wo ihre Seele für immer gefangen war. Niemand würde sie jemals hier finden, außer ihrem Mörder, denn der war schon hier und wartete auf sie.

»Cat?« Auf ihrem Körper bewegten sich Hände, sie fühlte warmen Atem auf ihrer Stirn, ihrer Wange. »Bist du wach?«

Sie holte ruckartig Luft und kehrte in die Realität zurück. Brent hielt sie in seinen Armen, sie war in Sicherheit.

»Ich hatte einen Albtraum«, murmelte sie. Sie presste ihre Nase an seine nackte Brust, sog seinen vertrauten Geruch ein und fuhr mit den Fingerspitzen über seine vom Schlaf erhitzte Haut. Er zog sie fester an sich und stöhnte ein wenig, nicht vor Begierde, sondern vor Schmerzen, weil er nach Hammonds rüder Behandlung immer noch an einem Brummschädel litt. Ihr selbst ging es ähnlich, sie musste ebenfalls die Zähne zusammenbeißen, wenn sie versehentlich mit dem Arm anstieß. Auch dafür war Otis Hammond verantwortlich. Sie wünschte sich, Brent hätte ihn im Bayou ertränkt.

Doch die Schmerzen hatten sie beide nicht daran gehindert, sich stundenlang in Louis' frisch bezogenem Bett zu lieben. Ein bisschen vorsichtiger und bedächtiger als sonst, aber mit einer Intensität, die Cat zum Weinen gebracht hatte. Möglicherweise war dieser Zug damals wirklich ohne sie abgefahren. Aber er war zurückgekehrt und stand jetzt wieder auf demselben Gleis. Sie mussten nur noch einsteigen.

Sein Körper war im matten Zwielicht des Schlafzimmers wie ein warmer, dunkler Schatten voller geheimnisvoller Tiefen, Höhlungen und Oberflächen. Seine Haut war dort, wo sie nicht behaart war, erstaunlich weich, ein Gegensatz zu den ausgeprägten Muskeln, die sich darunter spannten wie gehärteter Stahl. Sie schickte ihre Finger auf Wanderschaft und befeuchtete ihren Weg mit der Zungenspitze, und er stöhnte erneut, diesmal jedoch vor Lust.

Er zog sie auf sich, und sie bog den Rücken durch, als sie ihn in sich aufnahm. Dieses Gefühl, untrennbar eins mit ihm zu werden, schien ein uraltes, verborgenes Wissen in ihr zu berühren, als würde sie nur ein einziger Herzschlag davon trennen, mit ihm gemeinsam zum strahlenden Mittelpunkt des Universums vorzudringen. Er umfasste ihre Brüste, und sie beugte sich vor, um ihn zu küssen. Ihr Haar fiel über sein Gesicht und verdeckte die blutunterlaufene Stelle an seiner Schläfe. In diesem Moment stahl sich ein erster Sonnenstrahl durch die zugeklappten Läden und entzündete ihr Haar zu flammendem Kupfer, spiegelte sich in der Iris seiner Augen und verwandelte sie in brennendes Indigo. Das Grau der Nacht versank in den Farben des Tages, die sich zu einem wirbelnden Rausch verdichteten und an ihr vorbeirasten wie die Landschaft vor den Fenstern eines Zuges.

23

Im Laufe des Tages kam Reuben Bannister auf Kaution frei. Brent erfuhr, dass die hohe Summe, die das Gericht als Sicherheit festgesetzt hatte, von Cat persönlich hinterlegt worden war. Beim NOPD betrachtete man das nicht als die noble Geste, die es war, sondern nur als zusätzlichen Beweis dafür, dass sie mit ihrem Bruder unter einer Decke steckte.

Brent focht es nicht an, denn er wusste, dass er der Lösung des Falles nie näher gewesen war. Er beschattete Reuben Bannister von dem Moment an, als dieser in seinen Wagen stieg und die Stadt in westlicher Richtung verließ.

Es kam ihm so vor, als müsste er Reuben bis ans Ende der Welt folgen. Wo immer der Typ sein Versteck unterhielt – es befand sich in sicherer Entfernung von New Orleans. Die Fahrt führte an den grünen Niederungen des Mississippis vorbei und dann tief in das sumpfige Schwemmland von Acadiana hinein. Weite, wie mit dem Lineal angelegte Zuckerrohrfelder gingen über in öde Brachen, in denen nichts Lebendiges zu wachsen schien.

Abgestorbene Baumreste ragten vereinzelt wie bleiche Skeletthände aus dem Boden, von der Witterung abgeschält bis auf das knochenweiße Holz. An manchen Stellen wurde die Landschaft von riesenhaften Bäumen dominiert. Das spanische Moos wehte von den Ästen wie wildes langes Haar, als hätten sich uralte Zauberwesen in den Baumkronen verkrochen, um dort auf den Augenblick zu lauern, in dem sie wieder erscheinen durften.

Die Fahrt ging weiter zu den Atchafalaya-Sümpfen südwestlich von Baton Rouge, eine von Mangrovenwäldern und mäandernden Flussläufen durchzogene Gegend mit undurchdringlich wucherndem Uferdickicht, halb versunkenen Bäumen, grünlich schillernder Algenhaut auf dem Wasser und einem Himmel, der im Licht der Abendsonne die Farbe von Flammen annahm. Grillen und Frösche überboten sich in ihrem lärmenden Bestreben, die Natur zu ihrer Bühne zu machen, während die Fischadler am Ufer brüteten und sich mit Flusskrebsen vollstopften, von denen die Gewässer hier nur so überquollen.

Brent folgte Reuben Bannister in wechselnden Abständen. Der Verkehr war in dieser Gegend ziemlich dünn. Manchmal ließ er sich ein paar Kilometer zurückfallen, um unbemerkt zu bleiben. Meist achtete er darauf, sich möglichst außer Sichtweite zu halten. Er konnte Cats Bruder auf den Fersen bleiben, ohne ihn zu sehen. Unter einem Kotflügel von Reubens Wagen saß ein leistungsstarker GPS-Tracker, und Brent hatte sich aus den Beständen des Field Office einen satellitengestützten Empfänger organisiert, mit dem er Reubens Standort punktgenau orten konnte.

Irgendwann bog Reuben mitten im Nirgendwo ab. Brent hätte ihn fast verloren, er musste wenden und ein Stück zurückfahren, bis er ihn wieder auf dem Schirm hatte. Eine notdürftig mit Kies befestigte Zufahrt führte an ein paar windschiefen Angelhütten vorbei. Über eine Holzbrücke, von der sich großflächig der Anstrich löste, ging es weiter auf einen von allem möglichen Gerümpel übersäten und von Riedgras umwucherten Lagerplatz, auf dem kreuz und quer verteilt ein paar verwitterte Schiffscontainer standen.

Reuben war jetzt ganz in der Nähe. Brent stellte den Wagen vorsorglich dicht hinter der Brücke ab, den Sichtschutz eines Schuppens ausnutzend.

Er ging zu Fuß weiter und blieb abrupt stehen, als er Reuben am Rande des Platzes aus einem der Container kommen sah. Hastig wich er in ein verrostetes Toilettenhäuschen zurück, dessen Tür offen stand, das einzige Versteck in Reichweite. Er hielt die Luft an, denn der Gestank traf ihn wie ein Vorschlaghammer. Beim Anblick des fäkalienbeschmierten Sitzes konnte er nur mühsam seinen Fluchtinstinkt unterdrücken. Heerscharen von Fliegen umschwärmten ihn, während er durch den Spalt in der Türangel beobachtete, wie Reuben nacheinander mehrere Kisten aus dem Container holte und in den Kofferraum seines Wagens lud. Keine Frage, er wollte die

Beweise beseitigen. Oder sie an einen anderen Ort verfrachten, den er – oder derjenige, der ihm die Befehle erteilte – für sicherer hielt.

Es war an der Zeit, der Sache ein Ende zu bereiten. Brent passte den Moment ab, als Reuben wieder im Container verschwand, ehe er aus dem Toilettenhäuschen trat und zu Reubens Wagen hinüberging. Gleich darauf musste er feststellen, dass er als Beschatter wohl wirklich eine Niete war, denn Reuben kam in vollem Lauf aus dem Container gerannt, schlug den Kofferraumdeckel zu und sprang hinters Steuer. Mit aufheulendem Motor setzte er zurück und raste direkt auf Brent zu. Der konnte gerade noch zur Seite hechten, sonst wäre er überrollt worden. Reuben hatte das Gaspedal voll durchgetreten und bretterte im Rückwärtsgang über den Platz. Er rammte das Toilettenhäuschen aus dem Weg, doch das bremste seine Geschwindigkeit nur unwesentlich. Gleich darauf hatte er die Brücke erreicht, die er ebenfalls im Rückwärtsgang nahm. Die Bohlen knatterten unter den durchdrehenden Reifen.

Brent hatte sich bereits hochgerappelt und folgte dem Wagen. Im Laufen zog er die Waffe und entsicherte sie. Er hatte keine Ahnung, ob er wirklich auf den davonfahrenden Wagen geschossen hätte, aber in dem Moment stellte sich die Frage nicht. In einem Actionfilm hätte er treffsicher die Reifen kurz und klein geballert und wäre dann einfach seelenruhig hinterhermarschiert, um den Kerl zu verhaften. Möglicherweise hatte ihm dieses Bild vor

Augen gestanden, als er mit der gezückten .38er zur Brücke sprintete. Aber er kam nicht mal dazu, die Waffe in Anschlag zu bringen, weil sich schon vorher ein Schuss löste, der nur eine Handbreit vor seiner Schuhspitze einen Trichter in den Boden sprengte. Aufstiebende Steinchen und Erdbrocken prasselten ihm ins Gesicht und nahmen ihm für einen Moment die Sicht. Er fluchte lauthals, und es war ihm kein Trost, dass niemand außer ihm mitkriegte, wie er sich hier zur Lachnummer machte. Er konnte es auch nicht als Entschuldigung gelten lassen, dass er in seiner Branche eigentlich nie eine Waffe brauchte. Einmal war immer das erste Mal, und wenn er nicht bald rauskriegte, wie es in der Realität funktionierte, sollte er damit aufhören, im Alleingang einen auf Maxwell Smart zu machen.

Reuben hatte hinter der Brücke eine Stelle zum Wenden gefunden und fuhr nun vorwärts weiter, wieder mit Vollgas. Der Wagen entfernte sich schnell und war ein paar Sekunden später nur noch eine Staubwolke am Ende der Abzweigung zur Straße.

Brent widerstand dem Impuls, sofort ins Auto zu springen und Reuben hinterherzubrausen. Er eilte hinüber zu dem Container. Reuben hatte einige Kisten in seinen Wagen geladen, aber Brent hatte ihn bei dieser Aktion unterbrochen. Wenn da drin Beweise für die verbotenen Firmengeschäfte aufbewahrt wurden, musste noch genügend davon dort sein, um den Drahtzieher festnageln zu können.

Er öffnete die Tür des Containers, die Reuben vorhin vor seiner Flucht hinter sich zugezogen hatte.

Im nächsten Augenblick barst die Tür nach außen auf und traf seinen Körper. Die Wucht hob ihn von den Füßen und schleuderte ihn in den Staub. Er landete flach auf dem Rücken, während neben ihm eine Feuerwalze aus der Türöffnung schlug und einen Keil aus brennend heißer Luft vor sich hertrieb. Brent fühlte die Hitze über sein Gesicht zischen und riss den Arm hoch, um seine Augen zu schützen. Er konnte nicht atmen, weil ihm der Aufprall auf dem harten Boden die Luft aus den Lungen gepresst hatte, aber sein Verstand funktionierte noch. Reuben hatte beim Beladen seines Wagens bemerkt, dass jemand ihn beobachtete, worauf er ein letztes Mal in den Container marschiert war und dort Feuer gelegt hatte. Es standen ja genug Kisten mit zundertrockenem Papier dort herum. In dem fensterlosen Metallbehälter gab es keine Luftzufuhr von außen. Der Rest war Physik – sobald man die Tür zumachte, verbrauchte das Feuer binnen kürzester Zeit jeden verfügbaren Sauerstoff. Es schwelte nur noch und verwandelte sich auf diese Weise in eine tödliche Bombe aus zündfähigen Gasen. Öffnete man die Tür wieder, wurde durch den vorher entstandenen Unterdruck Luft angesaugt, und es explodierte alles in einem gewaltigen Feuerball. Brent hatte Glück gehabt, dass er von der auffliegenden Tür zur Seite geschleudert worden war. Hätte er direkt vor der Öffnung gestanden, wäre er jetzt tot gewesen.

Über sein Gesicht lief etwas Nasses. Er berührte es mit der Hand und sah, dass es Blut war. Die Tür hatte ihn anscheinend am Kopf erwischt. Wieder rappelte er sich unter Flüchen hoch und befühlte vorsichtig seine Stirn. Dicht unterm Haaransatz ertastete er eine Platzwunde.

Im Inneren des Containers brannte es lichterloh. Dicke, mit Rußflocken durchsetzte Qualmwolken wälzten sich durch die Luft. Die tödliche Hitze machte den großen Metallbehälter zu einer Art Hochofen. Brent hatte eine sichere Entfernung zwischen sich und den Container gelegt und betrachtete hustend das Geschehen. Den Gedanken, mit dem Feuerlöscher aus seinem Wagen den Brand einzudämmen, hatte er längst wieder fallen lassen – es war viel zu heiß, um sich dem Feuer mehr als zehn Schritte zu nähern, von dem tödlichen Rauch ganz zu schweigen. Und bis die Flammen weit genug runtergebrannt waren, um es vielleicht wagen zu können, wäre alles in dem Container sowieso längst zu Asche verkohlt.

Wütend, frustriert und den Kopf voller Rachegedanken kehrte er zur Brücke zurück und stieg in seinen Wagen. Im Innenspiegel sah ihn eine Art Brandopfer-Zombie an, die Augen wie große weiß-blaue Murmeln in dem über und über mit Ruß und Blut verschmierten Gesicht. Er versuchte, sich mittels Papiertaschentüchern zu reinigen, aber hinterher sah er noch schlimmer aus als vorher.

Mit ein paar Pflasterstreifen und einem Stück Mull aus dem Erste-Hilfe-Kasten verpasste er sich einen provisorischen Verband. Eine gründlichere Behandlung musste warten. Zuerst würde er sich Reuben Bannister kaufen. Er checkte das Empfangsgerät nach einem Signal und sah verdutzt, dass es eine Ortung in unmittelbarer Nähe anzeigte. Brent stieg wieder aus und sah sich ratlos um. Dann wurde ihm klar, was passiert war – als Reuben vorhin mit dem Wagen gegen das Toilettenhäuschen gekracht war, hatte er den Peilsender verloren.

Brent fand das Ding nach kurzer Suche nur ein paar Schritte von dem zerbeulten Klo entfernt. Er fluchte in allen Tonlagen und brauchte eine Weile, bis er sich wieder so weit beruhigt hatte, dass er Milo anrufen konnte.

»Wo warst du den ganzen Nachmittag?«, wollte sein Partner wissen. »Kommst du eigentlich auch mal wieder irgendwann zur Arbeit?«

»Ich *bin* bei der Arbeit. Ich habe mich an Reuben Bannister drangehängt, seit er auf Kaution raus ist. Er hat hier draußen in den Sümpfen ein Versteck in einem alten Container, wo er einen Haufen Unterlagen aus den illegalen Firmengeschäften aufbewahrt hat. Notier dir mal, wo das ist.« Brent nannte ihm die genauen Koordinaten.

»Woher weißt du, dass es Unterlagen von der Firma sind? Hast du sie gesehen?«

»Nein. Ein Informant hat mir davon erzählt.«

»Was für ein Informant?«

»Hör zu, dafür haben wir jetzt keine Zeit. Du musst …«

Milo unterbrach ihn. »Wieso hast du mir nicht gesagt, dass du Reuben Bannister beschattest?«, wollte er wissen.

»Und warum habe ich nichts über diesen Informanten erfahren?« Er hörte sich gekränkt und misstrauisch an.

»Weil du es gleich bei Tallulah rausposaunt hättest. Und wer weiß, wem die dann davon erzählt hätte. Ich traue ihr nicht, Milo. Sie ist eine miese Schlampe. Tut mir leid.«

»Tja, und ich traue Cathleen Bannister nicht, denn sie ist eine noch viel größere Schlampe«, schnauzte Milo zurück. »Sie hockt in der Sache drin wie eine Spinne im Netz. Sie hat alles unter Kontrolle, und nebenher spielt sie uns das arme Opfer vor. Und du liebeskranker Idiot kaufst ihr das ab! Dein Bericht an Wagner besteht doch zu neunundneunzig Prozent nur aus scheinheiligen Ausreden, damit du sie ungestraft ficken kannst.«

Brent wurde von heißem Zorn durchflutet, aber er riss sich zusammen, denn ohne Milo kam er nicht weiter. »Hast du nicht zugehört, was ich vorhin gesagt habe? Reuben Bannister hat hier draußen ein Versteck voller geheimer Unterlagen!«

»Wieso rufst du mich dann an?« Milos Stimme klang unversöhnlich. »Pack doch einfach alles in deinen Wagen und bring's her. Wir haben ja erst den halben Asservatenbereich des Field Office mit dem Bannister-Fall vollgemüllt. Sicher finden die noch ein paar freie Regale für uns.«

»Ich kann nichts mitbringen. Der Kerl hat den Container, in dem die Sachen lagen, gerade abgefackelt. Aber es sind noch genügend Beweise vorhanden, denn er hat kistenweise Akten in seinen Kofferraum gepackt und mitgenommen.«

»Und wo warst du, als er das tat?«

»Scheiße, ja, ich hab's verbockt«, sagte Brent wütend. »Er ist mir entwischt. Aber wir können ihn noch kriegen! Statt mich hier mit deinem Genörgel zuzutexten, könntest du mir helfen! Lass eine Großfahndung einleiten. Er ist mit einem schwarzen Camarro unterwegs. Ruf die State Police an, die sollen Streifen und Hubschrauber schicken und die Straßen sperren. Mach es sofort, denn er kann noch nicht weit gekommen sein! Es geht hier um alles, verstehst du?« Er diktierte Milo die Autonummer, dann trennte er die Verbindung.

Anschließend stellte er die Füße aus dem Wagen und legte den Kopf auf die Knie, weil ihm plötzlich schwindlig war. Offenbar hielt sein Schädel nur eine begrenzte Anzahl von Schlägen pro Tag aus. Nach einer Weile fühlte er sich wieder imstande zu fahren. Auf dem Rückweg suchte er die Notaufnahme eines Krankenhauses auf, wo er seine Platzwunde versorgen ließ. Während der Arzt ihn nähte, rief Milo auf dem Handy an.

»Sie müssen stillhalten, Agent«, sagte der Arzt, der ihm gerade die Krummnadel durch die Haut zog.

Brent hob entschuldigend die Hand. »Was gibt es Neues«, wollte er von Milo wissen.

»Der Wagen wurde gefunden. Er ist komplett ausgebrannt. Im Kofferraum ein Haufen Asche. Alles völlig unbrauchbar.«

»Und Reuben Bannister?«

»Spurlos verschwunden. Von der Familie weiß auch

niemand, wo er ist. Wir nehmen uns gerade sein Apartment im Warehouse District vor. Aber das scheint clean zu sein. Abgesehen von einem Tütchen Koks und ein paar zweifelhaften Tabletten. Jedenfalls keine Firmenunterlagen oder so was.«

Brent bedankte sich höflich und fragte sich, ob in Milos Stimme ein Hauch von Schadenfreude zu hören gewesen war. Ihm war schon wieder schwindlig.

Der Arzt nähte die Wunde fertig und versah sie mit einem schmalen Pflaster. Prüfend blickte er Brent in die Augen. »Ist Ihnen schlecht? Haben Sie bei dem Brand etwas von dem Rauch eingeatmet?«

»Vielleicht ein bisschen.«

»Ich würde Ihnen gern Blut abnehmen und ein Schädel-CT machen.«

»Nicht nötig. Ich brauche einfach nur mal eine Nacht Schlaf.«

Das war nichts weiter als die Wahrheit – in den beiden letzten Nächten hatte er höchstens insgesamt drei oder vier Stunden geschlafen. Brent ließ sich eine Packung Schmerztabletten mitgeben und fuhr zurück nach New Orleans. Im Hotel entledigte er sich seiner stinkenden, schmutzigen Kleidung und ging unter die Dusche. An die Fliesenwand gelehnt, ließ er das heiße Wasser über seinen Körper rauschen. Den Kopf sparte er aus, damit die Naht nicht nass wurde. Anschließend schaffte er es gerade noch, sich abzutrocknen und aufs Bett zu fallen. Er hatte kaum die Kissen berührt, als er auch schon einschlief.

Doch auch diese Nachtruhe geriet viel zu kurz. Am nächsten Morgen hämmerte Milo in aller Herrgottsfrühe an seine Tür. »Brent? Steh auf! Es gibt Neuigkeiten!«

Brent wälzte sich schlaftrunken vom Bett und stolperte zur Tür. »Was?«

Milo wirkte ungewöhnlich ernst. »Tallulah hat mich eben angerufen. Man hat Reuben Bannister gefunden. Er ist tot.«

Brent starrte seinen Partner stumm an. Die Nachricht war wie ein Boxhieb in den Magen. Gestern war er der Aufklärung des Falles zum Greifen nah gewesen. Damit war es nun auf einen Schlag vorbei. Es gab keine Beweise mehr, keine Zeugen, keinen bekannten Täter.

Jetzt war alles wieder offen.

Teil 4

24

Reuben Bannisters Leichnam war nicht weit entfernt von der Stelle aufgefunden worden, wo auch der ausgebrannte Wagen entdeckt worden war.

Von seinem Körper konnten nur noch Teile geborgen werden. Ungefähr die Hälfte der Leiche war von Alligatoren und anderem Getier gefressen worden. Von dem, was im Gewirr der Mangrovenwurzeln noch sichergestellt werden konnte, ließen sich jedoch einige interessante Rückschlüsse auf die Art seines Todes ziehen. Gestorben war er an den Verletzungen, die ihm ein ausgewachsener Alligator beigebracht hatte, aber bei der gerichtsmedizinischen Untersuchung wurde in seiner linken Armbeuge eine frische Einstichstelle entdeckt. Dabei konnte es wohl als glücklicher Umstand gewertet werden, dass es sich um den linken Arm handelte, denn der rechte war unterhalb des Schultergelenks von dem Alligator abgebissen worden. Hätte das Biest sich zuerst über die andere Körperhälfte hergemacht, hätte möglicherweise nie bewiesen werden können, dass es sich um Mord handelte.

Doch auch diese Gewissheit ergab sich erst im Zuge

genauerer Ermittlungen, denn zuerst war der Fall zuständigkeitshalber bei der Louisiana State Police gelandet, beim CID, dem Criminal Investigations Department. Da sich in Reuben Bannisters Armbeuge neben der frischen Einstichstelle auch eine Menge älterer Injektionsspuren befanden, hatte der für das CID tätige Coroner diesem Detail keine besondere Bedeutung beigemessen, denn der Fall schien zunächst klar: Reuben Bannister hatte ganz offensichtlich als Junkie sein Leben beschlossen. Er hatte sich da draußen in den Bayous einen Schuss gesetzt, nachdem er den Wagen abgefackelt hatte. Danach war er anscheinend ein bisschen zu unvorsichtig gewesen und hatte im Drogenrausch vergessen, dass unter jeder Baumwurzel gefräßige Alligatoren lauerten.

Erst durch die Verbindung zum Mord an seinem Vater wurde man auf die Parallelen bei der Todesart aufmerksam, was eine genauere massenspektrometrische Untersuchung nach sich zog. Dabei wurde tatsächlich derselbe Cocktail aus K.-o.-Tropfen und Digitalis entdeckt wie bei Zack Bannister. Der Alligator hatte Reuben Bannister erwischt, bevor die Überdosis sein Herz zum Stillstand brachte, aber am Ergebnis änderte das nichts: Er war ermordet worden, und der Täter war derselbe, der auch schon seinen Vater umgebracht hatte.

Während die Familie noch auf die Freigabe des Leichnams wartete, um die Bestattung durchführen zu können, traf sich die Ermittlerrunde in Chief Brinckleys Büro in der South Broad Street, um die Lage sowie die weitere

Vorgehensweise zu besprechen. Mittlerweile hatte der Fall höchste Priorität. Das Oberhaupt der Familie Bannister hatte offensichtlich ziemlich wichtige Kontakte spielen lassen – wie sich herausstellte, war Randolph Bannister nicht nur in Militärkreisen bestens vernetzt, sondern auch ein Duzfreund des Vizegouverneurs sowie etlicher anderer Honoratioren. Jedenfalls schien es plötzlich auf höherer Ebene eine allgemeine Übereinkunft darüber zu geben, dass die Ermittlungen sowohl in den Mordfällen als auch bei den Wirtschaftsstraftaten viel zu einseitig zulasten der Familie Bannister geführt worden seien, was sich nun auf tragische Weise durch den gewaltsamen Tod eines weiteren Familienmitglieds offenbart habe. Der wirkliche Täter, der im Hintergrund Intrigen anzettelte, Konkurrenten ausschaltete, Zeugen bestach und bei jeder Gelegenheit die Behörden an der Nase herumführte, blieb nach dieser Lesart völlig ungeschoren. Ja, schlimmer noch: Er wurde nicht mal ansatzweise irgendwelcher Straftaten verdächtigt.

Die Rede war von Tarquin St. John, und je länger die Diskussion in Chief Brinckleys Büro andauerte, desto stärker setzte sich die unangenehme Erkenntnis durch, dass an dieser Version sehr wohl was dran sein könnte. Auch Wagner, Brents und Milos Chef beim FBI, hatte sich bereits zu diesem Punkt mit Chief Brinckley ins Benehmen gesetzt – sogar auf Brents ausdrückliche Bitte hin, denn der stand unter den Verfechtern dieser These naturgemäß in der ersten Reihe.

Tallulahs Versuche, seine Beurteilung als absurd abzutun, verfingen nicht einmal ansatzweise. Sie gab sich zwar alle Mühe, Reuben und Cathleen Bannister als Hand in Hand operierendes Verbrecherteam zu installieren, aber damit fiel sie auf die Nase. Chief Brinckley schnitt ihr mehrfach das Wort ab und rüffelte sie vor allen Anwesenden wegen ihrer mangelnden Kompetenz. Der Kragen platzte ihm endgültig in dem Moment, als Brent auf eine Aktennotiz verwies, die er schon in der vergangenen Woche verfasst hatte und die sich auf Tarquin St. Johns Affäre mit May Belle Bannister bezog. Er hatte die Notiz als Rundmail unter anderem auch an Tallulah und Hightower verschickt und wahrheitsgemäß dazu angemerkt, dass er dieses pikante Geheimnis von Randolph Bannister erfahren habe. Er hatte auch nicht unerwähnt gelassen, dass sich hieraus seiner Einschätzung nach ein starker Verdacht gegen St. John ergebe. Nachdem er außerdem St. Johns Besuch an Cat Bannisters Krankenbett als weiteres verdächtiges Ereignis dargestellt und dabei hervorgehoben hatte, dass sie sich von St. John bedroht fühlte, hätte das Department diese Tatsachen mit einbeziehen und die Ermittlungen entsprechend umstellen müssen.

Brents Taktik, die richtigen Dinge zu lancieren, während er andere Informationen für sich behielt, schien zu fruchten: Brinckley geriet in Rage, als er hörte, dass Tallulah Brents Mail schlichtweg ignoriert hatte. Verständnis zeigte er hingegen dafür, dass Brent mit seinem Wissen über Reuben Bannisters Geheimversteck zunächst hinterm Berg gehalten hatte und auf eigene Faust an der Sache drangeblieben war, denn schließlich stand immer noch der traurige Verdacht im Raum, dass es im NOPD ein Leck gab. Tallulah Harris zog den Kopf zwischen die Schultern, als Brinckley das mit zornrotem Gesicht hervorhob. Brent beobachtete sie scharf und war davon überzeugt, dass sie genau wusste, wer für die Weitergabe der Ermittlungsergebnisse an die Presse verantwortlich war. Entweder hatte sie selbst den Whistleblower gespielt oder jemand vom Department, den sie gut kannte. Die Abteilung für Interne Ermittlungen war schon eingeschaltet, aber vermutlich würde dabei wie so oft nichts herauskommen. Man pinkelte nicht in das Nest, in dem man saß – nicht wegen einer läppischen Indiskretion, bei der außer ein paar reichen Snobs niemand zu Schaden kam und über die in einigen Wochen sowieso keiner mehr reden würde.

Milos Miene zeigte einen deutlichen Ausdruck von Unzufriedenheit, als der Chief gegen Tallulah wetterte. Sein Beschützerinstinkt hätte ihn fast dazu verleitet, Brent in den Rücken zu fallen, das konnte Brent ihm so deutlich von den Augen ablesen, als hätte Milo es laut angedroht.

Doch den Part des weißen Ritters übernahm an seiner Stelle Hightower, dem es ebenso wenig zu schmecken schien, dass Tallulah derartig abgekanzelt wurde.

»Eine Sache verstehe ich trotzdem nicht, Agent LaVerne«, meinte er. »Sie sagten gerade, es sei Otis Hammond gewesen, der Ihnen den heißen Tipp über das geheime

Aktenversteck von Reuben Bannister gab. Wieso haben Sie Hammond nicht festgenommen? Sie wussten doch, dass er Cathleen Bannister überfallen hatte. Gab es einen Grund, warum Sie ihn nicht verhaftet haben?«

Ja, klar gab es einen Grund dafür. Ich konnte ihn nicht verhaften, weil er dann überall seine verfluchte Reservelüge herausposaunt hätte, derzufolge Cat Bannister den Überfall selbst in Auftrag gab. Was sie auf einen Schlag abermals zur Hauptverdächtigen gemacht hätte, auch für den Mord an ihrem Bruder, weil sie für die fragliche Zeit schon wieder kein Alibi hat.

»Ich hatte ihm bereits Handschellen angelegt und meine Waffe auf ihn gerichtet«, sagte er wahrheitsgemäß. »Dann kam einer von seinen Cajun-Kumpanen dazu und hat mich hinterrücks niedergeschlagen. Ein Officer Martinez von der State Police hat mich am nächsten Morgen bewusstlos aufgefunden. Steht alles in meinem Bericht. Ich bin leider noch nicht dazu gekommen, ihn in den Verteiler zu geben.« Er verzog gespielt reumütig das Gesicht. »Wird aber erledigt, sobald ich wieder am Schreibtisch sitze.«

Damit war Hightower der Wind aus den Segeln genommen. Tallulah hatte der Erklärung mit verkniffenem Gesicht zugehört. Auch Milo runzelte die Stirn, obwohl er Brents Bericht bereits kannte und Fragen dazu gestellt hatte – Fragen, an denen Brent erkannt hatte, dass Milo dem Braten nicht ganz traute.

»Es ist schon seltsam, dass Ihnen im Laufe von vierundzwanzig Stunden gleich zwei Verdächtige entwischen«, sagte Tallulah. Ein Unterton von Hass mischte sich in ihren Sarkasmus. Sie konnte offenbar nicht aus ihrer Haut und musste einfach irgendetwas Abfälliges loswerden. »Und das, obwohl Sie beide Male Ihre Waffe gezogen hatten. Bei dem Versuch, Bannister aufzuhalten, haben Sie sogar einen Schuss abgefeuert, nicht wahr?«

»Er ging leider daneben«, sagte Brent kalt. »Es kann wohl nicht jeder so zielgenau auf Menschen schießen wie Sie, Detective Harris. Wie ich hörte, haben Sie Ihre tödliche Treffsicherheit im Dienst schon eindrucksvoll unter Beweis gestellt. Um da mitzuziehen, werde ich wohl noch lange üben müssen.«

Tallulah wurde blass. Ein peinliches Schweigen breitete sich aus, das jedoch gleich darauf von Brinckley unterbrochen wurde. Mit entschlossen gestrafften Schultern erhob er sich von seinem Stuhl und ging zu dem Flipchart-Schaubild, das den Stand der Ermittlungen bei den Mordfällen und die Zusammenhänge mit Entwicklungen bei Bannister Enterprises verdeutlichte. Tallulah und Milo hatten es angefertigt, und Cathleen Bannisters Name stand eingekreist in der Mitte. Von dem Kreis führten strahlenförmige Linien nach allen Seiten, zu anderen Namen und diversen kriminellen Ereignissen. Drei Morde. Bestechung, Sabotage, Erpressung, Betrug. Ein Gespinst des Verbrechens. Genau so, wie Milo es beschrieben hatte. *Sie hockt in der Sache drin wie eine Spinne im Netz.*

Brinckley klopfte mit dem Zeigefinger auf den Namen

Tarquin St. John, der abseits von den anderen stand und nur über eine einzige Linie mit dem Zentrum verbunden war, betitelt mit der Beschreibung *Exmann und Interessent für Firmenübernahme*.

»Wir konzentrieren uns ab sofort verstärkt auf den hier«, bestimmte er. »Aber das heißt nicht, dass wir die Übrigen aus den Augen verlieren.« Und dann tippte er nacheinander auf alle noch lebenden Mitglieder der Familie Bannister – Randolph, May Belle, ihren Mann Maxim Avery und Cathleen. »Auch bei denen bleiben wir am Ball. Wir ermitteln in alle Richtungen. Doch nun wird die Schlagzahl erhöht. Ich erwarte Ergebnisse, und zwar möglichst bis gestern.«

25

Brent und Milo standen dicht neben dem Stamm derselben großen Eiche, bei der sie auch schon während Zack Bannisters Beisetzung Posten bezogen hatten. Über ihnen wölbte sich das ausladende Geäst nach allen Seiten und überragte eine Reihe stilvoller Grabstätten entlang des Weges. Reuben Bannisters Bestattung wurde mit angemessenem Pomp zelebriert, aber die Trauergesellschaft war deutlich kleiner als jene, die zu Ehren seines Vaters den Lafayette Cemetery bevölkert hatte, und schon jetzt war abzusehen, dass die ganze Veranstaltung auch deutlich schneller zu Ende gehen würde – es regnete in Strömen.

»Ist es nicht seltsam?«, fragte Milo leise. »Jetzt sind wir wieder da, wo wir angefangen haben. Selber Ort, selbe Zeit.«

Brent zuckte unmerklich zusammen und fragte sich eine Schrecksekunde lang, ob Milo wissen konnte, unter welchem Stichwort er und Cat sich heimlich zu verabreden pflegten. Doch sein Verstand sagte ihm, dass Milo den Ausdruck rein zufällig verwendet hatte. Natürlich wusste sein Partner über ihn und Cat Bescheid, aber nur in der Art, wie man von einer Sache überzeugt war, ohne dieses Wissen mit passenden Beweisen untermauern zu können. Brent hatte immer alle Nachrichten, die er mit Cat ausgetauscht hatte, umgehend gelöscht, und sie hatte dasselbe getan. Es wäre ihm nicht verborgen geblieben, wenn Milo solche Details herausgefunden hätte. Und in den letzten Tagen hatte er Cat nicht getroffen und auch keinen Kontakt mit ihr gehabt – seit Reubens Tod hatte sich dazu keine Gelegenheit ergeben. Die Familie hatte sich zurückgezogen und von der Öffentlichkeit abgekapselt, kaum einer von ihnen hatte seither das Haus in der Magnolia Lane verlassen.

Als bekannt geworden war, dass nach dem Tycoon Zachary Bannister nun auch sein einziger Sohn Reuben unter spektakulären Umständen gestorben war, hatte ein journalistischer Belagerungszustand eingesetzt, der dem vorangegangenen in nichts nachstand. Sämtliche regionalen Zeitungen und lokalen Fernsehsender hatten das Ereignis genüsslich ausgeschlachtet – kaum ein Bild war so oft in den Nachrichten erschienen wie das von dem sumpfigen Ufer, wo Reuben Bannisters sterbliche Überreste gelegen hatten. Dass auf diesen Fotos außer zerdrücktem Röhricht und schlammigem Wasser nicht viel zu sehen war, spielte keine Rolle – bereits die Vorstellung eines von Alligatoren bis zur Unkenntlichkeit verstümmelten Leichnams reichte aus, um die Sensationsgier des Publikums anzuheizen. Die Leute aus dem Touristenboot, die den Toten während einer Tour durch die Swamps zwischen den Mangrovenwurzeln entdeckt hatten, waren ausgiebig von den Medien interviewt worden; jeder Einzelne von ihnen hatte neue grausige Details beisteuern können.

»Die Bannisters sehen ziemlich fertig aus«, meinte Milo. »Was denkst du – ob all diese Tränen echt sind?«

»Schwer zu sagen«, antwortete Brent vage.

Tatsächlich weinten alle drei Frauen der Familie Bannister bitterlich. Cat und May Belle hielten einander in den Armen, während Maxim Avery mit hilfloser Miene danebenstand und seinen Schirm über die beiden hielt. Opal schluchzte an der Schulter Randolph Bannisters, der ihr begütigend den Rücken tätschelte und dabei das stoisch strenge Gesicht eines kampferprobten Marines zeigte, der lieber sterben würde als in der Öffentlichkeit zu weinen.

Die übrigen Trauergäste waren ein harter Kern von Leuten, die zur Familie hielten, komme, was da wolle. Zu diesem Kreis gehörten die Sekretärin von Zack Bannister sowie die farbige Haushaltshilfe, die beide ebenfalls in Tränen aufgelöst waren. Dann standen noch einige Angestellte des Unternehmens und ein paar Freunde des Toten am Grab, während der Regen unaufhörlich auf die Dächer der aufgespannten Schirme prasselte. Der Geistliche sprach segnend die letzten Worte, ebenfalls geschützt von einem dunklen Schirm, den einer der Sargträger über ihn hielt. Die Familiengruft der Bannisters ragte zwischen den anderen Grabstätten hervor, ein weißes, von Marmorsäulen flankiertes Mausoleum, das eine verstörende Ähnlichkeit mit dem Haus in der Magnolia Lane aufwies. Brent dachte flüchtig über die bedeutungslose Frage nach, ob womöglich beide Bauwerke vom selben Architekten stammten, ehe er sein Augenmerk wieder auf Cat lenkte. Ihre Trauer schnitt ihm ins Herz, er konnte sie nicht weinen sehen. Es fiel ihm schwer, äußerlich unbeteiligt hier herumzustehen, während alles in ihm danach strebte, zu ihr zu gehen und sie in die Arme zu nehmen.

Bald, dachte er. Bald wäre alles vorbei. Die ganze Sache würde sich endgültig aufklären. Jeglicher Verdacht gegen Cat würde sich in Luft auflösen, und Tarquin St. John würde in der Todeszelle landen. Dann würde sich das Leben normalisieren, irgendwie. Cat und er würden sich entscheiden können, wie es mit ihnen beiden weitergehen sollte. Wenn sie unbedingt das Unternehmen führen wollte, konnte er vielleicht dauerhaft nach New Orleans übersiedeln, denn im hiesigen Field Office war es gar nicht so übel. Womöglich konnte er sogar seinen Partner behalten, denn Milo hatte schon angedeutet, dass das mit Tallulah vielleicht was Festes werden konnte. Nicht, dass Brent den beiden mehr gab als drei oder vier Monate, aber die Vorstellung, sich gemeinsam mit Milo versetzen zu lassen und weiter mit ihm arbeiten zu können, baute ihn auf. Sie waren ein eingespieltes Team und würden sich schon wieder zusammenraufen, sobald Tallulah erst mit dem armen Kerl fertig war. Brent war davon überzeugt, dass sie sich Milo nur ins Bett geholt hatte, um – im wahrsten Sinne des Wortes – möglichst hautnah über den jeweils aktuellsten Ermittlungsstand beim FBI informiert zu sein.

»Du liebst sie wirklich, oder?«, fragte Milo ihn. Seine Stimme klang angespannt.

Brent setzte sofort ein Pokerface auf. »Ich weiß nicht, wovon du redest.«

»Erzähl mir nichts, Alter. Ich sehe doch, wie du sie anschaust.«

»Keine Ahnung, was du da siehst. Ich kann mir höchstens vorstellen, dass dir deine Hormone den Blick vernebeln. Nur weil du wie ein liebeskranker Idiot hinter Harris her bist, solltest du so was nicht auch gleich bei anderen Leuten vermuten.«

»Und du solltest mit den Scheißlügen aufhören. Vor allem aber solltest du mich nicht für blöd verkaufen, okay?« Milo seufzte. »Verflucht noch eins, ich kann dich doch verstehen, Mann. Aber es ist ja nicht nur diese Sache zwischen dir und Cat Bannister. Meinetwegen kannst du sie vögeln, bis dir der Verstand aus den Ohren rauskommt. Viel schlimmer finde ich, wie du dich davon korrumpieren lässt. Du manipulierst den Fall. Da laufen heimlich irgendwelche ziemlich miesen Sachen ab, und du ziehst dabei die Fäden.«

»Hast du dafür Beweise?«, fragte Brent geradeheraus.

Milo schüttelte den Kopf. »Nein, ich habe keine Beweise. Aber ich weiß es trotzdem. Weil ich dich kenne.« Aus den Ästen über ihm fiel der Regen auf ihn herab. Sein kurzes dunkles Haar war schon völlig durchnässt, und über sein Gesicht perlten die Tropfen wie Tränen. Vorhin hatten sie beide noch unter Brents aufgespanntem Schirm gestanden, bis Milo unbemerkt zur Seite getreten war. So, als bräuchte er ausreichenden Abstand. »Wenn sie es war«, fuhr Milo fort, die Stimme gesenkt und einen Ausdruck von Traurigkeit in den Augen. »Wenn sie die Morde begangen hat – würdest du sie dann davonkommen lassen?«

Brent wurde der Antwort enthoben, weil sein Handy vibrierte. Der Anruf kam von der Leiterin des Pflegeheims, wo er zwischenzeitlich seinen Großvater untergebracht hatte.

»Wenn Sie noch einmal Abschied nehmen möchten, sollten Sie jetzt herkommen«, teilte sie ihm mit. »Der Arzt war vorhin bei ihm. Er sagte, es gehe zu Ende.«

Das Pflegeheim war eine karge, ungemütliche Einrichtung außerhalb der Stadt. In den Gängen stank es nach einer widerlichen Mischung aus Desinfektionsmitteln, Duftspray und vollen Windeln. Brent hatte auf die Schnelle nichts anderes finden können. Bessere Heime, in denen mehr Wert auf persönliches Ambiente und ansprechende Ausstattung gelegt wurde, hatten entweder endlos lange Wartezeiten oder kosteten mehr, als er verdiente. Der Papierkrieg rund um die Aufnahme hatte ohnehin viel zu viel von seinen zeitlichen und finanziellen Reserven verschlungen. Natürlich hätte sich irgendwer um seinen

Großvater gekümmert, wenn Brent nicht zur Stelle gewesen wäre. Aber er war nun mal da gewesen und hatte folglich die Verantwortung übernehmen müssen.

Eine Pflegerin in antiseptischem Weiß führte ihn zu einem Vorhang, hinter den man seinen Großvater zum Sterben geschoben hatte. Brent registrierte, dass man ihn gewaschen, rasiert und ihm ein frisches Krankenhaushemd angezogen hatte.

»Er hat keine Schmerzen«, sagte die Pflegerin unaufgefordert. Sie stand neben Brent und hatte die Hände vor dem weißen Kittel gefaltet, eine betuliche Geste, mit der sie offenbar pietätvolles Mitgefühl angesichts des nahenden Todes zum Ausdruck bringen wollte. »Haben Sie Fragen, Sir? Möchten Sie noch einmal mit dem Arzt sprechen?«

»Ich denke, das ist nicht nötig.«

»Soll ich Sie eine Weile mit Ihrem Großvater allein lassen?«

»Das wäre nett, vielen Dank.«

Sie zog sich zurück, und Brent trat an das Bett. Der Alte atmete flach und unregelmäßig. Die Lähmung seiner linken Körperhälfte war immer noch deutlich zu erkennen – der hängende Mundwinkel, der blicklose Augenspalt, weil der Lidschluss nicht mehr funktionierte. Die Haut wies einen kräftigen Gelbstich auf.

»Grandpa?«, fragte Brent und dann noch einmal lauter: »Grandpa?«

Der alte Mann reagierte nicht, und Brent erkannte,

dass er bereits in tiefsten Schlaf versunken war, aus dem er nie wieder aufwachen würde. Wahrscheinlich hatten ihn die Medikamente im Zusammenwirken mit der Vorschädigung durch den Alkohol ins Leberkoma fallen lassen.

Brent blickte den alten Mann an und suchte tief in seinem Inneren nach den angenehmen Gefühlen, die er aus seiner frühen Kindheit mitgenommen hatte. Grüngoldene Nachmittage am Bayou, wenn er mit seinem Grandpa im Flachboot zum Angeln rausgefahren war. Der Alte hatte Köderfliegen an seiner Kinderangel befestigt und ihm gezeigt, wie man es richtig machte. Er hatte eine kleine Elritze gefangen und erinnerte sich noch genau an seine überschäumende Begeisterung. An einem anderen Nachmittag hatten sie gemeinsam ausrangierte Autoreifen als Fender an den Anleger genagelt. Der Alte hatte den Hammer geschwungen, und Brent hatte ihm die Nägel gereicht, einen nach dem anderen. Hinterher hatten sie zusammen Krabben gepult, und seine Mom hatte ihm eiskaltes Root Beer gebracht und ihm einen Kuss auf die Stirn gegeben.

Zahlreicher waren die hässlichen Erinnerungen, an Geschrei und Streit wegen Geld. An seine Angst, als Grandpa Mom geschlagen hatte, weil sie ihn ein versoffenes altes Arschloch genannt hatte und nur noch weg wollte. Viel mehr wusste Brent nicht von damals. Er war noch keine vier Jahre alt gewesen, als Mom und er in die Stadt gezogen waren. Später waren sie noch ein paarmal rausgefahren, um den alten Mann zu besuchen, doch irgendwann hatte sie ihn nicht mehr mitgenommen, weil sie ihn von dem Dreck und dem Elend fernhalten wollte.

Er begriff, dass all seine Gefühle von damals nur mit Mom zu tun hatten, nichts mit dem alten Mann. Alles, was er war und was er hatte, verdankte er ihr allein. Ein Tränenkloß steckte ihm im Hals, und plötzlich vermisste er sie so stark, dass er ein Stöhnen unterdrücken musste, weil der Verlust so wehtat, als hätte er ihn eben erst erlitten.

Er versuchte sich vorzustellen, dass sie ihren Vater geliebt hatte, so wie auch er seine Mom geliebt hatte, mit jener unverbrüchlichen, kompromisslosen Intensität, die nichts infrage stellte und alles verzieh. Doch auch dieser Versuch, eine direkte emotionale Verbindung zu dem Menschen aufzubauen, dessen Kind Mom gewesen war, schlug fehl. Brent fand in seinem Herzen nur die tiefe Liebe zu seiner Mutter. Er versuchte es erneut, mit dem Gedanken, dass dieser alte Mann Mom geliebt hatte, weil sie sein Kind gewesen war, so wie Mom auch ihn geliebt hatte, als er ein kleiner Junge gewesen war. Unvermittelt erinnerte sich Brent an diese Worte des Alten: *Er ist derselbe blonde, blauäugige Wirbelwind wie du früher.* Und dabei hatte er gelacht und war Mom übers Haar gefahren, und in seinen Augen hatte es geleuchtet wie Sonnenfunkeln auf dem Wasser.

Bei diesem Bild fügte sich in seinem Inneren etwas zusammen, wie passende Teile eines Puzzles. Er erkannte, dass der Alte Mom geliebt hatte – das war die einzige Möglichkeit. Ohne Liebe und Zuneigung hätte sie nicht der Mensch werden können, der sie bis zu ihrem Ende gewesen war – hilfsbereit, fröhlich, voller Herzlichkeit und Güte.

Auf einmal war er fähig, den Alten mit anderen Augen zu sehen. Er sah den zuversichtlichen jungen Mann, der sein Grandpa irgendwann einmal gewesen war, in einer anderen Zeit, als er noch nicht betrunken vor seiner vermüllten Hütte am Bayou gehockt hatte, sondern Pläne und Wünsche und Freude am Leben gehabt hatte.

Das Bild half ihm, seinen Frieden mit dem alten Mann zu machen und in Würde Abschied zu nehmen. Er ergriff die Hand seines Großvaters, die gute Hand, in der noch Gefühl war, und drückte sie leicht.

»Leb wohl, Grandpa«, sagte er leise. »Grüß Mom von mir, wenn du sie siehst.«

Die eingefallene Brust des alten Mannes hob und senkte sich noch ein paarmal, und dann war es vorbei. Brent blieb noch eine Weile am Bett stehen und hing seinen Gedanken nach. Dann ging er, um der Pflegerin Bescheid zu sagen.

26

Am Nachmittag nach der Beisetzung saß Cat oben in der Mansardenkammer und blätterte wieder einmal in den Fotoalben aus ihrer Kindheit. Sanft glitten ihre Fingerspitzen über die Bilder, auf denen Reuben zu sehen war. Als süßes blondes Krabbelkind. Als kleiner Junge im Piratenkostüm. Als Schulkind mit Zahnspange. Als Halbwüchsiger mit Dad beim Angeln. Ihre Augen brannten, und dann kamen ihr wieder die Tränen. Es tat so weh, die Fotos zu betrachten und sich an früher zu erinnern. Egal wie viel Blödsinn er angestellt hatte – er war ihr Bruder. Sie hatte sich voller Liebe an ihn geschmiegt, als Mom und Dad ihn als neugeborenes Baby aus der Klinik mit nach Hause gebracht hatten. Sie erinnerte sich nicht daran, denn zu jener Zeit war sie kaum anderthalb Jahre alt gewesen, aber auf den Fotos von damals strahlte sie vor Glück. Sie wünschte sich so sehr, dass auch ihre letzte Begegnung von Zuneigung geprägt gewesen wäre, aber es war auf schreckliche Weise anders gekommen.

Er hatte ihr beteuert, dass er nichts mit dem Überfall auf sie zu tun hatte, und sie hatte nicht gewusst, ob sie ihm glauben konnte. Seit seinem Tod hatte sie sich Dutzende Male dieses letzte Gespräch ins Gedächtnis gerufen. Seinen Gesichtsausdruck, seine Worte, seinen verzweifelten Blick. Ihre anfängliche Überzeugung, er müsse Otis Hammond angerufen und ihm gesagt haben, dass sie allein mit dem Wagen unterwegs sei, war immer mehr ins Wanken geraten. Genauso gut war es möglich, dass Hammond ihr einfach aufgelauert und den richtigen Moment abgepasst hatte. Sie wusste immer noch nicht, wie es wirklich gewesen war. Aber ganz gleich, welchen Anteil Reuben an diesen Geschehnissen gehabt haben mochte – sie konnte nicht verwinden, wie kalt sie weggeschaut hatte, als Tallulah ihn in Handschellen aus dem Salon gezerrt hatte. Bis zum Ende ihres Lebens würde sie diese letzte bittere Geste nicht aus ihrer Erinnerung löschen können.

Ihre Selbstvorwürfe erstreckten sich auch darauf, dass sie die Kaution für ihn gestellt hatte, denn das hatte sie nicht unter der Prämisse getan, dass sie an seine Unschuld glaubte, sondern aus rein pragmatischen Erwägungen heraus, weil sie unbedingt mehr über die Erpressung erfahren wollte. Doch er war direkt nach seiner Entlassung aus der Untersuchungshaft verschwunden, keiner aus der Familie hatte ihn vorher gesprochen.

Unterdessen lief sein Mörder die ganze Zeit frei herum. Onkel Randolph hatte in seiner grenzenlosen Wut auf Tarquin St. John ein Mittel eingesetzt, von dem er – so seine eigenen Worte – noch nie Gebrauch gemacht hatte:

Er hatte seine Beziehungen spielen lassen, um von höchster Stelle Druck auf die Ermittlungsbehörden auszuüben, damit die endlich anfingen, sich den Richtigen vorzuknöpfen.

Cat legte das Album weg und ging zum Fenster. Es regnete schon wieder, ein Wolkenbruch schien sich an den nächsten zu reihen. Sobald es aufhörte, fing die Luft an zu dampfen und verwandelte die Stadt in ein Treibhaus. Der Himmel hing die meiste Zeit bleigrau und schwer herab, wie ein gigantischer Sack voller ungeweinter Tränen. Der Fluss war im Laufe der Tage angeschwollen und drängte gegen die Deiche, und in den tiefer gelegenen Stadtteilen schützten die Leute ihre Kellerfenster mit Sandsäcken.

Von hier oben aus konnte sie die Straße gut sehen. Am Zaun parkte ein Übertragungswagen, außerdem zwei oder drei Fahrzeuge, in denen vermutlich Reporter hockten und darauf hofften, dass es aufhörte zu regnen und dass irgendwer von der Familie Bannister sich wieder im Freien blicken ließ. Reubens Tod lag über eine Woche zurück, aber das öffentliche Interesse hielt immer noch vor. Notgedrungen war sie aus dem Hotel wieder hierhergezogen, denn sie hatte kaum noch einen Schritt ins Freie tun können, nachdem sich erst herumgesprochen hatte, wo sie logierte. Die Reporter hatten ihr an jeder Ecke aufgelauert. Anfangs waren sie noch von den Zivilbeamten in Schach gehalten worden, die sich in regelmäßigem Wechsel ständig in ihrer Nähe aufhielten, seit Brent ihr versprochen hatte, sie beschützen zu lassen. Aber zwei Tage nach Reubens Tod war diese Sicherheitsmaßnahme wieder beendet worden. Man ging anscheinend davon aus, dass infolge seines Ablebens keine unmittelbare Gefahr mehr bestand.

In der Magnolia Lane hatte sie es deutlich komfortabler als im Hotel, vor allem konnte sie hier ungestört arbeiten. Und das hatte sie die ganze Zeit über getan.

Reubens Tod hatte sie ebenso wenig davon abhalten können wie all die übrigen schlimmen Ereignisse davor. Ihr Bericht war seit einer Stunde fertig, die letzten Seiten hatte sie gleich nach der Beisetzung am Vormittag getippt. Sie hatte das Gutachten für W. B. auf einem neuen, mit mehreren Passwörtern gesicherten Laptop ohne Internetanschluss zu Ende geschrieben und auf einen verschlüsselten Stick gezogen. Jetzt musste sie nur noch alles über eine sichere Verbindung an W. B. mailen, dann war ihre Aufgabe erfüllt. Anschließend würde W. B. alles noch einmal durchgehen, doch das war reine Formsache, denn sie hatte die eigentliche Arbeit schon gemacht, und er vertraute ihr blind. Er würde für eine schnelle Entscheidung sorgen, wahrscheinlich schon in ein paar Tagen.

Es war fast geschafft.

Unwillkürlich tastete sie nach dem Stick in der Tasche ihrer Jeans. Sie hatte vor, die Datei heute noch zu mailen, aber das wollte sie woanders erledigen. Sie wusste ja, dass hier im Haus alle Leitungen angezapft waren.

Sie sah auf die Uhr. Es wurde Zeit. Onkel Randolph

hatte Annie durchs Haus geschickt und darum gebeten, dass alle um vier Uhr in den Salon kamen, weil er sich mit ihnen unterhalten wollte. Vielleicht hatte er bereits etwas über die Ermittlungen gegen Tarquin erfahren. Cat hätte gern mit Brent darüber geredet, aber seit Reubens Tod hatten sie keinen Kontakt gehabt. Sie spürte, dass er sie wieder auf Distanz hielt. Über die Gründe wollte sie nicht nachdenken.

Sie ging nach unten in den Salon. Die anderen hatten sich schon um den Tisch versammelt. Opal trug das Trauerkleid, das sie auch heute Morgen zu der Beisetzung angehabt hatte, aber es war nicht neu, sondern eines von denen, die sie schon nach Dads Tod getragen hatte. In der letzten Zeit hatte Opal ihr Geld anscheinend zusammengehalten. Cat hatte sogar den Eindruck, als würde es ihr nicht viel ausmachen, finanziell kürzerzutreten. Davon abgesehen wirkte sie mehr denn je wie das blühende Leben, obwohl sie kaum Make-up aufgetragen hatte.

May Belle war hingegen nur noch ein Schatten ihrer selbst, mit dunklen Augenringen und verhärmtem Gesicht. Ihre Lider waren vom Weinen geschwollen, die Lippen blutleer. Vor ihr stand eine Kleenex-Schachtel, als müsste sie jederzeit mit dem nächsten Tränenausbruch rechnen – eine vermutlich sehr realistische Einschätzung. Sie hatte Cat anvertraut, dass sie ständig daran denken müsse, wie Reuben gestorben war. Bei lebendigem Leib von einem Alligator aufgefressen zu werden war tatsächlich eine an Grauen kaum zu überbietende Todesart, obwohl es in Reubens Fall als gesichert galt, dass er wegen des Giftcocktails in seinem Blut davon nichts mehr mitbekommen hatte.

Maxim sah ähnlich mitgenommen aus wie seine Frau, wobei das hauptsächlich am übertriebenen Whiskeykonsum lag. Er hatte sich gleich nach der Rückkehr vom Friedhof den ersten Doppelten eingeschenkt, und im Moment hatte er schon wieder einen vor sich stehen. Trotzdem machte er in seinem maßgeschneiderten schwarzen Zweireiher eine gute Figur. Er und May Belle waren ein attraktives Paar, und Cat fragte sich, ob die Ehe vielleicht noch eine Chance hätte, wenn erst Tarquin St. John als Störfaktor von der Bildfläche verschwunden war.

Randolph wirkte ernst und traurig, aber in seiner Miene spiegelte sich auch Entschlossenheit. Das Jackett mit den militärischen Ehrenabzeichen, das er zur Beisetzung getragen hatte, hatte er gegen ein schmuckloses dunkles Sakko getauscht.

Annie schenkte reihum Kaffee ein. In der Mitte des Tisches stand eine große Platte mit frischen Beignets, von denen sich aber nur Opal bediente. Alle anderen schienen keinen Appetit zu haben. Auch Cat verzichtete auf das süße Gebäck, obwohl Annies Beignets die besten in ganz New Orleans waren – darüber war sich die ganze Familie schon immer einig gewesen. In einer Aufwallung düsterer Ironie überlegte Cat, dass dies vermutlich der einzige Punkt war, in welchem die Bannisters je übereingestimmt hatten.

Ansonsten waren sie alle miteinander höchstens durch ständig wiederkehrendes Unheil geeint.

Annie, die seit Reubens Tod nur mit verheultem Gesicht durchs Haus schlich und ständig Gebete vor sich hin murmelte, hatte dazu eine feste Meinung. Nicht das Schicksal und auch nicht Gott war für die schrecklichen Ereignisse in der Familie Bannister verantwortlich, sondern böse, dunkle Mächte. Ein alter Fluch, der auf dem Haus lastete, oder ein ungesühntes Verbrechen der Vergangenheit, das vielleicht schon hundert Jahre oder länger zurücklag – niemand konnte es genau wissen, alles war möglich. Wenn man nicht selbst dem Fluch zum Opfer fallen wollte, musste man sich mit entsprechenden Schutzzaubern dagegen absichern. Annie glaubte fest daran. Die althergebrachten Voodoo-Weisheiten hatten für sie denselben mythischen Stellenwert wie ihr Katholizismus. Der alte Süden mit seinen kreolischen und afrikanischen Wurzeln reichte dort, wo es Frauen wie Annie gab, immer noch tief in die Gegenwart hinein. Annies rundes schwarzes Gesicht über der makellos gestärkten Schürze war von heiligem Ernst erfüllt, wenn sie über Zauberei und alte Geister sprach, und eine sonderbare Scheu hinderte Cat daran, es als Humbug abzutun oder sich im Stillen darüber lustig zu machen.

Annie hatte für Cat und May Belle je ein *gris-gris* gemacht, in Form eines kleinen, kunstvoll geknüpften Armbands aus Muscheln, Holzperlen, Wollfäden und winzigen Stoffsäckchen, die von einer dünnen Lederschnur zusammengehalten wurden. Sie sollten es beide immer bei sich tragen, hatte Annie verlangt, damit der Fluch sie nicht auch noch holen konnte. Cat tat ihr den Gefallen und trug es am Handgelenk, obwohl es auf der Haut juckte. May Belle hatte ihres in irgendeine Handtasche gestopft. Bei ihr musste jedes Teil, das sie am Körper trug, zu allem anderen passen. Sie würde niemals in einem Outfit erscheinen, bei dem nicht alles perfekt aufeinander abgestimmt war. Sogar jetzt, in ihrer tiefen Trauer um Reuben, legte sie Wert auf makellose Kleidung. Sie trug ein ganz schlicht geschnittenes, aber edles schwarzes Kleid mit langen Ärmeln und dazu eine Kette von seltenen dunklen Perlen.

Cat fühlte sich plötzlich in ihrer Jeans und ihrem T-Shirt fehl am Platze. Sie war angezogen wie für ein Picknick oder einen Besuch auf dem Sportplatz. Gleich nachdem sie von der Beisetzung zurückgekehrt war, hatte sie ihre bequemsten Kleidungsstücke hervorgeholt und das neue schwarze Kleid, das sie vorher extra gekauft hatte, in den Tiefen ihres Koffers verstaut. Sie hasste Trauerkleidung. Reuben hätte es verstanden. Trotzdem hatte sie das Gefühl, auf unangenehme Weise aus der Reihe zu tanzen.

Um den Anflug von Scham zu überspielen, nahm sie sich doch einen Beignet und biss hinein. Und verzehrte ihn dann unerwartet schnell, denn beim Essen merkte sie, wie ausgehungert sie war. Es war die erste Mahlzeit, die sie heute zu sich nahm. Opal musterte sie von der Seite und nahm sich ebenfalls noch einen Beignet. »Gut, oder?«, fragte sie, genüsslich den Zucker von ihren Fingern schleckend.

Cat gab keine Antwort. Opals Anwesenheit war ihr unangenehm. Sie fragte sich seit Tagen, was ihre Stiefmutter überhaupt noch hier verloren hatte. Sie war nicht lange genug mit Dad verheiratet gewesen, um sich zur Familie zu zählen. Maxim lebte immerhin seit fünf Jahren hier im Haus und war ein fester Bestandteil der Firma. Dad hatte ihm vertraut.

Als ihr dieser Gedanke kam, musterte sie ihren Schwager verstohlen. Hatte Dad ihm wirklich vertraut? Er hatte bei jenem Telefonat gehetzt geklungen, stark unter Druck. Er war den illegalen Machenschaften auf der Spur gewesen, aber er war dabei nicht weitergekommen. Sie hatte es für ihn herausfinden sollen, weil er es allein nicht schaffte und weil er wusste, dass sie auf diesem Gebiet ausgeprägte Fähigkeiten besaß.

Doch bis jetzt war es auch ihr nicht gelungen, bei der Untersuchung der Firma zum faulen Kern der ganzen Sache vorzustoßen. Allerdings war das für ihre eigentlichen Ziele nun auch nicht mehr von Bedeutung. Sie hatte den verdorbenen Teil von Bannister Enterprises sorgfältig herausgeschnitten und die gesamte Umgebung nachhaltig desinfiziert. Den gesunden Teil hatte sie für eine Unternehmensübernahme vorbereitet, und sobald erst in Europa die Grundsatzentscheidung gefallen und vertraglich ausformuliert war, konnte der behördliche Teil in Angriff genommen werden. Die üblichen Kontroll- und

Genehmigungsverfahren würden folgen, wie immer, wenn ein global operierender Konzern wie Trispell sich ausländische Firmen einverleibte. Um all das würde W. B. sich kümmern, dafür hatte er ein Heer von Anwälten. Ihren Teil der Arbeit hatte sie erledigt.

Sie selbst hatte die Idee gehabt, Bannister Enterprises als Basis für neue operative Geschäfte an Trispell zu verkaufen. Der Plan war genial, so einfach wie praktisch für alle Beteiligten – sie saß auf beiden Seiten gleichzeitig und hatte die volle Kontrolle über alle Vorgänge. Trispell hatte schon lange nach einem passenden Unternehmen gesucht, um eine Präsenz in den USA aufzubauen, und Bannister Enterprises war die goldene Gelegenheit, dieses Konzept zu realisieren. Das ganze Projekt war ihr praktisch in den Schoß gefallen.

Bald würde sie es den anderen sagen können, für die diese Information sicher Grund zur Freude war. Denn sie würde den Verkaufserlös zwischen Randolph, May Belle und sich selbst aufteilen. Cat hatte nicht vor, sich auf Kosten der Familie zu bereichern, darum war es ihr nie gegangen. Sie hatte einfach nur die beste Lösung für alle erreichen wollen.

Randolph unterbrach ihre Gedanken, als er unvermittelt das Wort ergriff.

»Ich habe euch zusammengerufen, weil ich etwas Wichtiges mit euch besprechen möchte.« Seine Miene hatte einen Ausdruck grimmiger Genugtuung angenommen. »Es sieht so aus, als würde der ganze Fall kurz vor der

Aufklärung stehen. Ich hatte euch ja schon gesagt, dass ich ein paar alte Beziehungen aktiviert habe, damit die Behörden endlich an der richtigen Stelle graben, statt sich dauernd wie Bluthunde an unsere Fersen zu heften. Einer meiner Kontakte hat mir heute bestätigt, dass es erste Erkenntnisse gibt, die gegen Tarquin St. John sprechen.«

Cat beugte sich angespannt vor. Sie hatte kaum zu hoffen gewagt, dass die Dinge eine solche Wendung nehmen würden.

»Heute Vormittag, kurz nach der Beisetzung, gab es eine Hausdurchsuchung bei ihm, dabei wurden Beweise gefunden«, fuhr Randolph fort.

»Welche Beweise?«, fragte Maxim stirnrunzelnd.

»Am Tag, als Reuben starb, wurde offenbar irgendwo in den Sümpfen eine Art Lager entdeckt, in dem jede Menge Unterlagen über all diese Bestechungen und Sabotageakte aufbewahrt wurden, wegen der uns das FBI ständig im Nacken sitzt. Und Reuben wurde dabei erwischt, wie er versuchte, diese Unterlagen beiseitezuschaffen. Einen Teil konnte er an Ort und Stelle verbrennen, bevor er abhaute. Kurz darauf wurde sein Wagen, in dem er die Beweise wegbringen wollte, ausgebrannt aufgefunden, und er selbst lag tot im Bayou. Aber anscheinend wurden nicht alle Unterlagen vernichtet. Einen Teil fand man nämlich heute bei St. John zu Hause in der Mülltonne. Offenbar hatte er noch rasch versucht, sie loszuwerden. Vermutlich hat er einen Maulwurf beim NOPD sitzen, der ihm verraten hat, was ihm blüht.«

»Das würde auch erklären, wieso all diese Interna immer bei der Presse landen konnten«, meinte Opal mit großen Augen. »Das geht ebenfalls auf St. Johns Konto! Er wollte uns alle weichkochen und fertigmachen!«

Randolph nickte. »Aber diesmal hat er sich verrechnet, die Polizei war ausnahmsweise schneller als er. Damit ist die Beweiskette geschlossen.« Er warf einen Blick des Bedauerns in Cats Richtung. »Es tut mir leid. Du warst mal mit ihm verheiratet. Das ist sicher nicht einfach für dich.«

Cat atmete tief durch. Ihr war übel, und der vorhin verzehrte Krapfen wäre um ein Haar wieder hochgekommen. »Hat man ihn schon verhaftet?«, wollte sie mühsam beherrscht wissen.

»Leider nicht«, sagte Randolph. »Angeblich ist er auf Geschäftsreise. Aber ich wette, er versucht längst, sich abzusetzen.«

»Wurde er zur Fahndung ausgeschrieben?«

»Nein, dummerweise noch nicht. Ich habe vorhin noch mal telefoniert, anscheinend gibt es da ein paar Kommunikationsprobleme wegen der Zuständigkeiten. Aber das ist ganz sicher nur eine Frage der Zeit. Bestimmt wird heute noch ein Haftbefehl ausgestellt.«

May Belle schüttelte eigensinnig den Kopf. »Ich glaube das alles nicht. So war es ganz bestimmt nicht.«

»Was meinst du damit?«, fragte Opal mit zusammengezogenen Brauen. »Zweifelst du etwa die aufgefundenen Beweise an? Oder willst du dich bloß nicht damit abfinden, dass dein Lover ein mieser Killer ist, der deinen Dad und deinen Bruder umgebracht hat?«

May Belle richtete sich steif auf. Sie war sehr blass, aber ihre Augen glühten vor Hass und Zorn.

»Reuben hat mit mir geredet, bevor er starb«, fuhr sie Opal an. »Er hat mir alles erzählt.«

Opal zuckte zusammen und wirkte auf einmal sehr unsicher. »Was willst du damit sagen?«

»Er hat mir endlich verraten, warum er erpresst wurde und von wem«, erklärte May Belle. Ein unversöhnlicher Ausdruck stand in ihren Augen. Sie zeigte mit spitzem Zeigefinger auf Opal. »Du hast ihm das alles eingebrockt! Du bist ja so ein erbärmliches Luder!«

»Bitte achte auf deinen Tonfall«, forderte Randolph sie auf.

»Sie hatte was mit Reuben laufen«, stieß May Belle hervor. »Dieses miese Stück hat ihn verführt. Aber das ist noch nicht alles! Sie ist von ihm schwanger. Ich habe ein Ultraschallfoto in ihrer Handtasche gesehen.«

Cat blickte ihre Schwester entgeistert an, dann schaute sie fassungslos zu Opal hinüber, die tief errötete und abwehrend die Arme vor der Brust verschränkte. »Dass ich was mit Reuben hatte, ist eine dreiste Lüge. Und ich finde es unerhört, dass du einfach in meine Handtasche schaust, May Belle. Ich bin schwanger, das gebe ich zu. Aber das Kind ist von Zack. Es ist sein Sohn und Erbe.«

Maxim warf lachend den Kopf zurück. »Was für eine Schmierenkomödie! Aber sehr gut inszeniert, das muss ich sagen. Da darf man ja wohl schon zum neuen Stammhalter der Bannisters gratulieren, was?«

May Belle starrte ihn zornig an. »Du glaubst ihr doch nicht etwa, dass sie Dads Kind kriegt, oder?«

»Nun ja«, meinte er, ehe er einen großen Schluck Bourbon trank. »Womöglich denkt sie, dass sie mit dieser Sohn-und-Erbe-Nummer durchkommt. Selbst wenn es von Reuben ist, bliebe es ja faktisch in der Familie, auch genetisch.« Er grinste breit. Anscheinend fand er diese neue Entwicklung höchst erheiternd.

May Belle schoss giftige Blicke auf ihn ab, bevor sie sich erklärend an Cat wandte. »Es stimmt, dass Reuben in diese Schmiergeldgeschichten verwickelt war, er ist ja immer leicht in irgendwas Illegales reingerutscht. Aber es stimmt *nicht*, dass er Otis Hammond auf dich gehetzt hat, und es ist auch nicht wahr, dass er mit Tarquin gemeinsame Sache gemacht hat. Jedenfalls nicht freiwillig.« Ein jammervoller Ausdruck trat auf ihr Gesicht. »Tarquin hat ihn erpresst. Reuben hat es zugegeben, als ich ihn gefragt habe. Und Tarquin gab es dann ebenfalls zu, als ich von ihm wissen wollte, ob es stimmt.«

»Er hat dir gegenüber zugegeben, Reuben erpresst zu haben?«, vergewisserte Cat sich schockiert.

May Belle nickte niedergeschlagen. »Er sagte mir, dass er sich diese Unterlagen gern ansehen wollte, deshalb habe er zu diesem Mittel gegriffen. Weil er wissen wollte, wer aus der Familie hinter all diesen Bestechungen steckt. Dann hätte er … hätte er einen besseren Verhandlungspart beim Kauf von Bannister Enterprises. Weil ein Verkauf der Firma an ihn für alle Seiten das Beste ist.«

»Dieser Mistkerl!«, rief Opal.

Maxim prostete ihr zu. »Schon mal drüber nachgedacht, zum Film zu gehen, Opal? Dein Talent zur Theatralik im passenden Moment steht deiner Schönheit in nichts nach.« Zu seiner Frau sagte er: »Dein Liebhaber scheint ja ein richtiger Fuchs zu sein, was? Aber leider ist er auch ein eiskalter Killer.«

»Tarquin hat Reuben nicht umgebracht! So was würde er niemals tun!«

»Erpressen ja, aber ermorden nicht?«, gab Maxim mit ätzendem Sarkasmus zurück.

»Moment mal«, warf Cat ein. »Du behauptest also, Tarquin hätte Reuben wegen der Affäre mit Opal erpresst, damit er …«

»Nein«, fiel May Belle ihr ins Wort. »Er hat ihn nicht mit der Affäre erpresst. Tarquin hat noch was anderes über Reuben gewusst.«

»Und was?«

»Das habe ich nicht rausgekriegt. Reuben wollte es mir nicht sagen und Tarquin auch nicht.« Sie sprach sehr leise. »Es muss was wirklich Schlimmes gewesen sein. Reuben sagte, das sei auch der Grund, warum er bei diesem ganzen Mist mitmachen musste. Bei all diesen Bestechungen und so. Es stimmte gar nicht, dass er hunderttausend Dollar zahlen sollte. Das hatte er nur behauptet, weil er hoffte, Maxim würde ihm mit Geld aushelfen. Er wollte etwas Kapital, weil er abhauen wollte.« Flehend sah sie Cat an. »Glaubst du nicht, es wäre für uns alle das Beste, wenn wir die Firma Tarquin geben? Dann hätte all das Schreckliche ein Ende! Wir könnten endlich wieder ganz normal weiterleben!«

An Randolphs Schläfe schwoll eine Ader. »Du glaubst ernsthaft den ganzen Lügenmist, den dieser Verbrecher dir da erzählt hat? Obwohl du *weißt*, dass er deinen Bruder erpresst und unter Druck gesetzt hat?«

May Belle zuckte zusammen und brach in Tränen aus. »Es tut mir so leid, Onkel Randolph!«

Opal mischte sich mit wütender Miene ein. »Herrgott, welche Beweise brauchst du denn noch, um zu erkennen, dass du mit einem Mörder im Bett warst, du dumme Gans?«

May Belles Weinen wurde zu einem haltlosen Schluchzen. »Auf Bannister Enterprises liegt ein Fluch, Cat! Wir müssen zusehen, dass wir es loswerden, sonst geht es immer weiter und weiter mit dem Unglück!«

Maxim trank sein Glas leer und stand auf. »Sorry, diesen Quatsch höre ich mir nicht länger an.« Ohne ein weiteres Wort verließ er den Salon.

»Ehrlich, May Belle«, meinte Cat mitleidig. »Du solltest wirklich aufhören, dir noch länger was vorzumachen. Es muss wahnsinnig schlimm für dich sein, aber versuch dich damit abzufinden, dass Tarquin hinter allem steckt.«

May Belle sprang weinend vom Tisch auf. Sie schnappte sich ihre Kleenex-Schachtel und rannte hinaus.

Cat sah ihr seufzend nach, ehe sie sich ebenfalls erhob. Sie hatte keine Lust, auch nur eine Minute länger als nötig in Opals Gegenwart zuzubringen. Das, was sie vorhin über die Affäre zwischen ihrem Bruder und ihrer Stiefmutter erfahren hatte, einschließlich der Tatsache, dass aus dieser Beziehung ein Kind entstanden war, hatte sie derartig aufgewühlt, dass sie räumlichen Abstand brauchte.

»Danke, dass du die Sache so vorangetrieben hast«, sagte sie zu Onkel Randolph. »Ich muss jetzt eine Weile in Ruhe über alles nachdenken.«

Er nickte stumm, und sie ging in Gedanken versunken aus dem Zimmer.

Cat marschierte seit einer Stunde in der kleinen Mansardenkammer hin und her. Sie war in Schweiß gebadet, aber ihre Unruhe zwang sie dazu, sich zu bewegen. Hier oben war es schwül und stickig, und es gab nichts außer den alten Erinnerungskisten, aber momentan blieb sie dem geräumigen Gästezimmer, das ihr im ersten Obergeschoss zur Verfügung stand, lieber für eine Weile fern. Der Raum dort unten grenzte direkt an die Suite, die May Belle und Maxim bewohnten, und Cat wollte um jeden Preis vermeiden, die unselige Auseinandersetzung von vorhin fortzusetzen. Genauso wenig wollte sie Opal über den Weg laufen, deren Zimmer sich ebenfalls im ersten Stock befand.

Ihr Magen fühlte sich immer noch wie ein einziger harter Knoten an, nicht nur wegen all der schrecklichen Dinge, die sie vorhin erfahren hatte, sondern auch deswegen, weil sie vorhin zum ersten Mal davon gehört hatte, welche Ereignisse Reubens Tod vorausgegangen waren. Es hatte sie schockiert, dass er versucht hatte, Beweise wegzuschaffen. Brent hätte es ihr erzählen können. Aber er hatte es für sich behalten. Jetzt wusste sie definitiv, warum er sie die ganzen letzten Tage gemieden hatte. Er arbeitete immer noch an seinem Fall, und sie war nach wie vor ein Teil davon. Ein Teil, dem man nicht trauen konnte.

Sie überlegte fieberhaft, wie sie nun weiter vorgehen sollte. Es war höchste Zeit, dass Tarquin endlich hinter Gitter kam. May Belle könnte mit ihrer Aussage über die Erpressung maßgeblich dazu beitragen, seine Verhaftung zu beschleunigen. Cat konnte nicht nachvollziehen, warum er noch nicht als Flüchtiger zur Fahndung ausgeschrieben war. Als Mordverdächtigen müsste man ihn längst landesweit suchen. Die Frage war somit, ob die Beweise aus der Mülltonne wirklich so viel wert waren, wie man Onkel Randolph erzählt hatte. Sein Kontakt bei den Ermittlungsbehörden, wer immer das war, verfügte vielleicht nicht über die genauesten Informationen.

Die Erpressung war womöglich ein deutlich besserer Beweis. Tarquin selbst hatte es May Belle gegenüber zugegeben. Wie Cat ihn kannte, wahrscheinlich ziemlich widerwillig – hätte May Belle ihn nicht damit konfrontiert, dass sie es schon von Reuben wusste, hätte Tarquin es sicherlich eiskalt geleugnet. Auch in allen übrigen Punkten passte die ganze Vorgehensweise nur zu gut zu ihm.

Dem widersprach allerdings May Belles Behauptung,

dass Tarquin nur deshalb hinter den Unterlagen her gewesen war, weil er wissen wollte, was drinstand. Nicht etwa, weil er Beweise gegen sich verschwinden lassen wollte.

Cat schüttelte unwillkürlich den Kopf und schob diese Version beiseite. May Belle war in Tarquin verknallt, sie verschloss aus reinem Selbstschutz die Augen vor der blutigen Realität. Tarquin hatte Reuben gezwungen, diese Unterlagen zu holen, damit sie nicht mehr gefunden werden konnten, und um sicherzustellen, dass die Beweise auch wirklich für immer verschwanden, hatte er sie verbrannt. Anschließend hatte er Reuben umgebracht, damit dieser ihm nicht mehr als Zeuge gefährlich werden konnte. Und in der ganzen Zeit davor hatte er Reuben erpresst, bei seinem miesen Spiel um Bestechung, Sabotage und Korruption als Handlanger die Drecksarbeit zu erledigen. Außerdem hatte er Otis Hammond beauftragt, sie zu töten, um auch dieses Hindernis, das noch zwischen ihm und Bannister Enterprises stand, aus dem Weg zu räumen.

Ja, mit May Belles Aussage über die Erpressung könnte man ihn endgültig festnageln, egal ob das, was in dieser Mülltonne gelegen hatte, als Belastungsmaterial etwas taugte oder nicht. Sie musste Brent anrufen und es ihm erzählen, dann konnte er Druck machen und einen Haftbefehl besorgen.

Cat hatte schon ihr Mobiltelefon in der Hand und den Finger auf der Kurzwahl, unter der sie die Nummer von Brents Diensthandy abgespeichert hatte, doch dann zögerte sie.

May Belle wusste nicht erst seit heute von dieser Erpressung. Sie hatte bereits vor Reubens Tod davon erfahren, und der lag schon eine Woche zurück. Cat erkannte erschrocken, welche Konsequenzen daraus drohten – May Belle würde automatisch als Mitwisserin, wenn nicht gar als Mittäterin gelten. Reuben könnte vielleicht noch leben, wenn sie sofort mit ihrer Aussage zur Polizei gegangen wäre, denn dann hätte Tarquin schon früher festgesetzt werden können. Am Ende lastete man May Belle den Mord an Reuben noch als eigene Tat an, weil sie nichts getan hatte, um das Verbrechen zu verhindern!

Von Zweifeln geplagt, überlegte Cat, ob sie ihren Anwalt anrufen und ihn einweihen sollte. Vielleicht hatte er eine schnelle und sichere Lösung für dieses Problem parat. Bei der Vernehmung in Chief Brinckleys Büro hatte er ihr gute Dienste geleistet, und er war jeden Cent seines beträchtlichen Honorars wert gewesen.

Sie war sich immer noch nicht schlüssig, was sie tun sollte, als es an der Tür klopfte. Es war Annie, völlig außer Atem vom Treppensteigen.

»Miss Cat, unten habe ich einen Anruf für Sie entgegengenommen. Er wollte nicht dranbleiben und warten, bis ich Sie geholt habe, sondern hat mir eine Nummer diktiert, die ich Ihnen geben soll. Sie sollen ihn sofort zurückrufen, es sei sehr, sehr wichtig.« Schnaufend brach sie ab, um Luft zu holen, während sie einen Zettel aus ihrer Schürzentasche zog. »Miss Cat, es war Mister Tarquin.«

27

Brent und Milo sahen dem Experten der Spurensicherung über die Schulter. Der Sachverständige saß vor dem Monitor und zeigte ihnen seine vorläufigen Ergebnisse. Für genauere Analysen, etwa von DNA, war die Zeit zu knapp gewesen, aber das, was bisher herausgekommen war, hatte Milos erste Hypothese bestätigt, gegen die Brent von Anfang an keine Einwände vorgebracht hatte. Er wünschte, es wäre anders und sie hätten sich geirrt, aber es gab nun mal solche Fälle, in denen sie beide den richtigen Riecher hatten. Das hier war einer davon.

Sie hatten die Hausdurchsuchung bei St. John zusammen durchgeführt. Milo war zuerst hingefahren, und Brent war kurz darauf nachgekommen, nachdem er in dem Pflegeheim die Formalien der Bestattung geregelt hatte. Ein paar Kollegen vom Field Office hatten ihnen assistiert. Gemeinsam hatten sie alles auf den Kopf gestellt, während ihnen ein eingeschüchtertes Hausmädchen und ein stocksteifer, sichtlich entsetzter Butler dabei zugeschaut hatten.

Brent hatte sich bei der Durchsuchung das Haus vorgenommen. Milo hatte sich um die Garage und den Garten gekümmert. Und um die Mülltonnen, die in der Einfahrt standen. Mülltonnen gehörten zu den beliebtesten Verstecken. Die meisten Leute waren dumm genug, sich einzubilden, dass man da als Letztes nachsehen würde. In Wahrheit wurde dort regelmäßig zuerst nachgeschaut. Milo hatte nur den Deckel hochklappen müssen. Und prompt hatten diese Papiere dort gelegen. In einem Umschlag, der an den Ecken angesengt war, sodass man sofort sah, dass er bei einem Brand in Mitleidenschaft gezogen worden war, womit die Verbindung zu Reuben Bannisters abgefackeltem Aktenversteck und dem ausgebrannten Wagen nahelag. Auch inhaltlich passte alles. In dem Umschlag steckten drei zusammengeheftete Papierstöße, die jeweils aus ein paar Blättern bestanden, Ausdrucke von E-Mail-Korrespondenzen zwischen anonymen Absendern und korrupten Entscheidungsträgern in Firmen, mit denen Bannister Enterprises Geschäfte laufen hatte. Einer dieser Vorgänge war sogar ein Fall, den das FBI noch nicht aufgedeckt hatte.

Es war einfach *zu* perfekt.

»Katzengold.« Mehr hatte Milo nicht dazu gesagt. Er hatte oft markante Begriffe auf Lager, um dubiose Situationen passend zu umschreiben. Und Brent hatte ihm, wenn auch mit blutendem Herzen, in dieser Einschätzung zustimmen müssen. Er hätte Tarquin St. John für sein Leben gern eigenhändig in den Knast verfrachtet. Aber wenn er schon im Vorfeld wusste, dass die Beweise höchstwahrscheinlich getürkt waren, würde er damit sich und alles, was er je beim FBI gelernt hatte, nur lächerlich machen. Den vorbereiteten Haftbefehl hatte er folglich immer noch auf dem Schreibtisch liegen. Er konnte ihn nicht guten Gewissens von einem Richter unterzeichnen lassen. Nicht, wenn eine Sache so oberfaul daherkam wie diese.

»Auf den zusammengetackerten Blättern gibt es keine Abdrücke«, sagte der Sachverständige von der Spurensicherung. »Sie sind total clean. Nur ein paar verwischte Stellen, die darauf schließen lassen, dass jemand die Blätter mit Einmalhandschuhen angefasst hat.« Er klickte eine Bilderfolge auf dem Monitor durch. »Auf dem Umschlag haben wir eine Reihe von Teilabdrücken, die wir nicht zuordnen können. Aber auch zwei recht deutliche Einzelabdrücke, und die sind identisch mit den Vergleichsabdrücken.«

Die Vergleichsabdrücke stammten von St. John. Sie hatten sich nicht mal bei ihm zu Hause welche zusammensuchen müssen, denn zufällig war er vor zwei Jahren bei einer Trunkenheitsfahrt erwischt worden und daher aktenkundig. Das hatte die ganze Sache beschleunigt.

»Außerdem weist der Umschlag Spuren von Kleberrückständen auf«, führte der Experte aus. »Nach meiner Einschätzung wurde an der Vorderseite ein Adressaufkleber abgelöst, wahrscheinlich mit Wasserdampf. Die Ecke, wo der Umschlag normalerweise frankiert wird, ist völlig abgesengt, da konnte ich keine Rückstände sichern. Aber wir können davon ausgehen, dass es sich um einen gebrauchten Umschlag handelt.«

»Alles klar«, sagte Milo. »Da wollte wohl jemand dem guten St. John eine üble Sache unterschieben. Ich würde mal sagen, dieser Jemand ist derjenige, der drei Leute umgebracht und einen ganzen Haufen von Wirtschaftsverbrechen begangen hat.« Er wandte sich an Brent. »Du weißt, wen ich da im Sinne habe, oder? Oft ist der erste Ansatz der beste.« Aus seinen Worten klang bitterer Sarkasmus. »Wir sollten uns wieder auf den Anfang besinnen.«

Brent schwieg verbissen. Er ballte die Hände in seinen Hosentaschen zu Fäusten. Dasselbe Muster wie bei dem Umschlag, auf dem Cats DNA gewesen war und den er vernichtet hatte, um sie aus der Schusslinie zu bringen. Der Umschlag, von dem sie geschworen hatte, jemand habe ihn aus ihrem Altpapier geklaut, um sie damit reinzulegen.

Irgendwas stank hier gewaltig zum Himmel.

»Wen haben Sie denn im Sinn?«, fragte der Sachverständige arglos.

»Das ist vertraulich«, behauptete Milo. Er sah Brent direkt an. *Du musst dich entscheiden*, sagten seine Augen. »Bis jetzt ist es nur eine Vermutung. Aber wir werden der Sache auf den Grund gehen.«

»Immerhin besteht noch die Möglichkeit, dass dieser falsche Belastungsbeweis von St. John selbst in die Tonne gesteckt wurde«, meinte der Sachverständige. »Denn wer nachweislich gefakte Beweise untergejubelt kriegt, wird erst mal nicht mehr als Täter gehandelt.«

»Hatten Sie hier so was schon?«, erkundigte sich Brent.

»Nein«, räumte der Sachverständige ein. »Es ist wohl eher eine theoretische Möglichkeit, um sich aus einer verzweifelten Lage zu befreien, wenn man schon mit dem Rücken zur Wand steht. Ich selbst würde so was nicht machen. Kann nach hinten losgehen. Denn nicht jeder ermittelt so unvoreingenommen und objektiv wie Sie beide. Vor allem nicht, wenn es Druck von oben gibt und man sich freut, endlich handfeste Beweise zu haben, damit der Fall abgeschlossen werden kann.«

»Handfest sieht anders aus«, sagte Milo.

»In diesem Fall haben Sie wohl recht«, stimmte der Experte mit Blick auf seinen Bildschirm zu. »Sollen trotzdem noch DNA-Untersuchungen durchgeführt werden?«

»Klar. Sicher ist sicher«, sagte Milo, ehe Brent es verhindern konnte. Eine plötzliche Enge in der Kehle erschwerte ihm das Atmen. Wenn auch auf diesem Umschlag Cats Genspuren waren, war's das. Dann würde er nichts mehr für sie tun können.

Sie kehrten in ihr Büro zurück. Dort türmten sich überall Asservate, inzwischen auch die aus St. Johns Haus. Bis jetzt hatten sie unter den beschlagnahmten Sachen nichts Verdächtiges entdecken können.

St. John selbst war verschwunden. Unter seiner Handynummer ging nur die Mailbox dran. Der Butler hatte behauptet, sein Arbeitgeber sei auf Geschäftsreise, aber weder St. Johns Sekretärin noch sonst jemand schien darüber Genaueres zu wissen. Es war klar, dass er prophylaktisch untergetaucht war, bis feststand, ob es einen Haftbefehl gegen ihn geben würde oder nicht. So oder so, irgendwer hatte ihn gewarnt, dass ihm eine Untersuchung bevorstand. Brinckley hatte bereits eine Krisensitzung deswegen einberufen. Er konnte sich das Leck in seinen Reihen nicht länger leisten.

Brents Meinung dazu hatte sich nicht verändert – Tallulahs nicht nachlassendes, schon fast krankhaftes Interesse daran, Cat Bannister als Täterin zu überführen, machte sie zu der einzigen Person, die an solchen Spielchen Interesse haben konnte. Es ging ihr enorm gegen den Strich, dass sich plötzlich alle auf Tarquin St. John einschossen.

Milo wollte davon verständlicherweise nichts hören, aber er konnte Brent bei dieser Argumentation genauso wenig widersprechen, wie Brent sich dagegen wehren konnte, dass Milo nach wie vor Cat für die Hauptverdächtigte hielt und auf verstärkte Untersuchungen drängte.

Sie machten sich schweigend wieder an die Arbeit. Brent untersuchte den Inhalt von St. Johns Safe, der bei ihrem Eintreffen offen gestanden hatte – ein Beweis mehr dafür, dass St. John sich fluchtartig aus dem Staub gemacht hatte. Geld und Wertsachen waren nicht darin gewesen, nur eine Sammlung wertvoller alter Füller, etwas Familienschmuck, vermutlich von seiner Mutter, und ein paar DVDs sowie eine CD, alles ohne Aufdruck. Brent schob eine der DVDs in seinen Laptop. Es handelte sich um ein amateurhaftes Video, das ziemlich realistisch wirkte, vermutlich privat aufgenommen. Brent sah sich ein paar Szenen davon an und schaltete es dann wieder ab. Immerhin wusste er jetzt, warum St. John seine Wichsvorlagen lieber im Safe verwahrte.

»Was ist das?«, wollte Milo wissen. »Irgendwas, womit wir was anfangen könnten?«

»Nichts Strafbares. Natursekt und solcher Kram.«

»Jedem das Seine«, meinte Milo achselzuckend.

Brent legte die CD ein und hörte über Ohrstöpsel den Inhalt ab. Nach den ersten Sätzen erstarrte er und setzte sich aufrecht hin, konzentriert lauschend, um auch ja nichts zu verpassen. Was er hörte, erschütterte ihn zutiefst.

Milo, dem seine Anspannung nicht entging, stand auf und kam mit fragender Miene näher.

Brent drückte erneut auf Start und stellte den Ton laut, damit Milo mithören konnte.

Reuben Bannisters Stimme ertönte.

»Was das Schlimmste in meinem Leben war? Ich habe drei Kinder umgebracht.«

Dann kam eine kurze Pause, als hätte jemand etwas gesagt, das nachträglich herausgelöscht worden war, bis Reuben erneut sprach.

»Nein, das war kein Witz. Ich habe es wirklich getan, und es war Mord. Jedenfalls wurde ich damals deswegen gesucht.« Dann fing er an zu erzählen. Er berichtete mit stockender Stimme, wie er gedealt hatte, gemeinsam mit seinem Kumpel Otis Hammond, und wie sie eines Tages an echtes Teufelszeug gekommen waren, irgendeine hippe neue Partydroge. Wie sie die kleinen bunten Pillen in einer Bar an eine Gruppe kichernder junger Mädchen und draufgängerischer Jungs vertickt hatten, die da mit ihrer Clique richtig einen draufmachen wollten. Und wie einige von denen innerhalb weniger Stunden gestorben waren, an Krämpfen, die ihre Augäpfel zum Bluten und ihre Herzen zum Platzen gebracht hatten. Drei der Jugendlichen hatte man wiederbeleben und durchbringen können, drei andere hatten nicht so viel Glück gehabt: Zwei siebzehnjährige Zwillingsschwestern und ein Junge von knapp achtzehn.

»Natürlich war es keine Absicht«, sagte Reuben. Es klang verzweifelt. »Ich hab das nicht gewollt! Dass das Zeug so reinhaut, hat dieses Arschloch, von dem wir den Stoff damals bezogen hatten, uns mit keiner Silbe gesagt. Das konnte ich doch nicht wissen!«

Dann brach die Aufnahme ab.

»Ich kann mich an den Fall erinnern«, sagte Milo, auf seinem Smartphone herumtippend. »Ist eine Weile her. Da, hier ist es. Es war vor sieben Jahren. Tragischer Drogentod bei einer Geburtstagsfeier von Highschool-Absolventen. Die Zwillingstöchter eines Kongressabgeordneten – seine beiden einzigen Kinder. Der Junge war der Sohn eines bekannten Lobbyisten. Es gab in der Folge eine große Anti-Drogen-Kampagne, und die Fahndung nach den Dealern lief monatelang auf Hochtouren. Sie wurden wegen Mord gesucht. Reuben Bannister kann von Glück sagen, dass er nicht erwischt wurde. Er wäre in der Todeszelle gelandet.«

Er schien noch mehr sagen zu wollen, doch das Klingeln des Telefons unterbrach ihn.

Brent hob ab. Es war der Wachmann vom Eingangsbereich.

»Agent LaVerne? Hier ist ein Besucher für Sie. Er hat sich ausgewiesen. Sein Name ist Randolph Bannister.«

»Lassen Sie ihn rein.«

»Kriegen wir Besuch?«, wollte Milo wissen.

»Randolph Bannister. Vermutlich will er sich vergewissern, dass wir mit dem nötigen Nachdruck hinter St. John her sind.«

Milo seufzte entnervt. »Das können wir jetzt gerade wirklich gut brauchen.«

Wenig später klopfte es an der Tür, und Bannister trat ein.

»Meine Herren, ich störe Sie nur ungern bei der Arbeit, aber ich möchte etwas zur Anzeige bringen.«

»Hören Sie«, sagte Brent. »Wenn es wieder um St. John geht, so sollten Sie wissen, dass …«

Randolph Bannister schnitt ihm das Wort ab. »Natürlich geht es um ihn. Mir ist bekannt, dass dieser Verbrecher immer noch frei herumläuft, und wie ich hörte, haben Sie es bisher auch noch nicht für nötig befunden, ihn zur Fahndung auszuschreiben.«

»Was wissen Sie darüber?«, fragte Brent. »Oder genauer: Wer hat Ihnen davon erzählt? Und von wem wissen Sie, dass es noch keinen Haftbefehl gibt?«

Bannister machte eine wegwerfende Handbewegung. »Bitte, Agent LaVerne. Wir möchten doch alle unsere kleinen Geheimnisse behalten. Dafür werde ich Ihnen aber ein anderes Geheimnis verraten. Heute habe ich von meiner Nichte May Belle eine Information erhalten, die hoffentlich alle Zweifel, die Sie noch an St. Johns Schuld haben mögen, zerstreuen wird. Der Kerl hat Reuben erpresst, in seinem Auftrag Straftaten zu begehen.«

Brent und Milo tauschten rasche Blicke.

»Womit hat er ihn erpresst?«, fragte Brent.

»Das kann ich nicht sagen, weil May Belle es nicht wusste, aber es muss etwas sehr Schlimmes gewesen sein, denn es hat ausgereicht, um Reuben zu zwingen, alles zu tun, was St. John von ihm verlangte. Unter anderem hat er ihn dazu gebracht, bei diesen ganzen Erpressungen und Sabotageakten mitzumachen. St. John steckt hinter allem, genau wie ich es schon die ganze Zeit gesagt habe. Er hat diese hinterhältigen Aktivitäten angezettelt, weil er Zack zermürben und ihn fertigmachen wollte. Alles sollte so aussehen, als hätte Zack selbst diese unsauberen Geschäfte eingefädelt. Es hat ja auch funktioniert, sonst wäre das FBI nicht auf den Plan getreten. Und als Zack dann merkte, wem er das zu verdanken hatte, hat St. John ihn kurzerhand umgebracht. Agents, der Mann hat meinen Bruder und meinen Neffen ermordet, und er hat auch diese Sumpfratte Otis Hammond auf Cat gehetzt. Er will mit aller Gewalt die Firma an sich bringen – das wollte er immer schon, bereits damals, als er Cat heiratete. Sein einziges Motiv für diese dämliche Ehe war Bannister Enterprises. Ich traf ihn mal bei einem Geschäftsdinner hier in der Stadt, kurz nach der Scheidung von Cat. Kein Mensch kann sich vorstellen, wie wütend er war. Auf Zack, auf Cat, auf die ganze Familie Bannister.«

»Diese Erpressung«, meinte Milo nachdenklich. »Kann Ihre Nichte das bezeugen?«

»Das kann sie. Sie werden May Belle vielleicht ein bisschen unter Druck setzen müssen, damit sie es zugibt, denn Sie wissen ja mittlerweile, dass sie eine Affäre mit St. John angefangen hat und immer noch der Meinung ist, dass er kein wirklich schlechter Kerl ist. Man kann es ihr nicht übelnehmen, denn er hat ihre labile Verfassung ausgenutzt und sie manipuliert. May Belle leidet unter einer Borderlinestörung, sie kann für bestimmte Folgen ihres Verhaltens nicht verantwortlich gemacht werden. Aber was diese Erpressung angeht, so gibt es keinen Zweifel. Reuben hat es ihr vor seinem Tod erzählt, und als sie es St. John vorhielt, gab er es zu. Wir waren alle dabei, als sie es schilderte. Cat, Opal, Maxim und ich. Sie können jeden Einzelnen danach fragen.«

»Am besten fragen wir wohl erst mal sie selbst«, sagte Brent kühl.

»Dann tun Sie das. Aber möglichst schnell, damit nicht

noch mehr Zeit verloren geht. Und schnappen Sie vor allen Dingen endlich diesen Verbrecher, bevor er noch jemanden aus meiner Familie umbringt!«

Sie teilten sich auf. Milo übernahm den Fahndungsbefehl und die weitere Koordination aller Aktionen mit Wagner sowie dem NOPD, und Brent fuhr zur Magnolia Lane, um May Belle zu besagter Erpressung zu befragen.

Vor dem Anwesen der Bannisters stieg er aus dem Wagen und betrachtete den noblen weißen Bau, der hinter dem schmiedeeisernen Zaun und den üppig blühenden Magnolienbäumen aufragte wie ein Märchenschloss aus früheren Jahrhunderten.

In einem Auto in einiger Entfernung döste ein Mann, vermutlich ein Reporter. Als er Brent vor dem Zaun stehen sah, stieg er aus und kam erwartungsvoll näher.

»Ich bin Anwalt«, behauptete Brent. »Es gibt einen Gerichtsbeschluss, wonach Reporter sich dem Grundstück nicht mehr als bis auf fünfzig Yards nähern dürfen. Ich bin hier, um das zu kontrollieren. Falls Sie von der Presse sind, sollten Sie besser sofort gehen, sonst muss ich Sie festnehmen lassen.«

Das reichte, um den Typen zu vertreiben.

Auf Brents Läuten öffnete ihm die farbige Haushälterin. Er zeigte ihr seine FBI-Marke und fragte sie, ob er May Belle Avery sprechen könne. Sie krampfte leicht verschreckt die Hände in ihre weiße Schürze.

»Miss May Belle ist nicht zu Hause, Sir. Mister Avery

ist leider auch nicht da, und Miss Opal und Mister Randolph sind ebenfalls weggegangen. Nur Miss Cat ist im Haus.«

»Brent?« Das war Cat. Sie stand oben auf der Galerie und starrte zu ihm herunter.

Sein Herz schlug schmerzhaft gegen seine Rippen. Es haute ihn schlichtweg um, sie zu sehen, daran hatte sich nicht das Geringste geändert. Die Sehnsucht nach ihr war wie ein Tsunami, der aus dem Nichts kam.

»Komm rauf«, sagte sie.

Die Haushälterin trat zur Seite, und er ging wie von Fäden gezogen an ihr vorbei durch die weitläufige Halle und dann die Treppe hinauf.

»Cat«, sagte er und schluckte heftig, als er ihren unverwechselbaren Duft auffing, jenen unbeschreiblich verlockenden Geruch, der ihr anhaftete wie ein persönliches, allein für sie kreiertes Parfüm, obwohl sie, wie er wusste, keines benutzte.

»Ich wünsche keine Störung, Annie«, sagte sie zu der Haushälterin, die wartend in der Halle stand und zu ihnen hochsah. An Brent gewandt, fuhr Cat leise fort: »Wir gehen rauf, da habe ich ein kleines Zimmer.«

Er folgte ihr hinauf ins Dachgeschoss. Schon auf der Treppe, als sich die einladend straffen Formen ihres runden Hinterteils vor seinen Augen sacht hin und her bewegten, hatte er Mühe, richtig zu atmen, und als sie das kleine Mansardenzimmer am Ende des oberen Flurs betraten, wurde ihm vollends der Kragen zu eng. Er lockerte seine Krawatte, während sie die Tür von innen verriegelte und sich zu ihm umwandte.

Die Abendsonne sandte ein paar Strahlen durch die angelehnten Läden und tauchte ihr Haar in kupfriges Licht. Sie war barfuß und trug ein T-Shirt, das die Arme frei ließ. Die Haut ihres Gesichts und ihrer Oberarme sah aus wie von Goldpuder überstäubt. Ihre langen Beine in den engen Jeans, die perfekt geschwungenen Hüften, die vollen Rundungen ihrer Brüste – er konnte nicht aufhören sie anzustarren und kam sich vor wie ein Verdurstender, der nach einem endlosen Marsch durch trockene Wüstenlandschaften den rettenden Brunnen vor sich sieht.

»Brent«, murmelte sie. »Du hast mir so gefehlt.«

Wenn das eine Einladung war, so wäre sie nicht nötig gewesen. Brent war mit zwei Schritten bei ihr und schlang die Arme um sie. Sein Kuss war heftig, fast grob, als wollte er sie bestrafen, aber sie kam ihm ebenso ungezügelt entgegen. Ihre Zungen trafen sich in einem wilden Tanz, und seine Hände tasteten über ihren Körper, auf der Suche nach Knöpfen, Säumen und anderen Möglichkeiten, die ihm dabei halfen, sie schneller auszuziehen. Schließlich ließ er sie los, um sich selbst die Sachen runterzureißen. Sie machte es ihm nach. Hastig zerrte sie sich das T-Shirt über den Kopf, hakte den BH auf und ließ ihn fallen, öffnete ihre Jeans, streifte sie zusammen mit dem Slip ab und schleuderte beides mit einem Kick zur Seite.

Er trat nackt auf sie zu, bis zum Äußersten erregt. Sein Glied ragte steil aus dem Gewirr seines Schamhaars, und als sie danach griff und es umfasste, wäre er fast in ihrer Hand gekommen. Er hielt sie fest. »Warte«, presste er zwischen zusammengebissenen Zähnen hervor, und dann küsste er sie erneut, schob sie gegen die Wand und legte sich ihr Bein um die Hüfte. Sie umklammerte seinen Nacken und presste sich mit einem unterdrückten Aufschrei an ihn. Er spürte ihre Nässe und wurde davon fast wahnsinnig. Ohne zu zögern, umfasste er auch ihr anderes Bein, hob sie mit einem Ruck hoch und drängte sich zwischen ihre weit geöffneten Oberschenkel. Sein zuckendes Glied fand von allein den Weg in ihre enge, glitschige Hitze. Mit einem einzigen gleitenden Stoß drang er in sie ein. Sie schrie auf und ließ den Kopf auf seine Schulter fallen. Ihre Zähne gruben sich in seine Schulter, als sie versuchte, weitere Schreie zu unterdrücken, während sich ihre Scheide bereits um seinen Schaft zusammenzog, immer wieder, im selben heftigen Rhythmus, mit dem er in sie stieß. Ihr Orgasmus trieb ihn augenblicklich über die Klippe, und er kam mit zurückgeworfenem Kopf und geschlossenen Augen. Danach blieb er keuchend stehen und hielt sie fest, ihre Beine immer noch um seine Taille geschlungen und ihr Gesicht an seiner Schulter vergraben.

Stolpernd bewegte er sich schließlich mit der süßen Last in seinen Armen auf das schmale Bett zu und sank auf die Matratze, die protestierend unter dem Gewicht quietschte. Dabei rutschte er aus Cats Körper heraus. Die Wärme seines Ergusses lief ihnen beiden über die Schenkel und mischte sich mit dem Schweiß ihrer Körper. Cat tastete nach ihm und strich träge mit der offenen Hand über seine nasse Brust, seinen Bauch, seine Hüften. Er streichelte sie ebenfalls. Ihre glatte Haut fühlte sich unter seinen Fingerspitzen weich und elastisch zugleich an. Sie erschauerte seufzend, als er unbeabsichtigt mit der Daumenkuppe ihre Brustwarze streifte.

Er fing an, sich dafür zu hassen, dass er die Finger nicht von ihr lassen konnte. Wenn er noch einen Beweis dafür gebraucht hätte, wie wenig er ihr entgegenzusetzen hatte, war er gerade eben erbracht worden.

»Warum bist du hier?«, fragte sie leise.

»Vielleicht wollte ich nur eine schnelle Nummer.«

Sie erstarrte in seinen Armen. »Ach ja? Na, die hattest du gerade. Also solltest du dich wieder anziehen und verschwinden.« Ihre Stimme klang kalt, doch er hörte, wie verletzt sie war.

»Ich wollte deine Schwester sprechen.«

»Warum?«

Er setzte sich auf und blickte sie an. Das von Sonnenflimmern durchzogene Zwielicht im Zimmer malte ein Muster aus Licht und Schatten auf ihren nackten Körper. Ihr Gesichtsausdruck zeigte ihm, dass sie auf der Hut war. Sein Ärger wuchs. »Wieso fragst du mich? Du weißt es doch längst, oder?«

»Wer hat dir davon erzählt?«

»Dein Onkel. Er kam vorhin mal wieder zu mir ins Büro und hat mir reinen Wein über diese Erpressungsgeschichte eingeschenkt. Ganz offen und ehrlich.«

Cat setzte sich ebenfalls auf und rutschte ein Stück von ihm weg, ein schwieriges Unterfangen, weil das Bett so schmal war. Sie sah wütend aus. »Soll das ein Vorwurf sein, weil du es nicht von mir erfahren hast? Ich weiß es selbst erst seit heute! Und davon abgesehen – wer hat sich denn tagelang nicht gemeldet? Die ganzen Dinge, die da draußen in den Sümpfen passiert sind, bevor Reuben umgebracht wurde, dieser Brand, das Versteck im Container – hättest du mir irgendwann davon erzählt?«

»Wozu? Es bestand die durchaus naheliegende Möglichkeit, dass du über dieses Versteck Bescheid wusstest.«

Im diffusen Halbdämmer des Zimmers waren ihre Augen wie zwei unergründliche Tümpel. »Du vertraust mir immer noch nicht.«

»Wie könnte ich?«, entfuhr es ihm. Voller Erbitterung erwiderte er ihren Blick. »Glaubst du, ich merke nicht, dass du etwas vor mir verbirgst? Die ganze Zeit hütest du deine Geheimnisse und achtest darauf, bloß kein Wort zu viel zu verraten. Du hast Brinckley angelogen, und du lügst mich an. Du lügst und lügst und lügst. Wenn du anfangen würdest, die Wahrheit zu sagen, könnte ich dir vielleicht glauben. Aber vorher ganz sicher nicht.«

Sie zog die Beine an ihren Körper und umschloss ihre Knie mit beiden Armen. »Ich habe nicht gelogen. Okay, ich habe vielleicht nicht die volle Wahrheit gesagt, aber gelogen habe ich nie.«

»Dann sag doch einfach zur Abwechslung mal die volle Wahrheit.«

Sie atmete tief durch. »Du hättest es selbst rausfinden können, wenn du gründlich genug recherchiert hättest.«

»Worüber recherchiert?«

»Über mich«, sagte sie schlicht.

»Ich weiß ziemlich viel über dich.«

»Anscheinend nicht alles. Oder nicht genug, wie immer man es betrachtet. Was hast du beispielsweise über meinen Job herausgefunden?«

»Du bist Managerin in der Finanzverwaltung von Trispell, einem europaweit operierenden, expandierenden Hoch- und Tiefbaukonzern mit Niederlassungen in zwanzig Ländern. Du arbeitest in der Firmenzentrale in London.«

»Hast du auch nachgeforscht, in welcher Abteilung ich da seit einem Jahr bin?«

Er starrte sie an. »Nein, so genau nicht«, sagte er langsam.

»Na gut, dann sage ich es dir. Mergers and Acquisitions, M&A. Ich bin für die Vorprüfung bei Firmenübernahmen und Fusionen zuständig. Meine Hauptaufgabe bei Trispell liegt im Bereich von Due Diligence. Grob gesagt, ich begutachte Firmen, die für Trispell interessant sein könnten. Für eine Übernahme, wohlgemerkt.«

Er konnte es nicht fassen. »Du willst deine eigene Firma an Trispell verkaufen?«

»Ganz genau.«

»Hast du diesen Entschluss vor oder nach dem Tod deines Vaters gefasst?«

Zorn verdüsterte ihr Gesicht, und er hob rasch die Hand. »Es ist eine ganz neutrale Frage, keine Unterstellung.«

»Ich hatte schon vorher darüber nachgedacht und habe ihm diese Option bereits ausführlich am Telefon erklärt. Er wollte mit mir persönlich darüber sprechen. Bevor es dazu kam, wurde er ermordet.«

»Als er dich anrief und dich bat zu kommen – was war der wirkliche Grund?«

Sie zögerte, dann sagte sie: »Er hat rausgefunden, dass in seinem Namen illegale Geschäfte im Gange waren, aber er kam nicht dahinter, wer dafür verantwortlich war. Er war verzweifelt und hat mich um Hilfe gebeten, denn ich bin sehr gut in meinem Job. Ich habe ihm angeboten, diskrete Untersuchungen anzustellen, und gleichzeitig habe ich ihm vorgeschlagen, unter Ausklammerung dieser Problematik das Unternehmen zu begutachten und unverbindliche Verkaufsgespräche aufzunehmen. So wie es eben üblicherweise läuft bei M&A. Dad ist gestorben, bevor er darüber entscheiden konnte, und rückblickend weiß ich nicht, ob er sich tatsächlich von mir hätte überzeugen lassen. Aber ausgeschlossen war es nicht. Bannister Enterprises ist längst an seine Grenzen gestoßen, was die künftigen Optionen einer expansiven Firmenpolitik angeht. Als schlagkräftiger Arm eines multinationalen Konzerns kann die Firma deutlich mehr erreichen als bisher, die Möglichkeiten sind vielfältiger, vor allem im Bereich passender Investitionen. Das Unternehmen könnte wachsen und sich neue Geschäftsfelder erschließen. Die Synergiepotenziale sind immens. Es ist eine Win-win-Situation für alle Beteiligten.«

»Warum hast du das vor mir geheim gehalten?«

»Ich habe es vor *allen* geheim gehalten. Due Diligence erfordert absolute Verschwiegenheit. Bei Trispell ist das unsere oberste Maxime. Es gibt kaum einen sensibleren Geschäftsbereich. Häufig platzen vielversprechende Deals nur deshalb, weil irgendwer irgendwem zu früh was steckt. Mir persönlich ist das noch nie passiert. Das liegt daran, dass ich den Mund halten kann. Und zwar gegenüber *jedermann*«, setzte sie mit entschlossener Betonung hinzu. »Ganz egal, wie nahe ich jemandem stehe.«

Er betrachtete sie nachdenklich. *Oberste Maxime.* Die Redewendung schien Teil einer internen Firmenphilosophie ihres Arbeitgebers zu sein, denn so hatte es auch in den Nachrichten gestanden, die er im Krankenhaus von ihrem Handy abfotografiert hatte. Bisher war er noch nicht dazu gekommen, sich damit zu befassen, aber offensichtlich klärte sich das hier gerade von allein. Bis auf eine Frage.

»Wer ist W. B.?«

»Woher kennst du diesen Namen?« Sie hielt inne. »Du hast im Krankenhaus auf meinem Handy herumgeschnüffelt.«

»Wer ist es?«

Sie seufzte ergeben. »Warren Brzonski. Mein höchster Chef und CEO bei Trispell.«

»Wieso erzählst du es mir jetzt, nachdem du das alles die ganze Zeit über so eisern für dich behalten hast?«

»Weil es jetzt vertretbar ist, denn mein Gutachten ist fertig. Ich muss es nachher nur noch vom Computer meines Anwalts aus an W. B. mailen, zusammen mit meinem offiziellen Verkaufsangebot. Und bevor du dich fragst, wieso ich dafür extra die Anwaltskanzlei aufsuchen will – hier im Haus werden bekanntlich die Leitungen überwacht, und man weiß nie, wer von den Typen am anderen Ende damit sofort zur Klatschpresse läuft. Sobald das Angebot auf dem Weg ist, geht alles seinen Gang, und ich kann es auch der Familie erzählen. Die darüber bestimmt restlos aus dem Häuschen sein wird, weil bei dem Deal zweihundert Millionen Dollar rausspringen. Das ist übrigens deutlich mehr, als Tarquin geboten hat. Er hätte außerdem den Kaufpreis über eine umfangreiche und teure Finanzierung in Tranchen abstottern müssen, während Trispell alles sofort bei Übernahme zahlt.«

»Mit anderen Worten, du bist dann steinreich.«

»Was soll diese Bemerkung?« Sie musterte ihn irritiert.

»Nichts«, meinte er in unbeteiligtem Tonfall. Das Klingeln seines Handys kam ihm in diesem Augenblick wie eine Erlösung vor. Er stand auf und ging zu seinen Sachen, die als unordentlicher Haufen auf dem Boden lagen. »Ja?«, meldete er sich, nachdem er sein Handy aus der Innentasche seines Jacketts gefischt hatte.

»Die Fahndung nach St. John läuft«, informierte Milo ihn. »Hast du May Belle Avery schon vernommen?«

»Sie war nicht zu Hause«, sagte Brent. »Aber ich bleib dran.«

Er zog sich rasch an, während Cat immer noch mit angezogenen Beinen auf dem Bett saß.

»Was hast du vor?«, fragte sie. Es klang verunsichert.

»Deinen Exmann schnappen.« Seine Antwort klang schroffer als beabsichtigt. Er las in ihrem Gesicht wie in einem offenen Buch. Schon wieder hatte er ihr wehgetan, und in einer Aufwallung von Bitterkeit fragte er sich, warum er sie ständig verletzen musste. Vielleicht, weil sie ihm ebenfalls wehtat, ob sie es nun darauf anlegte oder nicht. »St. John wurde zur Fahndung ausgeschrieben. Ich habe noch eine Menge Arbeit und muss los. Weißt du vielleicht, wo deine Schwester ist?«

»Nein, keine Ahnung.« Sie sah ihn bittend an. »Brent, wenn das alles vorbei ist … Meinst du, wir könnten …?«

Von vorn anfangen? So tun, als hätte es die letzten zwölf Jahre nicht gegeben? Einen Strich unter alles ziehen und zusammenbleiben?

»Ich weiß es nicht«, sagte er, obwohl er mehr als alles auf der Welt einfach nur *Ja* sagen wollte.

Ihr Gesicht verschloss sich, sie nickte angestrengt. Dann stand sie vom Bett auf und kam rasch auf ihn zu. Nackt und wunderschön und so begehrenswert, dass er merkte, wie sein Verlangen nach ihr erneut erwachte, so mühelos und unausweichlich, als hielte sie ihn an einer Leine, die sie nur leicht straff ziehen musste, um ihn dorthin zu bringen, wo sie ihn haben wollte. Mit düsterem

Sarkasmus überlegte er, dass dies wohl ziemlich genau der Realität entsprach. Ganz offensichtlich war er Cathleen Bannister willenlos verfallen.

Sie nahm ihr Handy von einem kleinen Tisch unterm Fenster. »Kurz bevor du vorhin kamst, hat Tarquin angerufen, auf dem Festnetzanschluss. Er hat seine Handynummer hinterlassen und Annie aufgetragen, ich möge ihn zurückrufen, es sei sehr wichtig. Ich habe es ein paarmal versucht, aber es war immer nur die Mailbox dran.«

»Sims mir mal die Nummer.«

Sie schickte sie ihm, und er wählte sie von seinem Smartphone aus an. Der Ruf ging durch, aber es meldete sich nur die Automatenstimme der Mailbox. Er trennte die Verbindung wieder und speicherte die Nummer ab. »Danke. Solange er sein Handy nicht ausschaltet, können wir ihn orten. Wir kriegen ihn. Und dann ist der ganze Spuk endlich vorbei.«

»Brent, wenn du dich dadurch besser fühlst, werde ich nach dem Verkauf der Firma das ganze Geld verschenken. Jeden einzelnen Cent. So wie bei der verdammten Lebensversicherung.«

»Was?« Er sah sie verblüfft an. »Wie kommst du jetzt darauf?«

»Ich sehe doch, was du denkst. Und ich will nicht, dass du dich mit dieser Armer-Junge-reiches-Mädchen-Masche aus der Affäre ziehst.«

Er schwieg betreten, denn er wusste zum Teufel noch mal nicht, was er dazu sagen sollte. Sie schaffte es irgendwie, sein Inneres nach außen zu kehren und darin herumzustochern wie in einem Präparat auf dem Sezierteller.

Sie sah ihn unverwandt an. »Wenn du das Geld als Hindernis zwischen uns ansiehst, muss es eben verschwinden.«

»Rede nicht so einen verdammten Blödsinn«, sagte er gereizt. »Vergiss es einfach. Vergiss *alles*. Das mit uns kann nichts werden. Wir sind nicht von derselben Welt, Cat.« Er atmete durch und schloss kurz die Augen, als könnte er sich so noch einmal alle Gründe in Erinnerung rufen, wieso er nicht zu ihr passte. »Ich muss los.« Eilig verließ er das Zimmer. Es war eher eine Flucht als ein geordneter Rückzug. Sie blieb mit hängenden Armen mitten im Raum stehen und sah ihm nach.

Cat zog sich mit schleppenden Bewegungen an. Sie hatte Brents Geruch noch auf ihrer Haut und inhalierte ihn mit jedem Atemzug. Sie roch und spürte ihn überall. Seinen Schweiß, der sich mit ihrem Schweiß vermischt hatte, seinen Samen zwischen ihren Schenkeln. Sie hatten nicht verhütet. Ein Versäumnis, das ihnen schon öfter unterlaufen war. Damals vor zwölf Jahren ebenso wie in den vergangenen Wochen. Schwer zu sagen, ob es nun an der hastigen, schon fast verzweifelten Leidenschaft lag, mit der sie bei jeder ihrer Begegnungen zur Sache kamen, oder an der einvernehmlichen, stillschweigenden Bereitschaft, mögliche Konsequenzen in Kauf zu nehmen. Vielleicht war es etwas von beidem.

Trotzig blieb Cat vor dem schmalen Wandspiegel stehen und strich sich mit beiden Händen das zerzauste Haar aus dem Gesicht. Falls der hitzige Akt von vorhin Folgen haben sollte – möglich wäre es durchaus –, würde sie damit klarkommen. Nein, korrigierte sie sich sofort in Gedanken, denn diese Formulierung traf es nicht: Insgeheim *wünschte* sie sich, von Brent schwanger zu sein. Falls es passiert war, würde es sie in die Lage versetzen, alles, was damals falsch gelaufen war, diesmal richtig zu machen. Wenn sie Brents Baby bekam, würde sie es lieben und ihm eine gute Mutter sein. Vorsichtig legte sie die Hand auf ihren flachen Bauch und horchte in sich hinein, als könnte sie bereits spüren, ob sich in ihr etwas zu verändern begann.

Unwillkürlich musste sie an Opal und deren Schwangerschaft denken. Opals Baby war ein Teil der Familie Bannister, auch wenn es einer heimlichen Affäre mit Reuben entstammte. Cat unterdrückte ein hysterisches Lachen, als sie sich ausmalte, wie sie und Opal einander vielleicht demnächst mit dicken Bäuchen begegneten, wie sie sich beäugten und beargwöhnten, zwei werdende Mütter in einem Haus, ohne die dazugehörigen Väter. Die Regenbogenjournaille würde überschnappen.

Sie zuckte zusammen, als ihr Handy klingelte, und eine hoffnungsvolle Sekunde lang dachte sie, es sei Brent, der seinen unfreundlichen Abgang bedauerte und sich bei ihr entschuldigen wollte. Doch es war Tarquin.

»Cat, hör zu.« Seine Stimme klang gehetzt. »Irgendwer

versucht mich reinzulegen. Ich muss abhauen, mir brennt der Boden unter den Füßen.«

»Was?«, fragte sie konsterniert. »Wovon um alles in der Welt redest du?«

»Jemand versucht, mir gefälschte Beweise unterzuschieben. Unterlagen, die belegen, dass im Auftrag von Bannister Enterprises bestochen, erpresst und sabotiert wurde. Klar, dass das FBI jetzt denkt, ich wäre der Drahtzieher.«

»Ich denke das auch«, rief sie aufgewühlt. »Du hast meinen Bruder erpresst, dabei mitzumachen! Du hast Dad und Reuben umgebracht!«

»Das ist Bullshit, Cat. Ich habe Reuben erpresst, ja, ich geb's zu. Er sollte mir diesen ganzen Kram beschaffen, den er verwahrte, weil ich wissen wollte, was da an illegalen Machenschaften lief. Ich glaubte, es könnte mir nützlich sein, um meine Verhandlungsposition für eine Übernahme eurer Firma zu verbessern.«

»Womit hast du ihn erpresst?«

»Mit nichts Nettem. Er hat vor vielen Jahren was sehr Übles gemacht, und ich hab's auf ziemlich niederträchtige Weise rausgefunden, auch das gebe ich zu. Reuben und ich waren letztes Jahr zusammen was trinken. Ich wollte wieder mal die Möglichkeiten einer Übernahme abchecken, denn er hatte ganz gute Einblicke in die Firma. Reuben war schon ziemlich blau, als eine Nachricht auf seinem Handy ankam. Er warf nur einen Blick darauf und musste rausrennen, um zu kotzen. Sein Handy blieb auf dem Tisch liegen. Ich hab draufgeschaut, weil ich wissen wollte, wovon ihm so übel geworden war. Es war eine MP3-Datei. Er hatte sie gar nicht abgehört – schon der Anblick hat gereicht, dass es ihm hochkam. Da hab ich mir kurzerhand die Datei auf mein eigenes Smartphone weitergeleitet. Als er wieder zurückkam, wollte ich wissen, was los ist, und da meinte er, er würde ab und zu diese Nachricht kriegen, mit der er in der Spur gehalten werden sollte. Als ich es genauer wissen wollte, gab er zu, dass er bis über die Ohren in was drinsteckte, und es würde gegen seinen Vater gehen. Danach war nichts mehr aus ihm rauszukriegen, aber ich habe später zu Hause die Aufnahme abgehört und wusste Bescheid.« Er brach ab, und durch die Leitung war eine Debatte zu hören. Cat erkannte die Stimme ihrer Schwester. May Belle schluchzte, sie hörte sich völlig aufgelöst an.

»Tarquin, ist May Belle bei dir?«, fragte Cat alarmiert. Sie hörte ein Hintergrundgeräusch. Es handelte sich unzweifelhaft um eine Flughafendurchsage.

»Du bist am Airport! Tarquin, was hast du mit May Belle vor?«

»Halt die Klappe, Cat! Hör mir gut zu. In meiner Tasche steckt eine geladene Pistole. Wenn du deine Schwester lebend wiedersehen willst, behältst du dieses Gespräch für dich. Wenigstens so lange, bis ich außer Landes bin. Wenn das FBI mich schnappt, bin ich erledigt, dann komme ich nie wieder frei. Dein Schwager hat wirklich perfekte Arbeit geleistet, ich bin total am Arsch.«

Cat erstarrte bei seinen Worten. Sie sah im Spiegel ihr

entgeistertes Gesicht. »Maxim? Was hat der damit zu tun?«

»Na, alles natürlich.« Tarquin ließ ein sarkastisches Gelächter hören. »Avery wollte den ganzen Kuchen, nicht nur ein kleines Stück. Und wie praktisch, dass er am Ende alles mir in die Schuhe schieben kann, nachdem er es nicht hingekriegt hat, die ganze Sache dir anzuhängen. Da kam ich ihm als neuer Sündenbock gerade recht. So kann er sich auch gleich dafür rächen, dass ich mit May Belle geschlafen habe. Aber zu diesem Spiel gehören zwei, und deshalb solltest du dir einprägen, was ich dir jetzt sage, Cat: Ich lasse sie heil und gesund hier stehen, wenn ich ungestört verschwinden kann. Aber ich jage ihr eine Kugel in den Kopf, wenn die Cops auftauchen.« Seine Stimme kippte vor Aufregung über. Für Cat gab es keinen Zweifel, dass er jedes Wort ernst meinte. Bevor sie ihm antworten konnte, hatte er die Verbindung getrennt. Fassungslos starrte sie das Display ihres Handys an. Sie drückte auf Rückruf, aber diesmal kam nichts außer der automatischen Bandansage, dass der Teilnehmer vorübergehend nicht zu erreichen sei. Er hatte das Handy ausgeschaltet.

Spontan wollte sie Brent anrufen, doch dann besann sie sich. Das FBI würde sofort ein maximales Polizeiaufgebot in Stellung bringen. Tarquin würde vielleicht in Panik geraten und seine Drohung wahrmachen, denn er hatte nichts mehr zu verlieren. Warum sollte sie ihre Schwester diesem Risiko aussetzen? Ganz egal, wohin

Tarquin sich absetzte – irgendwann würde man ihn schnappen, denn die globalisierte Welt war klein, und dauerhaft verstecken konnten sich nur die wenigsten. Sollte er doch verschwinden. Hauptsache, May Belle passierte nichts.

Ihre Gedanken überschlugen sich, während sie fieberhaft rekapitulierte, was Tarquin über Maxim gesagt hatte. Lähmende Furcht breitete sich in ihr aus, denn ihr wurde klar, dass es womöglich stimmte. In diesem Fall war Tarquin nicht der Einzige, von dem May Belle Gefahr drohte. Hastig schob sie ihr Handy in die Hosentasche und lief nach unten.

28

»Wir müssen los.« Milo warf Brent eine Schutzweste zu. »St. John ist am Flughafen. Angeblich hat er May Belle Avery in seiner Gewalt und droht damit, sie abzuknallen, wenn er nicht unbehelligt in den Flieger steigen kann.«

Brent schlüpfte in die Kevlarweste und befestigte die Klettbänder. »Von wem hast du diese Info?«

»Von Tallulah. Sie ist schon mit einem SWAT-Team unterwegs.«

Sie verließen das Field Office und eilten zum Wagen. Brent übernahm das Steuer und fädelte sich in den fließenden Verkehr ein.

Milo starrte mit zusammengepressten Lippen auf die Fahrbahn.

»Was ist?«, fragte Brent mit einem Seitenblick.

»Ich habe schon die ganze Zeit geahnt, dass du den Fall manipulierst. Seit heute weiß ich es. Ich war in dem Drugstore, wo du das Video kassiert hast. Der Typ hat mir irgendwas von regelmäßigen Löschungen vorgestammelt, aber ein Blinder konnte sehen, dass du ihn gebrieft hast.

Welche Beweise gegen Cathleen Bannister hast du sonst noch verschwinden lassen?«

Brent schwieg lange, während er Gas gab und auf die Überholspur wechselte. Die Sonne ging gerade unter und tauchte den Freeway in ein staubig rotes Licht.

»Sie war es nicht, Milo. Sie ist unschuldig.«

»Spar dir das Gesülze«, gab Milo hart zurück.

»Hast du es Tallulah gesagt?«

»Nein. Noch nicht. Frag mich nicht, warum.«

Brent entschied, dass jetzt der richtige Moment gekommen war, seinem Partner von dem Scheck zu erzählen, den Tallulah vor zwölf Jahren von Zack Bannister bekommen hatte, einschließlich ihrer Verbindung zu Jarrod Tex.

Milos Kiefer mahlten. »Okay«, sagte er schließlich mühsam beherrscht. »Dann wissen wir wohl beide mehr, als uns guttut. Und was unternehmen wir jetzt deswegen?«

»Nichts«, sagte Brent ausdruckslos. »Wir machen einfach weiter und warten ab, was passiert. Vielleicht haben wir dann die Basis für einen Deal.«

Die Eingänge zur Abflughalle waren von Sicherheitskräften gesperrt. Vor einer der Türen stießen Brent und Milo auf den verzweifelt gestikulierenden Maxim Avery.

»Mein Gott!«, rief er mit zitternder Stimme. »Der Kerl hat May Belle! Er will sie umbringen! Und die Typen hier wollen mich nicht reinlassen! Bitte sagen Sie denen, dass sie mich durchlassen sollen!«

»Nur die Ruhe«, sagte Milo. »Woher wussten Sie überhaupt, dass St. John mit Ihrer Frau hier ist?«

Avery runzelte die Stirn. »Das habe ich von Opal. Ich war unterwegs. Sie rief mich an und hat mir erzählt, dass Tarquin May Belle hier am Flughafen als Geisel hält. Sie sagte, sie habe bereits die Polizei verständigt. Ich bin sofort losgerast.«

»Hat sie Ihnen gesagt, wie sie davon erfahren hat?«

»Nein. Ist doch auch egal, oder?« Er umklammerte Brents Arm und hielt ihn fest. »Agent LaVerne, Sie müssen dafür sorgen, dass ich jetzt da rein darf! Ich will zu meiner Frau!« Sein Gesicht war gerötet, und Brent roch den Alkoholdunst. Avery hatte seine private Happy Hour schon hinter sich. Doch seine Stimme war klar, und aus seiner Miene sprach wilde Entschlossenheit.

»Sie müssen hier draußen warten«, erklärte Brent ihm, während er und Milo den uniformierten Sicherheitskräften ihre Dienstmarken zeigten.

»Ich will aber mit rein!« Avery machte Anstalten, Brent und Milo in die Halle zu folgen, worauf er von zwei Wachmännern gepackt und trotz seines lautstarken Protestes festgehalten wurde.

Die Abflughalle war gähnend leer. Das Sicherheitspersonal hatte bei der Evakuierung ganze Arbeit geleistet. Hinter einer Säule drängte sich ein Einsatzteam, darunter Tallulah, die mit gezückter Pistole reglos verharrte. Direkt neben ihr stand Hightower. Sein schmächtiger Oberkörper war wie bei Tallulah von einer Kevlarweste geschützt. Er hatte ebenfalls die Waffe gezogen. Sein dunkles Gesicht spiegelte seine Aufregung wider. Flankiert wurden sie von den gepanzerten und behelmten Männern des SWAT-Teams, allesamt in angespannter Lauerstellung und mit schussbereiten Waffen.

Etwas versetzt hinter ihnen stand ein Mann mit Schutzweste, der mit sanfter Stimme in ein Mikrofon sprach.

»Mister St. John … Darf ich Sie Tarquin nennen? Dieses Missverständnis lässt sich bestimmt ganz schnell aufklären. Wollen wir uns über Ihren Fall unterhalten? Legen Sie einfach die Waffe weg und kommen Sie heraus. Oder einer von uns kommt zu Ihnen, dann sprechen wir persönlich darüber, in aller Ruhe. Ohne Waffen, ohne Polizei. Wir können auch telefonieren. Mein Name ist Eric. Eric Folderman. Ich schlage vor, ich rufe Sie gleich mal auf Ihrem Handy an. Dann können wir vertraulich über alles reden. Wir beide beraten uns und finden gemeinsam eine Lösung, bei der niemand zu Schaden kommt.«

»Ja, wieso veranstaltet ihr nicht einen kleinen Kuscheltreff?«, murmelte Milo respektlos.

Brent ließ das unkommentiert. Egal was man von Polizeipsychologen hielt – bei Geiselnahmen kamen sie nun mal zum Einsatz. Deeskalation vor Gewalt. Manchmal half es.

Milo und er blieben hinter einer der Säulen in Deckung.

St. John hatte sich mit seiner Geisel hinter einem Check-in-Schalter verschanzt. Von ihm selbst war nichts zu sehen. May Belles blonder Schopf lugte über die Theke neben dem Gepäckband. Als sie den Kopf kurz etwas höher hob, konnte man erkennen, wie verängstigt sie war.

Brent gab Milo ein Zeichen, dann huschten sie beide hinüber zu der Einsatztruppe hinter der benachbarten Säule. Tallulahs Miene gefror zu Eis, als sie Brent sah.

Während der Psychologe versuchte, Tarquin St. John mit verständnisvollen Worten zum Einlenken zu bewegen, wuchs hinter der Säule die Anspannung. Der Leiter des SWAT-Teams flüsterte hektisch in ein Funkgerät und gab seinen Männern einen Wink, sich bereitzuhalten.

Brent trat zu Tallulah. Er fasste sie bei der Schulter und drehte sie zu sich herum. »Was hat Opal Bannister genau gesagt, als sie diese Geiselnahme meldete? Mit wem vom NOPD hat sie gesprochen?«

Tallulah tauschte einen Blick mit Hightower, dann blitzte sie Brent wütend an. »Verpiss dich. Wir haben hier einen Job zu erledigen.«

Milo war stirnrunzelnd neben Brent stehen geblieben. »Wir sollten das später klären«, sagte er leise, aber mit großer Bestimmtheit.

Der Einsatzleiter wandte sich irritiert zu ihnen um und forderte sie barsch auf, den Mund zu halten, dann erteilte er seinen Leuten flüsternd einige knappe Befehle. Der Psychologe hatte seinen Versuch gehabt, jetzt standen härtere Methoden an.

Die Männer vom SWAT-Team rückten einer nach dem anderen hinter vorgehaltenen Schutzschilden vor, und dann ging alles sehr schnell. May Belle kam plötzlich laut schreiend in die Halle gerannt. Ihre Absätze klapperten auf dem Marmorboden und erzeugten ein unwirklich klingendes Echo. Mit einem hysterischen Aufschluchzen kam sie direkt auf Tallulah zu und brach in deren Armen zusammen. Tallulah zog May Belle mit einer heftigen Bewegung hinter sich und ging auf ein Knie nieder, die Pistole mit beiden Händen umfassend. Mit ausgestreckten Armen legte sie auf Tarquin St. John an, der soeben mit erhobenen Händen hinter dem Check-in-Schalter hervorkam.

»Nicht!«, schrie Milo, doch sie hatte bereits in rascher Folge eine Reihe von Schüssen abgefeuert. Tarquin St. John wurde zurückgeschleudert und landete der Länge nach auf dem Boden, wo er reglos liegen blieb.

Danach herrschte für einige Schrecksekunden absolute Stille. Man hätte eine Stecknadel fallen hören können. Sogar May Belle hatte ihr sirenenartiges Heulen eingestellt und starrte mit fassungslos aufgerissenen Augen St. Johns niedergestreckten Körper an. Unter ihm begann sich eine grellrote Blutlache auszubreiten.

»Oh mein Gott. Oh mein Gott. Oh mein Gott«, stieß May Belle stammelnd hervor und unterbrach damit die unheimliche Stille.

Der Einsatzleiter ging zu St. John und sah auf ihn hinab, dann wandte er sich an den Rest seines Teams und zog sich einen Finger über die Kehle. Die Männer ließen ihre Waffen sinken und sahen einander beklommen an, bevor sich alle Blicke auf Tallulah richteten. Sie hielt die Pistole immer noch mit beiden Händen umklammert.

»Legen Sie sofort die Waffe hin und treten Sie einen

Schritt zurück, Detective Harris«, sagte der Leiter des SWAT-Teams. Sein Tonfall war bestimmt, aber nicht unfreundlich. In seiner Miene stand ein Ausdruck vagen Bedauerns, als täte es ihm leid, dass Tallulah jetzt wegen dieser Sache Ärger kriegen würde. Brent fragte sich flüchtig, ob der Typ auch so verständnisvoll reagieren würde, wenn er wüsste, dass sie nicht zum ersten Mal einen unbewaffneten Mann erschossen hatte.

Er sah Milo an, der ein paar Schritte von Tallulah entfernt dastand und sie hilflos betrachtete. Tallulah legte die Waffe auf den Boden, langsam und mit abgezirkelten Bewegungen, doch Brent sah, dass ihre Hände zitterten. Sie trat ein paar Schritte zurück und wäre dabei fast über May Belle gefallen, die wie ein Häufchen Elend hinter ihr auf dem Boden kauerte. Tallulah taumelte kurz und fing sich dann wieder, aber niemandem konnte entgehen, dass sie kaum noch in der Lage war, sich auf den Beinen zu halten. Ihr Gesicht war weiß wie ein Laken.

Im nächsten Moment war Milo bei ihr, um sie zu stützen. Sein Blick ging über ihre Schulter zu Brent hinüber und sandte ihm eine stumme Botschaft, die Brent sofort verstand. Er senkte den Kopf zu einem unmerklichen Nicken. Sie hatten einen Deal.

Gleich darauf brach Hektik los. Der Einsatzleiter sprach laut in sein Funkgerät, von irgendwoher kamen weitere SWAT-Leute und Sicherheitskräfte vom Flughafen. Die Halle wurde binnen Sekunden immer voller. Eine Frau half May Belle auf die Beine und legte tröstend den Arm um sie. Zwei Beamte vom NOPD sicherten den Tatort, ein dritter hob Tallulahs Pistole auf und steckte sie in einen Klarsichtbeutel. Sie selbst stand in starrer Haltung und mit schneeweißem Gesicht dicht neben Milo, der einen todunglücklichen Eindruck machte. Er redete auf sie ein, und irgendwann nickte sie langsam und sprach leise mit ihm.

Und dann kam mit Riesenschritten Maxim Avery quer durch die Halle gerannt.

»May Belle!«, rief er. »Liebling!«

Sie wandte sich zu ihm um und stieß einen erstickten Schrei aus, ehe sie auf ihn zulief, mit ausgestreckten Armen wie ein Trost suchendes Kind. Sie warf sich an seine Brust, und er umfing sie und presste sie an sich. Er vergrub sein Gesicht in ihrem Haar. Brent hörte ihn irgendwas Unverständliches stammeln, und er sah, wie die Schultern des Mannes unter dem Ansturm der Gefühle zuckten, während seine Frau sich mit aller Kraft an ihn klammerte und in seinen Kragen weinte. In diesem Moment wusste er, dass zwischen den beiden alles wieder gut werden würde. Manchmal spürte man solche Dinge eben.

29

Opal wollte unbedingt mit zum Flughafen fahren, und Cat ärgerte sich bereits, dass sie nicht einfach stillschweigend allein aufgebrochen war. Doch als Randolph und Opal nach Hause gekommen waren, hatten beide bereits über die Geiselnahme Bescheid gewusst. Und die Polizei war ebenfalls schon eingeschaltet, folglich war Tarquins Plan auch ohne Cats Zutun aufgeflogen – Randolph berichtete, dass er direkt vom NOPD informiert worden war.

Cat war außer sich vor Angst um May Belle. Sie versuchte, Brent zu erreichen, aber es ging nur die Mailbox ran. Dann rief sie beim NOPD an und erkundigte sich nach der Geiselnahme, aber man konnte oder wollte ihr darüber keine Auskunft geben und verwies sie an den zuständigen Dienststellenleiter, dessen Name ihr allerdings nicht genannt werden konnte. Sie verlangte, zu Chief Brinckley durchgestellt zu werden, doch es hieß, er sei unterwegs.

Randolph erbot sich sofort, gemeinsam mit ihr zum Flughafen zu fahren, damit sie sich vor Ort selbst ein Bild von der Lage machen konnten.

Sie gingen unverzüglich hinaus zum Wagen, und als Opal ihnen kurzerhand folgte und hinter ihr einstieg, drehte Cat sich entnervt zu ihr um. »Du solltest wirklich hierbleiben. So viel Aufregung kann in deinem Zustand nur schädlich sein.«

»Ich bin stressresistent.«

»Aber du hast bei dieser Sache nichts verloren. Es geht um meine Schwester. Das hier ist eine reine Familienangelegenheit.«

Opal warf ihr einen herausfordernden Blick zu, während sie sich anschnallte. »Ich *gehöre* zur Familie, oder etwa nicht? Schließlich bin ich die Mutter des künftigen Erben von Bannister Enterprises, schon vergessen? Und du bist so was wie meine Tochter. Es ist fast ein bisschen wie bei Schneewittchen, finde ich. Wobei ich die böse Stiefmutter immer schon viel lieber mochte als diese Heulsuse von Prinzessin.«

»Opal, reiß dich bitte zusammen«, sagte Randolph verärgert. »Wenigstens für fünf Minuten.«

Opal zog einen Schmollmund. »Schon gut. Ich bin ja still. Aber ich fahre mit. Ich will nicht allein daheimsitzen und warten, bis irgendwer mir Bescheid sagt.«

Randolph setzte rückwärts aus der Einfahrt. Cat musterte ihn fragend. »Was haben sie beim NOPD genau gesagt, als sie dich wegen May Belle anriefen?«

»Nicht viel. Nur, dass Tarquin sie als Geisel am Flughafen festhält und gedroht hat, sie zu erschießen.«

Cat runzelte die Stirn. »Wer hat dich denn angerufen?«

»Du weißt doch, dass ich da meine Kontakte habe.«

»Darf ich fragen, wer es ist? Chief Brinckley?«

»Das möchte ich lieber für mich behalten. Sonst spricht es sich noch herum.« Er warf einen bezeichnenden Blick über die Schulter.

Opal kicherte. »Das habe ich gesehen!«

Cat ignorierte sie. An ihren Onkel gewandt, meinte sie drängend: »Du könntest rasch deinen Kontakt anrufen und nach dem Stand der Dinge fragen.«

»Hab ich vorhin schon gemacht. Man weiß da noch nichts Neues. Ich bekomme Bescheid, sobald sich was ändert.«

Cat drehte das Radio an. Vielleicht würden sie was in den Live-News bringen. Geiselnahmen, bei denen die Polizei im Einsatz war, wurden schnell publik. Sie zogen sofort das Interesse der Öffentlichkeit auf sich, vor allem, wenn sie sich an Brennpunkten wie einem Flughafen abspielten und Sperrungen, Verkehrsbehinderungen und andere Störungen zur Folge hatten.

Opal meldete sich von der Rückbank. »Ich glaube, es ist an der Zeit, dass ich mit der Wahrheit herausrücke. *Ich* habe die Polizei informiert und denen erzählt, was los ist.«

Befremdet blickte Cat über die Schulter nach hinten. »Woher wusstest du denn davon?«

»Ich hatte dein Telefonat mit Tarquin belauscht. Und da fand ich es einfach unverantwortlich, die Polizei außen vor zu lassen. Sofortige und umfassende Kommunikation mit Profis ist meiner Meinung nach in solchen Fällen das Allerwichtigste.«

»Du hast…« Cat hielt verstört inne. Wenn Opal das Telefonat mit angehört hatte, war ihr vielleicht auch nicht verborgen geblieben, was sich vorher in dem Zimmer abgespielt hatte. Die Vorstellung, dass Opal sich das Ohr an der Tür platt drückte, während sie mit Brent Sex hatte, drehte ihr den Magen um.

Das Schlimmste aber war, dass sie einfach die Polizei informiert hatte, ohne vorher mit ihr darüber zu reden. »Ich kann das nicht glauben«, stieß sie hervor. »Wie kannst du es wagen! Du hast May Belle dadurch in Lebensgefahr gebracht! Wenn ihr etwas zustößt, bist du daran schuld!«

»Na ja, offen gesagt, würde mir genau das gut in den Kram passen«, gab Opal leutselig zurück. »Noch eine weniger, mit der wir teilen müssen.«

Cat wusste nicht, was sie auf diese Dreistigkeit noch erwidern sollte. Sie warf Randolph einen hilfesuchenden Blick zu.

»Verdammt, jetzt reicht es aber«, schnauzte Randolph Opal an. »Ich fahre gleich rechts ran und werfe dich raus.«

»Du musst sowieso wenden«, sagte Opal kichernd. »Vorhin bist du falsch abgebogen. Zum Flughafen geht es in die andere Richtung.«

Im Radio kamen Nachrichten. Cat drehte den Ton lauter.

»… haben Beobachter vor Ort gemeldet, dass die Geiselnahme am Flughafen, die in der letzten halben Stunde die Einsatzkräfte der Polizei in Atem hielt, ein glückliches Ende genommen hat. Die Geisel konnte unverletzt von einem SWAT-Team befreit werden. Der Geiselnehmer wurde bei dieser Aktion erschossen.«

Geschockt hatte Cat der Meldung zugehört. Tarquin war tot. Aber May Belle ging es gut. Er konnte ihr nichts mehr tun. Erschüttert und erleichtert zugleich schloss sie die Augen. Sie spürte, dass sie am ganzen Körper zitterte, als die extreme Anspannung, unter der sie die ganze Zeit gestanden hatte, mit einem Schlag nachließ. Aber dann verkrampfte sie sich unvermittelt wieder, denn wenn es wirklich stimmte, was Tarquin ihr über Maxim gesagt hatte, war das Drama noch nicht zu Ende.

Sie erzählte es Randolph. »Denkst du, er hatte vielleicht recht?«, fragte sie ihn. Es widerstrebte ihr zwar, in Opals Beisein darüber zu reden, doch nachdem diese bereits ihr Gespräch mit Tarquin belauscht hatte, wusste sie ohnehin Bescheid.

»Maxim könnte wirklich dahinterstecken«, meinte Randolph. »Denn viel Auswahl bleibt ja nun nicht mehr.«

Opal brach in Gelächter aus. »Wie wahr!« Dann fügte sie an Cat gewandt hinzu: »Dein Onkel hat es wirklich drauf, seine eigenen Untaten anderen in die Schuhe zu schieben. Jetzt sogar auch noch dem armen, harmlosen Maxim.« Zu Randolph sagte sie: »Randy, wollen wir jetzt nicht endlich mit dieser Show aufhören und klare Verhältnisse schaffen? Du könntest dieser hochnäsigen, besserwisserischen Zicke zum Beispiel erzählen, dass du der

Vater meines Babys bist. Und dass du ihr Zimmer verwanzt hast, damit wir mitkriegen, was sie da so treibt. Und dass du nicht aus Versehen falsch abgebogen bist, sondern absichtlich, weil wir gar nicht zum Flughafen fahren. Ganz zu schweigen von all dem anderen, was du schon getan hast.«

Cat starrte ihren Onkel an. »Sag, dass sie lügt«, flüsterte sie, obwohl sie längst begriffen hatte, dass es die Wahrheit war. Er hatte Dad und Reuben getötet, und jetzt wollte er auch sie umbringen. Sie tastete nach dem Türgriff und versuchte gleichzeitig, sich abzuschnallen.

»Mach schon, Opal«, sagte Randolph, während er abbremste und rechts ranfuhr.

Opals Hand mit der Spritze kam nach vorn geschossen wie eine zustoßende Viper. Die Nadel bohrte sich durch den Stoff der Jeans in Cats Oberschenkel. Es gelang ihr trotzdem noch, den Gurt zu lösen und die Tür aufzureißen. Sie stieg aus und lief stolpernd los. Randolph hatte in einer menschenleeren Gegend angehalten, weit und breit gab es außer den Scheinwerfern des Wagens keinerlei Lichtquelle.

Opal und Randolph waren ebenfalls ausgestiegen und folgten ihr, während sie durch die Dunkelheit davontaumelte.

»Damit kommt ihr niemals durch«, sagte Cat. Ihre Stimme klang seltsam verwaschen. Sie musste stehen bleiben, weil sie sonst hingefallen wäre. Ihr Bein fühlte sich taub an.

»Irrtum«, sagte Opal. »Wir sind bereits damit durchgekommen. Tarquin ist jetzt hochoffiziell der Bösewicht. Und praktischerweise kann er nun auch nicht mehr das Gegenteil behaupten.« Sie baute sich vor Cat auf. »Na, merkst du es schon? Das Zeug wirkt ganz schnell. Keine Sorge, es tut nicht weh. Du schläfst ein, und wenn du wieder aufwachst, bist du tot.« Sie fand ihre Bemerkung offenbar sehr amüsant, denn sie brach erneut in Kichern aus.

»Opal, hör auf. Lass es gut sein. Das Ganze ist schon schlimm genug.« Randolphs Stimme klang müde und bedrückt. Cat blinzelte angestrengt. Sie war zu Boden gesackt und sah wie durch einen verschwimmenden Film, dass er hinter Opal stand und sie beobachtete. »Cat, es tut mir leid. Aus meiner Sicht hätte alles nicht so weit kommen müssen. Aber du wolltest dir ja unbedingt für Trispell die Firma unter den Nagel reißen, das konnte ich unmöglich zulassen. Ich habe mein halbes Leben lang hart dafür gearbeitet, den Laden am Laufen zu halten. Weiß Gott, was ich alles auf mich genommen habe, das Unternehmen gegen Zacks Widerstand voranzubringen und die Konkurrenz auszubooten. Dein Dad war immer häufiger der Meinung, weniger sei mehr. Wenn es nach ihm gegangen wäre, hätten wir Niederlassungen geschlossen, statt neue aufzumachen. Er hat wirklich ernsthaft daran gedacht, an Tarquin zu verkaufen. Wahrscheinlich hätte er sich sogar von dir überreden lassen, die Firma an Trispell abzutreten. Ich musste das verhindern. Und ich muss auch verhindern, dass du dein Angebot an Warren Brzonski schickst. Das Geld ist mir völlig egal, darum geht es mir nicht. Die Firma steht *mir* zu, niemandem sonst, denn keiner hat mehr Herzblut da reingesteckt als ich. Es war nicht fair, dass Zack sie damals von unserem Vater bekam, nur weil er der Ältere von uns beiden war. Mein Bruder hatte immer alles. Das Haus, eine Familie, das Unternehmen. Aber ich hatte es genauso verdient. Und jetzt nehme ich es mir.«

»*Wir*, Randy«, korrigierte Opal. »*Wir* nehmen es uns.« Zu Cat sagte sie: »Ich habe mindestens genauso viel dafür geracker wie Randy. Ich musste es deinem Vater besorgen. Und deinem Bruder. Dem ich im Bett dann auch noch seine Lebensbeichte entlocken musste. Das auszuhalten war eine echte Prüfung. Ganz zu schweigen davon, dass eine blöde Gans wie du mir einfach den Geldhahn zudreht und ich dann auch noch gute Miene zum bösen Spiel machen muss. Dafür steht mir eine Menge Schmerzensgeld zu.«

Opal packte Cat von hinten unter den Armen und zerrte sie in Richtung Wagen. »Sie ist schwer. Du musst mir schon helfen, Randy. Hier können wir es nicht machen. He, was hältst du davon, wenn wir es an derselben Stelle tun wie bei Reuben?«

»Nicht«, bat Cat. »Bitte nicht.« Ihre Stimme gehorchte ihr nicht mehr, es kam nur noch ein unartikuliertes Lallen heraus.

»Durchsuch ihre Hosentaschen«, hörte sie ihren Onkel

sagen, und dann fassten Hände in ihre Taschen und zogen das Smartphone und den Stick heraus. Danach wurde sie gepackt und weggeschleift. Sie spürte kaum noch etwas. Arme und Beine waren taub, der Kopf sackte haltlos herab.

»Cat, ich habe eine Idee«, meinte Opal dicht neben ihrem Ohr. »Wir schreiben deinem Lover von deinem Handy aus eine Abschiedsbotschaft. Dann darf er für den Rest seines Lebens in sein Kissen weinen, weil er dich in den Selbstmord getrieben hat. Erst eine heiße Nummer schieben und dann die Lady einfach stehen lassen – nein, Sir, das ist nicht nett!« Aufgeräumt setzte sie hinzu: »Wäre das nicht eine tolle Retourkutsche dafür, dass er zuletzt so mies zu dir war? Er hat sich wie ein Arschloch aufgeführt, deshalb sollte er auch wie eins behandelt werden, findest du nicht?«

Cat merkte, wie sie auf die Rückbank des Wagens gezerrt wurde. Dann lösten sich sämtliche Wahrnehmungen in vollkommene Schwärze auf.

30

In der Abflughalle wurde außerhalb der Absperrung der normale Betrieb wieder aufgenommen. Die ersten Schalter öffneten wieder, und von allen Seiten strömten die Reisenden herein. Einige von ihnen blieben neugierig stehen und starrten den mit Stellwänden abgeschirmten Bereich um den Toten an, wurden aber sofort vom Sicherheitspersonal weggescheucht. Auch Tallulah stand im Mittelpunkt zahlreicher scheeler Blicke, und Brent sah, wie die Polizeibeamten am Tatort untereinander tuschelten und sie immer wieder ungläubig betrachteten.

Tallulah stand mit gesenktem Kopf dicht neben der Säule. Milo hatte den Platz an ihrer Seite geräumt, denn Brinckley hatte sich soeben persönlich eingefunden und unterhielt sich heftig gestikulierend mit ihr. Der Chief hatte Mühe, seinen Ton so weit zu dämpfen, dass die Umstehenden nicht alles mitkriegten. Sein Unbehagen über diese unvermutete Entwicklung des Falls war ihm deutlich anzumerken.

Brent sprach mit May Belle und Maxim Avery. Beide machten einen erschöpften, aber auch zutiefst erleichterten Eindruck. May Belle berichtete, dass sie Tarquin aufgesucht hatte, um mit ihm Schluss zu machen, worauf er sie gezwungen hatte, mit ihm zum Flughafen zu fahren. Sie war aus Angst mitgekommen und von den nachfolgenden Ereignissen überrollt worden. Ansonsten schien sie alles recht gut überstanden zu haben, auch emotional. Seit ihr Mann aufgetaucht war, hatte sie keine einzige Träne mehr vergossen und klebte förmlich in seinen Armen. Brent hätte schwören können, dass er sie noch nie so glücklich gesehen hatte wie in diesem Augenblick.

»Ich bin froh, dass wir jetzt endlich wissen, wer für all das verantwortlich war«, erklärte Avery, während er May Belle an sich drückte.

Brent registrierte, dass May Belle ihrem Mann einen zweifelnden Seitenblick zuwarf. Ganz egal, was Tarquin ihr angetan hatte – sie schien im Gegensatz zu ihrem Mann nicht völlig von seiner Schuld überzeugt zu sein. Dennoch erhob sie keine Einwände und schmiegte sich höchstens noch fester in Maxims Arme.

»Kann ich meine Frau jetzt nach Hause bringen, Agent LaVerne?«

»Sie hat ein traumatisches Erlebnis hinter sich und sollte sich besser in ärztliche Behandlung begeben«, sagte Brent.

»Nein, ich will nach Hause«, widersprach May Belle entschieden. »Maxim wird sich um mich kümmern.«

Brent war einverstanden, kündigte aber an, dass May Belle noch für ausführliche Vernehmungen zur Verfügung stehen müsse.

Während er den beiden nachschaute, kam Milo auf ihn zu. Sein Gesicht war ernst. »Tallulah wollte St. John nicht erschießen«, sagte er leise. »Ich weiß, es klingt blöd, denn sie hat ja gezielt und abgedrückt. Aber es war ein Reflex. Eine Überreaktion bei falscher Einschätzung einer Notwehrlage. Genau wie damals bei Jarrod Tex. Sie hat es mir geschworen, und ich glaube ihr. Und dass Tex dich derart übel zugerichtet hat ... Sie wollte nicht, dass er so weit geht. Das war nie ihr Plan. Ich soll dir das sagen.«

»Okay«, meinte Brent nur. Was hätte er auch sonst antworten sollen? Er stellte fest, dass es ihm völlig gleichgültig war, was Tallulah Harris damals geplant oder gewollt hatte, und ebenso wenig interessierte ihn noch, was sie heute dachte. Ihm war auch ganz egal, ob sie mit der heutigen Schießerei durchkommen würde oder nicht. Es war ihm bereits lästig, auch nur einen einzigen Gedanken darauf zu verschwenden, denn seit einer Weile hielt ihn eine seltsame Unruhe gefangen. Es war das Gefühl, irgendwas Wichtiges übersehen zu haben.

»Ich habe Tallulah auch noch mal wegen des Anrufs von Opal Bannister gefragt«, berichtete Milo. »Sie sagt, die Meldung über die Geiselnahme sei direkt von Hightower gekommen. Also hat Opal Bannister mit Hightower gesprochen.«

Brent runzelte die Stirn. »Und wie hat Opal Bannister von der Geiselnahme erfahren?«

»Ich frage mich eher, wieso sie ausgerechnet Hightower anruft. Anscheinend stehen die beiden in Kontakt.« Milo sah sich um. »Wo ist der Typ? Die anderen sind alle noch hier. Nur er nicht.«

»Ich denke, er hat sich aus dem Staub gemacht.«

Milo starrte ihn an. »Hightower! *Er* ist der Maulwurf beim NOPD. Er war das Leck, nicht Tallulah!«

»So sieht's aus. Ich gebe zu, dass ich mich in dem Punkt in ihr geirrt habe, falls es dir was bedeutet. Allerdings glaube ich nicht, dass Hightower einen direkten Draht zur Presse hat. Wahrscheinlich hat er seine Informationen für gutes Geld an Opal Bannister verkauft, und die hat sie dann anonym an die Medien durchgereicht. Das ist genau ihr Stil.«

»Was hätte sie davon gehabt?« Milo beantwortete sich die Frage sofort selbst. »Demoralisierung der Familie. Ablenkung von eigenen Übeltaten. Verflucht, Brent – steckt *sie* hinter allem? Dann wäre sie wirklich erstklassig darin, falsche Spuren zu legen und unschuldige Leute als Verbrecher dastehen zu lassen! Jemand vom Geheimdienst hätte es nicht besser hingekriegt.«

»Stimmt.« Brent warf einen Blick auf May Belle und Maxim Avery, die gerade Arm in Arm die Halle verließen. Es hatte eine Zeit gegeben, da hatte er erwogen, dass vielleicht Maxim Avery die Morde begangen hatte und für die Bestechungen und Sabotageakte verantwortlich war. So wie er auch eine Weile geglaubt hatte, Tarquin St. John sei der Täter. Und, Gott helfe ihm, manchmal hatte er es sogar für möglich gehalten, dass Cat hinter all dem steckte.

Aber tatsächlich war es keiner dieser drei, sondern jemand, der sich meisterhaft darauf verstand, Unbeteiligte zu Tätern aufzubauen. Opal Bannister war an diesem Spiel beteiligt, aber sie hatte bestenfalls die Rolle der Assistentin inne. Drahtzieher war ein anderer. *Jemand vom Geheimdienst hätte es nicht besser hingekriegt.*

Randolph Bannister *war* jemand vom Geheimdienst. Einen Teil seiner Dienstzeit bei der Navy hatte er bei der Defense Intelligence Agency verbracht. Verborgene Strategien und raffinierte Taktiken waren sein Metier. Er kannte sich mit allen nur erdenklichen Methoden der Nachrichtenbeschaffung und Überwachung aus, und er hatte gelernt, dabei alle Skrupel auszublenden, denn bei Operationen auf feindlichem Gebiet war dergleichen nur hinderlich.

Milo hatte allem Anschein nach soeben dieselben Schlüsse gezogen. »Der Marine!«, sagte er erschüttert.

In diesem Augenblick wusste Brent, woher seine sonderbare Unruhe kam. Cat war in Gefahr.

31

Sie kam vom Geräusch einer zuschlagenden Autotür zu sich. Ihr Gesichtsfeld war eingeschränkt, sie konnte nur einen kleinen Ausschnitt ihrer Umgebung sehen. Die Umrisse vor ihren Augen waren jedoch verschwommen, wie durch den Weichzeichner einer altersschwachen Kamera gefilmt. Alles schwankte auf und ab. Auch von der Unterhaltung, die an ihr Ohr drang, verstand sie nur Bruchstücke. Sie merkte, wie jemand sie hochhob und wegtrug.

»Brent«, murmelte sie.

»Schlaf weiter, Cat.« Das war nicht Brents Stimme, sondern die von jemandem, den sie fürchtete. Sie schloss die Augen und versuchte sich daran zu erinnern, wer es war, dann fiel es ihr ein. Onkel Randolph. Er wollte sie töten.

»Das Mittel lässt nach«, meinte er zu jemandem, den sie nicht sehen und nicht hören konnte.

Eine weibliche Stimme erwiderte etwas, das sie nicht verstand.

»Nein, jetzt noch nicht«, sagte Randolph. »Wir fahren erst ein Stück mit ihr raus und machen es dann.«

Sie wurde irgendwo abgelegt. Eine schwankende Unterlage, die sich bewegte wie eine Wiege. Es roch nach Algen und Moder. Unter ihr gluckerte es, und sie hörte das Schwappen von kleinen Wellen. Sie befand sich auf einem Boot.

»Ich muss noch ihre Abschiedsbotschaft an ihren Lover vom FBI tippen«, sagte die Frauenstimme in beschwingtem Tonfall. Cat kannte sie, sie war ganz sicher, die Stimme schon gehört zu haben, aber sie konnte sich nicht erinnern. »Was hältst du hiervon: ›Ich kann nicht mehr. Es tut mir leid. Leb wohl.‹ Klingt das nicht fast wie ein Geständnis? Hightower sagt, beim NOPD und beim FBI hätten sie Cathleen sowieso die ganze Zeit schon in Verdacht gehabt. Ist es nicht die perfekte Lösung, wenn sie auf diese Weise abtritt?« Die Frau lachte. »Ich sollte das beruflich machen. In dieser Branche wäre ich bestimmt so gut wie du, Randy.«

»Wirf das Handy ins Wasser.«

»Reicht es nicht, wenn ich die SIM-Karte rausnehme? Es ist ein brandneues iPhone.«

»Wirf es ins Wasser.«

Die Frau seufzte, dann hörte Cat ein Platschen.

»Was ist mit dem Stick, den sie bei sich hatte?«, wollte die Frau wissen.

»Das wird das Gutachten sein, das sie für Trispell geschrieben hat.«

»Sollten wir das nicht auch wegwerfen?«

»Nein, so was ist sehr nützlich.«

»Aber du willst die Firma doch gar nicht verkaufen!«

»Das spielt keine Rolle. Für solche Due-Diligence-Prüfungen muss man normalerweise ein Vermögen zahlen. Cat ist fabelhaft in ihrem Job. Eine bessere Übersicht über den Status quo des Unternehmens werde ich wohl nie wieder kriegen.«

»Du redest von ihr, als könntest du sie gut leiden.«

»Nun, das liegt daran, dass es so ist. Von all diesen neurotischen und unfähigen Leuten in meiner Familie war sie immer die Einzige mit Biss und Verstand. Sie ist couragiert, integer und loyal.«

»Was für ein Jammer, dass du sie töten musst«, kam es sarkastisch von der Frau zurück.

»Ja«, sagte Randolph tonlos. »Es ist ein verdammter Jammer.«

»Du wirst darüber hinwegkommen. Ich werde dich trösten.« Die Frauenstimme klang lüstern. »Soll ich dir vielleicht einen blasen? Ich wäre gerade in Stimmung.«

»Hör auf mit dem Unsinn«, sagte Randolph. »Nimm deine Hände weg. Dafür haben wir keine Zeit.«

»Hab dich nicht so«, versetzte die Frau beleidigt.

Jetzt wusste Cat auch wieder, wem die Stimme gehörte – es war Opal. Die böse Stiefmutter. Und sie selbst war Schneewittchen. Die Spritze war der vergiftete Apfel und hatte sie in einen tiefen Schlaf fallen lassen, aus dem sie nie wieder erwachen würde. Auf einer weit entfernten, körperlosen Ebene verspürte sie einen Anflug von morbider Heiterkeit. Aber dann mäanderte träge das Bild von gefräßigen Alligatoren vor ihrem inneren Auge vorbei, und das machte ihr Angst.

Kurz darauf ertönte das Aufröhren eines startenden Dieselmotors, und die Umgebung begann zu vibrieren. Das Bild der Alligatoren war wieder da, und sie musste an Reuben denken. Er war hier im Sumpf gestorben, weil die Alligatoren ihn gefressen hatten. Sie musste verhindern, dass die beiden mit ihr rausfuhren, weil ihr sonst dasselbe passieren würde. Ihr Gehirn versuchte, weitere Reaktionen und Empfindungen in Gang zu setzen, doch es war zu anstrengend. Sie dämmerte wieder weg.

Als sie das nächste Mal zu sich kam, waren ihre Gedanken klarer, und sie konnte alles wieder deutlich hören und sehen. Sie lag auf der hinteren Sitzbank eines Motorboots. Ihre Glieder fühlten sich immer noch taub an, sie konnte kaum den Kopf drehen. Aber sie spürte die Kühle der Nachtluft. Der Fahrtwind brachte sie zum Frösteln. Das Motorengeräusch dröhnte ihr in den Ohren. Wellen klatschten rechts und links gegen die Flanken des Boots, während es mit gedrosselter Geschwindigkeit durchs Wasser tuckerte. Der Lichtkegel der Bootsleuchte erzeugte einen fächerförmigen Ausschnitt auf dem dunklen Bayou. Der Himmel über ihr war von Sternen übersät. Irgendwo in Ufernähe bewegte sich zwischen den Mangroven ein Gespinst leuchtender Glühwürmchen.

Randolph und Opal sprachen miteinander, in voller Lautstärke, um den Lärm des Motors zu übertönen.

»Sie kommt zu sich«, sagte Opal. »Diesmal richtig. Die

Dosis hört auf zu wirken. Soll ich noch mal nachspritzen?«

»Nein. Je mehr sie davon abgebaut hat, desto besser. Wir erledigen es jetzt.«

»Und wenn sie sich wehrt?«

»Es wird schon gehen.«

»Wieso machen wir es nicht wie bei Reuben? Du weißt, dass ich kein Blut sehen kann.«

»Weil es wie Selbstmord aussehen muss.«

»Was ist mit der Einstichstelle an ihrem Bein?«

»Man wird ihre Leiche höchstwahrscheinlich sowieso nie finden, aber falls doch, wird das Bein nicht mehr dran sein. So ein Fehler wie bei Reuben wird mir nicht noch mal unterlaufen. Wenn die Alligatoren sich nicht die richtigen Stücke holen, muss man sie eben damit füttern. Ich werde mich darum kümmern.«

»Jesus, Randy!« Opal würgte, und es war zu hören, wie sie sich über die Bordwand ins Wasser erbrach. »Scheiße«, sagte sie. »Das kommt von der verdammten Schwangerschaft. Da hast du mir was angehängt!«

»Du wolltest doch unbedingt ein Kind«, kam es gelassen zurück.

»Und du könntest dich etwas mehr darüber freuen!«

»Ich freue mich, wenn das hier erledigt ist.«

»Hast du dir schon Gedanken darüber gemacht, was wir wegen May Belle und Maxim unternehmen?«

»Vorläufig nichts. Wir müssen eine Weile vorsichtig sein. Irgendwann, so in zwei, drei Jahren, wird man ein paar ziemlich belastende Unterlagen bei ihm finden. Und May Belle wird dann vor lauter Kummer vielleicht ein paar Tabletten zu viel schlucken.« Er hielt inne. »Hier ist die passende Stelle.«

Das Motorengeräusch erstarb, das Boot trieb auf dem Wasser.

Cat stöhnte. Sprechen konnte sie nicht, und als Opal sich über sie beugte und ihr in die Wange kniff, konnte sie nicht einmal die Hände heben, um sie abzuwehren.

»Sie ist noch ziemlich weggetreten«, sagte Opal. »Also los. Bringen wir es hinter uns.«

Ein sperriger Gegenstand wurde Cat in die rechte Hand gedrückt, ihre Finger zurechtgeschoben. Die Muscheln und Perlen von dem *gris-gris* bohrten sich in ihre Haut, als ihr Handgelenk fest umfasst und zu ihrem Kopf bewegt wurde. Etwas Kühles, Hartes berührte ihre Schläfe.

»Warte«, sagte Opal hastig. »Bist du sicher, dass sie Rechtshänderin ist?«

Randolphs Griff um Cats Hand lockerte sich. Er fluchte.

»Oh Gott!«, rief Opal mit entsetzter Stimme. »Du weißt es nicht! Was machen wir jetzt?«

»In welcher Hosentasche hatte sie das Handy?«

»Keine Ahnung.«

»Denk nach!«

»Ich versuch's ja! Aber ich erinnere mich nicht!« Opal hielt inne. »Da war was. Ich habe ein Geräusch gehört.« Ihre Stimme überschlug sich. »Da! Hörst du es auch?«

»Nein, ich höre nichts, weil du die ganze Zeit herumschreist! Halt um Himmels willen den Mund, Opal!«

Doch Cat hatte das Geräusch auch gehört. Es war das Dröhnen von Rotorblättern. Ein Hubschrauber näherte sich.

»Himmel, Randy! Die sind hier, weil sie Cat suchen! Dieses Arschloch vom FBI sucht sie!«

»Das kann nicht sein«, sagte Randolph überzeugt. Dann wurde sein Tonfall misstrauisch. »Du hast doch das Handy weggeworfen, oder?«

»Ja, sicher, gleich nachdem ich die Botschaft abgeschickt hatte.«

»Du hast sie *abgeschickt*?«, schrie Randolph. »Du unfassbar dämliche, hirnlose Idiotin!« Es klang wie das Brüllen eines bis aufs Blut gereizten Löwen. Seine Stimme drang schmerzhaft in Cats Ohren und brach etwas in ihr auf, wie ein Hammer, der eine verkrustete Muschel zerschlägt. Sie spürte, wie ihr Herzschlag sich beschleunigte und immer schneller wurde, bis ihr Puls fast so laut dröhnte wie das näher kommende Knattern des Hubschraubers. Suchscheinwerfer zerschnitten den Nachthimmel. Sie waren nicht mehr weit entfernt. Keuchend holte sie Luft, sog immer wieder ruckartig den Atem in ihre Lunge, so schnell und so tief sie konnte. Das *gris-gris* an ihrem Handgelenk fühlte sich heiß an, seine Wärme schien durch ihre Haut einzudringen und in ihre Finger zu strömen. Nur noch ein bisschen … ein kleines bisschen …

Opal schrie Randolph ebenfalls an, ihr Zorn stand seinem in nichts nach. »Du hast nichts davon gesagt, dass ich die Botschaft nicht abschicken soll!«

»Ich habe dir gesagt, du sollst das verdammte Handy wegwerfen!«

»Das hab ich doch getan!«

»Mach sofort die Bootsleuchte aus«, herrschte er sie an. »Wir müssen paddeln. Wenn wir es noch zwischen die Mangroven schaffen, sehen sie uns vielleicht nicht.«

Cat murmelte etwas.

»Was hat sie gesagt?«, fragte Opal.

»Keine Ahnung.« Randolph, der gerade nach dem mitgeführten Ruder greifen wollte, beugte sich über sie. Sein Gesicht hing wie eine helle Scheibe dicht über ihr, mit zwei dunklen Löchern, wo seine Augen waren. Dann ging die Bootsleuchte aus, und um sie herum herrschte Dunkelheit, bis auf die Suchscheinwerfer, die bereits das Ufer streiften und wie tastende Arme aus Licht immer näher kamen.

Cat wiederholte, was sie gesagt hatte. Ihre Stimme gehorchte ihr noch nicht, sie verstand das Wort selber nicht. Aber das machte nichts, denn sie wusste ja, wie es lautete. Und, was viel wichtiger war: Sie hatte immer noch die Pistole in der Hand. Und sie konnte ihre Finger wieder bewegen.

»Rechtshänderin«, flüsterte sie. Und drückte ab.

»Da unten war was!« Brent deutete in Richtung Wasserlauf, wo er den kurzen Lichtblitz gesehen hatte.

»Mündungsfeuer!«, rief Milo. Seine Stimme stach schmerzhaft in Brents Trommelfelle. Sie trugen Kopfhörer, und der Ton wurde über das Kommunikationssystem an Bord übertragen. Trotzdem hatte man ständig das Gefühl, gegen den Krach anschreien zu müssen. Sie waren dem Lauf des Bayou gefolgt, von der Stelle aus, wo sie Cats Handy zuletzt hatten orten können. Exakt dort hatte Bannisters Lexus geparkt – an einem Bootssteg. Brent hatte sofort gewusst, dass der Kerl Cat in die Swamps bringen wollte, dorthin, wo auch ihr Bruder gestorben und wo ein späterer Fund ihrer Leiche höchst unwahrscheinlich war. Mit dem Helikopter würden sie das Boot rasch einholen, denn viel Vorsprung konnte es nicht haben – er hatte die SMS erst vor wenigen Minuten bekommen. Aber die lähmende Ungewissheit, ob Cat überhaupt noch lebte, ließ ihn Höllenqualen durchleiden. Er betete und fluchte abwechselnd, meist stumm, aber manchmal auch dumpf murmelnd, bis der Pilot ihm besorgte Blicke zuwarf und ihn damit wieder zur Besinnung brachte.

Beim Anblick des charakteristischen Lichtblitzes wurde er von einer Woge der Angst durchflutet. Milo hatte es richtig erkannt, es handelte sich um das Mündungsfeuer einer Schusswaffe.

Der Pilot neben ihm reagierte sofort und lenkte den Hubschrauber geschickt zu der Stelle, die Brent ihm wies. Der Scheinwerfer stanzte große, helle Kreise in die Nacht. Unter ihnen schimmerte das Wasser des Bayou in öligem Schwarz. Die zu beiden Seiten des Ufers aufragenden

Mangroven bildeten ein knorriges, vielfach durchbrochenes Gewirr, und die dahinter wachsenden Sumpfzypressen waren wie stumme Wächter der Dunkelheit. Von ihren Ästen hingen graue Schleier von spanischem Moos, das im Wind der Rotoren geisterhaft auf und nieder wirbelte.

»Da! Ein Boot!«, rief Milo.

Der Scheinwerfer erfasste ein Motorboot, das am Rand des Bayous trieb. Auf der hinteren Sitzbank lag eine Frau. Sie bewegte sich nicht.

Brent erstarrte, als er das rote Haar aufleuchten sah. Das war Cat!

Halb über der Lehne, halb über der Bootsabdeckung hing der schlaffe Körper eines Mannes. Der Kopf baumelte über dem Bootsrand in Richtung Wasser. Das konnte nur Randolph Bannister sein. Auch er rührte sich nicht.

Die dritte Gestalt stand aufrecht mitten auf dem Boot, breitbeinig das Schwanken ausbalancierend, das durch die vom Hubschrauber aufgewühlten Wellen verursacht wurde. Es war Opal Bannister. Sie hielt mit beiden Händen eine Pistole umklammert und zielte auf Cat. Als der Hubschrauber sich tiefer über sie senkte, schien sie sich zu besinnen und richtete die Waffe nach oben.

Der Pilot stieß einen Fluch aus und zog die Maschine ein Stück zur Seite. Gleichzeitig drehte er bei, sodass der Scheinwerfer direkt in Opal Bannisters Gesicht leuchtete.

Geblendet ließ sie die Waffe sinken. Milo öffnete die Tür des Helikopters und zielte mit seiner Pistole auf sie, für den Fall, dass sie auf dumme Gedanken kam. Sie schaute nach oben und schien zu begreifen, dass sie am kürzeren Hebel saß, denn eine Sekunde später legte sie die Waffe vor sich auf den Boden und streckte die Hände über den Kopf.

Brent atmete scharf aus, als er sah, wie Cat sich regte. Sie wandte den Kopf zur Seite, weil sie vom Licht des Scheinwerfers geblendet wurde. Und dann hob sie kraftlos eine Hand und winkte. Er hätte fast geweint vor Erleichterung.

»Können wir hier landen?«, fragte er.

»Das wird schwierig«, meinte der Pilot. »Aber wir können die Lage im Blick behalten, bis Verstärkung eintrifft.«

»Ich weiß nicht«, wandte Milo ein. »Sie hat eine Pistole. Bewaffnete Frauen sind unberechenbar.«

»Na schön«, verkündete Brent. »Ich wollte mich immer schon mal von einem Hubschrauber abseilen.«

Danach

»Wir sollten ihm einen Namen geben«, sagte Cat.

Brent, der neben ihr im Liegestuhl saß und an einer Köderfliege herumbastelte, blickte überrascht auf ihren gerundeten Bauch. »Wollten wir damit nicht warten, bis er auf der Welt ist?«

Sie lachte. »Ich meine nicht das Baby. Sondern ihn.« Sie deutete auf den Hund, der lang ausgestreckt vor ihnen auf dem Bootssteg lag und hingebungsvoll auf einem Knochen herumkaute. »Wir können ihn nicht immer nur *Hund* oder *Köter* oder *Mistvieh* nennen. Das ist irgendwie … unpersönlich. Und ein bisschen traurig. Denn er ist schon ziemlich alt. Und was hätte er für ein Leben gehabt, wenn er am Ende ohne einen Namen diese Erde verlässt?«

»Er ist nur ein hässlicher schwarzer Hund.«

»An den du dich ziemlich gewöhnt hast«, meinte sie nachsichtig. »Jedenfalls wenn man danach geht, wie oft du ihn tätschelst und ihn Stöcke aus dem Wasser holen lässt.«

»Na ja. Er ist alt, du hast es selbst gesagt. Warum soll er nicht noch eine gute Zeit haben?«

»Was hältst du von Buster?«

»Wer ist das?«

»Na, er.« Sie deutete auf den Hund.

Brent grinste. »Du kannst ihn ja so nennen. Vielleicht hört er sogar darauf. Vorausgesetzt, du hältst ihm dabei ein Stück Wurst vor die Nase.«

»Okay. Dann heißt er ab sofort Buster.« Sie seufzte vor Wohlbehagen und blickte aufs Wasser hinaus. Der Bayou lag wie von Goldmünzen gesprenkelt vor ihnen in der Nachmittagssonne. Die Wellen gluckerten unter dem Bootssteg und schwappten in die alten Autoreifen, die dort als Fender ans Holz genagelt waren. Es waren immer noch die verrotteten Dinger, die Brent einst mit seinem Großvater befestigt hatte. Unglaublich, dass sie so lange gehalten hatten. Er hatte davon gesprochen, demnächst neue anzubringen, aber vorher gab es noch einiges anderes zu tun. Die Hütte war fast fertig, doch an einer Seite der Veranda fehlte noch ein Geländer, und vor die Fenster gehörten noch Läden.

Wenn sie am Wochenende zusammen hier draußen waren, hämmerte, sägte und bohrte er fast den ganzen Tag. Es schien ihm wichtig zu sein, alles wieder auf Vordermann zu bringen. Cat hatte manchmal das Gefühl, als würde er damit symbolisch einen Teil seiner verlorenen Kindheit umgestalten und neu erschaffen. Was immer ihn dabei antrieb – es machte ihn eindeutig glücklich, und das war die Hauptsache.

Anfangs hatte sie versucht, ihm zu helfen, es dann aber

rasch wieder sein gelassen. Nachdem ihr Daumen durch einen ungeschickt platzierten Hammerschlag auf den doppelten Umfang angeschwollen war und ein gewaltiger Holzsplitter in ihrer rechten Hand diverse ärztliche Behandlungen erfordert hatte, waren sie und Brent übereingekommen, dass ihre handwerkliche Begabung eher unterentwickelt war. Mittlerweile waren sie zu einer anderen Art der Arbeitsteilung übergegangen, die darin bestand, dass er wie ein Berserker schuftete und Cat vom Liegestuhl aus seine Fortschritte begutachtete.

Zwischendurch kümmerte sie sich auch um ihre eigene Arbeit, obwohl die meist in kurzer Zeit erledigt war. Außer dem Checken von Börsenkursen und Finanznachrichten hatte sie derzeit beruflich nichts zu tun. W. B. hatte ihr nach der planmäßig abgewickelten Firmentransaktion angeboten, wahlweise als CEO Bannister Enterprises zu leiten oder in London auf der Karriereleiter die nächste Stufe zu erklimmen – sprich, in den Vorstand einzutreten –, doch sie hatte beides abgelehnt. Irgendwann würde sie sicher wieder in ihrem Job arbeiten, ganz egal, wie reich der Verkauf der Firma sie gemacht hatte. Aber im Augenblick lag ihr mehr daran, ihre Zeit mit Brent zu verbringen.

Sie hatte ihr früheres Leben hinter sich gelassen. Kündigung bei Trispell und Ausstieg bei Bannister Enterprises, ein kompletter Neustart ohne alten Ballast. Sie hätte Brent zuliebe auch ihren ganzen neuen Reichtum an irgendeine wohltätige Einrichtung verschenkt, weil es ihr völlig ernst damit war, dieses vermeintliche Standeshindernis zwischen ihnen beiden zu beseitigen. Doch Brent hatte es ihr rigoros verboten.

»Man weiß nie, was noch kommt«, hatte er vage gemeint. Sie hatten nicht weiter darüber gesprochen, aber ihr war auch so klar, was er dabei im Hinterkopf hatte: Falls es eines Tages vielleicht nicht mehr so gut mit ihnen beiden liefe, würde sie ihn dafür hassen, sich seinetwegen arm gemacht zu haben. So aber hätte sie wenigstens noch das Geld.

Sie hatte das einfach so stehen lassen, in der unverrückbaren Gewissheit, dass es Blödsinn war. Das zwischen ihnen war eine Sache für immer. Sie gehörte zu Brent wie diese Hütte hier am Bayou. Und er selbst sah das ganz ohne Frage ebenso, denn er hatte sich nach den Ereignissen vor sieben Monaten ohne zu zögern nach New Orleans versetzen lassen. Sie wäre auch zu ihm nach Washington gezogen, aber er war ihr zuvorgekommen. Letztlich war das auch eindeutig besser für seinen Seelenfrieden, denn in Washington wäre er unweigerlich häufiger Tallulah Harris über den Weg gelaufen. Die war nämlich dort bei Milo Stone untergekrochen, nachdem sie ihre Zelte in New Orleans abgebrochen hatte. Dem Disziplinarverfahren wegen Schusswaffenmissbrauchs sowie der drohenden unehrenhaften Entlassung war sie nur entgangen, weil sie Chief Brinckleys dringenden Rat befolgt und unter Verzicht auf alle Pensionsansprüche sofort beim NOPD gekündigt hatte. Letzten Verlautbarungen zufolge arbeitete sie in Washington bei irgendeinem privaten Sicherheitsdienst und plante mit Milo ihre Hochzeit.

Ihren Kollegen Hightower hatte es härter getroffen – er saß wegen des Verrats von Dienstgeheimnissen eine mehrjährige Haftstrafe ab.

Cat wusste, dass Brent seinen früheren Partner manchmal vermisste. Er und Milo hatten nur noch selten Kontakt. Doch das war in diesem Fall sicher für alle Beteiligten am besten.

Brent legte die fertige Köderfliege in eine Schachtel neben seinem Liegestuhl und stand auf, um sich zu strecken. Seine Mittagspause war vorbei, und er hatte vor, heute noch das Geländer für die Veranda fertigzubauen. Er beugte sich über Cat und küsste sie zärtlich. Dann machte er sich wieder an die Arbeit.

Es duftete nach frisch gesägtem Holz und nach den Krabben, die sie am Morgen aus den Reusen geholt und dann gemeinsam an dem kleinen Tisch auf der Veranda gepult hatten, um sie anschließend zu braten und mit reichlich Tabascosauce zum Mittagessen zu verzehren.

Cat schloss die Börsen-App auf ihrem Tablet und schob es unter ihren Liegestuhl. Das Kind in ihrem Leib bewegte sich und stieß mit seinen Füßchen gegen ihre Rippen.

Ein Teil ihrer Gedanken schweifte zurück und berührte Bereiche, die sie lieber gemieden hätte. Ihr kam in den Sinn, dass Opal jetzt im Gefängnis ebenfalls der Geburt ihres Kindes entgegensah – ihre Niederkunft musste unmittelbar bevorstehen. Cat hatte gehört, dass sie es zur

Adoption freigeben wollte. Sicher die beste Lösung für eine Frau, die mindestens zwanzig Jahre hinter Gittern vor sich hatte.

Schlimmer als die Gedanken an Opal waren für Cat die Erinnerungen an jene Nacht in den Swamps. Sie empfand es als Belastung, dass sie einen Menschen getötet hatte. Das Wissen, dass sie damit nur ihr eigenes Leben gerettet und auch May Belle vor einem schlimmen Schicksal bewahrt hatte, half ihr dabei nur bedingt, denn vor ihrem geistigen Auge tauchte immer wieder auch ein anderes Bild ihres Onkels auf – das des väterlichen Freundes, der ihr zur Seite gestanden und sie gegen den Rest der Welt verteidigt hatte. Im Nachhinein konnte man zwar leicht sagen, dass das alles nur eiskalte Berechnung gewesen war, doch Cat spürte, dass Randolphs Verhalten abseits der dunklen Abgründe seines Wesens in gewisser Weise authentisch gewesen war. Gleichwohl überlagerten die schwarzen Seiten seines Charakters im Rückblick alles Positive und entwerteten es für immer. Beim Gedanken daran, was er Dad und Reuben angetan hatte, zog sich alles in Cat zusammen. Vollständig würde sie sich wohl niemals vom Druck dieser Erinnerungen lösen können, schließlich waren sie ein Teil von ihr. Doch sie wusste auch, dass sie die Kraft besaß, mit dem Erlebten umzugehen und es eines Tages aus der Ferne zu betrachten, so wie die fatalen Ereignisse vor zwölf Jahren, die sich nicht aus ihrem Gedächtnis streichen ließen, aber nicht mehr die Macht besaßen, ihr wehzutun.

Sie blickte auf, als ein Schatten über sie fiel. Brent hatte die Säge weggelegt. Er stand vor ihr und strich sich das Haar aus der Stirn. In den letzten Monaten hatte er es wachsen lassen, und dazu trug er einen lässigen Dreitagebart, dessen Stoppeln wie helles Metall schimmerten. Mit der abgeschabten, oberhalb der Knie abgeschnittenen Jeans und dem sonnenverbrannten Oberkörper sah er aus wie eine verwegene Mischung aus Redneck und Pirat. Er musste nicht in Worte fassen, worauf er aus war. Cat betrachtete ihn unverwandt und registrierte mit schwacher Benommenheit, wie ihr Puls sich beschleunigte und ihr Atem flacher wurde, während ihre Nasenflügel sich blähten und seinen Geruch auffingen. Die Luft schien zwischen ihnen zu knistern, und ihr Verlangen verwandelte sich innerhalb eines Augenblicks in diese köstliche, scharfe Gier nach seinem Körper und seinen Berührungen. Es war wie eine besondere Sprache, die nur sie beide beherrschten, ohne dass sie einen Ton sagen mussten.

Er streckte die Hand aus und zog sie zu sich hoch. Sie schlang beide Arme um ihn und legte den Kopf in den Nacken, damit er sie küssen konnte.

Sie hätte nicht gedacht, dass sich so viel Vollkommenheit noch steigern ließe. Aber von allen perfekten Tagen der letzten Zeit war dies möglicherweise der bisher beste.

»Yeah!«, schrie Brent aus voller Kehle, als der Quarterback der Saints nach einem fulminanten Scrambling eine halbe Sekunde vor Spielende einen Touchdown der Extraklasse hinlegte. Ebenso wie alle Umstehenden sprang er auf und stimmte in den wilden Jubel ein, die Arme hochgerissen und den traditionsreichen Schlachtruf der Saints auf den Lippen. »Who dat? Who dat? Who dat say dey gonna beat dem Saints?!«, brüllte er im Chor mit den ringsum grölenden Zuschauern.

Henry, der zwischen Cat und ihm in der Babytrage lag und eben noch friedlich geschlafen hatte, brüllte ebenfalls, wenn auch weniger vor Begeisterung als vielmehr vor Zorn, weil er so unvermittelt aus dem Schlummer gerissen worden war. Cat beugte sich über den Kleinen und versuchte, ihn mithilfe des Schnullers zu beruhigen, während um sie herum das ganze Stadion vor Begeisterung tobte. Es war vielleicht doch keine so fabelhafte Idee gewesen, ein Baby zu einem Meisterschaftsspiel in den Superdome mitzunehmen, aber Cat hatte behauptet, es sei ein alter Traum von ihr. Und Brent war nur zu gern bereit gewesen, diesen Traum gemeinsam mit ihr in die Tat umzusetzen. Bis eben hatte auch alles wunderbar geklappt. Henry hatte geschlafen, und seine Eltern hatten glücklich das Spiel verfolgt und dazu auf Cats besonderen Wunsch Eis und Hot Dogs gegessen. Für später hatte sie noch eine Hafenrundfahrt mit dem *Paddle Wheeler* geplant, und auch diese Idee fand Brent ausgezeichnet, denn es war ihm ein Anliegen, Cat den letzten gemeinsamen Ausflug mit dem Schaufelraddampfer vergessen zu lassen und die unschöne Erinnerung daran durch eine bessere zu ersetzen.

Der Kleine war nicht zu beruhigen, und Cat hob ihn hoch und ließ ihn ein wenig auf dem Arm auf und nieder hopsen. Das half normalerweise sofort. Auch in diesem Fall funktionierte es nach einer Weile. Henry akzeptierte gnädig den Schnuller und nuckelte heftig, während er über Cats Schulter seinen Vater mit großen, empörten Augen anschaute. Brent musste lachen, als er diesen Blick sah, und gleichzeitig wurde ihm das Herz so weit vor Liebe, dass sein Brustkorb sich viel zu eng dafür anfühlte.

Henry hatte sein Mützchen verloren. Rasch nahm Brent den kleinen Sonnenhut und stülpte ihn vorsichtig auf das mit rötlich-blondem Flaum bedeckte Köpfchen. Dann umschlang er Cat und zog sie mit dem Baby an sich.

Als sie mit den Karten für das Meisterschaftsspiel nach Hause gekommen war, hatte sie ihn mit verstohlener Besorgnis gemustert. Er hatte sich den Kopf zerbrochen, was mit ihr los war, bis sie schließlich mit der Sprache herausgerückt war – sie hatte Angst, dass der Besuch des Spiels eine bittere Erfahrung für ihn werden könnte, denn seit damals war er bei keinem Footballspiel mehr gewesen. Es hatte ihn verblüfft, als das zur Sprache kam, denn in dieser Deutlichkeit hatte er bisher nicht darüber nachgedacht. Dabei war tatsächlich nicht von der Hand zu weisen, dass er mehr oder weniger unbewusst jede Berührung mit diesem Sport, der früher ein so überragend wichtiger Bestandteil seines Lebens gewesen war, vermieden hatte.

Er hatte ihr erklärt, dass sie es einfach darauf ankommen lassen sollten. Und jetzt war er froh, dass er sich mit ihr das Spiel angeschaut hatte, denn er hatte etwas sehr Wichtiges dabei gelernt, über sich selbst und über das, was ein Mann aus seinem Leben machen konnte, wenn er nach vorn blickte. Ein Teil der richtigen Strategie bestand wohl einfach darin, Träume loslassen zu können, wenn sie sich als unerfüllbar erwiesen, und stattdessen für einen zweiten Anlauf offen zu sein. Denn irgendwo wartete er auf einen, der wirklich wichtige und einzig richtige Traum. Der, für den sich jeder Einsatz lohnte, weil man genau wusste, dass es nie wieder einen besseren geben würde.

Brent hatte seinen Traum gefunden, nachdem er einen alten dafür begraben hatte, zusammen mit dem Groll, den er lange Zeit deswegen mit sich herumgeschleppt hatte. Soweit sich Träume überhaupt gegeneinander aufwiegen ließen, stand jedenfalls für ihn außer Frage, dass er die Premiumversion an Land gezogen hatte. Für diese Erkenntnis hätte er das heutige Spiel im Grunde gar nicht gebraucht.

Allerdings hatte es ihm auch noch etwas anderes gezeigt – Football war immer noch ein großartiger Sport, und sobald Henry laufen konnte, würde er ihm das Werfen beibringen.

Wenn auf Jamaika der Sturmwind erwacht …

480 Seiten. ISBN 978-3-7341-0067-3

Der Plantagenbesitzer Russell Swift hat etwas Gefährliches an sich. Schon beim ersten Treffen ist die Journalistin Elaine fasziniert – und auf der Hut. Als er ihr den Auftrag erteilt, auf Jamaika einen Film zu drehen und im Familiensitz Swift Great House zu wohnen, kann sie nicht widerstehen. Bald darauf ist sie gefangen in einer verstörenden Amour fou, und in der düsteren Atmosphäre des alten Herrenhauses verfällt sie Russell immer mehr. Bis Elaines Kameramann spurlos verschwindet und aus der diffusen Bedrohung eine tödliche Gefahr wird, deren Wurzeln viel weiter zurückreichen, als Elaine ahnt …

Lesen Sie mehr unter: **www.blanvalet.de**

»Schöner kann man gar nicht träumen.«

Das Beste für die Frau

560 Seiten. ISBN 978-3-442-37888-3

Als Elisabeth Raleigh nach langer, gefahrvoller Reise endlich ihre neue Heimat Barbados erblickt, erliegt sie unwiderruflich dem betörenden Zauber der grünen Insel im Wind und vergisst fast, warum sie ihre englische Heimat verlassen musste. Fern sind die Vernunftehe, die Kriegswirren und politischen Unruhen, die ihre Familie bedrohen. Doch bald überschatten dunkle Geheimnisse ihr Leben, und als auf Barbados ein tödlicher Freiheitskampf entbrennt, gerät Elizabeth in einen Strudel aus Intrigen, Zwietracht und verbotener Leidenschaft …

Lesen Sie mehr unter: **www.blanvalet.de**